LA FEINTE DE L'ATTAQUANT

Philip Kerr est internationalement connu pour la série Bernie Gunther, qui a été unanimement saluée par la critique et couronnée de nombreux prix. Supporter fidèle du club d'Arsenal, il est également l'auteur d'une série policière autour du football, l'une de ses grandes passions. Philip Kerr est décédé le 23 mars 2018.

PHILIP KERR

La Feinte de l'attaquant

Une enquête de Scott Manson ***

TRADUIT DE L'ANGLAIS PAR JOHAN-FRÉDÉRIK HEL GUEDJ

ÉDITIONS DU MASQUE

Titre original :

FALSE NINE
Publié par Head of Zeus Ltd, Londres.

© ThynKER Ltd, 2015.
© Éditions du Masque, département des Éditions
Jean-Claude Lattès, 2017, pour la présente édition.
ISBN : 978-2-253-23727-3 – 1re publication LGF

Ce livre est dédié à mon ami très cher,
Jonathan Taylor.

« La formule du *faux 9* désigne un joueur évoluant en position d'attaquant, au placement très libre, qui descend très bas pour aller récupérer le ballon en milieu de terrain. L'objectif est d'attirer à lui les défenseurs centraux de l'équipe adverse et de créer une diversion, permettant ainsi à ses coéquipiers de venir occuper les espaces derrière les lignes défensives de l'adversaire et d'exploiter les occasions de but. »

Kieran Robinson

1

Dès que j'ai envie de prendre la vie du bon côté, je vais sur Twitter lire quelques tweets à mon sujet. Et je ressors chaque fois de cette expérience fermement convaincu du caractère foncièrement sportif et du fair-play fondamental de notre magnifique public anglais.

> Manson, t'es qu'un pauvre connard. La meilleure décision que t'aies jamais prise, c'était de démissionner du club. #Cityincrisis

> T'as vraiment démissionné, Manson ? Ou tu t'es fait saquer comme tous les autres managers abrutis et surpayés du foot ? #Cityincrisis

> Tu nous as plantés, Manson. Si t'avais pas filé on aurait pas hérité de Koltchak l'abruti et on serait pas à 4 places du dernier. #Cityincrisis

> Reprends la Couronne d'épines[1], Scott. Mourinho l'a fait. Et pas toi ? Tout est pardonné. #Cityincrisis

---

1. L'autre nom du stade de London City. *(Toutes les notes sont du traducteur.)*

Tu t'es cru malin de dire ce que t'as dit de Chelsea sur @BBC Match of the Day, sale con de black. À côté, Colin Murray a l'air d'un génie.

Tous experts de @BBC Match of the Day sont des zombies. Si Darryl Dixon devait planter un carreau d'arbalète dans un œil, ce serait le tien.

C'est pas parce que tu fais la couverture de GQ que t'es pas une enflure de black, Manson. T'es une enflure de black dans un beau costume.

Tu nous manques, Scott. Depuis que t'es parti le foot ça craint. Koltchak entrave que dalle. #Cityincrisis

Quand tu vas expliquer pourquoi tu as quitté City, Manson ? Ton silence sur la question fait pas du bien au club. #Cityincrisis

Je suis sur Twitter uniquement parce que mon éditeur s'est figuré que cela m'aiderait à vendre davantage d'exemplaires de mon livre avant Noël. Une nouvelle édition est sortie en poche, augmentée d'un chapitre au sujet de mon règne de courte durée à London City. Ce n'est pas qu'il s'y raconte grandchose. J'avais déjà signé un accord de confidentialité avec le propriétaire du club, Viktor Sokolnikov, m'interdisant de révéler pourquoi j'étais parti. C'était surtout lié à la mort de Bekim Develi. Ou c'est du moins à peu près tout ce que je peux en dire. Il avait fallu donner ce nouveau chapitre à relire aux avocats de Viktor, naturellement. Pour être franc, en réalité, cela ne vaut même pas le papier sur lequel c'est imprimé, et tous les tweets du monde n'y changeront rien.

Je ne suis pas trop fan des réseaux sociaux. Selon moi, nous nous porterions tous beaucoup mieux si chaque tweet était tarifé cinq pennys, ou si nous devions coller dessus un timbre-poste avant de l'envoyer. Quelque chose dans ce goût-là. Les opinions de la masse ne valent rien, les miennes compris. Et encore, je ne parle que des opinions raisonnables. Il va sans dire qu'il y a beaucoup de haine sur Twitter et une forte composante de cette haine est en rapport avec le football. Au fond, pour une part, cela ne me surprend pas. En 1992, quand un programme de match en vente dans le stade coûtait une livre et un siège pas plus de dix, je suppose que les gens étaient un peu plus indulgents concernant les affaires liées au foot. Mais à l'heure actuelle, un billet pour un match d'un gros club comme Man U coûtant six ou sept fois plus, vous pouvez pardonner aux fans d'en attendre un peu plus de leur équipe. Enfin, presque leur pardonner.

Le côté amusant, c'est que si je n'accorde jamais la moindre attention aux gentillesses que les gens tweetent sur moi, je ne peux m'empêcher de m'intéresser aux insultes et injures que je reçois. J'essaie de m'abstenir, mais c'est difficile, vous comprenez ? À cet égard, Twitter, c'est un peu comme voyager en avion : tant que ça va bien, vous ne faites pas trop attention à ce qui se passe, mais si ça tourne mal, vous ne pouvez pas vous en empêcher. C'est curieux, mais mon petit doigt me dit que ces tweets si déplaisants comportent une petite part de vérité. Par exemple, celui-ci :

Si tu étais un bon, Manson, tu serais déjà dans un autre club. Mais sans la mort de João Zarco, tu ramasserais les cônes à l'entraînement.

Et cet autre :

Au fond, t'as toujours su que t'avais mis des crampons trop grands pour toi. C'est pour ça que tu t'es planté, pauvre naze. #Cityincrisis

Et pourtant, de temps à autre, on lit un tweet qui semble avoir des choses intéressantes à expliquer sur le jeu proprement dit.

Tu n'as jamais compris que l'objet d'une passe n'est pas de faire circuler le ballon mais de trouver le joueur démarqué.

Et celui-ci aussi, peut-être :

L'ennui du foot anglais, c'est qu'ils se prennent tous pour Stanley Matthews. Ne dribble pas, cours balle au pied ; cours pour provoquer.

Pour quiconque se prétend manager d'une équipe, le chômage est sans doute la position par défaut. Perdre son poste – ou le quitter parce qu'on le juge tout bonnement intenable – est aussi inévitable que de marquer quelques buts contre son camp, quand on est un bon numéro 4. Comme l'a dit Platon, il arrive de merder, un point c'est tout. Il est toujours pénible de quitter un club de football qu'on a entraîné, mais les plus beaux succès vont aussi souvent de pair avec des échecs retentissants.

Il en est de même de l'investissement. Chaque fois que je vois mon conseiller financier à déjeuner, il me rappelle toujours les cinq degrés de l'appétit du risque. À savoir : Frileux, Minimal, Prudent, Franc ou Vorace. En tant qu'investisseur, je me définirais comme prudent, avec une préférence pour les options sûres comportant un niveau de risque faible et n'offrant peut-être qu'un potentiel de retour limité. Mais le football, c'est très différent. Le football repose tout entier sur le dernier niveau : si vous n'avez aucun appétit du risque, vous n'êtes pas taillé pour devenir manager d'une équipe. Quiconque doute de cela devrait observer la couleur des cheveux de Mourinho ou scruter les rides qui creusent les visages d'Arsène Wenger et de Manuel Pellegrini. Franchement, c'est uniquement quand vous avez perdu votre job que vous pouvez réellement prétendre avoir fait vos preuves en tant que manager. Mais soyons clairs, le paria des entraîneurs d'aujourd'hui peut rapidement se changer en messie de demain. Brian Clough offre le meilleur exemple de l'entraîneur qui a lourdement échoué dans un club pour réussir de façon spectaculaire dans le suivant. On serait tenté d'imaginer que Leeds United serait parvenu à remporter deux Coupes d'Europe d'affilée, si seulement le club avait conservé sa foi en Clough. En fait, j'en ai la certitude.

Et pourtant, se voir exclu du management du football, c'est pénible. Pendant l'été, ce n'était pas si dur, mais maintenant que la nouvelle saison est bien engagée, je n'ai qu'une envie, me retrouver sur le terrain avec une équipe – même si ce n'est que pour aller ramasser les cônes à l'entraînement. Le jeu me manque beaucoup. Les gars de London City me manquent encore plus. Parfois, l'équipe me manque tellement que j'en suis physiquement malade. Pour l'heure, en tant qu'individu, je me sens indéfini. Comme si je ne signifiais rien. Comme si je m'étais étiolé. Ce qui est le bon terme pour décrire cette situation de manager au chômage : le terme désigne quelqu'un qui subit une perte de vigueur ou de substance, et signifie aussi une pâleur, une langueur, à cause du manque de lumière. C'est exactement ainsi que je me sens : étiolé. Seulement, abstenez-vous d'utiliser un terme pareil dans une émission comme Match of the Day, sinon ils ne vous réinviteront plus jamais. Je ne peux qu'imaginer les tweets que je récolterais si j'utilisais ce genre de mot.

Le fait est que vous n'êtes entraîneur que lorsque vous entraînez, comme dirait Harry Redknapp, le manager de Birmingham. Quand vous n'êtes pas en activité – les périodes où vous intervenez en expert sur Match of the Day, ou en invité sur le plateau de Question of Sport – vous êtes quoi, au juste ? Je ne suis pas sûr d'être quoi que ce soit. Mais voici un autre tweet qui, à mes yeux, résume fort bien la chose :

Maintenant que tu as quitté City, Manson, tu vas découvrir que tu n'es qu'un connard de footeux comme un autre.

Eh ouais, c'est exactement ça. Je ne suis plus qu'un connard de footeux comme un autre. C'est pire que d'être un acteur qui travaille comme serveur parce que, quand vous êtes un acteur « sans engagement », personne n'en sait rien. Mais quand vous êtes un manager au chômage, le monde entier est au courant, bordel. Comme ce type qui était mon voisin de siège dans l'avion pour Édimbourg ce matin.

— Je suis sûr que vous trouverez bientôt un autre poste de manager, m'assura-t-il, sur un ton encourageant. Quand David Moyes a été viré d'United, j'ai su qu'il ne serait pas long à réintégrer un gros club. Ce sera la même chose pour vous, et je pèse mes mots.

— Je n'ai pas été viré. J'ai démissionné.

— Tous les ans c'est le même cirque, le jeu des chaises musicales. Vous savez, Scott, je crois que les gens devraient garder à l'esprit que pour un manager, lorsqu'un club va mal, renverser le cours des choses prend du temps. Mais si vous lui accordez ce temps, alors très souvent il donnera tort à ses détracteurs. Neuf fois sur dix, le manager n'est que le bouc émissaire. C'est pareil dans les affaires. Prenez Marks & Spencer. Combien de PDG se sont succédé, chez Marks & Spencer, depuis le départ de Sir Richard Greenbury en 1999 ?

— Je n'en sais rien.

— Le problème ne tient pas au management, mais à tout le modèle du commerce de détail. Le fait est que les gens n'ont aucune envie d'acheter leurs vêtements là où ils achètent leurs sandwiches. J'ai raison ou j'ai pas tort ?

À observer la tenue vestimentaire de mon voisin, je n'en étais pas trop sûr. Dans son costume marron et sa chemise saumon, il avait très exactement l'air d'un sandwich à la crevette, mais je hochai poliment la tête, en attendant le moment où je pourrais me replonger dans la lecture du livre captivant de Roy Keane sur mon Kindle. Ce moment ne vint jamais et je descendis de l'avion en regrettant de n'avoir pas pensé à mettre une casquette et une paire de lunettes, comme Ian Wright, l'ancien international. Je n'ai pas besoin de lunettes. Et je n'aime pas les casquettes. Mais j'apprécie encore moins de causer foot avec des inconnus. Il vaut beaucoup mieux avoir l'air d'un abruti que de consacrer tout un vol à bavarder avec un abruti.

C'était très étrange d'être de retour à Édimbourg après tant d'années vécues loin de la ville. J'aurais dû me sentir davantage chez moi ici – après tout, c'était l'endroit où j'avais passé le plus clair de ma jeunesse –, mais il n'en était rien. Je n'aurais pu me sentir plus un intrus et moins à ma place. L'Écosse m'apparaissait comme un pays étranger, et ce n'était lié ni au passé, ni à la tenue récente du référendum. Ado, je ne partageais pas l'aversion des Écossais envers les Anglais, et je ne la partageais certainement pas davantage aujourd'hui, d'autant moins que j'ai élu domicile à Londres. Non, une autre raison m'incitait à me sentir différent, quelque chose de bien plus personnel. À la vérité, on ne m'avait jamais autorisé à me sentir Écossais à part entière, à cause de ma couleur de peau. Tous les gamins de ma classe, à l'école, étaient des Celtes au visage tavelé de taches de rousseur et aux yeux verts. Moi, j'étais à moitié noir – ou, ainsi que les Écossais avaient l'habitude de me décrire, un « demi-caste » –, et c'était pour ça qu'on m'avait surnommé Rastus, ce surnom péjoratif qu'emploient les Américains. Même mes professeurs édimbourgeois m'appelaient Rastus, et même si je ne l'avais jamais montré, c'était blessant. Très blessant. Et j'ai toujours trouvé amusant qu'à la minute où je suis arrivé dans une école, en Angleterre – et alors que j'avais depuis longtemps raclé le reste d'accent écossais qui me collait encore aux semelles –, mon surnom se soit changé en Jock, qui désigne le stéréotype de l'athlète viril. Non que les gars de la Northampton School, un collège de garçons, n'aient pas été racistes, eux aussi, mais ils l'étaient beaucoup moins que leurs homologues écossais.

J'ai la chance de disposer d'un siège au conseil d'administration de la compagnie de mon père sur lequel me rabattre, mais cela ne m'a certainement pas empêché de me démener pour voir un peu ce qui se présentait. Mon agent, Tempest O'Brien, était fermement d'avis qu'il était important pour moi de rencontrer le plus de gens possible.

— Ce ne sont pas seulement tes succès qui te rendent éminemment apte à entrer sur le marché du travail, m'avait-elle expliqué, c'est ta personne, tout ton côté *GQ Magazine*, la totale. Tu es l'un des hommes que je connais qui s'exprime le mieux et le plus intelligemment, Scott... J'ai failli ajouter « de tout le football », mais ça n'est pas une référence, hein ? En plus, je crois essentiel que les gens constatent que tu ne restes pas assis dans ton coin à vivre de tes rentes de directeur de Pedila Sports qui, selon la presse, sont confortables. Il est donc important que tu mettes cet aspect-là en sourdine. Si les gens s'imaginent que tu n'as aucun besoin de travailler, ils essaieront de t'avoir pour pas cher. Par conséquent, la première destination où je vais t'envoyer, ce sera Édimbourg. Il y a un poste de manager vacant chez les Hibs. Personne n'essaiera de t'acheter moins cher qu'une équipe du championnat écossais. Je sais que ton père est à fond pour les Hearts, mais tu devrais aller leur parler, parce que cela constituerait un bon point de départ. Il vaut mieux que tu commettes tes prochaines erreurs là-bas, et que tu peaufines tes talents d'interviewé là où ça ne compte pas plutôt que dans un endroit plus important où ça comptera, comme Nice ou Shanghai.

— Shanghai ? Qu'est-ce que j'irais foutre à Shanghai ?

— Tu as vu *Skyfall* ? Le film de James Bond ? Shanghai est l'une des villes les plus futuristes du monde. Et c'est un endroit qui baigne littéralement dans le fric. Pour toi, travailler là-bas pourrait se révéler une expérience positive. Surtout s'ils se mettent à racheter des clubs en Europe. Et d'après la rumeur, c'est justement ce qu'ils visent. Les Chinois sont des gens qui en veulent, Scott. Qui en veulent et qui peuvent sans doute passer à l'action. Quand les Russes se fatigueront de posséder des clubs ou quand le rouble finira par s'effondrer, ils seront forcés de vendre, et à qui vendront-ils ? Aux Chinois, bien sûr. D'ici vingt ans, la Chine sera la première superpuissance économique mondiale. Et quand elle gouvernera le monde, la capitale de ce monde-là s'appellera Shanghai. Ils ont commencé à construire leur nouveau réseau de tramway en décembre 2007, et moins de deux ans plus tard, il était ouvert. Compare avec le tram d'Édimbourg. Combien de temps cela leur a pris ? Sept ans ? Un milliard de livres dépensés dans ce chantier et cela ne les empêche pas d'encore se disputer à cause de cette connerie d'indépendance de l'Écosse !

Et ce matin précisément, le tram – qui était censé effectuer la desserte de l'aéroport d'Édimbourg jusqu'à un arrêt situé juste en face de mon hôtel – était hors-service ; une coupure de courant, disait-on. J'ai donc pris le bus. C'était là un début de fort mauvais augure. Et Tempest avait aussi raison à un autre sujet : ils se chamaillaient encore au sujet de leur indépendance.

Je descendis à l'hôtel Balmoral, je déjeunai de quelques huîtres au Café Royal voisin, et j'empruntai ensuite Leith Walk en direction d'Easter Road, pour aller voir les Hibs jouer contre un autre club écossais, les Queen of the South. Le terrain et la pelouse paraissaient en meilleur état que dans mon souvenir et je calculai qu'il devait y avoir entre douze mille et quinze mille spectateurs – une grosse différence par rapport au public record de soixante-cinq mille spectateurs de 1950, pour le derby entre les Hibs et leurs rivaux, les Hearts. C'était par un froid mais bel après-midi, parfait pour un match de football, et si l'équipe qui recevait eut le dessus pendant presque tout le match, elle s'avéra incapable de tirer profit de cette domination. Paul Hanlon et Scott Allan faillirent tous deux concrétiser et les Hibs gâchèrent une occasion de rattraper leur retard de points face une équipe qu'ils auraient dû battre facilement. Les Queens avaient l'air ravi de repartir avec un point après un match nul vierge de buts qui n'enchantait guère les fans d'Édimbourg. Jason Cummings fut à peu près le seul joueur à m'impressionner quand son tir brossé des trente mètres fut arrêté par le gardien des Queens, Zander Clark, mais ce fut une rencontre à oublier et, de ce que j'avais vu, les Hibs, plus de dix points à la dérive derrière les leaders du championnat, les Hearts, semblaient destinés à végéter une année de plus en dehors de la Premier League écossaise.

Je retournai à mon hôtel, commandai un thé qui n'arriva jamais, pris un bain chaud, suivis les résultats de foot et l'émission Strictly for Morons, autrement dit, « Réservé aux abrutis », en somnolant à moitié, avant de me rendre au coin de la rue dans un restaurant, Ondine, où j'avais convenu de retrouver Midge Meiklejohn, l'un des directeurs du club. C'était un homme affable, à la grosse tête couronnée d'une crinière rouge et percée d'yeux verts. Il avait à son revers le blason des Hibs, qui suffit à me rappeler l'ancienneté de ce club : 1875. Et, naturellement, cette fière tradition constituait une part essentielle de leur problème. Ce qui aurait été le cas de n'importe quel club aussi ancien.

Nous discutâmes un moment de football, échangeant des généralités en buvant un excellent sancerre avant qu'il ne me demande ce que j'avais pensé du match et, surtout, des Hibs proprement dits.

— Si vous voulez bien me pardonner, lui répondis-je, vos problèmes ne sont pas sur le terrain, mais en salle de conseil d'administration. Vous avez eu combien de managers en dix ans ? Sept ? Qui ont probablement agi du mieux possible, vu les circonstances. Le manager que vous avez maintenant fait du beau travail, et les choses n'iront pas mieux tant que vous n'aurez pas abordé le problème fondamental : les clubs de football, c'est comme la presse régionale. Il y en a tout simplement trop. Les prix augmentent et le lectorat décline. Il y a trop de journaux en concurrence pour trop peu de lecteurs. C'est tout aussi vrai du football. Il y a trop de clubs en concurrence non seulement les uns avec les autres, mais aussi avec la télévision. Votre jauge d'aujourd'hui, au stade, atteignait peut-être douze mille spectateurs, alors que certains de vos joueurs sont à deux ou trois milles livres par semaine, peut-être davantage. Votre masse salariale doit manger les deux tiers de votre recette. Et le reste va aux frais de fonctionnement et à la banque. Votre affaire pourrit sur pieds. Pour vous, le football à plein temps n'est tout simplement pas une option viable, pas plus, en l'occurrence, que pour la quasi-totalité des clubs écossais, sauf deux.

— Alors, qu'en concluez-vous ? Que nous devrions tout bonnement renoncer ?

— Pas du tout. Mais tel que je vois les choses, si vous deviez survivre en tant que club, deux choix s'offrent à vous. Soit vous faites ce que font certains clubs suédois, je songe notamment à Göteborg, où la plupart des joueurs acceptent des emplois à temps partiel de peintres et de décorateurs. Sinon, il y a ce qu'un philosophe français appelait, à propos d'un tout autre sujet, une « détestable solution ». Une solution totalement sensée au plan commercial, mais qui incitera les supporters à réclamer votre tête, la vôtre, Midge, ainsi que celle de tous les membres du conseil d'administration.

— C'est-à-dire ?

— Une fusion. Avec les Hearts. Pour former un nouveau club d'Édimbourg. Les Edinburgh Wanderers. Ou les Midlothian United.

— Vous voulez rire. En plus, la solution a déjà été envisagée. Et rejetée.

— Je suis au courant. Mais cela ne signifie pas que ce ne soit pas la bonne. Édimbourg n'est pas Manchester, Midge. La ville est à peine capable d'entretenir une équipe de qualité, alors deux, encore moins. Vous utilisez les actifs d'un des deux clubs pour solder les dettes et leur bâtir un futur à l'un et l'autre. C'est de l'économie toute simple. Le seul problème, c'est que les communautés tribales n'aiment pas l'économie. Et les Hibs et les Hearts sont deux des plus anciennes tribus d'Écosse. Écoutez, pour le Caledonian Thistle, le Chardon Calédonien d'Inverness, ça a marché. En moins de vingt ans, ils ont fusionné deux clubs qui allaient à vau-l'eau et sont passés de la Troisième division à la deuxième place de la Premier League écossaise. L'argument en faveur d'une fusion est irréfutable. Vous le savez. Je le sais. Même eux, les supporters, ils le savent, au fond de leur tête. Le seul ennui, c'est qu'ils ne pensent pas avec leur tête, mais avec leur cœur, si vous me passez l'expression.

— Ces gens ne sont pas comme les autres, objecta Midge. Ils savent ce que c'est que la haine et, surtout, ils s'y entendent pour vous faire souffrir. J'aurais sans doute à demander une protection policière. À quitter la ville. Nous y serions tous contraints.

— En ce cas, pour reprendre une des formules préférées du soldat Frazer, celui de la série télé de la BBC, vous êtes condamnés. Je dis bien : condamnés. Il en est de même pour la plupart des clubs du nord de l'Angleterre. C'est l'histoire et la tradition qui les freinent, eux aussi. Il existe cette singularité gravitationnelle que l'on appelle la Barclays Premier League, qui déforme tout ce qui s'en approche et dont la masse aspire tout le football anglais. Les grands clubs ont de plus en plus de succès et les clubs pauvres disparaissent. Qui a envie d'aller payer vingt livres pour voir Northampton Town se faire niquer quand on peut soutenir Arsenal dans le confort de son salon ? C'est la physique du football, Midge. On ne discute pas les lois de l'univers.

— Ce n'est qu'un jeu, me répliqua-t-il. C'est ce que ces casse-pieds oublient parfois. Ce n'est qu'un jeu.

— Mais en ce qui les concerne, c'est le seul et unique jeu.

Je retournai à l'hôtel regarder Match of the Day, mais cela ne me semblait guère valoir la peine, puisque ce n'étaient que des matchs entre Écossais. De toute manière, il n'y aurait pas de rencontres de la Premier League anglaise à se mettre sous la dent, en raison de la trêve internationale, ce qui signifiait que je m'épargnerais au moins d'avoir à regarder Arsenal gâcher une avance de trois buts, comme cela leur était récemment arrivé contre Anderlecht en Ligue des Champions. Cela aurait dû me chagriner davantage. Le fait est que depuis que je m'étais mis à regarder le football avec les yeux d'un fan ordinaire, j'avais fini par apprécier un véritablement bel aspect du beau jeu, à savoir ceci : apprendre à perdre est une part importante de l'existence d'un fan. Perdre vous enseigne qu'on ne peut pas toujours avoir ce que l'on veut – pour reprendre les paroles de Mick Jagger. Cela représente une part importante de l'existence de tout être humain – peut-être la plus importante de toutes. Apprendre à affronter la déception, c'est ce qu'on appelle le caractère. Rudyard Kipling avait presque vu juste, selon moi. Dans la vie, cela aide de traiter le triomphe et le désastre avec un égal sang-froid. Les Grecs de l'Antiquité connaissaient l'importance que les dieux accordaient à notre faculté de prendre sur nous. Ils avaient même un terme pour cela : *hubris*. Savoir prendre sur soi, c'est ce qui fait de vous un homme, un vrai. Seuls les fascistes vous raconteront autre chose. Je préfère penser que c'est la vraie signification de cette réflexion de Bill Shankly, qui fut manager de Liverpool, à propos de la vie et de la mort, et si souvent reprise : « Certains pensent que le football est une affaire de vie ou de mort. […] Je peux vous assurer que c'est bien plus important que cela. » En réalité, selon moi, voilà ce qu'il entendait par là : c'est le caractère et le cran qui sont plus importants que la victoire ou la défaite pures et simples. Certes, vous ne pouvez en dire autant quand vous êtes le manager d'un club. Dans les vestiaires, les uns et les autres sont capables de philosopher, mais il y a des limites. Ce genre de baratin peut fonctionner sur le court central de Wimbledon, mais à Anfield (le stade de Liverpool) ou à Old Trafford (celui de Manchester), ça ne marchera pas. Il est assez difficile de convaincre onze types de jouer comme un seul homme, sans leur raconter en plus qu'il est parfois tout à fait acceptable de perdre.

2

Tempest O'Brien était l'une des trois seules femmes agents du métier. La toute première fut Rachel Anderson, réputée pour avoir attaqué en justice l'Association du football professionnel (la PFA) – et avec succès – quand elle s'était vu refuser l'accès au dîner annuel de la même PFA, en 1997, alors qu'elle était agent du football professionnel, dûment enregistrée à la FIFA. C'était Rachel qui avait abattu les barrières imposées dans le jeu à des femmes comme Tempest, que j'avais engagée comme agent juste au moment d'aller travailler avec Zarco à London City. Avant de devenir agent dans le football, elle avait travaillé pour l'agence de relations publiques Brunswick et l'International Management Group créé par Mark McCormack, d'abord pour les golfeurs. Elle était intelligente, très belle, et donnait à tous ceux qu'elle rencontrait l'impression d'être aussi brillants qu'elle. Le football était moins raciste qu'avant, mais cela n'en restait pas moins un bastion du sexisme, ainsi que des personnages comme Andy Gray et Richard Keys, le duo d'anciens joueurs et commentateurs, l'ont démontré lorsqu'en janvier 2011, se croyant hors-micro, le duo avait continué ce dialogue sur Sky Sports au cours d'un match de Premier League dont un arbitre assistant était une femme : « Vous y croyez, vous ? Une femme juge de touche. Les femmes ne connaissent rien à la règle du hors-jeu. » Et Keys de répondre : « Rien. Évidemment. » Je suis bien placé pour le savoir ; je suis parfois un peu sexiste moi-même, mais en tant que Noir dans le milieu des entraîneurs de football, j'estimais de mon devoir d'aider à abattre certaines de ces barrières en offrant à Tempest l'occasion de me représenter. Je ne l'ai regretté qu'une seule fois. Nous nous trouvions à la cérémonie de remise du Ballon d'Or, à Zurich, il y a deux ans, nous étions tous deux descendus à l'hôtel Baur, sur le lac, et nous avions failli coucher ensemble. Elle en avait envie, j'en avais envie, mais je ne sais pourquoi, le bon sens prévalut, et nous avions réussi à terminer la soirée seuls, chacun dans notre chambre. Elle ressemble un peu à Cameron Diaz, et vous aurez donc une idée assez précise de la raison pour laquelle je regrettai de ne pas avoir couché avec elle – du moins, à l'époque –, comme aurait pu le faire n'importe quel homme. La seconde idée de Tempest, c'était un poste à l'OGC Nice.

— En réalité, admettait-elle, je ne suis pas certaine à cent pour cent qu'il y ait un poste là-bas, et peut-être n'en sont-ils pas sûrs eux-mêmes. Ce sont des Français et ils ne dévoilent pas facilement leur jeu. En plus, mon français n'est pas si bon, donc je suis incapable de lire entre les lignes. Tu maîtrises leur langue bien mieux que moi, tu comprendras donc peut-être où ils en sont. Mais c'est Nice, et c'est une équipe de Ligue 1, cela ne te fera aucun mal de les rencontrer, pas davantage qu'à eux de se rendre compte que tu as les épaules pour le poste. Et je ne vois pas de plus belle région où travailler. Ils suggèrent de te rencontrer à Paris, parce qu'ils jouent contre le PSG ce samedi. Cela devrait être un bon match. En tout cas, emmène Louise. Choisissez-vous un bel endroit, un hôtel chic, et baisez comme des fous.

Ce n'étaient là que de bons conseils et je n'eus pas à beaucoup argumenter pour convaincre ma fiancée, Louise Considine. Inspecteur de police du Grand Londres, elle avait quantité de congés en retard et ce fut ainsi que nous attrapâmes l'Eurostar pour Paris, tôt un samedi matin de novembre.

— Tu n'es pas obligée de venir au match, tu sais, lui dis-je. Si j'étais toi, je sortirais faire du shopping aux Galeries Lafayette, ou j'irais voir le nouveau musée Picasso.

— Enfin, au moins, tu ne m'as pas suggéré de sortir m'acheter de la lingerie hors de prix, soupira-t-elle, les yeux levés au ciel. Ou d'aller chez le coiffeur. J'imagine que je devrais m'estimer heureuse.

— J'ai dit quelque chose qu'il ne fallait pas dire ?

— Quel genre de compagne serais-je si je te quittais ne serait-ce qu'une minute du week-end ? J'ai envie qu'on dorme ensemble, qu'on se baigne ensemble, et qu'on aille au match ensemble. Mais je ne pose qu'une seule condition. Et la voici : que tu laisses tes épouvantables pyjamas à la maison.

— Ils sont en soie, protestai-je.

— Je me moque de savoir s'ils ont appartenu à Louis XIV. Au lit, j'ai envie de sentir ta peau nue contre moi. Est-ce clair ?

— Oui, inspecteur.

Le train était plein de gens qui allaient à Paris faire un peu de shopping de Noël anticipé, et parmi eux quelques supporters de football assez bruyants qui me repérèrent dans le hall des départs internationaux de Saint-Pancrace et entonnèrent en chœur :

« T'es parti parce que t'es une merde, T'es parti parce que t'es une meeeerde, Scott Manson, T'es parti parce que t'es une merde. »

Ce qui n'était pas si méchant, tout bien considéré. J'ai déjà entendu bien pire que cela sur mon compte. En outre, le type qui voyageait direction gare du Nord, une superbe blonde à mon bras, même si elle était flic, c'était moi.

— Ils t'embêtent ? me demanda-t-elle.

— Nan.

— Tant mieux. Parce que je ne peux désormais plus arrêter personnes, sauf ceux qui publient sur Twitter. Pister les vrais voyous et les vrais criminels n'est plus censé constituer un usage efficace et approprié du temps de travail d'un policier.

— Je réussirais presque à le croire.

— C'est la vérité.

À notre arrivée, nous nous enregistrâmes à notre hôtel avant de ressortir aussitôt pour déjeuner. Même à Paris, il y a des moments où la nourriture passe avant tout le reste, et pourtant Louise ne voyait pas tout à fait les choses sous cet angle.

— Soupe à l'oignon, c'est exactement ce qu'il faut avoir dans le ventre avant un match, décidai-je. Sans parler d'un cassoulet et d'une bonne bouteille de Riesling.

— Je pense à autre chose que j'aimerais bien avoir dans le ventre, me confia-t-elle. Dès que nous aurons fini de déjeuner, j'aimerais assez que tu me raccompagnes à la chambre et que tu me défonces.

Et du coup, après un excellent repas, nous retournâmes à l'hôtel ; et j'eus tout juste le temps de la défoncer avant d'attraper un métro de la station Alma-Marceau à la Porte de Saint-Cloud.

J'aimais assez l'idée de me rendre à un match de football en métro. Personne ne me reconnut et c'était comme redevenir un supporter ordinaire – même à Édimbourg, j'avais essuyé quelques fines remarques, sur le trajet de Leith Walk à Easter Road. Dans la rame de métro, les fans du PSG dégageaient une haleine plus vraie que nature ; c'était comme d'être dans un bar. Mais ils savaient se tenir et je ne vis pas trace de ces dérives hooliganesques qui étaient censées infester le PSG et qui, en 2006, avaient abouti à ce qu'un fan soit abattu par la police parisienne suite à une agression raciste contre un supporter du Hapoel Tel Aviv. À Millwall, club de la région de Londres, on prend peut-être son pied à l'idée d'être détesté de tous, mais il faut avouer que personne ne les déteste assez pour leur tirer dessus. Enfin, pas encore.

Dans le quartier du Parc des Princes, il y avait plus de flics dans les rues que de cadenas d'amoureux sur la passerelle du pont des Arts. Et ils avaient l'air de prendre l'affaire très au sérieux. La plupart d'entre eux étaient armés et en tenue anti-émeute, émeute qui semblait plus qu'improbable : ce n'était pas Nice, mais Marseille – actuellement en tête du championnat de Ligue 1 – qui était le plus farouche rival du PSG.

— Ils ne veulent courir aucun risque, hein ? observa Louise.

— Chaque fois que je viens à Paris, j'ai l'impression qu'il y a encore plus de flics que la fois d'avant. Je crois que si tu cherches un travail en France, c'est sans doute par la police qu'il faut commencer. Apparemment, le gouvernement français ne se fie guère à son peuple.

— Comment le lui reprocher ? (C'était du Louise tout craché, de prendre fait et cause de la sorte pour les forces de police d'un autre pays.) Entre 1789 et 1871, cinq révolutions ont éclaté dans cette ville. Il semble y avoir parfois une manifestation un week-end sur deux. Les Français sont un peuple récalcitrant.

— Dans un monde anglophone, il y a amplement matière à se montrer récalcitrant. J'admire leur détermination à préserver ce qui fait d'eux des Français. En Angleterre, nous aurions intérêt à nous en inspirer un peu plus. Éventuellement à retenir la leçon des Écossais et organiser un référendum pour décider ou non de les bouter hors de la Grande-Bretagne. Un truc de cet ordre.

— Tu as songé à adhérer à l'UKIP de Neil Farage ? me lança-t-elle.

L'Olympique Gymnaste Club Nice Côte d'Azur pointait à la onzième place sur vingt en Ligue 1, et le Paris St-Germain était deuxième. Fondé en 1904, Nice était le plus âgé des deux clubs, de soixante-dix ans, et, malgré ce que la grande braderie de leurs joueurs l'été dernier aurait pu laisser croire, le club se débrouillait plutôt bien. Paris n'avait pas perdu une rencontre depuis le début de la saison et, alors que j'étais venu en France en espérant voir Thiago Silva,

David Luiz et Zlatan Ibrahimović en action côté PSG, ce fut le numéro 9 parisien, Jérôme Dumas, qui me fit la plus forte impression. Il était rapide comme l'éclair et tout aussi imprévisible, doté d'un pied gauche d'une rare pureté. Il me faisait surtout penser à Lionel Messi. La rumeur qui circulait, selon laquelle il était à vendre, me semblait étrange. Il n'arrêtait pas de cavaler et il aurait pu marquer, s'il y avait eu davantage d'entente entre lui et Edinson Cavani, celui qu'on appelait « El Matador », en raison de son style flamboyant sur le terrain. Malgré le seul et unique but de Zlatan – sur penalty –, les Parisiens ne se montraient pas convaincants et, après ce but à la dix-septième minute, un PSG décidément indéchiffrable leva le pied, laissant l'initiative aux Niçois, qui semblèrent bien malchanceux de ne pas repartir avec un point.

Nous rentrâmes au Plaza et prîmes une douche rapide avant de sortir dîner.

Le lendemain matin, je laissai Louise se prélasser au lit et descendis petit-déjeuner avec Gérard Danton, l'un des directeurs de l'OGC Nice. C'était un homme de belle allure, bien habillé, la quarantaine, et j'étais content d'avoir écouté le conseil de ma dulcinée et de porter un blazer bleu, une chemise et une cravate Charvet qu'elle m'avait achetés la veille. Nous nous parlions en français. C'est une langue que j'aime parler, bien que mon espagnol et mon allemand soient meilleurs.

— C'est un bel hôtel, remarqua Danton. Je n'y suis moi-même encore jamais descendu. D'ordinaire, je choisis le Meurice. Mais je crois que je préfère celui-ci.

— Ma fiancée serait sans doute d'accord avec vous. Et naturellement, pour le métro, c'est très commode.

Il se rembrunit, comme s'il n'avait pas tout à fait compris pourquoi un type séjournant au Plaza irait accorder la moindre importance au métro.

— Je suis allé au match en métro, ajoutai-je.

— Vous avez pris le métro jusqu'au Parc des Princes ?

Il eut l'air étonné, comme s'il n'avait lui-même jamais songé à se lancer dans une aventure pareille.

— Plus rapide qu'en voiture. J'y étais en un rien de temps. En plus, j'aime bien me rendre au match en métro. À Londres, je ne peux pas. Pas pour le moment, en tout cas. Je passerais un sale quart d'heure.

Le Français regarda par la fenêtre, vers la cour de l'hôtel.

— Qu'est-ce qu'ils construisent, là, dehors ?

— Il semble que ce soit une patinoire.

Danton frissonna.

— Paris est trop froid pour moi, m'avoua-t-il. Je préfère le Sud. J'imagine que vous êtes déjà allé à Nice.

— De nombreuses fois. J'adore la Riviera. Surtout Nice. C'est le seul coin de la Côte d'Azur qui ressemble vraiment à une ville.

— Avec tous les problèmes que cela comporte.

— Pas tous. Vous bénéficiez du climat le plus agréable d'Europe. En Espagne et en Italie, il fait trop chaud. Nice, c'est comme dans *Boucle d'Or*, ni trop chaud, ni trop froid. Juste comme il faut.

— Dites-moi. Pourquoi donc avez-vous quitté City ? Vous réussissiez si bien là-bas.

— J'adorais ce club, c'est vrai, et il me manque de plus en plus. Je devais être trop idéaliste, j'imagine. Disons que je croyais en un certain style de football, et peut-être que je n'ai pas été assez pragmatique.

— C'est une réponse très diplomatique.

— Je crains que vous n'en receviez pas d'autre. Franchement, il vaut mieux que je n'en dise pas davantage. Depuis Tony Blair et George Bush, la diplomatie a pris la mauvaise habitude de ressembler au mensonge.

— Très bien. Qu'avez-vous pensé de notre football ?

— Vous avez eu une première demi-heure difficile. Ailleurs qu'au Parc des Princes, ils n'auraient jamais obtenu ce penalty. Mais votre entraîneur, Claude Puel, a très bien su organiser ses joueurs et vous avez su résister à la tempête qui, par bonheur, a été brève. Sincèrement, alors qu'ils auraient dû plier l'affaire, ils vous ont permis de revenir dans la partie. Si vous jouez avec toute l'intensité que vous avez montrée dans la seconde période, vous avez une belle saison devant vous, monsieur Danton. Étant donné qu'il vous manquait certains joueurs titulaires, j'ai trouvé que vous vous en étiez très bien tirés. Ils ont eu de la chance de récolter trois points.

— Et pourtant, après nos quatre derniers matchs, nous n'en avons engrangé qu'un seul. Comment pouvons-nous rétablir la situation ? Pour Nice, quelle est la meilleure voie à suivre ? Qu'est-ce qui ne va pas ?

— À mon avis, rien. Rien du tout. C'est simplement que vous n'avez pas l'argent des Qataris à déverser comme des confettis sur des garçons comme Cavani, Ibrahimović, Luiz, Silva ou Dumas. Sa deuxième place, le PSG l'a achetée, tout comme Manchester City a acheté la sienne. Si vous aviez n'importe lequel de ses joueurs, votre situation serait très différente. Avez-vous trente-cinq millions de côté pour vous payer Jérôme Dumas ? Parce que j'ai entendu dire que le PSG pourrait envisager de s'en défaire, en janvier.

Danton secoua la tête.

— Nous avons eu un été difficile. Nous avons dû réduire notre masse salariale de façon très substantielle. Nous ne pouvons pas nous permettre de débourser une somme pareille. (Il haussa les épaules.) Personne ne le peut, à moins d'avoir un papa protecteur russe ou arabe pour lui payer tous les gâteaux qui lui font envie.

— L'argent du pétrole fausse tout. Pas seulement le football. Jetez un œil autour de vous, dans cet hôtel. Il y a des gens ici qui dépensent de l'argent comme s'il n'avait aucune signification réelle.

— Exact. Mais il en est de même au Meurice.

Je haussai les épaules.

— Vous boxez au-dessus de votre catégorie, monsieur Danton. Puel effectue du bon travail. Je suis sûr de que je ne pourrais pas faire mieux que lui. Pas avec vos ressources. Votre gardien, Mouez Hassen, a effectué un excellent arrêt. Il vous a maintenu dans le match. Et si Eysseric avait marqué, les choses auraient pris un tour très différent. Au cours de la première période, le ballon vous a brûlé les pieds. Dans la seconde, vous vous êtes mis à vous amuser. Je ne vois pas grand-chose qui nécessite du changement. Sauf peut-être que vous devriez dire à vos joueurs de se lâcher un peu plus, et de prendre plaisir au jeu. Tout cela m'amène à me demander pourquoi vous avez souhaité me rencontrer.

— Pour faire un peu de lèche-vitrines. Comme tout le monde à Paris. Qui peut se permettre de faire quoi que ce soit d'autre dans cette ville ? Mis à part les Russes et les Arabes ?

— N'oubliez pas les Chinois. Ils ont peut-être un peu moins d'argent que les Russes et les Arabes, mais ils sont apparemment plus nombreux à venir le dépenser à Paris.

— Tout le monde n'a pas la franchise de répondre ce que vous venez de répondre, monsieur Manson. Surtout quand on est au chômage. Ce genre d'honnêteté en dit long sur le caractère d'un homme. Pour cette même raison, j'admire un homme qui n'est pas imbu de lui-même au point de refuser de prendre le métro. Donc j'espère que vous m'autoriserez à vous payer votre week-end. Le fait est que vous m'avez probablement permis d'économiser pas mal d'argent, ce matin. Et j'apprécie cela plus que tout. En particulier à Paris.

3

Le meilleur moyen de voir Shanghai, c'est de nuit, quand cette ville immense, éclairée de néons, ressemble à un fabuleux coffret à bijoux tapissé de velours noir rempli de rubis écarlates et chatoyants, de diamants étincelants et de saphirs d'un bleu éclatant. Tempest avait raison. C'était exactement comme dans *Skyfall*, sauf que je ne projetais de tuer personne. Cela étant, personne n'aurait probablement rien remarqué. Jamais je n'avais vu autant de monde. Shanghai compte une population de vingt millions d'habitants, et il est difficile d'imaginer que l'individu y possède la moindre importance. Dans le même ordre d'idées, il est difficile de savoir exactement ce qui s'y passe. Tout évoque une métropole de premier plan, mais comme vous êtes incapable de rien lire, il est facile de se sentir perdu et un peu dépassé. Il y a aussi le fait que j'avais du mal à différencier les Chinois les uns des autres, ce qui n'a rien de raciste dès lors que vous admettez qu'ils rencontrent sans doute le même problème avec les Occidentaux.

Mon hôte était Jack Kong Jia, le milliardaire chinois, qui avait contacté Tempest pour m'inviter à venir entraîner son club de football des Shanghai

Xuhui Nine Dragons, dans le cadre d'un contrat de six mois renouvelable. « JKJ », comme on l'appelait communément, possédait la Nine Dragons Mining Company et pesait, disait-on, six milliards de dollars, ce qui expliquait pourquoi on m'avait installé dans une suite présidentielle à huit mille livres sterling la nuit, au quatre-vingt-huitième étage du Park Hyatt, l'un des hôtels les plus hauts du monde.

— Jack Kong Kia est supposément sur le marché pour acheter un club de football anglais, m'avait expliqué Tempest, lorsque nous étions à Londres. Il ne cherche pas seulement un manager à Shanghai, mais quelqu'un qui connaisse le football anglais et puisse le conseiller à cet égard. Ce serait une bonne chose si vous vous entendiez, lui et toi.

— Acheter lequel ? Une idée ?

— Reading. Leeds. Fulham. Tu as l'embarras du choix. Posséder un club de football, ce n'est pas pour les âmes sensibles, c'est certain. Pour lui donner le courage de se lancer, neuf dragons pourraient ne pas être de trop.

— Je ne sais pas si j'ai encore envie de travailler avec un autre milliardaire étranger, dis-je. J'ai déjà été employé par l'un d'eux, tu te rappelles ? Et je n'ai pas apprécié.

— Et c'est exactement pour cela qu'un contrat de six mois à Shanghai serait une bonne idée. Comme ça, tu pourras décider si vous vous entendez ou non. Écoute, Scott, ce type pourrait devenir le prochain Roman Abramovitch ou le prochain Cheikh Mansour, et soyons réalistes, pour le moment, ce n'est pas comme si tu croulais sous les offres.

— C'est vrai. Mais ce n'est pas non plus comme si j'avais besoin d'argent. Je peux me permettre d'attendre qu'une prochaine proposition se présente. Et je ne suis pas sûr que ce soit fait pour moi. Je ne sais même pas parler chinois.

— Je ne lui ai parlé qu'au téléphone, mais M. Jia s'exprime dans un anglais parfait, ce n'est donc pas un problème. Et la moitié de l'équipe est originaire d'Europe.

Je lâchai un gémissement.

— Je n'arrête pas de me dire que je pourrais entraîner un club en Allemagne. Je parle couramment l'allemand, après tout. J'aime bien ce pays.

— Tu n'es encore jamais allé à Shanghai, non ? me demanda-t-elle.

— Non.

— À mon avis, se retirer de cette affaire, ce serait tourner le dos à ton avenir.

— Tu parles d'expérience ?

— Non.

— Alors ce sont des plans sur la comète.

— Appelle cela de l'intuition. Écoute, Scott, l'une des raisons pour lesquelles tu m'as engagée consistait à m'offrir une opportunité dans un monde presque exclusivement masculin. Cela signifie aussi que tu dois accepter que je sorte des sentiers battus. Je dois également te rappeler que j'ai besoin de gagner ma vie et que, même si je suis là pour te représenter, pour l'heure, je touche dix pour cent de rien. Donc, s'il te plaît, accorde-nous cette chance. (Elle me prit la main et l'embrassa avec tendresse.) Et essaie donc de te dérider, Scott. Souris. La situation va s'arranger, j'en suis sûre.

— Très bien. Tu as probablement raison. J'irai là-bas.

— Et quand tu seras sur place, évite de tenir des propos qui te grillent pour le poste, comme tu l'as fait à Paris. Tâche de ne pas être trop sincère. L'actuel manager de l'équipe, Nicola Salieri, a déjà démissionné. M. Jia semble avoir une haute opinion de toi. Il te suffit d'aller au match et d'écouter ce qu'il a à te dire.

M. Jia me reçut dans une loge privée luxueuse du stade de Yu Garden, d'une capacité de trente mille places, où Shanghai Xuhui recevait Guangzhou Evergrande – dans la tenue bleu et rouge qu'ils portaient lorsqu'ils jouaient à domicile, d'une similitude douteuse avec celle de Barcelone. C'était un bel homme, le début de la trentaine, des lunettes à la Michael Caine, un accent américain, une montre sertie de diamants aussi grosse que la couronne portée par la reine Elizabeth le jour de son sacre et, au revers de son costume, un petit drapeau chinois. Huit très belles jeunes Chinoises arborant des sourires plus grands que leurs minirobes nous accueillirent avec tous les égards. Elles nous servirent à boire, nous apportèrent à manger, allumèrent les cigarettes interminables de M. Jia et se chargèrent de placer ses paris en cours de match, de grosses sommes qu'il misait presque sans s'arrêter. Il buvait du champagne Krug – une coupe après l'autre, apparemment, et non parce qu'il le préférait, mais parce que c'était le plus cher. Je me limitai à la bière chinoise – de la Tsingtao parce que je l'appréciais et parce que je voulais conserver l'esprit plus ou moins clair afin de discuter affaires et de suivre le match en cours. Mais à dire vrai, nous étions tellement en hauteur par rapport au terrain qu'il était difficile de suivre la rencontre. Les noms des joueurs sur les maillots étaient inscrits en jaune et en chinois, et s'ils portaient aussi des numéros, le programme étant également en chinois, je n'avais que peu ou pas d'idée de qui était qui.

— Shanghai vous plaît ? s'enquit-il. Votre chambre d'hôtel ? Tout est selon votre goût ?

— Oui, tout est parfait, monsieur Jia.

— J'ai envie que vous vous plaisiez ici. C'est l'avenir, monsieur Manson. Il est impossible de se trouver ici et de ne pas le percevoir, vous n'êtes pas d'accord ?

— N'est-ce pas Confucius qui affirmait que la prophétie est toujours un art difficile... surtout quand c'est une prophétie concernant l'avenir ?

M. Jia éclata de rire.

— Vous connaissez Confucius ? C'est bien. Peu de managers d'équipes de football sont capables de citer Confucius. Même en Chine.

Je haussai modestement les épaules. J'avais dans l'idée que l'on avait accolé le nom d'une flopée d'auteurs célèbres à l'invention de cette formule, dont Confucius, mais je n'avais aucune envie d'insulter M. Jia en lui laissant entendre que c'était désormais le genre de citation que l'on pouvait lire à l'intérieur de n'importe quel cracker de Noël.

— J'étais un grand admirateur de London City, poursuivit-il.

— Moi aussi. Et je le suis encore.

— De João Zarco et de vous-même. Je vous dirai sincèrement que si M. Zarco était encore en vie, c'est lui qui aurait fort bien pu être assis devant moi à cette minute.

— Zarco était le meilleur manager d'Europe, acquiesçai-je. Si ce n'est même du monde.

— C'est aussi mon avis, renchérit Jia. Mais je pense néanmoins que vous êtes le deuxième. Et que si vous étiez resté à London City, vous auriez accompli de grandes choses. Bien sûr, il se pourrait en fin de compte que leur perte tourne à mon avantage.

M. Jia laissa l'une des hôtesses remplir son verre. Pendant qu'elle s'exécutait, la main du businessman s'égara sous sa jupe et y resta un moment, mais elle ne broncha pas et son visage conserva un sourire figé. À l'évidence, elle avait l'habitude de ce style de comportement à la manière de *Game of Thrones*. Et j'avais le sentiment que si j'avais imité l'attitude de son patron et agi de même, elle n'aurait pas cillé. Mais mes mains restèrent croisées autour de mon verre de bière.

— J'ai entendu circuler une rumeur insistante selon laquelle votre départ de City avait un rapport avec un organisme de paris à l'étranger, reprit-il. Vous auriez découvert que la mort de Bekim Develi, à Athènes, était liée à un pari sportif passé en Russie. Oh, rassurez-vous, je ne vous demande pas de me confirmer cette rumeur. J'aime parier moi-même, tous les Chinois aiment ça… mais je me fais une règle de ne jamais miser sur ma propre équipe. Les paris que vous m'avez vu passer concernent tous d'autres rencontres qui ont lieu cet après-midi. Essentiellement le match entre notre principal rival, Shanghai Shenshua, et Beijing Guoan. Je vous le précise afin que vous compreniez que je ne suis pas un escroc. En revanche, je suis très riche et que peut-on faire d'autre de son argent que le dépenser ? J'ai misé un million de yuans sur le résultat de ce match ; c'est à peu près cent mille livres. Mais rien ne vous interdit de parier sur Nine Dragons, monsieur Manson. Ou, en l'occurrence, sur ces chiens du Guangzhou Evergrande. Pourtant, je ne vous le recommande pas. Ils sont privés de leur meilleur joueur, Arturo. Le Brésilien, vous connaissez ? Shanghai Xuhui Nine Dragons va certainement battre les Greens, cet après-midi.

— Pourquoi neuf dragons ? demandai-je, changeant de sujet. Pourquoi pas sept ou huit ? Ou même dix ?

— Le chiffre neuf se prononce de la même façon qu'un mot qui signifie « éternel », et c'est donc un nombre extrêmement chanceux, en Chine, m'expliqua-t-il – tout en parlant, il continuait de suivre le match, qui se reflétait dans ses verres de lunettes, tels deux minuscules écrans de télévision. Beaucoup d'empereurs de Chine appréciaient grandement ce chiffre. Ils portaient des robes impériales à l'effigie des neuf dragons, et construisirent des murailles du palais aux neuf dragons. Dans la Cité interdite, vous découvrirez que le chiffre neuf influe sur presque tout. Le chiffre neuf et ses multiples sont aussi appréciés des Chinois ordinaires. Le jour de la Saint-Valentin, un homme chinois offrira à sa maîtresse quatre-vingt-dix-neuf roses rouges qui symbolisent l'amour éternel. En réalité, la fascination que nous inspire le chiffre neuf, à nous autres Chinois, ne connaît pas de fin. J'ai même un neuf tatoué dans le dos. Simplement pour que ma femme sache que c'est bien moi. Quand j'ai acheté cette équipe, je voulais mettre l'accent sur une grande force et un grand espoir pour l'avenir. C'est là que vous intervenez, le chiffre neuf et vous-même, monsieur Manson. J'ai de grands projets pour l'avenir de ce club et de la Chinese Super League.

« Mais ce n'est rien à côté de ce que sont mes plans concernant le football anglais. J'ai l'intention, au cours des douze prochains mois, d'acheter un club connu. Je regrette de ne pouvoir en révéler davantage à l'heure où je vous parle. Mais ce club évoluait autrefois au sommet de l'ancienne Première Division anglaise, et j'ai le souhait de lui restituer cette place. Pour cela, j'aurai besoin de l'aide d'un homme comme vous. Nous pouvons réaliser de grandes choses, vous et moi. J'espère que nous réussirons à conclure un accord, tant que vous êtes à Shanghai. Dès que vous aurez signé, vous toucherez une prime de signature d'un million de livres. Nous conclurons deux contrats… l'un avec Shanghai Xuhui et l'autre avec la Nine Dragons Mining Company. C'est ce que nous appelons un contrat Yin Yang, et c'est ainsi que l'on procède, en Chine. L'accord avec Nine Dragons sera le plus lucratif, mais avec ces deux contrats cumulés, vous serez payé deux cent mille livres par semaine. Je propose aussi que vous commenciez de travailler d'ici quinze jours. Vous aurez tout loisir de résider dans la suite présidentielle du Grand Hyatt à mes frais. Il est prévu que cela reste votre domicile pendant tout le temps que vous séjournerez à Shanghai. Ce sera aussi inscrit au contrat.

— Deux cent mille livres par semaine, c'est beaucoup d'argent, observai-je.

— Oui. Presque dix millions de livres par an. Cela ferait de vous le manager le mieux payé du monde. C'est aussi une manière d'affirmer mes intentions. Le plus grand club du monde se doit également d'avoir le manager le mieux payé. Naturellement, sur ces sommes, vous n'auriez aucun impôt. Pour les étrangers, les taux d'imposition chinois sont de quarante-cinq pour cent. Mais comme votre pays a conclu un traité de non-double imposition avec la Chine, vous avez le droit de travailler ici cent quatre-vingt-trois jours avant de payer le moindre impôt. Ce qui signifie que si vous restez, nous vous rédigerions aussi un contrat pour une durée de cent quatre-vingt-deux jours, valable dans notre pays. Et ensuite, un autre, de cent quatre-vingt-deux jours, au Royaume-Uni. Ainsi, vous ne paierez absolument aucun impôt.

— Cela ne me gêne pas de payer un juste montant d'impôt, soulignai-je.

— Oui, mais comment définir ce qui est juste ? (M. Jia s'esclaffa, d'un rire gras de fumeur qui retentit comme un moteur de vieille bagnole que l'on tente de faire démarrer.) C'est la question à un demi-million de livres, n'est-ce pas ? Du moins, ça l'est dans ce cas-ci. Il n'y a certainement pas un État au monde où les gens ne se plaignent pas de payer trop d'impôts.

— Écoutez, avant de discuter de tels sujets, ne ferions-nous pas mieux de parler football ?

— Quoi, encore des discours sur le football ? Ou avez-vous eu une sorte de révélation depuis la dernière fois que vous êtes intervenu sur ce sujet ? Dans Match of the Day, sur la BBC, si je ne me trompe ?

— J'ai déclaré quantité de choses sur le football, dans cette émission.

— Oui, mais à l'inverse de ce qui s'y rabâche d'habitude, vos propos étaient intéressants.

— Je suis ravi que vous soyez de cet avis.

Jia changea de lunettes, sortit un carnet en cuir rouge de chez Smythson et tourna les pages, jusqu'à une inscription en chinois, écrite tout petit.

— « Les pensées du président Mao. » (Puis il croisa mon regard et me sourit.) Non, pas vraiment. Je plaisante. Non, ce sont quelques-uns des propos que vous avez tenus, monsieur Manson. Comme… voyons voir… oui, que l'on peut avoir parfois trop de grands joueurs dans une équipe. Qu'il y a chez chacun d'eux la tentation de faire ses preuves devant le manager, d'en mettre plein la vue. Que trop de talent peut se mettre en travers de l'efficacité. C'est une manière très chinoise de considérer les choses.

J'opinai et me rappelai que ce n'était pas ce que la BBC avait envie d'entendre, venant de moi. Ils avaient souhaité débattre de l'absence de managers noirs au sein de la Barclays Premier League. Cela ne m'intéresse jamais beaucoup d'aborder la question, pour la simple raison que je ne me considère pas plus comme Noir que je ne me considère comme Blanc. Je n'ai aucune envie de me faire le porte-parole des questions ethniques dans le football. Quand j'avais laissé entendre cela, l'enquêteur de la BBC avait eu l'air interloqué et je m'étais alors rendu compte – non sans un certain choc, il faut l'admettre – que le véritable racisme qui sévit aujourd'hui en Angleterre, c'est qu'une petite part de sang noir qui entre dans votre identité suffit à faire de vous un Noir à part entière. La moindre part de noirceur entache le peu de blancheur que pourriez détenir en vous. Putain de BBC. Avec eux, il était toujours question de politique, et jamais uniquement de sport. C'est pour cela que j'apprécie Sky.

— Vous avez dit aussi... comment donc avez-vous formulé la chose, je souhaiterais citer fidèlement vos propos... vous avez déclaré que le football devrait toujours être une affaire facile, mais que le faire paraître facile était ce qu'il y avait de plus difficile dans le sport moderne. C'est vrai de presque toutes les grandes entreprises, monsieur Manson. Regardez simplement un film montrant Picasso qui dessine sur une feuille de papier. Il fait paraître la chose facile. Il donne l'impression que n'importe qui pourrait y arriver. Mais faire paraître la chose facile, c'est cela qui est rare. Vous aviez tout à fait raison, là-dessus. C'est ce que j'attends de vous. Un football simple et séduisant.

— Vous n'avez pas envie d'entendre mes idées concernant le futur de votre club ?

— J'ai lu votre livre. J'ai suivi des interviews de vous à la télévision. Je vous ai regardé sur YouTube. Je vous ai même entendu sur TalkSPORT. Chaque fois que j'ai été de passage à Londres, je suis allé voir London City. Je connais déjà vos idées, monsieur Manson. Je sais tout de vous. Que vous avez été accusé de viol, à tort, et emprisonné. Que vous avez été finalement acquitté. Que vous avez obtenu votre diplôme d'entraîneur quand vous étiez derrière les barreaux et que, peu après votre remise en liberté, vous avez rejoint Barcelone. Que votre père, ancien joueur, est maintenant chef d'une florissante entreprise d'articles de sport. La pomme ne tombe jamais très loin de l'arbre, monsieur Manson. Il est évident à mes yeux que vous êtes taillé du même bois que lui. Il me semble que vous êtes très désireux de réussir à votre tour et de ne pas compter sur l'argent de votre père pour payer vos factures. N'est-ce pas ?

— Vous n'avez pas tort, monsieur Jia, admis-je.

— Peut-être devrais-je vous faire part de ma propre philosophie du football. Qui est aussi ma philosophie des affaires. C'est pourquoi j'apprécie ce sport. Il est possible d'apprendre dans le football des leçons qui s'appliquent autant à l'usine que dans une salle de conseil d'administration. Ma philosophie est celle-ci, monsieur Manson : si vous n'êtes pas en mesure de réaliser un profit, alors assurez-vous de n'essuyer aucune perte. C'est de l'économie élémentaire. Sur le terrain, nous exprimons cela différemment, mais au fond, le principe est identique. Si vous ne parvenez pas à gagner, alors assurez-vous au moins de ne pas perdre. Un match nul reste un nul, et un point reste un point et, à la fin de la saison, quand tout se joue au dernier match, et si vous remportez le championnat d'un point... comme Manchester City en 2014... vous remportez quand même le championnat.

Je hochai la tête. Je n'avais guère envie de lui gâcher ses souvenirs en lui rappelant que Manchester City avait devancé Liverpool pour le titre de deux points, mais son argumentation n'en était pas moins intelligente. On aurait tout aussi bien pu affirmer que si Liverpool était rentré de sa rencontre à l'extérieur contre Crystal Palace avec plus qu'un simple match nul – et ils auraient dû, après avoir mené 3-0 –, alors ils auraient remporté le titre. Le football est émaillé de plus de plans sur la comète qu'une réunion de scénaristes chez Warner Brothers.

— Je dois aussi vous préciser que vous disposerez d'un budget de trois cents millions de yuans pour acheter tous les nouveaux joueurs que vous jugerez utiles pour le compte de Shanghai Xuhui. Ceci sera aussi mentionné dans votre contrat. Cela fait également partie de ma philosophie : vous en avez pour votre argent. (Il prit une autre cigarette et attendit que l'une des filles vienne la lui allumer.) Bien sûr, j'ai conscience que Shanghai ne représente pas encore une part importante du monde footballistique. Mais ce sera le cas de l'argent de Shanghai. Et c'est pour bientôt. Je suis convaincu de n'avoir aucun besoin de vous rappeler que, dans le football, toute réussite repose sur l'argent. Hélas, l'époque de Nottingham Forest remportant la Coupe d'Europe sans disposer de grosses sommes à investir dans des joueurs de premier plan est révolue. Il n'y a plus de place pour le romantisme dans le football. La parole est à l'argent désormais, et non plus aux fleurs, aux chocolats et à un manager sachant manier les belles formules. Si vous voulez du romantisme, il y a toujours la Coupe d'Angleterre. Mais tout le reste est affaire d'argent.

— Je suis d'accord. J'aimerais qu'il en soit autrement. Mais c'est ainsi.

Nous bavardâmes encore un peu et ensuite, le match terminé – Shanghai Xuhui le remporta 2-0 –, il me proposa de visiter le stade Xu Garden, le lendemain matin.

— Je préfère éviter de vous y emmener tout de suite, si peu de temps après le match, m'expliqua-t-il. Nicola Salieri a accepté de reporter l'annonce de sa démission jusqu'à la nomination d'un nouveau manager. Appelez donc votre agent, miss O'Brien. Discutez-en avec elle dès ce soir. Mais j'attends votre décision dans la matinée, monsieur Manson.

4

Deux semaines plus tard, après des vacances de Noël de rêve avec Louise en Australie, au Tower Lodge, dans les Nouvelles Galles du Sud, j'étais de retour à Shanghai.

Ce n'était pas seulement l'argent qui m'avait persuadé – même si la somme était assez convaincante. C'était la chance d'être de la partie au tout début d'un moment important du football anglais. M. Jia avait lâché quelques allusions d'ordre général relatives au club qu'il songeait à acheter, qui m'évoquaient fortement Leeds. J'espérais que ce serait bien Leeds. C'était le seul grand nom qui méritait réellement de réintégrer la Premier League. Après tout, c'était l'un des vingt-deux clubs qui, à l'origine, avaient voté pour former la Premier League. Et je ne voyais aucune raison véritable qui, moyennant les bons investissements, interdise à Leeds – le géant endormi du championnat – de redevenir la grande équipe qu'ils avaient été jadis. Cela avait fonctionné pour Manchester City. Elland Road était déjà le deuxième stade, par la taille, en dehors de la Premier League, avec une jauge de presque trente-huit mille places. C'était plus grand que White Hart Lane, celui de Tottenham.

À l'aéroport international de Pudong, je fus accueilli par un chauffeur dans le style d'Oddjob, le Chinois de *Goldfinger*, et par l'une des belles et jeunes hôtesses de Jia, qui m'escortèrent de nouveau jusqu'au Hyatt. La jeune fille s'appelait Dong Xiaolian et parlait un anglais parfait, sans accent. Sur la banquette arrière de la Rolls Royce de Jia, elle m'annonça le programme des événements qui nous attendaient ce jour-là. Tout cela paraissait enthousiasmant, mais avant même que la voiture ne démarre, les choses tournèrent déjà mal. Elle me remit un mail de Tempest, envoyé à l'hôtel, confirmant ce que je suspectais : la prime de signature d'un million de livres n'avait toujours pas été versée.

— Dans l'après-midi, nous tiendrons une conférence de presse à l'hôtel avec tous les principaux médias chinois, m'expliqua Dong. Je serai votre interprète. Je suis titulaire d'une maîtrise en littérature anglaise. Je suis une collaboratrice extérieure et vous devriez me considérer comme étant personnellement à votre disposition pendant votre séjour à Shanghai. Du moins jusqu'à ce que vous trouviez une interprète à plein temps. Ce que je suis aussi disposée à faire. Je ferai tout ce que vous voudrez, monsieur Manson. Absolument tout. N'importe quoi. Il vous suffira de demander.

— Il y a une chose, répondis-je. Je n'ai pas été payé. Une prime de signature d'un million de livres était prévue, et elle n'apparaît pas encore sur mon compte. J'étais censé être déjà payé, dès mon arrivée ici à Shanghai. Ce qui est pour le moins troublant.

— Je vais immédiatement en parler à M. Jia, dès notre arrivée à l'hôtel, m'assura Dong.

— Merci. (Je jetai un œil au programme qu'elle m'avait donné.) Qu'est-ce que c'est que ça, ici ? demandai-je. Une visite médicale. Je vais entraîner, pas jouer.

— Avant de commencer à travailler, vous devez passer cette visite médicale, pour nous assurer que vous n'ayez ni le sida ni le virus Ebola.

— Vous voulez rire.

— Ne vous inquiétez pas, c'est une pratique courante, pour tous les Africains qui souhaitent travailler en Chine.

— Je ne suis pas Africain, rétorquai-je. Je suis Britannique. Ou, pour être exact à cent pour cent, germano-écossais. Sur mon passeport, il est indiqué que mon lieu de naissance est Édimbourg. Il s'agit d'Édimbourg en Écosse, pas d'Édimbourg en Afrique du Sud. Et je ne vais sûrement pas me soumettre à un test des virus Ebola et HIV. Vous pouvez déjà commencer par oublier.

— Un Noir qui vient d'Écosse ? C'est une subtilité que les Chinois et, surtout, les autorités chinoises ne comprendront pas. Les tests sont obligatoires, je regrette. Les Chinois pensent que tous les Noirs ont le sida. Et, maintenant aussi, le virus Ebola. Ce sera indispensable, pour obtenir un permis de travailler en Chine, afin de prouver que vous ne constituez pas un danger pour la santé publique.

— C'est insultant, m'insurgeai-je.

— Il n'en reste pas moins que c'est la loi. Tous les étrangers, mais surtout les Noirs qui jouent pour les clubs de football chinois, doivent subir ces tests. Comprenez, je vous prie, que je ne crois pas que vous souffriez du sida ou d'Ebola. Si je pensais que vous aviez Ebola, j'aurais sûrement évité de m'asseoir dans cette voiture à côté de vous. Ne serait-ce qu'une minute. Et, si je croyais que vous aviez le sida, je ne vous aurais pas non plus proposé de coucher avec vous.

Je secouai la tête.

— Vous m'avez proposé de coucher avec moi ?

— Bien sûr. C'est pour cela que je suis payée.

— Pourquoi ?

— En plus d'être interprète, je suis aussi escort. Et ne vous inquiétez pas, j'ai passé un test HIV hier, pour que vous puissiez avoir la certitude que je suis cent pour cent en bonne santé. Je vous montrerai le certificat dès que nous arriverons à l'hôtel.

— Ce ne sera pas nécessaire, Dong. Écoutez, je n'ai pas envie qu'il se crée le moindre malentendu entre nous. Je vous trouve très agréable, mais le seul service que je réclame de vous, c'est d'être mon interprète à cette conférence de presse.

— Vous en êtes sûr ? Je pourrais vraiment vous procurer énormément de plaisir.

— Je crois qu'il y a eu méprise. À Londres, j'ai une femme. Elle me fait confiance... plus ou moins... pour que je ne commette pas d'écart quand je suis loin de chez nous. Vous comprenez ?

Je n'étais pas sûr que tel soit véritablement le cas. Louise et moi n'avions jamais discuté du sujet de ma fidélité ou de la sienne, mais je souhaitais me tirer de cette situation embarrassante en me montrant le moins offensant possible.

Dong hocha la tête.

— Dommage, admit-elle. Je vous trouve très séduisant. Pour un Blackos. Je n'ai encore jamais couché avec un Noir. On dit que quand vous avez couché avec un Black, vous ne pouvez plus vous en passer, hein ?

— Eh bien, vous devrez juste patienter encore un peu avant de connaître ce plaisir. Avec moi, ce sera une relation strictement professionnelle, d'accord ? Pas de galipettes.

— Galipettes ? Qu'est-ce que c'est ?

— Peu importe. Vérifiez simplement ce qui est arrivé à mon argent, d'accord ? Et s'il vous plaît, ne me traitez plus jamais de Blackos. Je ne sais pas où vous avez obtenu votre diplôme de littérature anglaise, mais c'est une façon très injurieuse d'appeler une personne à la peau noire.

— Je m'excuse. Je ne voulais pas vous offenser. Franchement, je pensais que c'était un terme affectueux. Comme Frenchy. Ou Schleu. Les Allemands, ça les ennuie qu'on les appelle des Schleus ?

— C'est différent. Blackos, ce n'est peut-être pas aussi grave que certains autres termes, mais ça reste raciste.

— Mais vous avez sûrement compris maintenant que tous les Chinois sont racistes par nature.

— Je commence, en effet.

— Peut-être devrais-je vous préciser que la plupart des night-clubs de Shanghai sont des lieux qui n'acceptent pas les Noirs. Les videurs considèrent que ce sont tous des trafiquants de drogue et leur interdisent l'accès.

— Pour moi, Dong, cela ne constituera pas un problème. Je n'apprécie pas trop les night-clubs.

— Les joueurs, si.

— Ils n'iront pas non plus dans des night-clubs, Dong. J'ai tendance à considérer que les sportifs doivent traiter leur corps avec respect. Cela signifie ne pas fumer et ne pas boire.

Dong éclata de rire.

— Mais en Chine, tout le monde fume. Et en particulier les sportifs.

— J'ai remarqué.

Je n'ajoutai plus grand-chose avant notre arrivée à l'hôtel, mais une fois là-bas, tout alla rapidement de mal en pis. La suite présidentielle que l'on m'avait réservée la fois précédente n'était plus disponible. On me proposa une chambre standard avec salle de bains, très inférieure à la suite présidentielle avec sa cuisine indépendante, sa salle à manger et la meilleure vue sur tout Shanghai. Quand je contactai la réception, on me répondit que c'était la seule chambre disponible ; ensuite, on me demanda combien de temps je l'occuperais, car elle n'était réservée que pour deux nuits. Et, autre découverte encore plus déconcertante, c'était moi qui réglais ma note d'hôtel. À présent, j'avais l'impression d'avoir commis une grave erreur, mais ce fut seulement quand je parlai à Dong et lui demandai de me faire rappeler par M. Jia que je finis par suspecter qu'il se passait quelque chose de grave.

— Je ne comprends pas, fit-elle. M. Jia est en déplacement. Sa secrétaire me répond qu'il a été appelé à l'improviste pour affaires hier soir à Hong Kong. Et qu'il ne sera pas de retour avant deux bonnes journées.

— Donc, il ne sera pas à la conférence de presse dans… (Je jetai un œil à ma montre.) Dans cinquante minutes ?

— Il vous a envoyé un SMS pour s'excuser, remarqua Dong.

— Un SMS. Ah oui, ce qui arrange tout. (Je consultai mon téléphone.) Bon, si j'avais un peu de réseau, je serais en mesure de le lire.

— Mais la secrétaire m'a bien assuré que l'argent sera versé sur votre compte aujourd'hui.

— J'y croirai quand je le verrai.

— Nous devrions aller au Gemini, maintenant.

— Au Gemini ?

— C'est le nom que le Hyatt a donné à l'une de ses nombreuses salles de conférence.

— Un nom qui me paraît tout trouvé.

— Comment cela ?

— Gemini, ou les Gémeaux, possèdent deux faces, n'est-ce pas ? Bon, peu importe.

— C'est au deuxième étage. Toute la presse et toutes les télévisions de Shanghai ont été invitées. C'est déjà une nouvelle importante. Apparemment, le manager précédent ne savait pas qu'il allait être renvoyé. Devant la salle Gemini, vous rencontrerez d'autres membres du club, je pense. Ils vont se présenter à vous. L'un de nos principaux journalistes de télévision, Yuan Ming, sera là pour vous présenter. C'est l'animatrice de l'émission équivalente de votre Match of the Day. Notre version à nous de votre Gabby Logan, vous voyez ?

Je hochai la tête, pas tout à fait convaincu que Gabby Logan ait encore quoi que ce soit à voir avec

Match of the Day, mais pour l'heure, il paraissait peu pertinent d'émettre un doute à ce sujet.

Je me dirigeais vers cette salle Gemini quand Tempest O'Brien m'appela sur mon portable.

— J'ai essayé de te joindre toute la matinée, me signala-t-elle.

— Il n'y a pas beaucoup de réseau, ici, dis-je. Du moins pas sur mon téléphone. J'espère que tu m'appelles pour m'annoncer que l'argent est désormais sur mon compte.

— Non. Il n'y est pas. Je ne sais que te dire. Je suis certaine que M. Jia a la somme. Tous ceux que je connais dans le monde des affaires me répètent la même chose : c'est un multimilliardaire. Mais il y a aussi un autre problème. J'ai reçu un coup de téléphone d'un de mes amis qui vit à Beijing. Selon lui, tu as déclaré à un journal que les arbitres chinois sont tous véreux et ne savent pas détecter un hors-jeu, même quand ça crève les yeux.

— Je n'ai évidemment jamais déclaré ça. Pourquoi je dirais ça ? Surtout maintenant. Même si c'était vrai.

— La Chinese Football Association est assez remontée.

— Si j'avais effectivement tenu de tels propos, je comprendrais. Mais je n'ai rien dit de tel. Écoute, je vais devoir te rappeler. Je suis sur le point d'entrer en conférence de presse. Je te rappelle quand c'est terminé.

Dong me conduisit dans une pièce située au fond de l'espace Gemini, où plusieurs Chinois et une présentatrice de télévision très glamour attendaient mon arrivée. Les hommes portaient des survêtements

Xuhui et faisaient partie, semblait-il, de l'encadrement, même si c'était assez difficile à dire, puisque aucun d'eux ne parlait l'anglais. Ils fumaient tous. Nous nous saluâmes les uns les autres en nous inclinant poliment, nous serrâmes la main, échangeâmes des cartes de visite et l'un de ces messieurs me remit un haut de survêtement orné du blason du club, que j'enfilai. Ensuite, nous entrâmes en salle de conférence où nous prîmes place derrière une longue table devant presque une centaine de journalistes des deux sexes. La salle était parée des couleurs de Shanghai Xuhui, copie conforme de celles de Barcelone, ce qui ne contribua guère à restaurer ma confiance dans cette affaire : je commençai à regretter ma décision de travailler pour une équipe de football qui ressemblait fortement à l'équivalent d'une fausse Rolex.

Alors que Yuan Ming prenait la parole, mon cerveau était en effervescence : je me demandais quel parti prendre. J'aurais pu choisir de négliger à peu près tout – le racisme décomplexé, le malentendu de ma chambre d'hôtel, l'exigence d'une visite médicale, l'absence du propriétaire du club à cette conférence de presse annonçant ma nomination – si la somme avait été versée sur mon compte, comme il avait été convenu. En réalité, c'était cet aspect qui me restait sur l'estomac, en particulier après les réflexions de Jia sur l'importance de l'argent dans le jeu moderne. Et, finalement, je fus incapable de supporter cela plus longtemps. J'interrompis Yuan Ming et j'annonçai que j'avais changé d'avis – en fin de compte, je n'intégrerai pas Shanghai Xuhui. Je consacrai quelques minutes à exposer mes raisons, après quoi la conférence de presse fut suspendue, au milieu d'une certaine confusion, et, ignorant les nombreuses questions qu'on me lança, je fis rapidement ma sortie. Tout cela m'évoquait cette publicité débile pour Chanel Bleu, où un crétin prétentieux déclare : « *I'm not going to be the person I'm expected to be any more* » – « Ne comptez plus sur moi pour être la personne que vous attendez » – ou une sottise du même acabit – et l'une des filles de l'auditoire se pâme devant cette démonstration d'individualisme gaulois.

Je ne cessai de me répéter que Brian Clough avait tenu quarante-quatre jours à Leeds United ; moi, je n'avais même pas tenu quarante-quatre minutes.

Je regagnai ma chambre d'où j'envoyai un mail à Tempest lui annonçant ce que je venais de décider et passai la demi-heure suivante à réserver un vol de retour pour Londres. Ensuite, je me servis un verre, je le bus, m'allongeai sur le lit et songeai que ce cauchemar serait bientôt terminé. Peut-être réussirais-je à en rire, après mon retour à Londres, mais pour l'instant, je me sentais très déprimé.

5

On frappa à la porte de ma chambre d'hôtel. J'ouvris les yeux et regardai par la fenêtre, contemplant fixement la vue de ma chambre standard. Elle n'était pas très différente de celle de la suite présidentielle, excepté le fait qu'à cette hauteur, il semblait y avoir un peu plus de nuages. Mais enfin, il s'agissait peut-être simplement de ma vision de cette journée : nuageuse, avec risques de grabuge.

— Allez-vous-en ! hurlai-je. J'ai besoin de dormir.

On frappa de nouveau, et cette fois j'attrapai mon iPhone et, avec l'aide de l'appli de traduction, je hurlai l'équivalent chinois : « *Likai ! Likai !* » Cela me paraissait plus poli qu'« allez vous faire foutre », la formule que je me sentais fortement l'envie d'employer. Mon histoire d'amour avec la Chine était décidément terminée.

— Monsieur Manson ? s'exclama une voix masculine. Il faut que je m'entretienne avec vous d'une affaire grave.

— Si vous êtes de la presse, vous pouvez foutre le camp.

— Je ne suis pas de la presse, monsieur Manson. Je vous le promets. S'il vous plaît, serait-il possible de nous parler ? Rien qu'une minute. Je suis en mesure de vous assurer que ce sera tout à votre avantage.

L'homme parlait un anglais suffisamment correct pour me convaincre à tout le moins de lui ouvrir ma porte et de l'écouter.

Je me glissai hors de mon lit, tournai la poignée et découvris un type, chinois, la fin de la quarantaine. Il portait un jean, des lunettes de soleil et un blouson en cuir noir ; il portait plusieurs colliers en argent autour du cou et un assortiment de bagues grotesques à ses doigts maigres et osseux. Il ressemblait à une version chinoise de Keith Richards.

— Scott Manson ?

— Oui.

— Pardonnez-moi, monsieur Manson. Dans ces circonstances, je sais que cela vous paraîtra une question très étrange, mais nous sommes-nous déjà rencontrés ?

— C'est vous qui venez de frapper à ma porte de chambre d'hôtel, vous vous souvenez ?

— S'il vous plaît, si vous aviez juste l'amabilité de répondre à ma question. Avant cette minute, nous sommes-nous déjà rencontrés ?

Je réfléchis un moment.

— Non, je ne crois pas.

— Vous en êtes tout à fait sûr ?

— Qu'est-ce que c'est que ce cirque ? Vous n'êtes pas policier, non ? Vous vous exprimez comme un policier.

— Non, je ne suis pas policier. Mais, s'il vous plaît. Répondez juste à ma question.

64

— Non, je suis sûr que nous ne nous sommes jamais croisés. Je crois que je me serais souvenu de ces colliers et de ces bagues. Sans parler de l'après-rasage David Beckham.

— J'en ai trop mis ?

Je haussai les épaules.

— C'est selon qu'il plaise ou pas. Moi, il me déplaît. Je dirais qu'il a été concocté par les mêmes individus que ceux qui ont créé sa marque de whisky : ça ne contient que de l'alcool et pas grand-chose d'autre.

— Vous avez peut-être raison. (L'homme sourit.) Bon, eh bien. Permettez-moi de me présenter, monsieur Manson. Je m'appelle Jack Kong Jia. Je suis le propriétaire de la Nine Dragons Mining Company.

Il se tut un instant, le temps de laisser l'information faire son effet. Ce qu'elle fit. Je sentis un poids énorme descendre peu à peu sur ma tête. Cela me rappela une époque où j'avais tapé dans le ballon pour une émission de télé en me servant d'un de ces vieux ballons lacés en cuir. Il était détrempé et quand vous le frappiez de la tête, ce foutu truc était aussi dur qu'un boulet de canon. Quand vous jouez avec un ballon de cette espèce, vous vous demandez comment les gars de l'émission Gillette Soccer Saturday réussissent à enchaîner deux mots à la suite. C'est peut-être la vraie raison pour laquelle ITV a mis un terme à Saint and Greavsie, l'émission de deux anciens joueurs, l'Écossais Ian St John et l'attaquant anglais Jimmy Greaves.

— Puisque vous admettez que nous ne sommes jamais rencontrés, vous en conclurez aussi que je n'aurais absolument pas pu vous engager pour devenir le manager du club de football Shanghai Xuhui Nine Dragons.

— Je ne comprends pas. Vous affirmez que vous êtes Jack Kong Jia ?

— Je ne l'affirme pas. Je suis Jack Kong Jia. Oui, c'est exact, monsieur Manson. Lui, c'est moi. Je vois que vous ne me croyez toujours pas. Laissez-moi vous le prouver.

Il me tendit son passeport. Ma première surprise initiale vint de ce que j'ignorais qu'un passeport chinois pût être imprimé en chinois et en anglais. Ensuite, je sentis mon cœur se nouer en constatant qu'il s'appelait en effet Jack Kong Jia. Le passeport indiquait aussi qu'il était homme d'affaires, et qu'il n'était pas marié.

— Alors qui était le type que j'ai rencontré avant vous ?

— Vous a-t-il montré son passeport ?

— Non.

— De ce fait, il se peut que nous ne le sachions jamais. Mais si vous me permettiez d'entrer un instant, cela nous permettrait éventuellement d'apporter une réponse à cette question, ainsi qu'à quelques autres.

— Oui, bien sûr. Je vous en prie. Je pense que cela vaudrait mieux.

À l'intérieur de ma chambre, il attrapa la télécommande sur la table de chevet et alluma la télévision.

— Laissez-moi vous montrer quelque chose. Rien que pour chasser vos derniers doutes éventuels sur celui que je suis réellement. (Il fit défiler les chaînes.) Il se trouve, ajouta-t-il, que je passe actuellement sur Bloomberg, dans une série intitulée *Market Makers*, où je parle de l'avenir incertain de l'économie chinoise et de notre marché boursier très surévalué, qui s'expose à une correction. Oui. Nous y voici. Je suis en conversation avec la journaliste, Stephanie Ruhle. Elle est assez séduisante, vous ne trouvez pas ?

Je regardai un moment – juste assez longtemps pour me rendre compte qu'il était probablement celui qu'il disait être –, avant de lui restituer son passeport.

— Vous commencez à entrevoir le problème, reprit-il, en éteignant la télévision.

Je hochai la tête.

— Merde, j'ai su qu'un truc ne tournait pas rond à la minute où je suis descendu d'avion. J'étais censé avoir reçu le paiement d'une prime de signature qui n'est jamais arrivée.

— Dans les affaires, je répète toujours que la seule chose à laquelle on puisse se fier, c'est l'argent. La parole d'un homme ne vaut absolument rien, comparée à la certitude d'un virement exécuté par l'intermédiaire de Chaps, à Londres.

— Et il devait aussi y avoir une visite médicale.

— Une visite médicale ? (Jack Kong Jia s'esclaffa.) Pour vous ? S'agissant d'un manager, ce n'est pas nécessaire. Même concernant un joueur, il serait possible de trafiquer l'examen. Franchement, ici, à Shanghai, je suis en position de trafiquer à peu près tout. Surtout un certificat médical. Je suis bien placé pour le savoir. (Il eut un grand sourire.) Je souffre d'une légère affection cardiaque… un trou dans le cœur… qui ne se voit parfois même pas lors de mon contrôle régulier. Bien que maintenant tout le monde soit au courant.

— En l'occurrence, je dois avoir un temps de retard sur l'événement, j'en ai peur. Écoutez, je ne saisis pas. Pourquoi voudrait-on me faire passer pour un imbécile de la sorte ? En Chine ?

— Pas vous, monsieur Manson. Ce n'est en réalité pas du tout vous qui êtes en cause. Je suis désolé de vous décevoir à cet égard. Cela ne concerne que moi. Quelqu'un s'est donné le plus grand mal pour usurper mon identité et plonger ma société dans l'embarras. Dans tout ceci, vous ne jouez que le rôle du bouc émissaire. Ce que je regrette vivement car j'étais l'un de vos admirateurs quand vous entraîniez London City.

— Mais je suis allé au club, protestai-je. Nous avons regardé un match contre Guangzhou Evergrande dans une loge privée. J'ai visité le stade Yu Garden le lendemain. J'ai même rencontré certains joueurs. Tout cela semblait tellement plausible.

— La loge faisait sans doute partie d'une de nos offres réservées aux dirigeants d'entreprise. Était-ce celle où l'on est reçu par des hôtesses ? Avec du champagne Krug ?

J'opinai.

— Quant à la visite privée du stade, assortie d'une rencontre avec les joueurs, cela coûte cinq mille yuans. Environ cinq cents livres. Non, on vous a grugé, monsieur Manson. Et joliment grugé, qui plus est. L'individu engagé pour tenir mon rôle était sans doute un acteur, lui aussi. Un personnage doté de certaines aptitudes, semble-t-il, car je n'imagine pas un instant que vous soyez un complet idiot.

— Merde, m'écriai-je.

— Vous ne sauriez mieux dire.

— Si c'est un acteur, alors peut-être réussirons-nous à remonter sa trace. Il est coupable d'abus de confiance.

M. Jia – le vrai M. Jia – eut un sourire apitoyé.

— Il y a vingt millions de gens qui vivent à Shanghai, me rappela-t-il. Même si nous réussissions à le retrouver, à quoi cela servirait-il ? Le mal est déjà fait.

— Mais pourquoi ? Pourquoi quelqu'un commettrait-il un acte pareil ?

— Oh, c'est assez simple. Voyez-vous, j'étais… mon club était sur le point d'engager deux nouveaux joueurs de clubs anglais pour qu'ils viennent jouer chez nous d'ici quelques mois. À la fin de votre saison. Ces deux joueurs… qui portent des noms bien connus de tous, ajouterai-je, sont peut-être en bout de course en Premier League, mais ils auraient perçu un salaire très élevé et nous auraient presque à coup sûr conféré l'avantage sur toutes les autres équipes. Sans mentionner certaines opportunités de marketing assez conséquentes. Toutefois, votre conférence de presse aura réduit tous ces projets à néant, j'imagine. Aucune personne de bon sens n'ira signer avec les Nine Dragons alors que les journaux du soir publient un article sur vous, qui nous faussez compagnie avant même d'avoir débuté. Même moyennant cent mille livres par semaine. Vous avez su vous montrer fort éloquent, monsieur Manson. Votre prime de signature n'a pas été versée. Vos arrangements concernant votre logement n'ont pas été honorés. On vous a fait subir quelques insultes savamment calculées. Des actes de racisme. Ces nouveaux joueurs qui nous auraient rejoints sont noirs. Non, j'ai bien peur que tout cela ne donne de nous l'impression d'interlocuteurs auxquels on ne saurait se fier. N'êtes-vous pas d'accord ?

J'opinai encore.

— Mais qui se livrerait à une manigance pareille ?

— Nous sommes à Shanghai, monsieur Manson. Au milieu du XIXe siècle, le nom de cette ville a donné naissance à un terme d'argot employé par les marins, qui veut dire voler, emprunter, kidnapper et tout prendre sans rien rendre, mais franchement, depuis cette époque, peu de choses ont changé. Beaucoup d'opérations déloyales et sournoises ont lieu ici, mais passent pour des pratiques commerciales normales. L'éthique et les affaires ne vont pas encore de pair comme c'est le cas dans la City de Londres.

— Sur ce dernier point, je ne serais pas si affirmatif.

— Oh, je veux bien qu'à Londres, tout ne soit pas parfait. Mais si imparfaite que votre capitale vous paraisse, monsieur Manson, par comparaison, ici, c'est le Far West. Certes, il existe des réglementations, mais elles ne sont pas appliquées et si elles le sont, un pot-de-vin peut aisément arranger les choses. Étant un homme fortuné – l'un des plus riches de Shanghai –, on peut à bon droit supposer que j'ai mon lot d'ennemis, pas seulement dans les affaires, mais aussi dans le monde du football. Ici, en Chine, nous n'avons pas encore appris à apprécier l'esprit sportif à sa juste valeur. Il n'est question que de gagner, et de pas grand-chose d'autre. Finir dans le carré de tête peut sans doute suffire pour Arsenal, mais ici, on ne saurait s'en satisfaire. En chinois, nous avons un dicton : la deuxième place n'est que la formule du mauvais perdant pour désigner l'échec.

« Non, si je devais avancer une hypothèse, je dirais que c'est l'un de mes rivaux footballistiques de la Chinese Super League qui a tenté de saboter nos chances d'engager des talents européens de premier plan. Très certainement Shanghai Taishan, qui sont nos adversaires les plus acharnés. J'aurais presque envie d'ajouter « Laisse tomber, Jack, c'est Chinatown », la réplique finale du célèbre film de Roman Polanski, sauf que je crains, dans mon cas, de ne pas pouvoir laisser tomber. Je suis désolé de vous annoncer que nous allons devoir convoquer une autre conférence de presse où vous reconnaîtrez votre erreur. Demain. Ici, dans cet hôtel. Dans la même salle de conférence. Vous pouvez compter sur moi pour prendre les dispositions nécessaires. Cela suppose de perdre un peu la face, mais c'est la méthode chinoise. Admettre que vous aviez tort. Rien ne vous interdit de raconter à tout le monde que vous avez été dupé, avant de ravaler votre morve. Veillez juste à éviter des formules comme « tous les Chinois se ressemblent ». Cela ne ferait qu'envenimer les choses.

Je secouai la tête.

— Il ne vous ressemblait pas, précisai-je. Et puis, nous ne savions pas au juste de quoi vous aviez l'air. Il n'y a pas de photos de vous, sur Google.

— Dans la mesure du possible, j'essaie de me tenir à l'écart des projecteurs, monsieur Manson. Mon apparition sur Bloomberg était pour moi une première.

Je m'approchai de la fenêtre et regardai fixement ce panorama épouvantable de gratte-ciel et d'enseignes

71

au néon. Si c'était le futur, alors grand bien leur fasse et, pour la première fois depuis que j'avais quitté London City, quand j'étais à Athènes, je regrettai d'avoir eu autant de principes. Londres me manquait et, surtout, les gars de mon équipe – c'était encore en ces termes que je pensais à eux. Nous étions le premier samedi de janvier. City livrait un derby contre Arsenal, j'aurais été occupé à choisir les titulaires et à préparer mon discours d'avant-match. C'était la période de l'année où n'importe quel manager du football anglais se révélait pour ce qu'il était – quand ce que vous disiez et faisiez comptait vraiment. C'est le métier le plus dur du monde que de motiver des joueurs crevés d'avoir trop joué au football et qui savent qu'ils risquent de se blesser à cause de la folie propre au championnat d'Angleterre en cette période hivernale. Il est indéniable qu'il y a trop de rencontres entre Noël et le jour de l'an. Les Allemands s'arrangent pour s'arrêter quarante jours, ce qui est beaucoup plus sensé que notre manière de procéder. Même les Espagnols et les Catalans, dingues de foot, parviennent à s'accorder treize jours de repos.

Il n'y a qu'en Grande-Bretagne que les clubs et, surtout, les groupes propriétaires des chaînes de télévision traitent le jeu comme si c'était une sorte de pantomime. « Le spectacle continue », et toutes ces conneries. Peut-être que c'était encore tout à fait acceptable à l'époque où le jeu se jouait sur terre, à une allure d'escargot – comme au Baseball Ground, en 1970 –, mais à l'heure actuelle les terrains étaient aussi rapides que des tables de billard et c'est la vitesse qui cause la plupart des blessures du jeu moderne. Certes, c'était la blessure qui m'était infligée, à moi, et à ma réputation, qui aurait dû occuper mes pensées du moment. J'allais être la risée de tous. Le journal de Viktor Sokolnikov – un quotidien, son tout dernier jouet – y veillerait.

— Et si je m'abstiens ?

— Je regrette de devoir insister. Et, plus important pour vous, mes avocats vont insister là-dessus, eux aussi. Un cabinet anglais de premier plan. Slaughter & May. J'imagine que vous avez entendu parler d'eux. Monsieur Manson, j'espère sincèrement que vous serez à même de comprendre combien j'ai déjà su me montrer généreux, en venant me présenter devant vous en personne vous exposer votre regrettable erreur. J'aurais pu confier l'affaire aux mains de la police et invoquer une conspiration criminelle visant à me diffamer, mon entreprise et moi. Et vous auriez très certainement été mis en état d'arrestation. Mais des excuses publiques suffiront pour le moment. Après, quand les choses se seront décantées, nous aurons toute latitude de discuter de la manière dont vous pourrez me dédommager. Il n'est pas impossible que vous soyez en position de me rendre un certain service sportif.

Je hochai la tête.

— Très bien. Écoutez, je suis désolé. Je ne sais vraiment pas quoi répondre d'autre pour l'instant. En règle générale, je ne suis pas à court de mots. Quand je cesserai d'être profondément débile, je réussirai à penser à quelque chose.

— Le cas échéant, cela vous serait peut-être utile que mes avocats vous rédigent un communiqué que vous lirez demain. Je n'aimerais pas que vous teniez des propos uniquement inspirés par la gêne.

— Oui. Cela m'aiderait. Vous vous êtes montré très élégant dans cette affaire, monsieur Jia. Cela m'apparaît clairement, maintenant.

— Merci. (Il observa un silence.) Vous êtes sûr que vous y arriverez ?

J'opinai.

— Oh, j'ai l'habitude d'avoir l'air d'un parfait abruti devant les caméras de télévision. « Pourquoi avons-nous perdu ? » « Pourquoi n'avons-nous pas mieux joué ? » « Pourquoi ai-je commis une erreur aussi stupide ? » Quand vous êtes manager d'une équipe de football, prendre sur soi... ce sont les inconvénients du métier.

6

M'efforçant d'éviter les journaux anglais, je passai les deux semaines suivantes chez mes parents, dans leur chalet de Courchevel 1850 et à skyper avec Louise, qui était de toute façon trop prise par son travail de policière. Grâce aux Russes, Courchevel est l'une des stations les plus chères de la planète, où une simple omelette servie dans un restaurant peut coûter jusqu'à trente euros. Je skiai – mal –, lus beaucoup, bus trop et regardai la télé. Mon père appelle cela une « télé » ; en réalité, cela s'apparente plus à du cinéma, avec un écran haute définition et un projecteur et, à part se poster debout dans sa zone technique, c'est probablement le meilleur moyen de suivre un match de football que l'on ait inventé.

Le seul inconvénient, c'est d'avoir à écouter Gary Neville, l'ex-entraîneur adjoint de l'équipe d'Angleterre, qui semble ne jamais avoir le moindre propos aimable à tenir sur qui que ce soit et n'est tout simplement pas très avenant – ce qui n'a peut-être rien que de très attendu, de la part d'un ancien défenseur. Je suis bien placé pour le savoir. Je ne suis pas très aimable moi-même. Je serais parfois capable de faire passer Roy Keane, le footballeur irlandais le plus titré de l'histoire, pour un aimable présentateur d'émission de jeux.

— Je ne trouve pas correct, me confia mon père, d'avoir la possibilité de s'arrêter de jouer pour une grande équipe et d'être ensuite autorisé à commenter les matchs de ces mêmes grandes équipes. Il y a clairement un risque de parti pris. On serait le plus fidèle joueur de Manchester United, et la semaine suivante un expert et commentateur sur Sky News ? N'importe quoi. Oui, on apporte ses compétences à l'équipe des commentateurs, mais on ne peut aussi simplement mettre de côté les sentiments de rivalité et d'animosité qu'on éprouve envers Arsenal ou Manchester City, ou les opinions qu'on peut avoir sur certains joueurs. Ce serait comme de demander à Tony Blair de se charger de Newsnight et de le prier ensuite d'interviewer George Osborne, le ministre des Finances de Cameron, sur la politique économique des conservateurs. Ce ne serait pas juste. Dans mon esprit, on devrait toujours respecter un délai de carence. Au moins une saison avant d'être autorisé à se montrer à la télé.

— Mets donc ça dans un tweet, lui répliquai-je.

— Et tiens-toi à l'écart de Twitter, tu veux ? ajouta mon père. Tu n'as aucun intérêt à y remettre les pieds. Laisse donc ce truc à Mario Balotelli.

Dans un endroit comme Courchevel, éviter la presse était assez facile, mais se soustraire aux commentaires me concernant sur Twitter était plus compliqué, surtout que, n'ayant rien de mieux à faire de mon temps, cela virait plus ou moins à l'addiction.

> On dirait que les chinetoques ont le même pb que les blancs. Ils savent pas distinguer un abruti de black d'un autre. #Manson-fuck-up

C'était assez standard. Mais certains commentaires étaient en réalité assez drôles.

> Confucius dit : Mieux vaut le diable russe que tu connais, que le diable chinois que tu ne connais pas. #Cityincrisis

> Comment t'appelles un manager de foot chinois attardé ?
> Sum Ting Wong. Ou Scott Man Son ?

Mon père vit très bien, il faut le reconnaître. Son chalet au ski est entretenu par un hôtel de la station, le Kilimandjaro. Ils lui fournissent un chef de cuisine et d'autres services de l'hôtel, ce qui signifie que lorsque vous séjournez là-bas, vous n'avez rien à faire. Mais mon père sentait bien que j'étais agité et, un matin, alors que nous marchions ensemble en direction du téléski, il m'annonça qu'il avait reçu un coup de téléphone d'un ami qui siégeait au conseil d'administration du FC Barcelone.

— Dis-moi, mon garçon, quand tu travaillais pour Pep Guardiola, tu n'as jamais rencontré un vice-président qui s'appelait Jacint Grangel ?

— J'imagine, oui. Mais là, comme ça, non, je ne me souviens pas de lui. À Barcelone, ils ont plus de vice-présidents que chez Ann Summers, tu sais, le fabricant de sex-toys et de lingerie.

— Il semble qu'il ait un boulot pour toi. Ce n'est pas un poste de manager ou de coach. C'est une autre

77

mission. Un truc temporaire. Mais potentiellement lucratif. Et il précise que cela nécessite de faire appel à tes compétences particulières. Ce sont ses termes, pas les miens.

— Et il s'agirait de quoi ?

— Il a refusé d'en parler au téléphone. Mais j'ai une petite idée de ce qui se trame. Écoute, je connais Jacint Grangel depuis trente ans et je peux franchement t'assurer qu'il n'est pas homme à te faire perdre ton temps. En plus, tu parles bien l'espagnol… et même un peu le catalan… donc j'imagine que tu saurais te débrouiller, là-bas.

— Je n'en sais rien, papa.

— Ici, tu perds ton temps, c'est évident. Et tu ne peux pas éternellement te cacher. Tu as foiré ton coup. Et alors ? Le football, ce n'est que ça, des foirades. C'est ce qui rend ce jeu intéressant. Tu tombes de ton cheval, tu te remets en selle.

— Supposons que ce ne soit pas un cheval sur lequel je remonte, mais une brêle ?

— Il n'y a qu'un moyen de le savoir : tu bouges ton cul et tu vas à Barcelone. Ils couvriront tes frais, et tu auras la chance de voir la meilleure équipe du monde jouer au football. Je viendrais bien avec toi, mais tu t'en tireras mieux tout seul. Tu es capable de te décider sans que ton vieux soit là pour te guider. Pas envie que tu me rendes responsable de ce que tu auras finalement décidé de faire.

— C'est pas une mauvaise idée.

— Qu'est-ce qui te retient ? Tu as toujours aimé Barcelone. Les femmes sont ravissantes, la nourriture succulente et, pour une raison qui m'échappe, ils ont l'air de t'apprécier. C'est à eux que tu dois penser et pas aux enflures qui te détestent. Il y a des gens qui veulent te voir échouer. Envoie-les se faire foutre et chie-leur dessus. Tu dois te surpasser, Scott. C'est à cela qu'on mesure le succès.

7

Le Princesa Sofia Gran Hotel est situé dans la partie ouest de Barcelone, à un jet de pierre du fameux Camp Nou. Ce n'est pas le meilleur hôtel de la ville – le Princesa possède tout l'attrait d'un parking sur plusieurs niveaux, et je préfère de beaucoup les charmes art déco de la Casa Fuster, plus proche du centre-ville –, mais c'est là que le FC Barcelone mène une bonne partie de ses tractations commerciales. Si vous vous attardez suffisamment longtemps dans le vaste salon d'accueil de l'hôtel, aux allures un peu saoudiennes, vous aurez presque à coup sûr l'occasion d'apercevoir une célébrité du monde du football espagnol. Du haut de ma suite très froide du dix-huitième étage, je profitais d'une vue splendide sur le Camp Nou qui, de cette altitude, paraissait plus petit et moins impressionnant que dans mon souvenir. C'est seulement quand vous êtes à l'intérieur du stade que vous comprenez qu'il peut accueillir presque cent mille spectateurs. En 1993, le terrain avait été abaissé de deux mètres cinquante, ce qui contribue à expliquer ce trompe-l'œil footballistique ; et il existe encore à ce jour des projets de réaménager l'ensemble et d'accroître sa capacité à cent cinq mille places d'ici 2021, pour un coût de six cents millions d'euros. Rien ne semble hors de portée des ambitions de ce club ou des Qataris qui aident à le financer. Et pourquoi en serait-il autrement ? Si vous vous rendez un jour à Barcelone, vous devriez visiter le musée du « FCB ». C'est seulement en contemplant la vitrine aux trophées que vous comprendrez sur quoi sont fondées les ambitions de la maison.

Il y a plus d'un club de football à Barcelone – le RCD Espanyol jouit aussi d'un soutien large et enthousiaste, surtout parmi ceux qui sont opposés à l'indépendance de la Catalogne –, mais quand vous êtes sur place, rien ne vous le laisse entrevoir. La ville presque tout entière porte les couleurs *blaugrana* du FCB et tous ceux à qui vous adressez la parole soutiennent le club. Pour ainsi dire, la première chose que vous voyez en arrivant dans le terminal ultra-moderne de l'aéroport, c'est la boutique du FC Barcelone où, au milieu d'autres articles aux armes du club, vous pouvez vous acheter une poupée à l'effigie de votre joueur préféré, de la taille d'une chaussure à crampons. Dans leur boîte en plastique, elles ont l'allure d'illustres cadavres embaumés. La poupée de Luis Suárez évoque tout particulièrement un squelette des catacombes mexicaines, alors que la figurine de Lionel Messi affiche un rictus en guise de sourire, comme s'il n'était pas tout à fait sûr que ses avocats aient été sérieux quand ils lui avaient annoncé le montant de ses impôts sur des revenus non déclarés, qu'il avait précédemment escamotés et dont il devait maintenant s'acquitter.

« *Ils veulent que je paie combien ? Vous plaisantez,
non ? Vous avez vraiment dit cinquante-deux millions
d'euros ?*

— *Euh, oui.* »

De toute évidence, l'affaire ne s'arrête pas là non
plus. Il semble que Messi doive être traduit en justice,
s'expose à finir en prison, ce qui serait au moins un
moyen pour le Real Madrid d'être absolument certain de remporter le *clásico*, ainsi que les Espagnols
appellent ses confrontations avec le FC Barcelone.

C'était par une froide soirée de dimanche que je
sortis de l'hôtel pour aller au Camp Nou assister à un
match contre Villareal. J'entrevis brièvement l'arrivée
de certains joueurs dans des limousines noires qui leur
étaient offertes par les sponsors du club, Audi, dont le
logo aux quatre anneaux trône en évidence à l'entrée
du stade, avec pour conséquence que tous les matchs
au Camp Nou prennent des allures d'Olympiades
à prix cassé. Pourtant, dans mon idée, ces Audi font
meilleur effet auprès du public qui paie sa place que
les Lamborghini et autres Bugatti Veyron. Le noir fait
sérieux et il émane d'une limousine ou d'un Q7 allemand une impression de bon sens qui fait cruellement
défaut dans les véritables *showrooms* pour bolides
de luxe que ces superstars du football entretiennent à
domicile. Et il y a un autre aspect bénéfique à l'idée de
conduire une voiture plus modeste, comme une Audi :
cela risque moins de susciter l'envie et la contrariété
des autorités fiscales espagnoles.

J'avais un billet pour la tribune centrale, qui me
valait autant de beignets de seiche et de verres de
cava gratuits que je serais capable d'en croquer et

d'en boire dans la suite des invités. À 114 euros la place, je voyais bon nombre de locaux se gaver de la sorte, mais je ne constatai que peu ou pas de marques d'hospitalité comparables prodiguées aux porteurs des couleurs jaunes de Villareal. Je ne suis même pas sûr qu'il y ait un seul de leurs supporters dans le stade, et personne ne s'attendait sans doute à ce que, contre la puissance de feu de Messi, Suárez et Neymar, l'équipe adverse marque le moindre but – personne excepté moi, peut-être. Face au FC Barcelone, Villareal affichait un historique flatteur et n'avait pas perdu un match depuis novembre. Je sifflai rapidement une San Miguel et, soucieux d'éviter le regard de tel ou tel spectateur qui risquerait de se souvenir de moi à l'époque où j'évoluais au Camp Nou, j'allai prendre ma place.

À la minute où je perçus le vert éclatant de la pelouse, où j'entendis le bruissement de la foule et humai l'odeur de gazon à peine arrosé qui me montait aux narines, je sentis mon ventre se nouer, comme si j'avais moi-même enfilé le maillot. Il en avait toujours été ainsi. J'imagine qu'un temps viendra où je réagirai différemment à proximité d'un terrain de football, mais heureusement, ce temps-là est encore aussi lointain que le jour où il me faudra mon déambulateur et mon sonotone.

Mon siège était presque sur la ligne de touche et très proche de l'abri du *técnico* du FC Barcelone, Luis Enrique Martínez García. Vu de cette hauteur, le terrain du Camp Nou semblait vaste et, avec le nombre de gens qui acclamaient leur équipe, il était presque risible de s'imaginer que tout ce que le manager pourrait vociférer au cours du match puisse être entendu par qui que ce soit d'autre que le quatrième arbitre ou le manager adverse. En réalité, tout cela est juste destiné aux fans, ou aux caméras de télévision. Quand vous voyez José Mourinho à l'œuvre dans sa zone technique, songez à Laurence Olivier dans *Richard III*, car son numéro est parfois certainement digne d'un Oscar ou d'un Golden Globe. Bien qu'il ait un peu l'air d'un Roy Keane, j'apprécie et j'admire Luis Enrique, qui est probablement, dans le milieu des entraîneurs de football, le type le plus athlétique de tous, ayant couru plusieurs marathons et triathlons Ironman. Et je ne suis pas le seul à le penser : en 2004, Pelé déclarait que c'était l'un des plus grands footballeurs vivants.

Le coup d'envoi fut donné à 21 heures – il n'y a qu'en Espagne qu'un match peut se jouer à un horaire où beaucoup d'Anglais songent déjà bien sagement à se mettre au lit – et j'eus aussitôt Messi juste devant moi, l'air plus petit et franchement moins heureux que la poupée vêtue du maillot au numéro 10 que j'avais vue à l'aéroport de Barcelone. Toutefois, ses pieds vif-argent fonctionnaient mieux que son sourire, et il me rappelait Gene Kelly dansant des claquettes dans *Chantons sous la pluie* ou Fred Astaire dans *Top Hat*.

On fait grand cas de la rivalité qui existe entre Messi au FC Barcelone et Cristiano Ronaldo au Real Madrid. Et on me demande parfois qui est le meilleur joueur. Lequel auriez-vous aimé voir vous rejoindre dans un club que vous entraîniez ? La vérité, c'est que ce sont deux joueurs très différents. Ronaldo, plus grand et plus musclé, est un athlète complet, alors que

Messi, du haut de son mètre soixante-sept, est plutôt un artiste. Ronaldo semble plus arrogant, également, et je pourrais me dispenser de ses fanfaronnades de torero lorsqu'il marque un but. C'est comme s'il espérait qu'on lui offre les oreilles et la queue du taureau qu'il a vaincu. Moi, lors des rares occasions où il m'est arrivé d'inscrire un but, j'ai toujours regardé autour de moi pour remercier le type qui m'avait passé ce putain de ballon. Cela me semblait simplement relever des bonnes manières.

Lisant le programme du match, je m'attendais plus ou moins à voir le nouvel attaquant du Barça, Jérôme Dumas – prêté par le PSG, aux dernières nouvelles –, figurer au moins sur le banc de touche, mais je ne repérai pour le moment aucun signe de sa présence. J'étais néanmoins enchanté de voir un match avec les trois meilleurs buteurs du Barça – Messi, Neymar et Suárez – menant l'attaque. La soirée s'annonçait des plus excitantes, car vous n'avez pas souvent l'occasion de voir trois des meilleurs joueurs du monde en action en même temps.

Au début de la rencontre, la possession de balle était pour Villareal, mais les interventions adroites de Messi réussirent à remettre le Barça aux commandes et Villareal ne tarda pas à démontrer qu'en fin de compte, il leur manquait l'équilibre, l'intensité et la rapidité de l'équipe du Barça quand elle est à son meilleur niveau. Mais les Catalans connurent aussi des ratés. Suárez eut trois occasions de but à l'entame de match, mais une seule fut cadrée – une reprise à bout portant détournée par le portier de Villareal, Asenjo, au bout de treize petites minutes. Le numéro 16, Dos Santos, en manqua trois autres, là encore sauvées par Asenjo. Confortés par cette moisson d'occasions, les supporters du Barça attendaient patiemment le but, mais au bout d'une demi-heure de jeu, les choses n'allèrent pas dans leur sens. Ce fut Gaspar, pour Villareal, qui lâcha un boulet du gauche qui aurait sans doute dû aller mourir derrière le but, sauf que Cheryshev dévia la balle et trompa le gardien catalan : 0-1 pour Villareal.

Comme il fallait s'y attendre, ce but eut un effet déstabilisateur sur les joueurs du Barça. Toute leur énergie disparue, l'équipe semblait démoralisée. La foule était réduite au silence. Et la responsabilité de remettre le Barça dans le sens du jeu incombait une fois encore à Messi. Une minute avant la mi-temps, il saisit sa chance. Sa passe en profondeur trouva dans la surface Rafinha, dont le tir fut repoussé par Asenjo, mais Neymar surgit pour reprendre la balle de volée sans une seconde d'hésitation.

Ayant égalisé, ce fut un Barça transfiguré qui revint en seconde période. Il se fit pressant et menaçant, démontrant pourquoi très peu d'autres équipes sèment autant le désarroi chez leurs adversaires, avec ou sans la maîtrise du ballon, tant en défense qu'en attaque.

Néanmoins, une erreur défensive de Piqué permit à Giovani d'adresser une passe décisive à Vietto, pour redonner l'avantage à Villareal, qui menait 2-1 à la 51e minute. Le Camp Nou retomba dans le silence, comme si la foule se rendait compte que le Sous-Marin jaune, surnom du club, référence au *Yellow Submarine* des Beatles, n'allait pas sombrer si aisément. Alors que ce silence se faisait encore plus inquiet, Suárez et Messi échouèrent l'un et l'autre, avant que Rafinha ne marque pour l'égalisation à 2-2. Les *culers* en liesse venaient à peine de se rasseoir quand, à la 60ᵉ, Leo Messi expédia une magnifique frappe enveloppée de l'extérieur de la surface de réparation. Avec si peu d'espace pour frapper, cela semblait être le genre de but que seul Messi aurait pu imaginer marquer. 3-2 pour Barcelone.

La dernière demi-heure vit le Barça protéger son avance, non sans nervosité, et lentement user l'équipe adverse. Vers la fin, Rafinha fut remplacé et, franchement frigorifié – plus la soirée avançait, plus la nuit se refroidissait, et moi avec elle ; j'avais oublié à quel point il peut faire froid à Barcelone l'hiver – et irrité de ce qui paraissait être une tentative évidente de la part du Barça de ralentir le jeu, je twittai une bêtise, remarquant qu'on avait sorti le milieu offensif hispano-brésilien parce qu'il avait ses règles. C'était une blague dans le même esprit que celle du jus de groseille dans le film de Scorsese, *Les Infiltrés*. Et puis je n'y pensais plus.

Le match se termina. Villareal avait perdu pour la première fois depuis novembre. Mais pour Barcelone, cette victoire – qui les plaçait quatre points derrière le Real Madrid en haut du classement de la Liga – me semblait typique de leur bien terne saison : leurs éclairs de brio étaient pour le moins épisodiques et ils paraissaient bien laborieux. Comme nous aurions dit en Angleterre, ils avaient « vilainement gagné ». Mais ils l'avaient quand même emporté et la majorité de la foule était rentrée chez elle heureuse. Franchement, j'avais trouvé Villareal – qui s'était vu refuser un but pour hors-jeu – très malchanceux de ne pas repartir avec le point du match nul.

Le lendemain – il ne faisait pas moins froid –, Jacint Grangel m'emmena déjeuner au restaurant Drolma, à l'Hôtel Majestic, l'une des meilleures tables de la ville. Pour être honnête, l'endroit est un peu trop solennel à mon goût. Je préfère les adresses plus authentiquement catalanes, comme Cañete, dans la vieille ville. (Chaque fois que j'y retourne, je songe à Hemingway ; j'ignore s'il est allé à Cañete, mais il y a une grosse tête d'ibex au mur qui m'amène à penser qu'il aurait apprécié le lieu.) D'un autre côté, ce n'était pas moi qui payais. Le chef de Drolma, Nandu Jubany, est considéré comme l'un des grands génies de la cuisine catalane et on comprend facilement pourquoi ; j'avais oublié à quel point ses sucettes de foie gras au chocolat blanc avec réduction de Porto étaient succulentes.

À mon arrivée avec Jacint, quelques autres convives étaient déjà attablés, trois hommes, pareillement vêtus d'un sobre costume bleu assorti d'une chemise et d'une cravate. C'est le truc, à Barcelone : tout le monde s'habille bien. Personne ne songerait à aller déjeuner dans un endroit comme Drolma en survêtement et chaussures de sport. Souvent, j'observe les joueurs et leur tenue vestimentaire, et je considère qu'ils mériteraient une bonne tape sur les doigts. Il y avait là un autre vice-président de Barcelone, Oriel Domench i Montaner, mais je fus surpris qu'on me présente à Charles Rivel, du Paris Saint-Germain, et à un Qatari, un dénommé Ahmed Wusail Abbasid bani Utbah. Enfin, je crois l'avoir entendu prononcer ce nom-là. Mais bon, il se peut que le type se soit juste raclé la gorge.

Nous nous parlions en espagnol. Je me débrouille un peu en catalan – une combinaison intéressante, presque hermétique, de français, d'espagnol, d'italien et d'un entêtement séparatiste – mais pour moi, l'espagnol est plus simple. Et c'est une langue plus simple pour quiconque ne parle pas le catalan. Les Catalans sont très fiers de leur langue, et à juste titre. Sous le général Franco, ils avaient dû combattre âprement pour maintenir en vie leur culture. C'est en tout cas ce qu'ils vous soutiendront. Il en est de même du club de football. C'est en tout cas ce qu'ils vous soutiendront. En 1936, les troupes de Franco ouvrirent le feu et tuèrent le président du club, Josep Sunyol et, à ce jour, dans toutes les mémoires, il reste le « président martyr ». Ce genre de tragédie a tendance à reléguer dans l'ombre l'opposition des Anglais à des gens comme les Glazer père et fils, investisseurs américains de Manchester United, et Mike Ashley, le milliardaire anglais de Newcastle United. Et cela explique aussi peut-être pourquoi ce club, qui fut fondé par un groupe de Britanniques, de Suisses et de Catalans, est considéré comme étant *mès que un club* – plus qu'un club. Le FC Barcelone est un mode de vie. C'est en tout cas ce qu'ils vous soutiendront.

Cela promet d'être un déjeuner intéressant, songeai-je, alors que le garçon servait le vin. Je n'imaginais pas du tout de quoi ils voulaient me parler. Pendant un court instant, je me demandai si cela n'aurait pas un rapport avec ce qui s'était produit à Shanghai – si ces trois groupes de personnes ne cherchaient pas à investir avec

Jack Kong Jia et ne souhaitaient pas l'avis d'un interlocuteur qui l'avait véritablement rencontré. De son propre aveu, M. Jia était quelqu'un qui évitait la publicité.

— Je crois que vous avez vu le match que le PSG a livré contre Nice, remarqua Charles Rivel, du PSG. Au Parc des Princes.

— Oui. C'était un peu comme de regarder Arsenal péniblement arracher une victoire un à zéro. Je pensais que Nice méritait un nul plus que vous ne méritiez la victoire.

C'était aussi vrai du match entre le FC Barcelone et Villareal, mais je gardai cette observation pour moi.

— Je ne suis pas certain que ce soit juste, reprit Rivel. Si Zlatan n'avait pas frappé le cadre dans les quinze premières minutes, il aurait tout aussi bien pu marquer l'un de ses plus beaux buts. Sa manière de contrôler la balle, de se retourner et ensuite de tirer était superbe. Pour un homme de son gabarit, il est incroyablement agile sur ses pieds.

— Il n'empêche, il l'a manqué. Et, pour reprendre ses propres critères, cela ne suffit pas. Que dit-il, dans son livre ? Vous pouvez être un dieu un jour et complètement inutile le lendemain. C'est particulièrement vrai dans cette ville. Il n'a pas su tuer le match. C'est l'impression que cela m'a fait.

— Vous avez lu son livre ? s'enquit Jacint.

— J'essaie de lire tous les livres sur le football, bien qu'il m'arrive parfois de me demander pourquoi. Et si je les commence tous, je n'en termine quasiment jamais un. Y compris le livre de Zlatan. À mon avis, ce n'est pas un bon bouquin. Je crois que c'est un bon joueur. Mais comme auteur, il ne vaut pas grand-chose. Enfin, peut-être pas pire que les autres. Comme dans la plupart de ces livres, il n'y avait pas beaucoup de réflexion sur le contenu du jeu. Cela évoquait plutôt une étude de cas par un psy.

— C'est vrai, admit Oriel. Ils auraient dû intituler ce livre non pas *L'Aigle s'est posé*, mais *L'Ego s'est posé*.

— Il aurait peut-être dû engager un écrivain comme Roddy Doyle pour l'écrire, remarqua Jacint.

— Je pense que Henning Mankell aurait été plus approprié, fit Rivel. Ils sont tous les deux suédois, après tout.

— Maintenant, nous pourrions éventuellement faire appel à Kurt Wallander, murmura Ahmed. Vu la situation.

— Je ne crois pas qu'Ibra ait été très juste au sujet de Guardiola, remarqua Oriel.

— Nous ne sommes pas ici pour parler d'Ibra, rétorqua Rivel, mais de quelqu'un d'autre. D'un autre joueur du PSG.

— Ne vaudrait-il pas mieux inviter d'abord M. Manson à signer un accord de confidentialité ? suggéra Ahmed.

— Je ne pense pas que nous ayons à nous soucier de cela avec un homme tel que Scott, observa Jacint. Je me contenterai de sa parole.

— Pouvons-nous compter sur vous pour traiter cette affaire en toute discrétion ? s'enquit Rivel.

— Bien sûr. Vous avez ma parole. Au cas où vous ne l'auriez pas remarqué, messieurs, j'ai plutôt veillé à éviter la presse dernièrement.

— Et cela vous réussit ? demanda Jacint.

— Que voulez-vous dire ?

— Avez-vous vérifié votre compte Twitter ?

— Pas aujourd'hui.

— Il semble que votre tweet concernant Rafinha ait mis certaines de vos *followers* féminines en rogne.

— Ah oui ? (Je haussai les épaules, ne sachant pas vraiment à quoi Jacint faisait allusion.) Je vérifierai plus tard.

— Nous sommes ici pour parler de… enfin, à cette minute, c'est probablement le secret le mieux gardé du football, fit Oriel.

— Alors là, je suis vraiment intrigué, admis-je.

— Avant tout, nous devons vous dire que nous vous considérons comme un jeune manager très talentueux, fit Rivel. Malgré les récents événements de Chine. Ce qui aurait pu arriver à n'importe qui, vraiment.

Le Qatari opina.

— Il est très difficile de savoir ce qui se passe, quand on est à Shanghai. (Il rit.) Au moins, au Qatar, il n'y a que deux millions d'habitants. Cela simplifie grandement les choses. Sauf pour ce qui touche à la religion, à la loi de la charia, aux droits des femmes, et à la Coupe du monde 2022. Là, les choses peuvent fortement se compliquer.

Je souris : cela me suffisait pour apprécier le personnage.

— Votre réputation de jeune manager et de coach est une chose, reprit Jacint. Mais il semble que vous vous soyez aussi acquis une réputation de solutionneur de problèmes. C'est désormais un fait bien connu, c'est vous et non la police du Grand Londres qui avez résolu le mystère concernant la mort de João Zarco.

— Et la mort de Bekim Develi, ajouta Oriel.

— Vous savez, j'en suis sûr, que je ne peux rien commenter à ce sujet.

— Vous ne pouvez pas, confirma Rivel. Mais la police d'Athènes le peut. Les policiers ont laissé entendre de manière à peine voilée que vous aviez été pour eux d'une grande aide dans leurs investigations.

— Ce sont vos talents de détective privé dont nous avons besoin maintenant, annonça Jacint.

— Et pour lesquels nous sommes disposés à payer, précisa Ahmed.

— Whisky, Tango, Foxtrot, WTF, m'entendis-je murmurer. *What the fuck ?*

— Avec une jolie somme, renchérit le Qatari.

— Sincèrement messieurs, je n'ai aucun talent de détective, insistai-je. Comme d'habitude, c'est la presse qui a simplement exagéré ce qui s'est passé. N'importe qui pourrait me prendre pour un Sherlock Holmes en survêtement. Un Hercule Poirot avec une montre-gousset. Le Kurt Wallander de la ligne de touche. Je ne suis rien de tel. Je suis un coach. Un manager. Et pour l'heure c'est un club de football qu'il me faut, et non ce genre d'enquête même inté-ressante. Donnez-moi une équipe de joueurs et je serai heureux comme un pape. Mais ne me demandez pas de jouer au flic.

— Quoi qu'il en soit, vous comprenez le football et les footballeurs, observa Rivel. D'une manière dont la police n'est peut-être pas capable.

— Cela ne fait pas l'ombre d'un doute, trancha Jacint. Je ne peux dire ce qu'il en est à Paris, mais ici, à Barcelone, en matière de football, il est tout à fait impossible d'être objectif. Il y a trop d'émotions en jeu.

— Je pense qu'il en est probablement de même à Paris, remarqua Rivel. En outre, la police française n'est pas précisément réputée pour savoir la boucler. Regardez ce qui est arrivé à François Hollande. Et à Dominique Strauss-Kahn avant lui. Cette histoire serait en première page de *L'Équipe* en moins de deux.

— Messieurs, vous perdez votre temps. Franchement, le crime ne m'intéresse pas. Je n'apprécie même pas les romans noirs. Tous ces détectives stupides et rasoirs avec leurs problèmes d'alcool et leurs mariages ratés. Tout cela est tellement prévisible. Les seules affaires qui me plaisent, ce sont celles que je peux caser dans une valise Vuitton.

— Je vous en prie, monsieur Manson, s'écria Ahmed. Au moins, écoutez-nous jusqu'au bout.

— Oui, Scott, plaida Jacint. S'il vous plaît. Écoutez notre histoire.

— Très bien. Je vais écouter. Par respect pour vous et pour ce club, je vais écouter. Mais je ne vous promets rien. Je vous l'ai dit, c'est au football que je veux jouer. Je n'ai aucune envie de jouer aux gendarmes et aux voleurs.

— Bien sûr, acquiesça Oriel. Nous comprenons. Mais vous comprenez surtout les footballeurs, peut-être mieux que quiconque. Les pressions. Les erreurs. Les pièges. Vous ne vous en rendez peut-être pas tout à fait compte vous-même, Scott, mais dans le

94

football, vous occupez une position unique. En un très court laps de temps, vous vous êtes rendu absolument indispensable à tout club européen ayant besoin d'une aide un peu particulière. Vous parlez plusieurs langues…

— Et plus important encore, vous parlez le langage des joueurs, Scott, ajouta Jacint. Ils vous accordent une confiance qu'ils n'accorderaient pas à la police. Ce sont de jeunes hommes, certains sont désaxés, et même des délinquants issus de milieux très difficiles. Des hommes comme Ibra. C'était une petite frappe et un voleur de voitures, non ? Si l'un de nos joueurs ou peut-être l'un de ceux du PSG devait se confier à quelqu'un, ce ne serait sans doute pas à un fouineur de flic, avec son enregistreur à la main. Ce serait à vous, Scott. Vous avez fait de la prison. Vous avez été accusé à tort. Vous n'appréciez pas trop la police vous-même.

— Exact, admis-je. Et pourtant, apparemment, je surmonte mon aversion. Ma fiancée, Louise, est inspecteur de police.

— À la bonne heure.

— Peut-être c'est à elle que vous devriez parler.

Moi, je savais que j'aurais bien aimé.

Le serveur arriva et prit notre commande. Et ce fut seulement après que nous eûmes dégusté nos entrées et goûté le vin que Jacint revint au sujet qui les préoccupait, les trois autres et lui.

— Vous êtes au courant, j'imagine. Jérôme Dumas nous a été prêté par le PSG, dit-il.

— Oui, répondis-je. Cela m'a surpris. Je pense que c'est un bon joueur.

— Avec nous, le déclic n'a jamais vraiment eu lieu, admit Rivel. Je ne sais pas au juste pourquoi. C'est un joueur de talent. Mais il avait dans la tête certaines choses qui ne nous convenaient pas. Parfois, cela se passe ainsi. Torres a marché à Liverpool, mais il n'a jamais marché à Chelsea.

— Dumas est venu à Barcelone, poursuivit Oriel, et ensuite il est parti en vacances. Parce qu'il nous était prêté, nous avions accepté d'honorer ses engagements. Il nous restait encore à le présenter aux supporters au Camp Nou. C'est pourquoi nous avons réussi à maîtriser l'affaire, jusqu'à présent.

— Il était blessé, ce qui de toute manière l'aurait empêché de jouer, précisa Jacint.

— Au cours du match que vous avez vu, contre Nice, il a été pris d'une douleur à l'aine, fit Rivel.

— Il est certain qu'il donnait l'impression de faire plus d'efforts que tout le reste de l'équipe, dis-je.

— Rien de trop grave. Il avait juste besoin de repos, c'est tout.

— Alors qu'est-il arrivé ? Je veux dire, qu'a-t-il fait ?

— Il était censé se présenter à l'entraînement à Joan-Gamper, lundi 19 janvier, continua Jacint, mais il n'est jamais venu.

Joan-Gamper était le nom d'un camp d'entraînement du Barça, à une dizaine de kilomètres à l'ouest du Camp Nou, à Muntaner. Strictement inaccessible à la presse. Tout le monde à Barcelone appelait cet endroit « la cité interdite ».

— Et il n'y avait aucun signe de lui à l'hôtel où nous l'avions logé, dans la plus belle suite, le temps qu'il se trouve un logement où s'installer.

— Le même hôtel que le vôtre, observa Oriel. Le Princesa Sofia.

— Le FC Barcelone nous a appelés, continua Rivel, et nous sommes allés à son appartement, à Paris, mais il n'y avait aucun signe de lui là-bas non plus. Depuis, nous avons été en contact avec la police sur l'île d'Antigua, où il partait en vacances, mais jusqu'à présent, ils n'ont rien trouvé. Il semble qu'il soit arrivé sur l'île, mais rien n'indique qu'il en soit reparti. Ou qu'il ait attrapé un vol pour Paris ou Barcelone, ou vers autre part. Nous l'avons appelé sur son téléphone. Nous lui avons envoyé des mails, des SMS. Nous avons contacté son agent. Il est aussi déconcerté que nous.

— Qui est-ce ?

— Paolo Gentile.

Je hochai la tête.

— Je connais Paolo.

— En bref, résuma Jacint, Dumas a disparu. Et c'est là que vous intervenez. Nous voulons que vous le retrouviez.

— Moyennant une commission, fit Ahmed. Vous pourriez même appeler cela une commission d'intermédiaire.

— Il n'a disparu que depuis deux semaines, nuançai-je.

— Dans la vie de n'importe quel garçon de vingt-deux ans, deux semaines, ce n'est pas grand-chose. Mais le fait est que ce n'est pas un garçon comme les autres. C'est une star du football.

— Pour une fois, dis-je, les journaux et les télévisions pourraient sûrement apporter leur aide. Il est difficile de disparaître quand le monde entier en est informé.

— Exact, reprit Jacint, mais ce n'est pas un club de football ordinaire. Ce club appartient aux supporters, il est géré par eux, ce qui signifie qu'ils nous font confiance et qu'ils font preuve de très peu d'indulgence quand les choses tournent mal, et à juste titre. De notre point de vue, il nous revient de tenter de régler le problème avant d'être obligés d'annoncer un éventuel souci. C'est ce que le peuple catalan attend du Barça. Non pas des excuses mais peut-être une explication, au moment opportun.

— Il faut aussi considérer l'aspect relations publiques de la question, ajouta Oriel. Cela a pu échapper à votre sagacité, mais en Espagne, actuellement, le contexte est difficile. La situation économique est désastreuse. Le quart de la population est au chômage. Perdre un joueur que nous payons cent cinquante mille euros par semaine, ce n'est guère reluisant. Nous ne pouvons pas nous permettre ce genre de publicité négative alors que le salaire moyen d'un Espagnol est de seulement mille sept cents euros par mois.

— Il n'y a pas que cela, souligna Jacint. À une période où tant de choses vont mal dans la vie de nos supporters, la seule chose dont ils ont absolument besoin d'être sûrs, c'est que tout va pour le mieux dans leur club de football bien-aimé. Que nous sommes encore les meilleurs du monde. (Il secoua la tête.) La meilleure équipe de football du monde ne perd pas un joueur important comme celui-là. Ils attendent de nous que nous nous assurions que nos stars surpayées puissent au moins rejoindre le terrain d'entraînement, fût-ce au volant de leur Lamborghini.

— Je ne sais pas comment cela se déroule à Londres, mais pour la plupart de ces types, Barcelone est leur raison de se lever le matin, me rappela Oriel. C'est ce qui leur permet de se sentir bien dans leur peau. Toute leur vision du monde est affectée par la réussite ou l'échec de leur équipe. Si vous vous mettez à secouer ce bateau, la situation peut devenir très houleuse.

J'opinai.

— *Mès que un club*, dis-je. Je sais.

— Non, avec tout le respect que je vous dois, je ne pense pas que vous sachiez, objecta Jacint. À moins que vous ne soyez catalan, il est impossible de savoir ce que c'est que de soutenir le Barça. Ce club n'est pas juste du football. Pour énormément de gens, ce club est le symbole du séparatisme catalan. Le Barça s'est même encore plus politisé qu'à l'époque où vous y avez travaillé, Scott. Ce n'est plus seulement *Boixos Nois…* les jeunes fous qui sont pour la rupture avec le reste de l'Espagne. Cela concerne pratiquement tous les *penyes*.

Les *penyes* désignaient les divers clubs de supporters et groupes financiers qui composaient le soutien si caractéristique du FC Barcelone.

— Si le gouvernement espagnol accepte de nous accorder un référendum, alors ce club de football sera l'épicentre du mouvement vers l'indépendance, affirma Jacint. Mais ceux qui sont opposés à une Catalunya indépendante essaieront d'exploiter une situation de ce type pour nous dénigrer. Pour nous accuser d'erreurs de gestion. Si on ne peut se fier à nous pour diriger un club de football, comment se résoudrait-on à nous confier le gouvernement de Catalunya ?

— Ce qui signifie que cela va bien au-delà de la simple perte d'un joueur, insista Oriel. Rien ne doit entraver notre initiative en vue d'obtenir la tenue de notre référendum. Comme celui qu'ont organisé vos Écossais.

— Dites-moi, me questionna Jacint, en tant qu'Écossais, comment avez-vous voté, au référendum ?

Je haussai les épaules.

— J'ai beau être Écossais, je n'ai pas été autorisé à voter parce que je vis en Angleterre. Ces gens ne s'intéressent pas à la démocratie. Et je dois vous avouer que je ne suis pas plus favorable à l'indépendance de la Catalogne que je n'étais favorable à celle de l'Écosse. À notre époque, il est beaucoup plus sensé de faire partie d'un ensemble plus vaste. Et je ne parle pas de l'Union européenne. Allez voir comment cela se passe en Croatie, si vous en doutez. Dans le cadre de l'ex-Yougoslavie, les Croates avaient une importance. Maintenant, ils ne signifient plus rien. Et si vous êtes bosniaque, c'est pire. Ils ne font même pas partie de l'Union européenne.

À ce stade, la conversation se transforma en débat sur les mouvements d'indépendance et ce fut Ahmed qui réussit à réorienter la discussion autour du sujet du jour : la disparition de Jérôme Dumas.

— Nous paierons tous les frais relatifs à sa recherche, promit ce dernier. En première classe, naturellement. Et une rémunération fixe de cent mille euros par semaine, déductible d'une somme forfaitaire de trois millions d'euros si vous réussissez à le retrouver.

J'acquiesçai.

— C'est très généreux. Mais supposons qu'il soit mort ?

— Alors votre rémunération fixe sera limitée à un million d'euros.

— Supposons qu'il soit en vie, mais ne veuille pas rentrer ? (Je haussai les épaules.) Je veux dire, manifestement, il n'a pas disparu sans raison. Il se peut qu'il ait filé en douce en Guinée Équatoriale pour aller voir la Coupe d'Afrique des Nations. Qui sait, il est même peut-être parti là-bas pour jouer. On a déjà vu se produire des choses plus étranges.

— Je n'avais pas songé à cette possibilité, admit Ahmed. Peut-être a-t-il attrapé le virus Ebola. Peut-être est-il dans un hôpital de campagne, et il attend du secours. Nom de dieu, cela pourrait tout expliquer. Vous savez qu'il n'est pas le seul joueur porté disparu depuis ce tournoi.

— Dumas n'est pas noir africain, précisa Rivel. C'est un Français des Antilles. Et en tant que tel, il a le droit de jouer pour la France.

— Avez-vous envisagé la possibilité qu'il ait été kidnappé ? Les footballeurs font de belles victimes. Ils sont surpayés, indisciplinés, et détiennent beaucoup d'actifs. Ils ne font pas toujours ce qu'on leur dit et la plupart d'entre eux se croient trop coriaces pour s'entourer de gardes du corps, ce qui signifie qu'ils sont plus faciles à enlever que la majorité des gosses de riches. Quand j'étais en taule, toute une bande de détenus sont venus me voir avec un plan pour kidnapper un joueur vedette d'Arsenal. Il y a des enflures en circulation dans la nature qui feront n'importe quoi pour de l'argent.

— Si c'est de cela qu'il s'agit, alors nous n'avons reçu aucune demande de rançon, remarqua Jacint.

— Et le PSG non plus, souligna Rivel.

— Mais il est certain que vous avez tout pouvoir de négocier sa libération s'il s'avère que c'est ce qui s'est produit, m'assura Ahmed.

— Alors supposons qu'il en ait juste eu assez du football ? dis-je. Il fait peut-être un burn out. Cela peut arriver.

— Votre rémunération reste d'un million, répéta Ahmed. La somme de trois millions n'est payable que si Dumas rejoue. Inutile de préciser que son incapacité totale à rejouer pour le FC Barcelone aura des conséquences financières pour le PSG.

— Nous ne serons pas payés, expliqua Rivel.

— S'il en a eu assez du football, ce serait une partie importante de votre travail de le convaincre de rentrer au bercail, souligna Oriel. C'est une autre raison qui nous incite à vous engager. Afin de le convaincre de changer d'avis s'il s'est dégonflé.

— Supposons que j'accepte en effet cette mission. Combien de temps dois-je le chercher ?

— Jusqu'à la fin de ce mois, répondit Ahmed. Quatre semaines. Six, au plus.

— Idéalement, ajouta Jacint, nous aimerions que ce joueur soit de retour à temps pour jouer le *clásico* le dimanche 22 mars. S'il pouvait entrer en cours de jeu dans le match contre Madrid, ce serait ce que nous pourrions espérer de mieux. (Il eut un geste désabusé.)

102

Comme vous vous en souvenez peut-être, Madrid a remporté le dernier *clásico* trois buts à un, devant leurs fans à domicile.

— Nous avons été volés, lâcha Oriel. Et ce n'est pas la première fois, bien sûr.

— Ils sont revenus au score après une entame de match parfaite, avec un but de Neymar au bout de quatre minutes.

— Ils ont obtenu un penalty qui n'aurait jamais dû leur être accordé, poursuivit Oriel. La balle est allée vers la main, et non pas la main vers la balle, ce qui n'est pas une faute, dans les règles. Gerard Piqué a été pénalisé abusivement. C'est la pure injustice de ce penalty qui a affecté le moral de notre équipe.

J'approuvai, en souriant. Dans une rivalité comme celle qui existait entre Madrid et Barcelone, rien ne change jamais beaucoup. Mais c'était peut-être la seule rivalité où une équipe avait forcé l'autre à jouer, sous la menace de ses armes. Pour beaucoup, la haine qui existait maintenant entre Madrid et Barcelone n'existait pas du tout avant ce match, en 1943. Madrid avait remporté la rencontre 11-1, ce qui incite à se s'interroger sur ce que furent les débats de l'équipe à la mi-temps. Qu'est-ce que le manager avait dit à ses hommes ?

« Tout bien réfléchi, le mieux serait de laisser ces Espagnols nous battre, sinon ils risquent de nous fusiller, comme ils ont fusillé Lorca. S'ils sont capables d'abattre un poète, ces fascistes peuvent certainement tirer sur une équipe de football. »

— Vous en chargerez-vous ? s'enquit Jacint. Le club vous en serait éternellement redevable.

— Et le nôtre aussi, ajouta Charles Rivel.

— Je ne sais pas, dis-je, hésitant un peu.

J'aime bien Barcelone, j'aime bien les Catalans. Je n'avais simplement aucune envie de me transformer en inspecteur Clouseau du football.

Je me levai de table.

— Je vais aux toilettes. Alors accordez-moi quelques minutes, le temps d'y réfléchir.

— Si c'est une question d'argent…, commença Ahmed.

— Pour l'argent, ça ira, fis-je. Non, mais si vous étiez allé voir Pep pendant son année sabbatique pour lui demander de vous donner un coup de main de ce genre, je me demande juste ce qu'il aurait répondu.

— Pep n'est pas un intellectuel, objecta Jacint. C'est vous qui avez fréquenté l'université, pas lui. Il ne connaît que le football.

— C'est peut-être en cela que je me suis trompé, admis-je. En tout cas, de nos jours, l'université ne signifie pas grand-chose. Vous ne réussirez jamais à décrocher un diplôme en restant au lit à regarder la télévision. Ce que j'entendais par-là, c'est que Guardiola a toujours été quelqu'un de très résolu. Un homme qui avait un plan. Le football total, dans le style de celui qu'il a appris sous l'autorité de Cruyff, ne semble guère s'accommoder de ce que vous me demandez de faire. D'autres clubs risqueraient d'en conclure que je suis moins intéressé par l'idée de jouer en 4-4-2 que par celle de jouer les limiers amateurs.

— Vous êtes un homme intelligent, Scott, répliqua Jacint. Peut-être un peu trop intelligent pour ce jeu.

Mais vous ferez toujours partie de la famille du Barça. Je pense que vous le savez.

Il y a des moments – généralement quand quelqu'un me fait un compliment de ce style – où je baisse les yeux et regarde le bout de mes souliers comme si je m'attendais à y trouver un ballon, et le fait est que je suis parfois toujours aussi démuni quand je m'aperçois qu'il n'y en a aucun. Je jure que lorsque je me suis arrêté de jouer au football, je me réveillais tout le temps la nuit et je cherchais le ballon autour de moi. En particulier quand j'étais en taule. C'est comme si je ne savais pas quoi faire de mes pieds. Comme si, sans ballon dans lequel taper, ils étaient désemparés. Comme un soldat sans fusil, je suppose.

J'allai me laver les mains. En chemin, je jetai un coup d'œil à mon téléphone et vis d'après le fil Twitter que certaines femmes réclamaient qu'on me vire, après ma plaisanterie au sujet de Rafinha sortant du terrain pendant le match contre Villareal parce qu'il avait ses règles. Le fait que je n'occupe aucun poste semblait avoir échappé à mes détractrices, dont un bon nombre avaient twitté pour me traiter de sale sexiste et clamer que j'étais en tous points aussi épouvantable qu'Andy Gray, l'ancien joueur devenu commentateur sur Sky Sports, et je les chassai donc de mon esprit.

En plus, le fait que le manager d'un autre club de Premier League vienne de perdre son poste semblait relativement plus important. Je ne me berçais pas d'illusions en m'imaginant que j'allais bientôt réintégrer un autre grand club alors que des entraîneurs comme Tim Sherwood, Glenn Hoddle, Alan Irvine et Neil Warnock étaient tous à la recherche d'un nouveau poste. À la vérité, j'avais déjà décidé ce que j'allais faire. Jacint m'avait rappelé, subtilement, que Barcelone m'avait accueilli au sein de la famille à une époque où je venais de sortir de prison, et n'importe qui d'autre aurait pu y réfléchir à deux fois avant de m'engager. J'étais redevable aux Catalans de m'avoir offert une chance quand aucun club anglais ne s'était manifesté. Et maintenant que je prenais le temps de réfléchir à la question plus en détail, il me semblait en effet que je leur étais redevable, et pas qu'un peu.

Enfin, sans ballon où taper, à quoi d'autre allais-je occuper mon temps ?

Je regagnai la table.

— Très bien, je vais m'en charger. Je vais rechercher votre joueur disparu. Mais soyons clairs sur un point, messieurs. Supposons une minute que je sois aussi intelligent que vous le dites. Alors vous me pardonnerez si je vous explique la véritable raison qui vous pousse à vouloir retrouver Jérôme Dumas et pour laquelle vous êtes prêts à me rémunérer si généreusement. Qui n'a que peu à voir avec tout ce que vous avez mentionné. Je veux dire, c'était joli et tout cela paraissait très plausible. Et même romantique. J'aime assez l'idée de Barcelone comme cœur politique de la Catalogne. Mais serait-ce une raison pour me payer à retrouver Jérôme Dumas, en toute discrétion ? Ça, ce sont des conneries. La véritable raison pour laquelle vous voulez que je retrouve Dumas est surtout liée à l'interdiction de transfert imposée par la FIFA au FC Barcelone, qui est entrée en vigueur à la fin décembre 2014.

C'était l'interdiction imposée suite à l'infraction commise par le FC Barcelone aux règles de protection des mineurs et à l'obligation de déclaration de ces mêmes mineurs fréquentant les écoles de football.

— J'imagine que le prêt de Jérôme Dumas du PSG au FC Barcelone a été spécifiquement élaboré pour contourner cette interdiction de transfert. Parce que selon mes sources, vous ne serez pas en mesure de faire signer un autre joueur avant la fin 2015, ce qui signifie que le prêt de ce joueur revêt une bien plus grande importance qu'il n'en aurait en temps normal. Surtout dans une année marquée par une élection à la présidence du club.

Mes sources étaient mon propre père, évidemment, mais cela sonnait mieux que de simplement leur sortir : « Mon père m'a dit… »

— Il n'y a pas beaucoup de buteurs vedettes qui se prêtent entre clubs de la sorte. Vous avez eu de la chance d'en trouver un, à cette époque de l'année. La plupart des équipes plus modestes cherchent à vendre leurs meilleurs joueurs aux plus grands clubs lors du mercato d'hiver. Je suppose donc qu'à la fin 2015, le FC Barcelone versera une commission au PSG, que Dumas joue ou non.

« Écoutez, je ne vous en tiens pas rigueur. J'aurais fait la même chose, si j'avais été dans votre position. Une interdiction comme celle-ci, à cause d'une stupide erreur administrative, semble tout à fait disproportionnée, et typique de la conduite autoritaire adoptée par la FIFA ces derniers temps. Franchement, je considère que c'est une bande d'escrocs. Mais ne me prenez pas pour un ignorant de ce qui se passe ici.

Si vous m'engagez, vous m'engagez pour découvrir la vérité, avec tout ce que cela comporte. Je pense qu'il vaut mieux que nous sachions tous de quoi il retourne. Nous sommes d'accord ?

Jacint sourit, échangea un regard avec Oriel, et hocha la tête.

— Nous sommes d'accord.

8

Je retournai à Paris, pour y entamer mes recherches. À ce stade, l'agitation sur Twitter s'était muée en tempête, la sororité de ces dames appelant la Fédération anglaise à me punir d'une amende et, au vu de certains propos que j'avais officiellement tenus au sujet de la Fédération, la sanction paraissait plus que vraisemblable. Tempest O'Brien me confia que, selon elle, le tweet concernant Rafinha allait me coûter dix mille livres, ce qui représente presque soixante-douze livres le caractère.

L'appartement de Jérôme Dumas se situait dans le 16e arrondissement, avenue Henri-Martin, en lisière du Bois de Boulogne. Il offrait une superficie d'au moins quatre cents mètres carrés, au dernier étage d'un immeuble de grande hauteur, proche de l'ambassade du Bangladesh et somptueusement décoré par un architecte moderne, si vous appréciez ce genre d'intérieur. La quasi-totalité du mobilier avait l'air de sortir d'un vieux film de science-fiction mettant en scène un futur lointain. Je fus accueilli avec les clefs par un employé du PSG, Guy Mandel, qui me fit visiter les lieux et me fournit quelques éléments d'information utiles sur le joueur disparu.

— Dumas est venu ici de l'AS Monaco voici à peu près un an, moyennant vingt millions d'euros, m'expliqua-t-il. Originaire de Guadeloupe, dans les Antilles. Ce qui n'a rien d'inhabituel non plus, en l'occurrence. J'ignore ce que vous savez de ce département d'outre-mer, mais pour une île minuscule avec une population inférieure à celle de Lyon, elle boxe très au-dessus de sa catégorie. L'équipe de France de la Coupe du monde 2006 comptait sept joueurs originaires de Guadeloupe. L'île fait partie de la France, voyez-vous, et n'est donc pas reconnue par la FIFA comme un pays à part entière. Ce n'est pas plus mal, sans quoi des garçons comme Thierry Henry, Sylvain Wiltord, William Gallas, Lilian Thuram, Nicolas Anelka et Philippe Christanval ne satisferaient pas aux conditions requises pour jouer chez nous.

— Je l'ignorais, dis-je. Tant de grand football en provenance d'une si petite île.

— Et, sur l'île même, on ne porte pas une grande affection à la France. Je crois que la plupart des insulaires ont tendance à se ranger dans le camp du Brésil. Franchement, je ne peux pas dire que je leur en veuille. La France elle-même a tendance à qualifier ces individus de racailles quand ils vivent dans les banlieues et à ne les qualifier de Français que lorsqu'ils jouent pour l'équipe. Je suppose qu'il en est de même en Angleterre.

J'acquiesçai.

— Peut-être.

— Ils auraient probablement réussi à se qualifier pour la Coupe du monde au Brésil, si nous leur en avions fourni l'opportunité. En d'autres termes, si nous, les Français, ne les avions pas empêchés de devenir membre à part entière de la FIFA.

— Je l'ignorais, dis-je.

— Il y en a probablement bien plus qui viennent de Guadeloupe, et que j'ai oubliés. Je connais seulement ces noms parce que Jérôme Dumas m'en a parlé. Il était très fier de son héritage insulaire.

— Savez-vous depuis combien de temps il habitait en France ?

— Aucune idée. Sa vie avant Monaco reste un peu un mystère, en réalité.

Comprenant un hall d'entrée, un spacieux salon, un deuxième salon en rotonde de cinquante mètres carrés, plusieurs chambres, une superbe cuisine, une salle de sport et une cave à vin, l'appartement aurait été le rêve de n'importe quel jeune homme. Tout comme l'auraient été la Lamborghini et le Range Rover qui occupaient les deux emplacements de parking rattachés à l'appartement. Mais pour moi, c'étaient les jardins sur le toit qui distinguaient véritablement les lieux. La vue était superbe, notamment sur la Fondation Louis-Vuitton dessinée par Frank Gehry, et il y avait là une grande variété de plantes matures qui ne montraient aucun signe de négligence en l'absence du propriétaire.

— Qui s'occupe de cet endroit ?

— Il y a une femme de ménage et un jardinier qui viennent presque un jour sur deux. Un garçon qui nettoie les voitures. Une cuisinière qui prépare les repas selon les règles nutritionnelles établies par le club. Il avait une attachée de presse, Alice, qu'il a laissée partir après avoir signé l'accord avec le FC Barcelone. Une fille sympa. Futée.

— Je vais certainement devoir la rencontrer, dis-je.

— Tous les renseignements sont dans le fichier joint au mail que je vous ai envoyé. Et elle arrive ici dans une heure à peu près pour vous aider autant qu'elle le pourra.

— Merci.

— Il a même un conseiller en achat d'art employé par une banque privée qui achetait des tableaux pour lui. L'homme avait accès aux lieux, afin de pouvoir entrer accrocher des toiles et placer des sculptures.

— C'est l'une d'elles, croyez-vous ?

Je regardais un tableau, une citrouille, par Yayoi Kusama. Pour ma part, cela ne m'aurait pas dérangé d'avoir une toile de cette Yayoi Kusama.

Mandel fit grise mine.

— Pas mon style. Le genre de nullités qu'ils accrochent dans ce nouveau tas de ferraille emboutie qu'ils appellent le musée Vuitton.

Là-dessus, il avait tort. Comme le reste des tableaux de l'appartement de Dumas, le Kusama était bien trop figuratif pour risquer jamais de trouver une place dans la collection d'art contemporain de la Fondation Vuitton. Et d'une, vous pouviez – presque – saisir ce que c'était, ce qui signifiait évidemment que la toile était totalement dépourvue d'ironie et, dès lors, dénuée de la moindre portée et peut-être de la moindre valeur d'investissement à long terme. J'en conclus que la banque privée prodiguait à Dumas le genre de conseils qu'il avait envie d'entendre pour qu'ils puissent lui acheter le style de peintures qu'il avait envie de voir au lieu de celles qui lui auraient rapporté de l'argent.

— Maintenant qu'il est en partance pour Barcelone, l'appartement est sur le marché, bien sûr. Chez Lux-Résidence. Je crois qu'ils en veulent huit millions.

— Et côté filles ?

— Il en avait une flopée, d'après ce que j'ai entendu. Mais pas une seule qui lui aurait causé des ennuis. Pas de bébés non désirés. Pas d'accusations de viol. Rien de cet ordre. Rien qui exige une aide quelconque de ma part.

— Personne de stable ?

— Il y avait une fille avec qui on l'a vu sortir plus souvent. Un mannequin de la Marilyn Agency, ici, à Paris. Une dénommée Bella Macchina. Blonde, des jambes qui lui remontaient jusqu'au derrière, l'air de se la péter, avec son nez refait… vous voyez le genre. Mais je ne sais pas dans quelle mesure c'était sérieux. Il faudrait le lui demander, à elle. Vous trouverez le numéro de l'agence dans la pièce jointe.

— Je vais le lui demander. (Je jetai un œil à l'appartement.) Jamais on ne devinerait qu'un footballeur vit ici, remarquai-je. Je veux dire, il n'y a pas un seul maillot dans une vitrine, pas une récompense de joueur, pas une médaille de vainqueur nulle part.

J'allai à la bibliothèque qui ne contenait que des livres de politique ou d'art et des monographies de photographes.

— Il n'y a même pas un bouquin sur le football.

— Eh bien, on ne peut pas lui en vouloir pour ça, fit Mandel. Moi, j'aime bien un bon roman noir, pas une de ces conneries sur « ma vie dans les banlieues et taper dans un putain de ballon c'était pour moi le seul moyen de m'en sortir ». Tout ça peut se raconter en un seul court chapitre.

— Oui, celui-là, je pense l'avoir lu, moi aussi.

Mandel sortit sur la terrasse et alluma une cigarette, une française. C'était un homme costaud aux cheveux assez longs et au nez presque fendu en deux, comme un petit derrière de pixie. Entre ses doigts de boucher, la cigarette avait l'air d'un petit bonbon à la menthe qui se serait collé à sa main. Son énorme tête se nichait dans le col trop grand de sa chemise blanche comme si le cou était totalement inexistant. Par comparaison, la voix de l'acteur Ray Winstone dans les pubs pour Bet365, le site de paris sportifs en ligne, paraîtrait un rien efféminée.

— Vous avez mentionné un problème de comportement, dis-je.

— Ils en ont tous. Citez-moi le nom d'un putain de footballeur qui ne croit pas descendre de Zeus. À la minute où ils s'achètent une Lamborghini, ils se figurent qu'elle est livrée avec une place de parking en haut de l'Olympe. (Il rit, avec cruauté.) Et ensuite ils doivent vivre avec leur bolide et le conduire. Ce qui les amène assez rapidement à redescendre s'écraser sur terre. Il y a des jours où je me dis que Dieu a inventé les Lamborghini seulement pour prouver aux footballeurs qu'ils ne sont que de simples mortels. Essayez juste de sortir du garage, en bas de l'immeuble au volant d'une Aventador en marche arrière. C'est comme d'essayer de manœuvrer un piano à queue.

— Mais ce problème de comportement, c'est presque la première question que vous avez évoquée à propos de Jérôme Dumas. Alors peut-être que c'est chez lui davantage un problème que chez la majorité.

— Peut-être.

— Comment l'avez-vous trouvé, personnellement ?

— À son arrivée au club, on aurait cru avoir affaire à un type différent, vous voyez ? Tout le temps en train de rire et de blaguer. C'était impossible de ne pas apprécier Jérôme. Ensuite, il s'est passé quelque chose. Je ne sais pas quoi. Il a changé.

— Changé, comment cela ?

— Peut-être a-t-il grandi un peu. Il est devenu un peu plus réfléchi. Il s'est pris un peu plus au sérieux. Trop au sérieux. (Mandel prit un air grave.) Il était trop politisé à notre goût. Trop à gauche. Il ouvrait toujours sa grande gueule sur Twitter autour de toutes sortes de sujets qui n'avaient rien à voir avec le football, et sur lesquels il aurait été mieux inspiré de se taire.

— Comme quoi, par exemple ?

— Comme le PS. Le Parti socialiste français. Il versait de l'argent à la gauche, ce qui ne lui attirait pas vraiment l'affection de certains de ses coéquipiers, aucun d'eux n'appréciant trop de payer l'impôt sur la fortune de M. Hollande. Je crois qu'il versait aussi de l'argent à des associations de jeunes, à Paris. Et vous pouvez parier que s'il y avait une manifestation, il y serait. C'était franchement un hypocrite.

— Que voulez-vous dire ?

— Nous, les Français, nous prenons la révolution très au sérieux. Nous n'aimons pas les gens qui jouent les révolutionnaires. Chez qui cela semble être une pose.

— C'était une pose ?

— Le gauchiste en Lamborghini, c'est comme ça que les gens l'appellent. Le mao en Maserati.

— Oui, je vois en quoi cela peut en irriter certains. Est-ce pour cela que le PSG a décidé de le prêter au FC Barcelone ?

Mandel opina.

— Ensuite, il y a eu les interviews qu'il a accordées à *Libération* et *L'Équipe* qui ont foutu pas mal de gens en rogne, ce qui a vraiment contribué à lui faire quitter le Parc des Princes.

L'Équipe, la bible nationale quotidienne des sportifs français.

— C'est aussi dans le fichier joint ?

— Bien sûr.

— Au fait, j'aimerais aussi visionner les enregistrements des rencontres les plus récentes qu'il a jouées pour le PSG. Cette saison et la précédente.

— Cette saison, il a eu un bon match. C'était en septembre dernier, contre Barcelone.

— C'était le fameux 3-2 du groupe F, non ?

— Oui. Ce soir-là, il a été vraiment bon. Il n'a pas marqué lui-même, mais il a délivré trois belles passes décisives. Si vous voulez mon avis, c'est cette soirée qui a persuadé le Barça de se le faire prêter. Je veux dire, il n'était pas seulement bon en attaque, il était aussi bon en défense.

Je l'ai vu contre Nice. Il n'était pas mal, c'est ce que je me suis dit. Bien sûr, j'ignorais que j'allais devoir autant m'intéresser aux détails de sa vie. Quand vous essayez de comprendre le bonhomme et ce qui lui est arrivé, cela peut aider de le voir faire ce pour quoi il est doué.

116

— Très bien. Je vais vous procurer quelques vidéos. Vous préférez des DVD ou des fichiers ?

— Fichiers vidéo. Et j'aurai besoin de quelques billets pour le prochain match à domicile. On ne sait jamais qui je pourrais avoir à amadouer pour soutirer des informations. Vous pourrez les récupérer, bien sûr, si je n'en ai pas l'usage.

— Bien sûr.

— Alors, maintenant, cet article de *L'Équipe*. Lisez-le-moi, pendant que j'inspecte un peu les lieux.

— D'accord. Mais dites-moi ce que vous cherchez et je pourrais peut-être aussi vous aider sur ce plan.

— Je n'ai vraiment aucune idée de ce que je cherche, monsieur Mandel. Je le saurai seulement quand je le verrai, et encore, ce ne sera peut-être même pas immédiat. Comme ceux qu'on appelle des détectives, je suis quelqu'un qui mise sur la découverte de ce qu'on ne recherchait pas. L'équivalent, en médecine, de la pénicilline. Le truc, c'est de réussir à comprendre la portée de ce qu'on a trouvé. Ce qui, à l'évidence, n'est pas toujours immédiatement apparent. C'est aussi l'équivalent du gardien qui marque des buts en plus d'en arrêter. Rogério Ceni en a marqué cent vingt-trois, au cours de sa carrière. Ce n'est pas un heureux accident. C'est plus que cela… ce que les Anglais appellent une veine fortuite. Comme votre langue française n'aime pas employer de vocables anglais, je vous inviterais à envisager la *rogériocénite* à titre de transposition française acceptable.

Voilà qui sonnait bien. Et je n'avais guère envie de lui rétorquer que cette veine fortuite était le seul bagage dont je disposais dans le sac de sport renfermant mes indices. La vérité, c'était que je me sentais comme un kiné appelé sur le terrain pour réparer une déchirure du tendon d'Achille avec un simple rouleau de sparadrap et un flacon de sels. Franchement, c'était pathétique de constater à quel point j'étais mal équipé pour mener la tâche qui m'était assignée.

J'entrai dans la salle de bains et j'ouvris l'armoire – cela me paraissait un bon point de départ pour entamer mes recherches. En règle générale, on peut en apprendre beaucoup sur un homme rien qu'en fouillant son armoire à pharmacie. Naturellement, il y avait quantité d'ibuprofène – c'est parfois le seul moyen de réussir à se rendre jusqu'au terrain d'entraînement – et beaucoup de bandes de contention : bander une articulation endolorie, ça marche, surtout quand vous prenez aussi de l'ibuprofène. Mais, avant même que Mandel n'ait entamé la lecture à voix haute de l'article à partir de son iPad, je venais de découvrir que Jérôme Dumas était déprimé. Dans l'armoire de la salle de bains, il y avait un flacon d'un des ISRS les plus couramment prescrits – un inhibiteur sélectif de la recapture de sérotonine. Je plaçai le flacon à côté du lavabo et continuai de fouiller.

Jérôme Dumas s'est exposé à la colère des supporters du Paris Saint-Germain en déclarant que les fans du Parc des Princes l'ont poussé à se sentir indésirable et que cela aurait maintenant atteint le niveau où il évite presque le ballon. Dans une interview franche et sans détour, Dumas a aussi déclaré que ce n'était pas amusant de jouer au PSG et qu'il n'attendait maintenant plus que les matchs à l'extérieur, car il y avait là moins de fans présents pour lui mener la vie dure.

— Oooh, ça, c'est pas bon, m'écriai-je, en ouvrant un tiroir, où je trouvai une grande trousse de toilette dont je fis coulisser la fermeture Éclair ; je fouillai dedans, puis versai la totalité de son contenu dans la baignoire. C'est pas bon du tout.

« C'est vraiment démoralisant quand ce sont vos propres fans qui vous hurlent des insultes racistes, nous a déclaré Dumas. Bien sûr, vous avez envie qu'ils vous soutiennent. Mais ces derniers temps j'ai traversé une mauvaise passe, je n'étais pas en forme, je n'ai pas marqué et ils n'ont pas été très compréhensifs. J'aimerais juste qu'ils se montrent un peu plus patients avec moi. Ce n'est pas gênant que les supporters des équipes adverses vous sifflent à l'extérieur. Cela fait partie du jeu. Mais quand ce sont vos propres supporters, c'est différent. Dans le match contre Nice, on aurait dit qu'il y avait une règle pour moi et une autre pour Zlatan. Je ne comprends pas pourquoi il y a eu des sifflets et des huées quand j'ai manqué un but, mais rien que des applaudissements quand il a frappé sur la barre. Il y a deux poids deux mesures, je trouve ça déconcertant et blessant. »

Dans la trousse de toilette, je fus surpris de découvrir plusieurs boîtes de Cialis. Je les plaçai à côté de l'ISRS.

« Je suis sûr que tout rentrera dans l'ordre quand j'aurai marqué mon premier but pour le PSG, mais plus il s'écoulera de temps sans que je marque, plus je serai sous pression ; et plus je serai sous pression moins j'aurai de chance de marquer. C'est un cercle vicieux.

« Pour le moment, j'attends réellement les matchs à l'extérieur parce que je sens que je vais beaucoup moins me faire hurler dessus par la foule. Et je ne suis pas le seul joueur à le ressentir. Un ou deux autres gars qui n'ont pas marqué dernièrement ont du mal à supporter les attentes très fortes de nos fans. Je pense qu'ils devraient essayer de soutenir un peu plus les joueurs et leur apporter leurs encouragements pour les aider à rétablir la situation sur le terrain, au lieu de les casser quand ça va mal.

« Laurent Blanc était un grand joueur et c'est aussi un grand entraîneur. Mais je ne pense pas qu'il sache tirer le meilleur de moi, pas encore. Franchement, nous avons du mal à communiquer, lui et moi. Ce n'est pas que je me débrouille mal en français, comme certains de ces Africains. Pour le moment, il y a une sorte de barrière entre nous qui nous empêche de communiquer convenablement. Mais je ne sais pas ce que c'est. Si je commets une erreur, ce n'est pas parce que je suis une feignasse, et pourtant c'est ce qu'on a laissé entendre et c'est ce qui me pousse à m'exprimer. Parfois, je commets des erreurs. Nous en commettons tous. C'est le foot. Mais quand je rate une occasion, voilà ce que les gens disent. C'est du genre : "Il a manqué cette occasion parce que c'est une sale feignasse, c'est un Noir." En tant que footballeur, vous avez intérêt à en rire et à ne pas relever. Mais ces derniers temps j'ai la sensation d'avoir oublié comment on fait. Je vous avoue que je me sens assez abattu, à cause de tout ça. »

Jérôme Dumas a été exclu des matchs contre Nantes et Barcelone et ses commentaires provocateurs vont susciter encore davantage de tension dans ses relations avec les fans et avec la direction du PSG. Pour le club, Charles Rivel s'est déclaré en profond désaccord avec les propos de Dumas à *L'Équipe* : « Les supporters ne me font pas du tout l'effet d'être si difficiles à satisfaire. Ils suivent le club partout en Europe. C'est un soutien très fidèle dont nous jouissons au PSG. L'un des meilleurs soutiens possibles. Je n'ai pas entendu de fans huer Dumas ou le traiter de feignasse. Mais soyons honnêtes : c'est un joueur qui émarge à cent vingt-cinq mille euros par semaine. Oui, il est dans la nature humaine de vouloir être aimé. Pourtant, en se plaignant de ce que des gens qui paient quatre-vingts euros un billet pour voir un simple match ne le soutiendraient pas assez, il semble que Dumas s'égare complètement. Ce joueur doit revenir à la réalité. Oui, l'équipe aurait dû marquer plus d'une fois contre Nice, mais c'est pure paranoïa de la part de Jérôme Dumas que de laisser entendre que les fans lui auraient réservé un sort particulier en lui faisant subir davantage de critiques. »

Concernant Dumas, la meilleure nouvelle aura été d'être retenu pour le match contre Guingamp. Cela ne paraît pas grand-chose pour un footballeur de son niveau et les derniers commentaires du joueur ne feront qu'alimenter les conjectures sur son départ prochain du Parc des Princes et l'idée qu'il soit déjà en partance pour un autre club. Certains diront : « bon débarras ». Si vous comparez les statistiques de Dumas avec celle d'Ibrahimovic et de Cavani, il est impossible de ne pas être d'accord avec l'auteur de ces lignes : vu le nombre de minutes jouées comparées au nombre de buts marqués et de tirs au but, Dumas laisse un peu à désirer. Il semblerait qu'il lui reste encore à comprendre qu'on en attend davantage de la part d'un joueur qui gagne cent vingt-cinq mille euros par semaine et se borne à toucher son salaire grâce à ses fans. Mais dans le monde tordu du football moderne, ces petits princes trop gâtés ont l'air de considérer que tout leur est dû.

Mandel leva les yeux.

— Voilà. Il y a un tableau, sur la page d'après, avec les statistiques qui établissent la vérité. Mais en réalité, ce qu'il a déclaré était impardonnable. Beaucoup de gens estiment qu'il a donné cette interview pour accélérer son transfert dans un autre club.

— C'est en effet comme cela que je la lis aussi, dis-je. Il n'empêche, il ne fait aucun doute qu'il était authentiquement déprimé. C'est du Seroxat. Vous n'en prenez que si vous avez un vrai souci. Je me demande si le médecin de l'équipe savait qu'il consommait de cette merde.

Mandel haussa les épaules, prit la boîte de Cialis dans son énorme patte et se rembrunit.

— Ou ça.

— Tout homme de son âge qui est incapable de bander pour une femme comme Bella Macchina a un problème, nous sommes d'accord. C'est une meilleure raison d'être déprimé que de ne pas réussir à loger un ballon au fond d'un filet.

— Les dysfonctionnements érectiles sont souvent un corollaire de la dépression.

Mandel sourit à belles dents.

— En Angleterre, cela se peut, monsieur. Mais pas ici, pas en France. Nous sommes déprimés, mais jamais assez pour que cela nous empêche de baiser.

Nous passâmes dans la chambre où je repérai rapidement un tiroir rempli de matériel de bondage :

chaînes et menottes, colliers et entraves. Et ce fut seulement à cet instant que je remarquai le miroir au plafond, exactement à l'aplomb du lit. Je le désignai à Mandel.

— Il aime peut-être beaucoup baiser, suggéra-t-il. Auquel cas, il aurait pu avoir besoin de Cialis. Même à un homme aussi jeune et athlétique que Jérôme Dumas, il arrivera d'avoir besoin d'un peu d'aide de temps en temps. Cela m'aurait plu de disposer de ce genre de produits quand j'avais son âge. Surtout si j'avais su ce que je sais maintenant, autrement dit qu'après avoir atteint un certain âge, vous ne baisez plus du tout. Avec ou sans Cialis.

9

L'attachée de presse de Dumas, Alice, me communiqua plusieurs numéros de téléphone utiles, notamment celui de son ex-petite amie, Bella Macchina, le mannequin de la Marilyn Agency qu'elle appela pour m'organiser un rendez-vous avec elle le soir même. Alice me prépara un café pendant qu'elle et moi discutions dans l'immense cuisine franchement rutilante de l'appartement. C'était une jolie fille aux cheveux courts, avec des lunettes, et, je ne sais trop pourquoi, elle me rappelait plus ou moins Jeanne d'Arc. Peut-être était-ce dû à cette coupe de cheveux à la garçonne. Mais cela aurait tout aussi bien pu être à cause de la croix en argent qu'elle portait autour du cou, du pull en bouclette de couleur argent qui évoquait une cotte de maille, ou le nombre de cigarettes qu'elle fumait en les allumant avec un élégant briquet Dunhill vintage laqué, un cadeau d'adieu de Jérôme Dumas, disait-elle, dont la flamme aurait eu besoin d'un petit réglage, tant elle était longue.

Je lui expliquai que le PSG et le FC Barcelone m'avaient engagé pour tenter de le retrouver.

— Je sais, me dit-elle. M. Mandel, du club, m'a prévenue.

— Tout d'abord, et je suis persuadé que beaucoup de gens vous ont déjà posé la question, je m'en excuse donc d'avance, mais avez-vous la moindre idée d'où pourrait se trouver Jérôme en ce moment ?

— J'avais supposé qu'il était déjà en Espagne. Qu'il avait dû partir là-bas immédiatement après son retour de vacances à Antigua. Parce qu'il n'avait aucune raison véritable de rentrer à Paris. L'appartement est en vente. L'agence croyait que le bien attirerait plus facilement les acquéreurs s'il le laissait meublé tel qu'il est maintenant. Sauf que M. Mandel m'explique qu'il n'y a aucune preuve qu'il soit rentré d'Antigua. Ni qu'aucun des billets de retour qu'il a achetés ait été utilisé.

— C'est aussi ce que je crois. Parlez-moi d'Antigua.

— Il avait projeté d'aller là-bas deux semaines pour Noël et le jour de l'an. C'était moi qui avais acheté les billets d'avion et réservé l'hôtel.

— Il y avait donc deux billets ?

— Il s'était organisé pour partir avec sa petite amie, Bella. Mais ils ont rompu juste avant la date prévue pour leur départ et du coup il est parti seul.

— Avez-vous la moindre idée de la raison pour laquelle ils ont rompu ?

Alice sourit.

— Il était comme n'importe quel jeune homme possédant trop d'argent. Il y avait pas mal d'autres femmes toutes prêtes à l'aider à le dépenser. D'après moi, elle était en mesure de le tolérer, pendant un temps. Après tout, elle avait elle-même fréquenté quelques autres messieurs. Mais avec Jérôme, les femmes, c'était comme un hobby. Il faudrait lui poser la question à elle. Cela me met un peu mal à l'aise de parler de cela avec un inconnu.

— Vous me pardonnerez, j'espère, si certaines de mes questions vous semblent intrusives, mais dans toute cette affaire, il y a un facteur temps. Si je ne le retrouve pas rapidement, je pense que l'accord de prêt avec le FC Barcelone pourrait être dénoncé. Ce qui serait mauvais pour Jérôme. Sa réputation est déjà bien entachée. Cela risquerait de l'achever. Les clubs n'apprécient guère les joueurs qui s'encroûtent, mais ils n'apprécient particulièrement pas ceux qui disparaissent sans laisser de traces. Cela complique la composition d'une équipe.

— Je suppose que vous avez raison, dit-elle. Allez-y, posez toutes vos questions.

— Avez-vous couché avec lui, vous-même ?

Elle devint écarlate.

— Je suis désolé, mais je suis obligé de vous le demander.

— Oui. Mais nous avons tous les deux compris que c'était une erreur et nous avons décidé de ne plus recommencer.

— Tous les deux ?

— Que voulez-vous dire ?

— L'aurait-il compris davantage que vous ? Que c'était une erreur ?

— Oui.

— Vous étiez amoureuse de lui, peut-être ?

— Oui, admit-elle d'une voix sourde.

Elle retira ses lunettes et les essuya avec un Kleenex qu'elle avait sorti de la manche de son pull. Elle était bien plus jolie que je ne l'avais perçu à première vue.

— Le savait-il ?

— Non, je ne lui aurais certainement pas dit. Et je ne pense pas qu'il aurait eu un autre moyen de l'apprendre. Il était bien trop soucieux de sa propre personne pour ne serait-ce qu'envisager cette possibilité. Mes sentiments se situaient probablement très au-dessous de sa ligne d'horizon.

— Quand Bella lui a annoncé qu'elle ne partirait pas à Antigua avec lui… vous a-t-il proposé de partir à sa place ?

— Il me l'aurait proposé si je ne lui avais pas déjà très clairement fait comprendre que je n'étais pas prête à y aller comme ça. (Elle essaya de sourire, sans trop de succès.) C'est une chose que de quitter le banc comme joueur remplaçant dans un match de football, c'en est une autre de prendre la place d'une fille dans le lit d'un homme. Même si, entre nous, côté sexe, cela fonctionnait très bien.

— Pourquoi voulait-il aller à Antigua alors qu'il était originaire de la Guadeloupe ? Après tout, la Guadeloupe est à moins d'une centaine de kilomètres au sud d'Antigua.

— Je lui ai posé la question. La raison était simple, disait-il. D'abord, il ne lui reste pas de famille à la Guadeloupe. Mais surtout, soulignait-il, Antigua a de bien meilleurs hôtels. Il avait réservé au Jumby Bay, le meilleur établissement de l'île, apparemment. Une villa sur place coûte entre dix et douze mille dollars la nuit.

— Nom de dieu, alors ce doit être vraiment bien.

— Il pouvait se le permettre.

— J'imagine.

— Il apprécie les hôtels chers. Plus c'est cher, mieux c'est.

— J'ai entendu dire qu'il était un peu « socialiste tendance champagne ». Est-ce exact ?

— Vous avez parlé avec Mandel. Jérôme est socialiste, oui, mais je ne pense pas qu'il aimait le champagne tant que cela.

— C'est une expression anglaise. L'équivalent de votre gauche caviar. En d'autres termes, cela désigne un bel hypocrite.

— En France, il y a plein de socialistes qui aiment bien boire et bien manger. Tout particulièrement à Paris. Le président Hollande, par exemple. Jérôme apprécie les bonnes choses de la vie, comme tout le monde. Moi incluse. En d'autres circonstances, je n'aurais pas refusé un week-end au Jumby Bay, et je suis socialiste. Et j'adore le champagne. Alors, est-ce que cela fait de moi une hypocrite ?

— Non, mais vous n'encouragez pas les autres à porter le cilice et à être un peu moins obsédés par l'idée de gagner de l'argent. Vous n'êtes pas de celles qui vont manifester devant la bourse de Paris. Ou prêcher la fin du capitalisme à la télé, dans l'émission de Mélissa Theuriau.

Co-rédactrice en chef et présentatrice de Zone interdite jusqu'en 2012, Mélissa Theuriau était généralement considérée comme l'une des plus jolies femmes de télévision de France – un avis avec lequel j'avais du mal à être en désaccord.

Alice haussa les épaules.

— Avec lui, ce n'était pas que du vent, vous savez. Il a pris quelques initiatives positives, en se servant de

128

son argent. Des choses qu'il n'aimait pas crier sur les toits.

— Comme quoi ?

— Il y avait un centre d'animation pour la jeunesse à Sevran, il leur a souvent versé de l'argent pour payer des installations sportives. Il est allé quelquefois là-bas vérifier un peu comment ils s'en sortaient. Il avait envie de rendre une part de ce qu'il avait reçu.

— Sevran ?

— C'est une banlieue au nord-est de Paris.

— Un quartier difficile ?

— Très. Beaucoup de gamins noirs sans avenir. Ce sont ses propos, pas les miens.

— Comment était-il, quand on travaillait pour lui ? m'enquis-je.

— Attentionné. Gentil. Sympa. Un peu impulsif.

— J'ai trouvé des antidépresseurs dans l'armoire de la salle de bains. Vous paraissait-il déprimé ?

Elle prit une profonde inspiration et sourit, d'un doux sourire.

— Nous sommes à Paris. Tout le monde ici est déprimé pour une raison ou une autre. Les Parisiens sont ainsi faits. D'après ce que j'ai vu de la vie à Londres, je ne crois pas que nous soyons aussi insouciants que les Anglais. Même quand nous buvons du champagne.

— Était-il déprimé pour une raison précise ?

— Sa mère est morte il y a environ six mois. Je suppose que cela aurait pu avoir un rapport.

— Ici, à Paris ?

— Non. Elle vivait à Marseille. C'est là-bas qu'elle a emmené Jérôme, quand ils ont quitté la Guadeloupe.

— Il a d'autres membres de sa famille, dans le Sud ?

— Je ne crois pas, non, juste elle et Jérôme.

— Rien d'autre qui aurait pu causer cet abattement ?

— Son football. Il ne jouait pas bien. Et il se faisait beaucoup maltraiter par les fans, au motif qu'il ne faisait pas assez d'efforts. La situation avec Bella le déprimait aussi, naturellement. Je ne suis pas sûre qu'elle l'aimait, mais je pense que lui, si. Et puis le fait qu'on le prête à Barcelone, ça l'affectait pas mal aussi.

— J'avais l'impression qu'il souhaitait ce départ du PSG. Qu'il l'attendait avec impatience.

— Il était convaincu que ce serait une bonne chose, je pense. Mais il craignait que ce prêt au FC Barcelone ne veuille dire qu'aucun club n'était prêt à racheter son contrat en totalité. Que personne ne l'approcherait. Il redoutait que cela signifie qu'il avait acquis la réputation d'un joueur compliqué. Quelqu'un dans la presse ici l'avait comparé à Emmanuel Adebayor, l'international togolais. Et cela le déprimait aussi, je pense.

— Oui, je peux comprendre.

— Il s'inquiétait de l'accueil qu'on lui réserverait à Barcelone.

— Pensez-vous qu'il soit le style de garçon à se suicider ?

Elle réfléchit un moment.

— Je n'en sais rien.

— Vous a-t-il jamais parlé de suicide ? Comme cela arrive à certains, parfois ? De quelle manière on s'y prendrait ? En sautant d'un immeuble, en se noyant... Ce genre de chose.

— Non.

— Parce qu'il y a des joueurs qui se donnent la mort, ajoutai-je. Mon ami, par exemple. Matt Drennan.

— Je suis désolée.

— J'étais avec lui la nuit où il s'est pendu. Il avait bu, mais ce n'était pas nouveau. Il buvait trop, depuis des années, et rien de ce qu'il a fait ou dit ce soir-là en particulier ne m'a fait penser qu'il pourrait être suicidaire. Du moins assez suicidaire pour passer à l'acte après être parti de chez moi. Mais rétrospectivement, je regrette de ne pas avoir considéré cette hypothèse avec plus de sérieux. Et c'est encore ce qui me hante un peu. L'idée que j'aurais peut-être pu en faire un peu plus.

— Je vous ai tout dit, je ne vous cache rien, monsieur Manson, si c'est là que vous voulez en venir. Et s'il s'est tué, je ne serai pas hantée par l'idée que j'aurais pu en faire davantage. J'ai tout fait pour lui. Sa lessive, son nettoyage à sec, j'ai payé ses factures, réservé les taxis, les tables de restaurants et les night-clubs, j'ai sorti les poubelles... en d'autres termes j'ai payé les filles qu'il fallait payer...

— Des putains ?

— Par autocars entiers.

— Hmm.

— J'ai répondu à tout son courrier, répondu aux appels sur son téléphone, et j'ai même écrit ses tweets.

— Oui, j'allais vous poser la question de son compte Twitter...

131

— J'ai peur que vous ne récoltiez aucun indice de ce côté-là. J'écrivais tous ses tweets. Si vous jetez un œil à son compte Twitter, vous verrez que le dernier qu'il a écrit correspond au dernier jour où j'ai été son employée. La veille de son départ pour Antigua. Pour la plupart, je les lui soumettais. Le reste, c'étaient des re-tweets, ou des trucs autour du football que je reprenais dans les journaux parce que je les trouvais intéressants. Rien de personnel.

— Bon, au moins, voilà un mystère résolu.

Alice se rembrunit.

— Je pensais que la date de ce dernier tweet aurait pu avoir une importance, expliquai-je. J'essaie de déterminer s'il aurait été capable de se suicider.

— Que puis-je vous répondre ? La France a un taux de suicide trois fois supérieur à ceux de l'Italie et de l'Espagne, et deux fois supérieur à celui de la Grande-Bretagne. C'est du même ordre que ce que je vous expliquais précédemment. Nous ne sommes pas un peuple heureux. C'est peut-être pour cela que nous avons connu tant de révolutions. Nous avons toujours une raison de nous mettre en rogne. (Elle eut un haussement d'épaule désabusé.) Il était sous Seroxat, n'est-ce pas ? Depuis que Jérôme Dumas est parti de Paris, je prends moi-même du Seroxat.

10

C'est la nuit que Paris est la plus belle. Je ne vais pas stupidement singer Woody Allen sur le sujet, mais à la nuit tombée, les lieux sont réellement magiques, et même un peu fantomatiques, comme une immense maison hantée. Cela tient peut-être au fait de ne plus voir tous ces flics dans les rues ou tous ces mendiants sur les pas de porte, de ne plus entendre le vacarme de la circulation, de ne plus sentir la pourriture, mais la nuit, quand vous levez les yeux et voyez ces faisceaux de projecteurs jaillir d'une tour Eiffel illuminée, comme s'ils traquaient des bombardiers ennemis, il n'y a pas une seule ville comparable au monde. À chaque coin de rue, vous en découvrez une nouvelle facette, une nouvelle petite merveille, une affirmation extraordinaire de l'ingéniosité humaine. L'homme qui s'est fatigué de Londres est fatigué de la vie, mais l'homme qui est fatigué de Paris doit s'être fatigué de la civilisation même. La présence éternelle de Paris – un tel affront pour tant d'Américains incapables de comprendre son indifférence hautaine pour les affaires humaines ordinaires – constitue peut-être l'œuvre la plus éminente de l'homme en ce monde. L'extraordinaire proclamation d'une beauté qui ne s'estompe jamais est particulièrement vraie de nuit, car c'est toujours à cette heure que la dame est la plus belle.

À Paris, aucune mortelle n'aurait pu avoir plus belle allure que Bella Macchina, surtout dans le cadre élégant du Grand Véfour, table raffinée sous les arcades élégantes du Palais-Royal. Elle était grande, blonde, les yeux bleus, d'une beauté stupéfiante et, ainsi que me l'avait annoncé Mandel, elle possédait des jambes qui lui remontaient jusqu'au derrière. Et peut-être est-ce là le secret de cette si belle allure des Françaises : *elles vivent à Paris*. Paris possède même les clochards les plus beaux, à l'allure la plus convaincante que vous ayez jamais vue.

Bella était mannequin jusqu'au bout des ongles : les cheveux ramenés sur la tête avaient la légèreté du fil d'or et elle avait le teint aussi doux et aussi clair que du lait. Elle portait une minirobe en daim noir brodée, une paire d'escarpins en cuir clouté Louboutin, le tout agrémenté d'une pochette de soirée en cuir assortie, ornée de miniclous. Lorsqu'elle s'avança sur ses longues jambes jusqu'à ma table comme dans un défilé, les femmes du restaurant se retournèrent elles aussi pour mieux la regarder. Mais je ne crois pas que Bella le remarqua. Elle me souriait déjà et me tendit une main gantée d'une mitaine de dentelle, avant d'autoriser trois serveurs à l'aider à prendre place. J'imagine qu'ils cherchaient un aperçu de sa culotte. Je sais ce que c'est. De nos jours, vous allez dérober vos petits plaisirs là où vous le pouvez.

— Aimeriez-vous boire quelque chose ? lui demandai-je.

— Rien, du champagne, fit-elle.

Cela me plaisait – l'emploi de ce mot, « rien », comme si le champagne était une boisson des plus quelconques, tout à fait indigne du prix grotesque que le Grand Véfour jugeait bon de faire payer ce qui n'était après tout qu'un vin avec des bulles. Les femmes comme Bella Macchina ne connaissent le prix de rien et uniquement la valeur de ce qu'il y a de plus cher, aussi, faisant fi de toute prudence, je priai le serveur de nous apporter une bouteille de Louis Roederer millésimé, l'un de mes préférés. Le champagne Cristal, c'est pour les footballeurs – les footballeurs américains.

Nous bavardâmes un moment, commandâmes le dîner. J'essayai même de flirter un peu avec elle.

— Bella Macchina. Cela signifie belle voiture, n'est-ce pas ? En italien ?

— Oui.

Elle s'abstint de m'éclairer davantage sur son nom et cela ne me semblait pas valoir le coup de l'irriter en l'interrogeant à ce sujet. J'imagine qu'aucune femme de France ou d'Angleterre ne s'est jamais posé la question non plus ; après tout, elle avait fait la couverture du numéro de Noël du *Vogue* français vêtue de ce qui m'avait semblé être une parodie d'uniforme SS signée Lagerfeld, alors que leur importait de savoir ce que signifiait son patronyme en italien.

— Jérôme répétait tout le temps que j'étais la Lamborghini des femmes. Difficile à conduire.

— Ça, c'est sûr. Je veux dire la voiture, pas vous.

— Est-elle difficile à conduire ?

— Je crois que pour bien la conduire, il faut être Lewis Hamilton.

— Lewis qui ?

Je souris. Quelle importance, en réalité, qu'elle n'ait jamais entendu parler de Lewis Hamilton ? Je considère qu'une véritable belle femme mérite qu'on lui pardonne un degré d'ignorance édénique. Et j'étais pratiquement sûr que bon nombre de footballeurs anglais de ma connaissance auraient été incapables de dire qui était Winston Churchill. Et alors, et après ? Rien que d'être assis en face d'elle, je me sentais plus séduisant. C'était comme si quelqu'un avait donné pour instruction à sa beauté de se poser sur une île fleurie et de chanter aux marins de passage afin de les inviter à tomber la chemise. Le menu immense que le serveur lui remit ne comportait pas de prix, mais elle savait choisir d'instinct ce qui causerait le plus de dégâts à la carte de crédit d'un homme. Ce n'était pas plus mal que le FC Barcelone prenne mes dépenses en charge.

Je lui pris la main et humai son parfum. Si la musique est la nourriture de l'âme, alors l'odeur et le toucher en sont certainement les hors-d'œuvre. Je commençai à avoir faim.

— Sympa, soufflai-je. Je parie qu'on ne trouve pas ça en boutique détaxée.

— Non. C'est l'une des raisons pour lesquelles je le porte. Je n'aime pas avoir le parfum des autres.

— Ne vous inquiétez pas, dis-je. Vous pourriez avaler un hamburger avec supplément d'oignons et de moutarde et vous auriez toujours un parfum qui ne serait semblable à aucun autre.

136

La formule lui plut.

Nous abordâmes toutes sortes de sujets, bien que je sois franchement incapable de me rappeler lesquels. Face à elle, je réussissais déjà tout juste à me souvenir de mon nom et il s'écoula un bon moment avant que nous ne nous décidions à évoquer Jérôme Dumas. Avec son sourire parfait légèrement vacillant, comme une ampoule électrique à la lumière tremblotante, elle soupira, secoua la tête et, ses doigts manucurés effleurant les miniclous de sa pochette de soirée, elle me parla de lui.

— À certains égards, c'était un homme très attentionné. Plein de délicatesse. Toujours généreux. Il accepte beaucoup de missions d'ambassadeur de l'UNICEF et des organisations caritatives dédiées à la fibrose cystique. Pour le reste, c'est l'homme le plus égoïste que j'aie jamais rencontré.

— Au fait, comment vous êtes-vous rencontrés ?

— Nous nous sommes rencontrés pendant la Fashion Week à Paris en 2013, où nous posions tous les deux pour Dries Van Noten et G-Star RAW, m'expliqua-t-elle. Nous portions les tout derniers jeans non-traités de G-Star. Ce qui leur a plu, je crois, c'était le fait qu'il soit si noir et moi si blanche. Ça m'a plu à moi aussi. Et à lui aussi. Le shooting Othello, comme ils appelaient ça. Vous savez ? Comme le titre de cette célèbre pièce de théâtre ?

Un peu plus au fait de la pièce que de ces marques, j'opinai.

— Ça n'a pas été le coup de foudre au premier regard. Mais ce n'en était sûrement pas loin. Presque aussitôt, nous sommes sortis ensemble. Comme vous, c'est un très bel homme. Et il m'a fait une cour assidue. Il m'inondait de cadeaux. Ce bracelet Cartier, c'était pour mon anniversaire.

Elle leva le bras pour me montrer le jonc en or massif autour de son poignet. Il était orné d'une tête de panthère sertie d'émeraudes représentant les yeux, de diamants pour le collier, et le bijou paraissait manifestement très coûteux.

— Ce n'est pas ravissant ?

— Si, tout à fait.

— Nous sommes allés le choisir à la boutique de la place Vendôme. Et c'est la nuit où nous avons couché ensemble pour la première fois, ajouta-t-elle, l'air nullement gêné.

Rien d'étonnant, me dis-je. Je ne savais pas combien coûtaient ces petites babioles, mais, en les observant à cet instant, je jugeai que, sur l'année de salaire d'un Français ordinaire, il ne resterait pas beaucoup de petite monnaie.

— Je regrette profondément d'avoir à vous questionner au sujet de votre vie privée, dis-je. Mais j'essaie de prendre en compte toutes les hypothèses susceptibles d'expliquer sa disparition, c'est important. À cet égard, je dois savoir comment cela se passait entre vous. Je vous prie donc de m'excuser si je dois parfois employer un langage de flic.

Elle hocha la tête, acceptant d'être interrogée, mais en douceur.

— Bon, au moins, vous n'avez pas l'air d'en être un.

— Vous êtes restés ensemble longtemps ?

— Environ un an.

— Vous pourriez éventuellement m'expliquer pourquoi vous avez rompu.

— Il fréquentait d'autres femmes. (Son visage se ferma.) Même si le mot « fréquenter » est loin de résumer tout ce qu'il fabriquait avec elles. Et parler « d'autres femmes » ne suffit pas à expliquer qui elles étaient. (Elle haussa les épaules.) C'étaient des prostituées. Des escorts haut de gamme. Deux à la fois, en général. Jérôme aimait bien voir deux filles coucher ensemble. Remarquez, je me sens responsable. Pour son anniversaire, l'été dernier, j'ai moi-même engagé une pute et je l'ai obligée à me faire l'amour pendant qu'il nous regardait.

Je tâchai de m'empêcher de sourire car, l'espace d'une brève seconde, je l'imaginai au lit avec une autre. Jamais aucune femme ne m'avait offert ce genre de cadeau d'anniversaire, mais je n'étais pas à cent pour cent convaincu que je me serais senti totalement à l'aise de regarder une autre femme se taper ma petite amie.

— Je parie que ça lui est monté à la tête, dis-je.

— Il a un peu trop aimé ça, en réalité. Après, il invitait sans arrêt des duos de filles dans son appartement. C'était à tel point que je refusais d'y aller, de peur de tomber sur le genre de pièces à conviction que je n'aurais pu ignorer. Vous savez, des culottes, des boîtes de contraceptifs, des menottes, ce genre de truc.

— En effet.

— Il y en avait deux en particulier qu'il aimait bien engager. Elles appartiennent à une agence qui se fait appeler l'Élysée Palace. C'étaient des jumelles, des Américaines. Blondes, très chères et très, très grandes.

De la taille de L'Wren Scott, l'ancienne compagne de Mick Jagger. Au moins un mètre quatre-vingts et encore plus grandes en talons hauts. Il les appelait les Tours jumelles et, d'après ce qu'il me racontait... il ne s'en cachait pas du tout... elles étaient prêtes à tout lui faire. Chez les footballeurs, cela n'a rien d'inattendu. Je veux dire, ce sont des athlètes, avec des appétits, et une culture, ou peut-être l'absence de culture, qui va de pair. Mais ce n'était pas ce que je recherchais dans une relation. J'ai cinq ans de plus que lui. Et j'aimerais m'installer, fonder une famille, sans trop attendre. Nous avions même envisagé que je l'accompagne en Espagne. J'adore Barcelone et j'avais l'impression qu'il se présenterait peut-être pas mal de propositions de travail pour moi, là-bas. Il y avait une forte possibilité pour que Hoss Intropia ou Desigual fassent de moi le visage de leur nouveau look. Et on avait même évoqué l'idée qu'une grande marque de détail espagnol soit prête à me créer ma propre ligne de lingerie. Ce qui aurait été fantastique.

— Oui, fis-je. J'aurais aimé voir vos idées en matière de sous-vêtements.

Elle sourit tristement et posa sa main sur la mienne.

— En tout cas, juste avant Noël, les choses se sont envenimées. Jérôme avait réservé des vacances pour tous les deux à Antigua... rien que nous deux... et puis j'ai trouvé un sex-toy sous le lit. Cela m'a vraiment mise hors de moi et j'ai voulu mettre tout de suite un terme à notre relation. Il m'a affirmé qu'il était prêt à changer, qu'il était disposé à cesser de fréquenter des putes et à renoncer à toutes les autres femmes, et je l'ai cru sur parole. Mais au moment même où nous nous parlions et où il promettait de tourner la page, une autre fille, une certaine Dominique, lui envoyait un SMS avec une photo très câline d'eux deux ensemble. Je n'arrivais pas à y croire. On aurait dit qu'ils étaient partis en vacances je ne sais où, et je n'étais même pas au courant. Et quand il a menti devant moi à ce sujet, ça a été l'apothéose. C'est donc la dernière fois que je l'ai vu. Je suis désolée qu'il ait disparu, Scott, mais je me suis complètement désintéressée de lui. Pour moi, ce sera l'année où je me serai libérée de Jérôme. Je n'ai plus aucune envie de le revoir.

— Alors je vous prie encore de m'excuser de vous avoir demandé d'évoquer des choses qui peuvent rester douloureuses.

— C'est bon. J'ai vécu un Noël assez malheureux à cause de tout ça, mais franchement, maintenant, il m'est sorti de la tête.

— Vous a-t-il appelée pour essayer de vous convaincre de changer d'avis ?

— Cela se peut. Oui, je crois, en effet. Mais j'ai changé tous mes numéros de téléphone et mon adresse mail, pour l'empêcher de me convaincre de quoi que ce soit. Et pour Noël, je suis retournée chez mes parents, à Arras, pour qu'il ne puisse me retrouver à mon appartement.

— Alors comment Alice a-t-elle mis la main sur vous ?

— Je lui avais donné mon numéro, à la condition impérative qu'elle ne le communique pas à Jérôme. Quand le PSG a conclu ce prêt avec Barcelone, elle a perdu son job, bien sûr, et m'a demandé si je pouvais l'aider à en trouver un autre. Ce n'est pas facile, à Paris, en ce moment, de trouver du boulot. En fait, j'ai songé à l'employer moi-même. Elle est très loyale. J'aime bien ça. À mon avis, elle devait être un peu amoureuse de Jérôme.

— Saviez-vous qu'il prenait des antidépresseurs ?

— Oui. Il n'était pas très fort pour garder des secrets.

— Pensez-vous qu'il aurait eu des tendances suicidaires ?

— Non. Pas lui. Il s'aimait trop.

— Et qu'en était-il de sa mère ? Elle est décédée il y a environ six mois, n'est-ce pas ? Un homme peut encaisser cela très durement.

— Ils étaient proches. Mais pas assez pour que ça le rende suicidaire. Je ne sais pas, au juste. Mais je pense qu'il avait peur de quelque chose. Une chose qui n'était pas liée au football, et qui aurait suffi à le miner.

— Ah ? Comme quoi ?

— Je n'en suis pas sûre. Il aimait s'impliquer en politique, mais j'imagine que vous le savez. Et du côté de la police, il n'était pas très apprécié à cause de déclarations qu'il avait faites sur les policiers, et qui n'avaient pas trop plu. Il racontait parfois qu'il se percevait comme le Russell Brand du football, l'humoriste protestataire. En tout cas, il y a un mois ou deux, il y a eu une grande manifestation anti-je ne sais quoi place de la Bastille. Au milieu du rassemblement, une fille a été agressée par un type, un Noir. Presque violée. Vous pouvez visionner l'incident sur YouTube, je crois. Elle a décrit son agresseur, en expliquant qu'il ressemblait un peu à Jérôme Dumas. Elle ne voulait pas réellement dire que c'était Jérôme Dumas qui l'avait agressée, mais le temps que son signalement soit diffusé sur le canal radio de la police, les policiers en avaient conclu que c'était lui qu'ils recherchaient. Et ils l'ont arrêté. Il lui a fallu plusieurs heures pour les convaincre qu'il avait un alibi. J'étais son alibi. Il a fallu que je me rende au commissariat leur expliquer qu'à l'heure de l'agression, il était avec moi. Ce qui était vrai.

Tout cela ne m'était pas du tout étranger, et je confiai à Bella que j'avais vécu une mésaventure très similaire.

— Quoi qu'il en soit, continua-t-elle, les policiers l'ont conduit au poste, placé en garde à vue, et ils l'ont un peu brutalisé, je crois. Et quand ils ont dû abandonner les accusations de viol, ils ont laissé entendre que ses relations avec les bandes des cités allaient bien au-delà de ses dons d'argent et de vêtements à un centre d'animation pour la jeunesse de Sevran. Qu'il était activement impliqué dans leur trafic de drogue. Ce qui n'était pas si difficile à croire, si vous êtes un policier blanc, à Paris. Une personne comme Jérôme cultivait le look rapper gangsta black. Quand il est reparti du commissariat, les policiers l'ont averti qu'ils continueraient de le surveiller de très près. Je crois que certains d'entre eux étaient des fans du PSG qui n'avaient pas trop apprécié ses déclarations à *L'Équipe*. En tout cas, c'est ce qui l'a effrayé. L'idée qu'ils en avaient après lui.

— C'est ce qu'ils lui ont dit ?

— Mot pour mot.

— Pourquoi Mandel ne m'en a-t-il pas parlé ?

— Il ne le savait pas. Et Alice non plus. Personne ne le savait. Jérôme et moi... nous sommes restés très discrets, pour le cas où cela aurait risqué d'affecter ses chances d'un transfert du PSG. À l'époque, c'était tout ce qu'il espérait. Il avait été lié à des clubs comme Arsenal, Chelsea et Barcelone et il pensait... sans doute à juste titre... que toute information au sujet d'une arrestation pour viol ou trafic de drogue risquerait d'avoir une incidence.

— Il n'avait pas tort, dis-je. Les clubs de football anglais sont très conservateurs. Surtout maintenant que toute la société féminine est si parfaitement mobilisée sur Twitter. L'avis des femmes sur le football et les footballeurs a longtemps été ignoré. Maintenant, cela peut suffire à se faire virer. Big Brother te surveille, c'est sûr, sauf que Big Brother, c'est nous. Smartphone toujours prêt, nous sommes tous Big Brother, désormais, vous ne croyez pas ?

Pendant toute ma tirade, Bella opina et sourit, et il était clair à mes yeux qu'elle ne savait pas vraiment qui était ou ce qu'était Big Brother, ou même de quoi je voulais parler. Mais pour être juste, je n'étais pas certain que George Orwell ait jamais joui d'une si forte influence en France.

— Heureusement, dit-elle, dans les journaux, toute l'histoire s'est résumée à ce que la femme agressée avait fourni le signalement d'un homme noir ressemblant un peu à Jérôme Dumas, et toute l'affaire s'est transformée en une brève de quelques lignes sur la police, si raciste et si stupide qu'elle avait présenté cela comme le signalement de l'homme qu'elle recherchait. Vous savez... comme si tous les hommes noirs avaient le même air. Quant à son arrestation proprement dite, elle a échappé à la presse.

— Êtes-vous déjà allée dans cette espèce de foyer pour les jeunes ?

— Vous plaisantez ? Sûrement pas. C'est une chose qu'un garçon comme Jérôme Dumas se rende là-bas, en transport en commun… quand il voulait, il était capable de passer incognito…, mais pour une Blanche, une grande blonde, aller dans un endroit de ce genre, c'est autre chose. Ne vous méprenez pas. J'aime bien prendre le métro. Mais à Sevran, une femme comme moi… ce serait l'agression assurée.

— Il faut dire qu'en voyant cette robe, remarquai-je, je comptais moi-même vous agresser dès que nous serions sortis d'ici.

Elle sourit, mais je n'étais pas certain qu'elle ait compris ce que j'entendais par là.

— C'est une création de Miu Miu. Je suis contente que vous aimiez. Miuccia Prada est l'une de mes marques préférées. Le manteau en mouton rose que je portais à mon arrivée ici, c'est aussi Miu Miu. Une femme tellement intelligente. Saviez-vous qu'en 2014, le magazine *Forbes* la classait parmi les cent femmes les plus influentes du monde ?

— Je l'ignorais. En tout cas, le fait est que je risque peut-être d'avoir à me rendre à Sevran demain, dis-je. Comment s'appelle cet endroit, le savez-vous ? Le centre pour la jeunesse ?

— Je crois que cela s'appelle le Centre Alain-Savary.

— Qui est-ce ?

Elle rit.

— Je n'en ai pas la moindre idée. Quelqu'un qui aimait bien le football, j'imagine. Il y en a plein, de ces centres, en France. Au fait, si vous allez là-bas, vous feriez mieux de laisser cette belle montre en or dans le coffre de votre chambre d'hôtel. C'est quoi… une Hublot ? La Big Bang Gold ?

Je confirmai d'un signe de tête, comprenant enfin que nous avions réussi à trouver un sujet sur lequel elle était extrêmement bien informée : la mode et le luxe. J'imagine qu'elle détenait un mastère de Net-À-Porter.

— C'est la montre pour homme que je préfère au monde. Carlo Crocco est un ami, bien que la marque soit maintenant la propriété de Louis Vuitton, évidemment.

— Évidemment.

Elle effleura de nouveau ma main avec la sienne et cette fois elle ne la retira pas. Elle l'y laissa délicatement posée.

— Encore mieux, Scott. Pourquoi ne laissez-vous pas votre jolie montre sur ma table de nuit ? À côté de ces élégants boutons de manchette en or, et de cette jolie épingle de cravate assortie. Et votre portefeuille, sans doute. Comme cela, à votre retour de Sevran, vous aurez encore tous vos beaux bijoux, en sécurité.

11

De l'appartement de Bella, près du parc Monceau, je pris le train pour la gare de Sevran-Beaudottes où j'entrai dans une boucherie halal demander la direction du Centre sportif Alain-Savary.

Une recherche de son nom sur Internet me révéla qu'Alain Savary était un homme politique socialiste, ancien ministre de l'Éducation nationale, ce qui expliquait probablement pourquoi Bella Macchina n'avait jamais entendu parler de lui. Le système éducatif ne fonctionnait pas mieux en France qu'en Angleterre.

Je portais une tenue dans le style gangster, des vêtements que Jérôme Dumas avait laissés dans l'appartement de Bella : un sweat à capuche, un blouson de motard Belstaff tout râpé, un jeans G-Star RAW déchiré et une casquette sur la tête – une casquette de base-ball frappée d'un logo PSG que je trouvais bizarrement détestable. Les chaussures marron Crockett & Jones constituaient un peu une anomalie, car c'étaient les miennes, les baskets Converse oubliées par Dumas étant trop petites.

Mon costume Ermenegildo Zegna resta soigneusement pendu dans l'armoire de Bella et, comme elle l'avait suggéré, ma montre en or posée sur sa table de chevet. Je n'avais pas beaucoup dormi, mais enfin, dormir semble être un peu une perte de temps quand on est au lit avec une top-modèle nue. Après une combinaison de champagne, de vin rouge et de bon cognac, sans oublier une cigarette et sa façon insistante et tapageuse de faire l'amour, je me sentais très légèrement fragilisé. Ma queue me faisait l'effet d'avoir été prise dans un moulin à café. Ce qui n'était pas très loin de la vérité : cette femme appartenait à un rêve de James Brown, une véritable *sex machine*. J'aurais presque pu me sentir coupable, si je n'avais pas vécu un aussi bon moment. Comme dans la chanson de Daft Punk, j'étais resté debout toute la nuit pour tenter ma chance, et maintenant, je me sentais vraiment chanceux.

Mais à part les chaussures à trois cent cinquante euros que j'avais aux pieds, j'espérais avoir le même air que n'importe qui dans ce quartier, c'est-à-dire l'allure d'un sans emploi (40 % des jeunes de Sevran sont au chômage, ou c'était du moins ce que j'avais appris sur Internet), africain (pour moi, c'était facile), fatigué (c'était tout aussi facile, après ma nuit de passion avec Bella) et pauvre (36 % des habitants de Sevran vivent au-dessous du seuil de pauvreté). En 2005, après trois semaines d'émeutes qui s'achevèrent en état d'urgence imposé par le gouvernement, on avait évoqué un Plan Marshall pour les banlieues, mais il n'y avait que peu ou pas de signe de la moindre dépense. En revanche, il n'était pas difficile de déceler les signes de ce qu'il y avait là des gens qui réussissaient à peine à s'en sortir, et qui parfois ne s'en sortaient même pas du tout. Les graffitis résumaient tout : SANS ESPOIR, et je ne pouvais qu'être d'accord avec cette formule.

Mais excepté les graffitis, j'aurais pu me trouver dans n'importe quelle cité déshéritée de l'agglomération de Londres. Entouré d'immeubles d'architecture néo-brutaliste des années 1970 ressemblant à des Rubik's cubes monochromes, c'était le genre de quartier où l'on aurait pu aisément tourner la version française de films comme *Harry Brown* ou *Attack the Block*, aux antipodes du 8e arrondissement, où se trouvait l'appartement de Bella.

L'Algérien qui tenait la boucherie me dirigea vers le supermarché Lidl, à côté d'une aire de jeux où trônait une sculpture rouillée d'un arbre de Noël et d'un terrain de football en plastique aux marquages à peine visibles. Un garçon qui devait avoir quatorze ans, vêtu d'un survêtement bon marché, se tenait là avec un ballon Smart Ball d'Adidas sous le pied, ce qui me mit la puce à l'oreille. Ces ballons coûtaient cent quatre-vingt-dix-neuf euros et j'en déduisis que je devais être assez près de l'endroit où Jérôme Dumas avait distribué un peu de son argent. Cette somme-là, dans un trou comme Sevran, représentait une fortune.

— Je cherche le Centre sportif Alain-Savary, dis-je.

Le garçon, qui semblait être originaire du Moyen Orient, me désigna un cube de béton au toit bas, couvert de graffitis, qui ressemblait au poste de police dans *Assaut sur le central 13*.

— Faites gaffe, fit-il.

Je descendis un accès en pente et contournai le bâtiment jusqu'à une porte sécurisée en verre. J'entendais déjà une musique assourdissante – c'était NTM, *Paris sous les bombes* – et je sentais l'odeur de skunk, une variété de cannabis. À l'intérieur du centre, il y avait peu de signes de pratiques sportives, rien que des graffitis et quelques affiches d'autres rappeurs français. Je m'aventurai dans un vestiaire d'où provenait la musique. Je savais que c'était un vestiaire parce qu'il y avait des casiers, et pourtant je suspectais qu'aucun d'eux ne contenait même une seule vieille chaussette de football. Une bande de jeunes était regroupée là et, en me voyant, l'un d'eux descendit de sa chaise en plastique et vint vers moi avec déjà un sachet de poudre blanche dans la main, s'attendant à ce que je sois là pour acheter de la drogue.

— Non merci, dis-je. C'est une information que je recherche.

— Tu es flic ?

Je lui souris de toutes mes dents.

— Va te faire foutre.

Je m'assis sur le bord d'une table en Formica et j'observai la bande, presque tous des Noirs, et encore ados, mais pas moins intimidants pour autant. Mais bon, les gosses, c'est comme les ordinateurs. Vous leur donnez de la merde, ils vous ressortent de la merde. Ils ne m'intimidaient donc pas. En plus, je me sens toujours à mon aise, dans un vestiaire. Je regardai autour de moi. Il était difficile de voir à quoi Jérôme Dumas aurait pu dépenser son argent, ici.

— Non, je travaille pour le Paris Saint-Germain, répondis-je. Le club de foot. Je suppose que vous en avez entendu parler.

— Si tu cherches des jeunes talents, c'est nous, papa.

— Ouais, donne-nous un ballon, putain, et on te montrera un truc ou deux.

— Non, je ne cherche pas de talents.

— Tu es un peu vieux pour être un footballeur, papy.

— Tu as raison. Maintenant, je suis trop vieux. Mais j'ai longtemps joué. Pour Arsenal.

— Arsenal, c'est un bon club. Thierry Henry. Sylvain Wiltord.

— Arsène Wenger. C'est un bon entraîneur.

J'acquiesçai.

— Je les connais tous.

— C'est quoi, ton nom, papy ?

— Scott Manson.

— Jamais entendu parler de toi.

— Ouais. Enfin, ma carrière a été vite abrégée, hein ?

— T'as été blessé, c'est ça ?

— Nan. Je suis allé en prison. Je me suis fait serrer pour un truc que j'avais pas fait.

— Ils disent tous ça, papy, fit celui qui était apparemment le chef du gang. C'était un beau garçon, un sweat à capuche PSG noué autour de la taille, et en T-shirt Dries Van Noten. Du moins, ce qui, selon moi, était un Dries Van Noten. La pièce en satin en forme de « D » avait été arrachée, mais j'étais à peu près sûr d'avoir vu Jérôme Dumas porter le même T-shirt sur une photo que Bella m'avait montrée dans son portfolio de mannequin.

— Exact, dis-je.

— Combien de temps ?

— Assez longtemps pour que cela mette un terme à tous mes espoirs de gagner des trophées.

— D'après ce que j'ai entendu dire, rien n'a changé, à Arsenal.

— Ouais, ça fait un bout de temps que plus personne n'a récolté le moindre trophée, là-bas.

Cette remarque m'avait échappé. Une FA Cup a moins de sens aujourd'hui qu'avant, même pour ceux qui la remportent.

— Je me souviens, fit le meneur. T'avais violée une nana, hein ?

— Ils ont prétendu que je l'avais violée. Mais je me suis juste trouvé au mauvais endroit au mauvais moment, c'est tout. La police a considéré que j'avais la tête de l'emploi, et ils m'ont envoyé en taule.

— Ouais, on sait tous comment ça marche.

— Alors qu'est-ce qui t'amène ici ?

— Comme je disais, je travaille maintenant pour le PSG. Je suis ce qu'on pourrait appeler un fixeur. Je suis le type qu'on appelle quand on veut régler un problème. En partant du principe que beaucoup de footballeurs sont simplement de mauvais garçons comme vous. Pour le moment, je cherche Jérôme Dumas. Il faut un mec qui a tout foiré pour trouver un mec qui foire tout. Dumas ne s'est pas présenté à l'entraînement et ils m'ont prié d'aller vérifier partout, voir si je ne pourrais pas le retrouver. Son amoureuse m'a expliqué qu'il avait l'habitude de verser de l'argent à ce centre sportif. Même si je n'en constate aucune preuve évidente.

Le chef éclata de rire.

— Il avait l'habitude de venir ici, en effet. Sauf que ce n'était pas pour dépenser de l'argent au centre sportif.

Tout le monde trouva ça drôle.

Vas-y doucement, songeai-je. Il vaut mieux pas se montrer trop direct sur le sujet. Ils pourraient se montrer prudents, pour le protéger.

— Écoutez, je ne vous demanderai pas ce qu'il fabriquait quand il venait ici. Ce ne sont pas mes affaires. Mais on craint qu'il lui soit arrivé quelque chose. Qu'il ait pu se foutre en l'air. Sortir boire un coup et ne jamais retrouver son chemin. Alors, quand l'avez-vous vu pour la dernière fois ?

— Deux semaines avant Noël.

— Ce qu'il faisait quand il venait ici à Sevran-Beaudottes, c'est pas très secret, mec, fit le chef. C'était à nous qu'il achetait son herbe et sa coke.

— Je ne m'étais jamais imaginé qu'il était du genre à se fourrer des trucs dans le nez, dis-je.

— La coke, c'était pour ses nanas. Tu sais, histoire de leur donner l'envie de faire l'amour, d'accord ? Lui, il se contentait de fumer un peu d'herbe et de traîner. Il aimait bien parler politique. Il avait peut-être envie de se lancer lui aussi, un de ces jours. Il avait envie d'entendre ce qu'on avait à dire sur toutes sortes de conneries. Il voulait pas juste parler pour parler, il voulait suivre et assurer. On pourrait dire qu'il aimait bien faire semblant d'être d'accord avec nous, j'imagine. Et c'était cool, parce qu'il était généreux. Il nous apportait des tenues et des baskets des shootings de mode où il avait été. Et du cash, en plus. Jérôme nous donnait de l'argent pour plein de trucs. Il aurait pu conseiller qu'on s'en serve pour s'acheter des équipements de sport et ce genre de merdier, mais il savait que ça se ferait jamais. Déjà, qui viendrait ici jouer contre nous, à part des kamikazes ?

— Alors à quoi vous le dépensiez ? Ce cash qu'il vous donnait ?

— À manger et à boire. À s'acheter plus d'herbe. Plus de coke. Et pour le reste, je peux rien dire. De temps à autre, on organisait une grande teuf, il venait, et on passait un bon moment. Une fois, il nous a emmenés dîner dans un restau de viande du quartier. Je crois vraiment qu'il s'imaginait réussir à changer les choses.

— Et vous, qu'en pensez-vous ?

— Nan. Il en faut plus qu'un footballeur avec un peu de conscience pour arranger les choses par ici.

— Pas faux.

— Hé, t'aurais pas des entrées gratuites ? lança le chef.

Je souris.

— Je me demandais quand vous penseriez à me poser la question. (J'étalai cinq tickets sur la table.) Ceux-là sont pour un match de Ligue des Champions contre Chelsea, le 17.

— Pas question.

Je sortis deux billets de cinquante euros et les jetai sur la table.

— Et allez donc dîner quelque part, c'est moi qui paie, d'accord ?

Je repartis par où j'étais venu. Sauf que cette fois le gamin au Smart Ball s'amusait à jongler. Et je m'arrêtai pour le regarder faire.

De mon temps, j'avais vu quelques grands techniciens à l'œuvre, des génies du ballon. Il y a un

Anglais, un dénommé Dan Magness, probablement le meilleur du monde, qui a appris un tour ou deux à des types comme Messi et Ronaldo. Il est réputé pour être le roi du jongle. Mais évidemment, ce n'est pas parce que vous savez tenir la balle en l'air que cela fait de vous un grand footballeur. Entre un joueur et un jongleur, il y a une grande différence : faire partie d'une équipe suppose qu'on laisse les autres toucher le ballon. J'étais dans un club où l'équipe des cadets avait engagé un bon dribbleur, et il cherchait toujours la touche de balle de trop. Mais ce gamin, ici, il était bon. En fait, il était exceptionnel. Et de voir quelqu'un d'aussi bon que ce gamin, c'est comme de contempler de l'art.

Le truc, pour jongler, c'est d'éviter la pointe du pied, et de laisser retomber la balle sur les lacets. C'est comme ça qu'on m'a appris. Ça, et garder le ballon près du corps. Mais ce n'est que le début. J'adore faire des jongles, parce que c'est un sacré entraînement. Du temps où j'étais plus jeune et plus en forme, quand je jouais deux fois par semaine, mon record tournait autour de dix minutes, mais je crois qu'un jour, Dan Magness a tenu vingt-six heures en se servant juste de ses pieds, de ses jambes, de ses épaules et de sa tête, ce qui est incroyable. Il était bon, mais il ne soutenait pas la comparaison avec ce gamin. Comment le savais-je ? Je n'en étais pas certain, mais je ne crois pas que Magness ait jamais perfectionné l'art du jongle au point de garder le ballon en l'air – oui, je jure que c'est la vérité – *les yeux fermés*. Ou de piquer un sprint en jonglant avec la balle entre ses genoux et sa tête. Ce gosse était apparemment capable de tout faire avec un ballon. C'était comme de regarder quelqu'un jouer avec les lois de la pesanteur et les tourner en ridicule.

Qui plus est, il exécutait tout cela avec une telle économie de mouvements qu'il donnait une impression de facilité, ce qui est le premier principe de l'excellence sportive. Faire croire que c'est simple.

— Tu as quel âge, petit ?

Il arrêta le ballon sous son pied, fourra les mains dans les poches de son pantalon de survêtement.

— Quinze.

— C'est plus facile, avec le Smart Ball ?

— Non, fit-il. La batterie se vide au bout de deux mille frappes. Mais c'est mieux que rien, quand on n'a personne avec qui on peut jouer. Ma maman me l'a acheté pour Noël.

— Et les gars du club ? Tu peux pas jouer avec eux ?

Il rit, puis détourna le regard un instant. Les yeux noirs et le visage allongé, il mesurait à peu près un mètre quatre-vingts. Il était beau gosse, à la manière d'un adolescent, mais rien de tout cela ne m'intéressait autant que sa kippa noire épinglée dans la chevelure noire, sur l'arrière de la tête, raison pour laquelle je ne l'avais pas remarquée plus tôt. Le gosse était juif.

— Le club de sport n'est pas destiné à ceux qui s'intéressent au foot, me dit-il. Et de toute façon, ma maman m'a conseillé de ne pas m'approcher de ces gars-là. Ils sont dangereux. C'est pour ça que je t'ai dit d'être prudent, mec. Quelqu'un s'est fait tirer dessus, par ici, il y a quelques semaines.

— Ah, vraiment ?

156

— De toute manière, jamais ils ne voudraient jouer avec moi.

— Et pourquoi pas ?

Le gamin haussa les épaules.

— Parce qu'ils sont musulmans et moi je suis juif. Du Liban. Les juifs ne sont pas très populaires par ici.

— Je vois. Tu es dans une équipe, toi ?

— Chez moi, oui. Mais plus depuis que nous sommes arrivés ici, en région parisienne.

— Tu aurais envie ?

— Plus que tout. (Du bout du pied, il expédia le ballon en l'air, comme un autre à sa place aurait haussé les épaules ou se serait gratté le menton.) Je me suis mis à faire du freestyle pour m'occuper un peu, et travailler mes gestes, jusqu'à ce que je puisse trouver quelqu'un avec qui jouer. Mais par ici, comme je disais ce n'est pas si facile. Depuis que les Israéliens se sont mis à bombarder Gaza, ce n'est pas si facile d'être juif en région parisienne.

— D'après ce que j'ai lu, fils, ça n'a jamais été facile, d'être juif à Paris.

— Vraiment ?

— Tu as déjà lu *L'Équipe* ?

— Je le lis tout le temps.

— Les gens qui ont créé ce journal, dans les années 1890, étaient des antisémites. Il y avait un juif, un officier de l'armée, le capitaine Dreyfus, accusé à tort d'être un espion et envoyé en détention sur l'Île du Diable. À cette époque, il existait un autre journal de sports qui était pour Dreyfus. Mais *L'Équipe* était composée d'un groupe d'hommes d'affaires et d'antisémites qui croyaient Dreyfus coupable. Alors qu'en réalité, on lui avait fait porter le chapeau.

— Comment vous le savez ?

— Disons simplement que les lectures liées aux erreurs judiciaires m'ont toujours tout particulièrement intéressé.

— Merde. Je lirai plus jamais ce journal.

— Pas la peine. Depuis cette époque, *L'Équipe* a complètement changé. Le journal ne traite que de sport, et plus de politique. Je pense qu'aujourd'hui, personne ne se souvient même plus de ce pauvre vieux Dreyfus.

— Si vous le dites.

— Dis-moi, depuis combien de temps tu pratiques le freestyle ?

— À peu près six mois.

— Six mois ? Nom de dieu.

Il y avait une boîte d'allumettes dans la poche du blouson Belstaff de Dumas. Je la lui lançai.

— Voyons un peu ce que tu sauras faire avec ça.

Le gamin attrapa la boîte, l'air perplexe.

— Que voulez-vous dire ?

— Tu joues avec la boîte d'allumettes, à la place du ballon.

— Ah.

À l'intérieur d'une boîte d'allumettes, le poids du contenu se déplace, ce qui rend le jonglage plus difficile qu'avec une balle de tennis ou avec une orange, et c'était la méthode habituelle pour distinguer un individu qui serait bon de celui qui serait vraiment doué.

Il tint le coup plusieurs minutes avant que je ne lui dise de s'arrêter. J'envisageai déjà de passer un coup de fil à Pierre Hélan – l'un de mes vieux potes qui travaillait pour la Fédération française de football, au centre technique national de Clairefontaine. En effet, malgré toutes les sottises qui se colportent dans le football – la simulation, la guerre psychologique, la folie de l'argent –, je me rendais compte que tout au fond de moi, je croyais encore en l'aspect romantique du jeu. Il est certain que tous les managers s'imaginent qu'un jour, ils seront le nouveau Bob Bishop, le découvreur de talents de Manchester United, et dénicheront le prochain George Best. Pourquoi pas moi ? me demandai-je, surtout maintenant que ma carrière managériale avait perdu une part de son éclat. *Je crois t'avoir trouvé un génie*, avait télégraphié Bishop au manager de Manchester United, Matt Busby. J'estimai avoir un œil pas moins aiguisé que quiconque pour repérer un talent naissant.

— Tu es bon.

— Merci.

— Vraiment bon. Et crois-moi, je m'y connais.

— Vous êtes dans le foot, alors ? s'enquit-il.

— Oui.

— Qu'est-ce que vous faites par ici ?

— Je suis censé chercher Jérôme Dumas. Il s'est fait la malle. J'ai entendu dire qu'il venait par ici, à l'occasion. Le PSG m'a engagé pour retrouver sa trace. Comme un de ces chiens du Périgord qui reniflent la terre en quête de truffes blanches.

— Ah ouais, c'est des trucs qui valent super cher, c'est ça ?

— Exact. Ça peut rapporter jusqu'à quinze mille euros le kilo. Quelques grosses pièces sont déjà parties pour plus de trois cent mille dollars. (Ce garçon juif était-il l'équivalent d'une de ces truffes blanches si rares ? m'interrogeai-je.) Bon, enfin, Dumas… il ne s'est pas présenté à l'entraînement et ils craignent que quelque chose ne lui soit arrivé.

Le garçon opina.

— Ouais. Je l'ai vu une ou deux fois. C'était un bon joueur quand il était à Monaco. Mais depuis qu'il avait rejoint le PSG, il avait l'air d'avoir perdu la niaque.

— Le plus important, c'est de savoir s'il t'a déjà vu, toi ?

— Non. Le fait est que je n'aimais pas trop lui montrer mes talents.

— Et pourquoi ça ?

— Allez, quoi. Vous les avez rencontrés, les gars du club. C'est pour ça. Comme je vous ai dit, ma maman m'a expliqué qu'il fallait que je garde mes distances, parce qu'ils trafiquent de la drogue et ils sont dans des tas de sales coups. Je croyais que ça concernait aussi Jérôme Dumas. Du fait qu'ils lui vendaient de la drogue. Je ne touche pas à la drogue. Il sortait tout le temps de la salle du club, là-bas, avec un joint encore entre les lèvres.

— Un peu d'herbe et un peu de coke, ce n'est pas le crime du siècle. Même dans le football.

— Peut-être bien. Mais il s'est aussi procuré un pistolet, grâce à eux. Et ça, c'est pas cool.

— Tu le sais, ou c'est quelqu'un qui te l'a dit ?

160

— Quelqu'un me l'a dit. Mais je le sais aussi.

— Comment le sais-tu ?

— Écoutez, je suis beaucoup sur ce terrain. Parfois toute la journée. J'en vois des choses qui se passent par ici. Je m'approche pas de ces gars-là et ils me laissent tranquille, mais en échange, si les flics se pointent, je suis censé utiliser ce mobile prépayé. (Il sortit un vieux téléphone portable et me le montra.) Notez, ils risquent pas de l'entendre sonner, avec leur musique tellement fort.

— Ouais, ça ne m'a pas échappé.

Il haussa les épaules.

— Vous aviez pas l'air d'un flic.

— Je n'en suis pas un. Je travaille dans le football. J'ai entraîné un club, à Londres, mais pour le moment je travaille en indépendant. Continue, parle-moi de ce pistolet.

— Dumas n'était pas le premier type à venir par ici chercher un pistolet. Et chaque fois que ces gars-là vendent un flingue, ils le donnent à l'acheteur dans une boîte à repas émaillée couleur crème. Pour cacher que c'est une arme. Mais tout le monde dans le quartier sait ce qu'il y a dans ces boîtes. C'est pas un sandwich jambon beurre. Et je suis pas venu de tout là-bas, du Liban, pour me faire tirer dessus dans la banlieue de Paris.

— Bien dit.

Je consultai ma montre, avant de me rappeler où elle était restée.

— Tu veux aller prendre un café ?

— Bien sûr.

— Comment tu t'appelles ?

— John Ben Zakkai.

— Et, au fait, comment s'appelait-il, le type qui s'est fait tirer dessus, par ici ? Celui dont tu parlais il y a une minute ?

— Mathieu Soulié.

12

Dès mon retour au Plaza, j'appelai Mandel.

— Vous avez vraiment de bons contacts avec la police ? lui lançai-je.

— Oui.

— J'ai besoin que vous réunissiez toutes les informations possibles sur un meurtre vieux de quelques semaines. La victime s'appelait Soulié. Mathieu Soulié.

— Puis-je vous demander pourquoi ?

— Ce n'est probablement rien.

Ensuite, je changeai de tenue et sortis déjeuner.

Paolo Gentile s'était envolé d'Italie à bord de son jet privé pour notre rendez-vous à l'Arpège, sans doute le meilleur restaurant de France, si vous êtes végétarien comme lui. Les Français ne sont pas très portés sur le végétarisme mais quand ils s'y mettent, ce sont les meilleurs. À un jet de pierre des Invalides, cette maison située rue de Varenne ne paie pas de mine – en tout cas, de l'intérieur – et offre peu d'indices sur le très onéreux menu dégustation qui, à trois cent soixante-cinq euros par personne, semble excessif pour quelques poireaux et pommes de terre. Mais Gentile qui, en bon végétarien, ne déjeunait nulle part ailleurs quand il était à Paris, était une publicité vivante pour son régime alimentaire. Dans ses costumes Brioni, il avait davantage l'air d'un banquier genevois prospère que d'un homme travaillant dans le football – bien que le verbe « travailler » soit peut-être exagéré. Et il était moins homme de principes qu'il n'aurait dû. Quoi qu'il en soit, pour quelqu'un qui avait jadis possédé un night-club via Valtellina, à Milan, il avait bien réussi.

Il retournait en hibernation après un mois de janvier très chargé où il s'était occupé d'acheter et de vendre quelques joueurs archiconnus, concluant notamment deux contrats record en cette pause hivernale, avec des clubs aussi éloignés l'un de l'autre que Glasgow et Istanbul. Le transfert de Dabey Conn des Rangers à Chelsea, pour vingt millions de livres était considéré comme la plus grosse cession de l'histoire du club de Glasgow, mais la vente du buteur star de la Lazio, Carlo Amatriain, à Manchester City, pour quarante-deux millions de livres, restait l'accord le plus lucratif jamais conclu par Gentile. Il n'était guère étonnant qu'il ait les moyens de posséder un jet privé.

En s'asseyant à la table, il régla ses deux téléphones sur muet et, de temps à autre, quand l'un ou l'autre s'illuminait, il vérifiait pour voir qui appelait, mais je suis flatté de pouvoir dire qu'il ne répondit à aucun des deux durant tout le temps qu'il déjeuna avec moi.

— Tu sais que je devrais être en train de skier avec ma famille à Cortina, me dit-il. Au lieu de quoi, je suis ici, avec toi, Scott.

— Tu protèges ton investissement sur l'ancien numéro 9 du PSG. Il n'y a peut-être pas eu de commission de transfert pour Jérôme Dumas, mais il finira par y en avoir une. Tôt ou tard. Pourvu que je réussisse à remettre la main sur cet idiot. Et bien sûr, d'ici là, Paolo, tu encaisses dix pour cent de tout ce qu'il gagne. En tout cas, en attendant que tu te pointes, j'ai calculé que tu gagnais plus de dix millions de livres en commission sur les transferts de janvier, donc tu peux te permettre de retarder un peu tes vacances.

— Dis-moi une chose. Tu es encore avec cette *stronza* de rousse ?

— Si tu fais allusion à Tempest O'Brien, alors la réponse est oui, elle me représente toujours.

— Bien qu'elle t'ait foutu dans la panade avec les Chinois comme elle l'a fait ? Tu devrais te débarrasser d'elle tout de suite avant qu'elle ne te cause de vrais préjudices. Si elle avait fait preuve de suffisamment de rigueur, cela ne serait jamais arrivé.

— Et côté rigueur suffisante, tu t'y connais, espèce de vieil escroc.

— Jamais je ne t'aurais laissé partir là-bas tout seul comme ça. À Shanghai ? Merde alors. C'est le Far West, là-bas, mon ami. Tu n'aurais pas dû te retrouver à Shanghai, jamais de la vie. Tu devrais venir chez moi, Scott. Si tu travaillais avec moi, tu aurais un nouveau club, à l'heure qu'il est. Je suis sidéré que tu sois encore au chômage. Un homme qui possède tes talents, ta connaissance des langues, c'est un crime que tu n'entraînes pas une équipe de premier plan. N'oublie pas que pour les entraîneurs, il n'y a pas de mercato. Il se trouve que je connais un club anglais de premier plan qui meurt d'envie de larguer le sien. Je pourrais te dégoter un nouveau poste, aussi simplement que ça.

Il claqua des doigts, ce qui n'eut pour effet que de faire s'approcher le serveur.

Nous commandâmes, rapidement.

— Tenons-nous-en au sujet qui nous occupe, tu veux ? dis-je après le départ du serveur. Jérôme Dumas.

— Combien ils te paient pour le retrouver ?

— Suffisamment.

— Si tu es capable de le retrouver, je te verserai une prime en liquide de cinquante mille euros supplémentaires, en plus de la somme qu'ils te versent. Pour sauver ce garçon de lui-même, si nécessaire. Juste pour le ramener à Barcelone avant la fin mars. Tu voudras bien faire ça pour moi ?

— Sans problème. Mais il y a ce Qatari qui m'a déjà offert une prime d'intermédiation si je réussis à retrouver ce jeune homme à temps pour qu'il joue le *clásico*.

— Oh, je ne m'inquiète pas pour ce match. S'il joue, il joue. Non, je détiens la moitié des droits économiques de ce garçon et je viens de négocier pour lui un accord d'une valeur de vingt millions de livres pour qu'il soit le nouvel ambassadeur mondial de la maison de couture Cesare da Varano.

— La détention de ses droits économiques ne contrevient-elle pas aux règles de la FIFA concernant les agents ?

— Mais ce n'est pas toi qui va le leur dire, hein, Scott ? Tu détestes ces enfoirés de la FIFA presque autant que moi. Non, les responsables de la maison da Varano veulent qu'il entame une nouvelle campagne de publicité qui pourrait être prête pour la Fashion

Week à Milan, en septembre. Ce gars-là vaudra encore plus cher en dehors du terrain que sur le terrain. Surtout depuis qu'il prétend s'ériger en porte-parole de l'agitation anticapitaliste. Dany Cohn-Bendit en costume Cesare da Varano. L'humoriste protestataire Russell Brand en chaussures à crampons. C'est pour ça qu'il faut le retrouver. J'ai plein d'autres contrats dans les tuyaux. Un grand laboratoire cosmétique veut créer une eau de Cologne à son nom.

— C'est logique, je suppose. Il y a bien eu l'eau de toilette Aramis, non ? Alors pourquoi pas la Dumas ?

Paolo Gentile gloussa.

— J'ai encore un flacon de cette pisse dans mon tiroir. De temps à autre, je le renifle un petit coup pour me remémorer mon adolescence boutonneuse. C'est ma madeleine de Proust. On parle même d'une campagne de publicité avec la banque Zaragoza. L'une des plus grandes d'Europe.

— Dumas était au courant de tous ces contrats de sponsoring ?

— Bien sûr. Je l'ai appelé juste avant son départ en vacances pour lui annoncer la bonne nouvelle au sujet de la maison da Varano. Et il se pourrait que j'aie mentionné la banque.

— Mais lui, l'a-t-il pris comme cela ?

— Que veux-tu dire, Scott ?

— Comme une bonne nouvelle ?

— C'est un footballeur. Ils ont une date de péremption. Dans ce jeu, tu ne peux jouer les Peter Pan qu'un certain temps. À moins que nous ne parlions de David Beckham, ces garçons ont dix ans pour gagner de l'argent, tout au plus, après quoi, pour la majorité…

c'est le tribunal des faillites ou gérer une pension de famille dans votre station balnéaire de Skegness. Et souvent, c'est les deux. C'est le boulot de l'agent de maximiser les gains du client tant qu'il le peut. Tu sais comment ça fonctionne. Si seulement il avait eu le bon sens d'épouser cette gentille fille. Comment s'appelle-t-elle ? Bella quelque chose. Elle est pas super ?

— Bella Macchina. Elle est carrément sublime.

— J'aurais pu transformer leur couple en nouvelle marque, dans le style Beckham-Adams. David et Victoria en version Noir et Blanche. C'était ce qu'il voulait.

— Je n'arrive pas à croire que tu viennes de dire un truc pareil. Et à moi, en plus. (Je souris à belles dents.) J'avais oublié quel putain de raciste tu fais, espèce de vieux Rital.

— Ne sois pas si susceptible. Je pourrais sans doute réussir une opération comparable pour toi, Scott, si tu me laissais faire. Le Mourinho noir. Un truc dans ce style. Tu ne prêtes tout simplement pas assez attention à qui tu es et à ce que tu es. À la valeur de ta propre marque. Tu n'es pas le type le plus malin de tout le football, Scott. Ça, c'est moi. Mais tu as une cervelle, et dans ce jeu, c'est inhabituel. Et tu es beau gosse, en plus. Tu pourrais toi-même devenir l'effigie d'une marque.

— Jérôme Dumas. Nous nous éloignons du sujet. Une fois encore. J'essaie de comprendre s'il se sentait sous pression à cause de toutes ces salades. Je veux dire, voilà un garçon qui se prend pour Russell Brand, bordel, prenant la tête du combat des Français contre le capitalisme, et tu essaies de le transformer en instrument favori des grandes marques et des banquiers, nom de Dieu. C'est un garçon qui est sorti dans la rue manifester, Paolo. Ce sont ces gens-là qui fracassent les vitrines des banques, pas ceux qui leur font de la pub à la télé.

— Et c'est précisément pour cela que cette banque en particulier le veut. Pour vendre l'idée que leur établissement écoute les gens et leur offre le service qu'ils attendent.

— Elles racontent toutes ça.

— Je sais. Mais si les agences de publicité existent, c'est pour les aider à le dire de façon plus convaincante que n'importe qui d'autre.

— Elles disent toutes ça et pendant ce temps elles versent à leurs employés de grosses primes et expulsent les gens de leurs maisons hypothéquées. Oui, je saisis bien l'enjeu, pour elles.

— Tu ne crois pas à ce que tu dis. Tu n'es pas si naïf.

— Non, bien sûr que non. Ce que j'essaie de souligner, c'est qu'il aurait pu lui aussi se sentir hypocrite. Ce qui aurait suffi à lui créer un autre type de pression. La semaine qui a suivi un article dans *Libération* où il affirmait son adhésion à la révolution maoïste, tu essaies de le vendre en tant que visage public d'une banque. Et la semaine qui suit cet article, Jérôme Dumas donne à *L'Équipe* une interview dans laquelle il se plaint de ne pas être aimés des fans. Quelle surprise. D'après ce que j'ai lu en ligne, la plupart des supporters avaient surtout envie de moins de politique et de plus de buts.

— Je n'ai pas vu ce papier dans *Libération*.

— Peut-être que tu n'as pas fait assez attention.

— Je suis son agent, pas sa nounou. Je suis là pour le conseiller, pas pour lui moucher le nez. Depuis qu'il est arrivé à Monaco, j'ai été là pour lui montrer que le football est un business, et qu'il faut traiter comme tel. Parce que personne n'est plus intelligent que les autres, surtout après coup. Au tout début, je lui ai dit de se choisir un modèle dans le foot et d'essayer de se montrer à la hauteur de l'image de cette personne, de se façonner à son exemple. Nous avons parcouru un livre que j'ai, une série de portraits de footballeurs exemplaires. Et il a choisi un autre joueur de Monaco, Thierry Henry. Bien sûr, j'ai été en mesure de lui rappeler quelques vérités qui dérangent à propos de la manière dont il est perçu dans les médias. C'était à moi de le persuader de prendre Alice comme chargée de relations publiques, et de la convaincre de gérer sa présence sur les réseaux sociaux. Et de manière générale, de le tenir à l'œil.

— Tu veux dire qu'elle l'espionnait pour vous ?

— Pas au mauvais sens du terme. Nous avons pu éviter pas mal de tweets calamiteux, grâce à ça. Twitter est un sacré champ de mines.

— Y a-t-il d'autres choses dont tu ne m'aurais rien dit, Paolo ?

— Elle était censée me prévenir s'il se remettait à jouer, c'est tout.

— À jouer ?

— Quand il évoluait à Monaco, il avait pris goût aux cartes. J'ai dû régler quelques dettes de poker qu'il avait contractées. Enfin, rien de surprenant, c'est déjà arrivé à toute une flopée de joueurs.

— Des dettes envers qui ?

— Quelques bookmakers.

— Des bookmakers réglo ?

— Bien sûr, réglo. Ce n'était rien de très méchant. Écoute, Scott, je me suis occupé de ce garçon. Je suis allé à l'enterrement de sa mère, à Marseille. Rien que pour faire nombre, parce que sans moi, il n'y aurait eu que Jérôme, là-bas. Je suis allé très au-delà de mes obligations, tu sais.

— Comment l'a-t-il pris ?

— Pas mieux ou pas plus mal que je n'ai pris le décès de ma propre mère.

— Tu as eu une mère, toi ? Je ne savais pas.

Paolo sourit, l'air sarcastique.

— Ils étaient proches, sa mère et lui ?

— Pas spécialement. En fait, j'en ai retiré l'impression qu'il y avait eu quelques problèmes, entre eux. Je pense qu'il s'en était pris à elle, pour une raison ou une autre. Mais je ne sais pas de quoi il aurait pu s'agir. Pour un homme qui parlait beaucoup de lui, il réussissait à en dire très peu. Je n'ai jamais pu comprendre qui il était vraiment. Ou qui il croyait être.

— La plupart de ces jeunes gars sont comme ça. Surtout dans le football. Parfois, avec tous ces entraînements, les matchs et les médias, cela ne leur laisse pas de temps pour l'introspection. Quand on leur parle de se ménager un espace intérieur, la plupart d'entre eux se figurent que c'est le titre d'un film réalisé par Christopher Nolan. Ils se mettent à jouer, à gagner de l'argent, dix années s'écoulent, comme tu dis, et ensuite ils se réveillent un matin sans emploi, avec des factures à payer, et pas l'ombre d'une idée de ce qui les branche dans l'existence. C'est probablement le moment où l'on a surtout réellement besoin d'un agent. Quelqu'un pour te conseiller sur ce que tu vas faire ensuite.

— Nous en sommes très loin. Ce garçon n'a que vingt-deux ans. Écoute, je n'ai pas à me justifier devant toi, Scott. J'ai la conscience claire. Je n'aurais pu en faire davantage pour lui. S'il a plongé dans une espèce de dépression nerveuse, je ne vais absolument pas m'en vouloir pour ça. J'ai regardé ses rencontres à la télé, bien sûr. Je suis allé une ou deux fois le voir jouer, quand j'étais à Paris. Je lui ai dit ce que je pensais de son match. Crois-moi, Scott, j'adore ce sport. J'ai un abonnement à la saison, à Vérone. Et crois-moi sur parole, quand on prend un abonnement à la saison pour les *scaligeri* de Vérone, ce sport, il faut vraiment l'aimer. Je vais te dire... la prochaine fois que tu viens en Italie, je t'emmènerai au stade Marc'Antonio-Bentegodi voir un match. De préférence contre Chievo... l'autre club de Vérone. Tu sais, j'ai toujours pensé que tu étais exactement l'homme capable de nous faire regagner la place que nous méritons. Tout en haut du classement, aux côtés de l'AC Milan et de la Juventus.

— Laisse-moi te dire une chose à propos de ton client, Paolo. S'il a choisi Thierry Henry pour modèle, alors c'est que ça n'a pas fonctionné. Franchement, il aurait aussi bien pu opter pour Joey Barton ou Mario Balotelli. Plus j'étudie la vie de ce jeune homme, plus je me rends compte à quel point il a frôlé la catastrophe.

— Tu exagères sûrement.

— Je ne pense pas. Entre toi et moi, il se droguait et fréquentait des prostituées, comme si son véritable modèle, c'était Charlie Sheen. Bella l'a largué parce qu'elle a déniché un sex-toy sous son lit. Il a acheté un pistolet à des voyous dans une banlieue. Il était cliniquement déprimé et consommait des pilules miracles. Et maintenant, en plus de tout ça, tu m'expliques qu'il a longtemps eu un problème de jeu. À moi, il me semble qu'il y avait deux Jérôme Dumas. Peut-être trois. Il y a le Dumas qui joue au football pour le PSG et qui se rêve en homme du peuple et un tout petit peu en philosophe de la rue. Ensuite, il y a le type qui fréquente les bandes, qui aime bien les putes, la dope et les armes. Et quelque part entre ces deux tranches de pain, il y a la marque publicitaire en laquelle tu essayais de le transformer. Le David Beckham noir. Le visage d'une banque et d'une marque italienne de prêt-à-porter. Tu parles d'un faux numéro 9. Ce type est le faux numéro 9 qui règle leur compte à tous les faux numéros 9 de l'histoire.

— Si tu le dis. Mais nous sommes tous une masse de contradictions. C'est la condition humaine. Le héros du jour peut devenir le méchant du lendemain. Aucun être humain ne peut jamais réellement espérer en comprendre un autre, et personne ne peut sonder le malheur des autres. Les héros ne sont plus les hommes simples d'antan… les Bert Trautmann et les Bobby Moore. Ils ne l'ont peut-être jamais été. Le monde n'est pas tout noir ou tout blanc, Scott. Il a toujours été noir et gris. Cela semble te surprendre. Et moi, c'est ça qui me surprend.

— Éclaire-moi, là, Paolo. Le jeune a disparu. Les flics d'Antigua ont fouillé toute l'île. Mais il n'y a pas trace de lui. Et aucune indication qu'il ait quitté l'île. Apparemment, il a rendu sa chambre à l'hôtel… un peu plus tôt que prévu… il a réglé sa note par carte de crédit, et il est parti. Depuis, on ne l'a plus revu. Alors, à ton avis, où est-il allé ?

— Franchement, je n'en ai aucune idée. Mais je présume que c'est là que tu iras ensuite. À Antigua. Je veux dire, c'est l'endroit logique où entamer les recherches pour de bon.

— Je pars demain. Je suis la même route que celle qu'il a prise. Je prends l'avion pour Londres-Gatwyck et, de là, pour Antigua. Pendant que je me m'envole vers l'île, tu pourrais éventuellement convaincre le FC Barcelone et le PSG de changer d'avis sur l'offre d'une récompense contre des informations sur la disparition de Jérôme.

— Il n'y a aucune chance de les convaincre, Scott. C'est très sensible au plan commercial, à toutes sortes de niveaux. Je pensais qu'ils te l'avaient déjà clairement signifié. En tout cas, c'est ce que je viens de faire, pour ma part. En plus, les flics d'Antigua refusaient que nous offrions une récompense. Ils ont estimé que ce serait contre-productif.

Je haussai les épaules.

— Tu ne peux pas m'en vouloir d'avoir essayé. Cela devrait certainement faciliter les choses.

— Dans ce cas, ils n'iraient guère te payer cent mille euros par semaine pour que tu te bouges le cul à le chercher. (Il regarda autour de lui.) Tu descends au Jumby Bay, toi aussi ? Comme lui.

— Oui.

— Il y a un super restaurant, là-bas. Tu devrais essayer.

— J'imagine que je ne vais pas m'en priver.

— Et tant que tu es sur place, tu devrais faire un tour en Guadeloupe. C'est de là que Jérôme était originaire, tu sais… avant d'aller vivre à Marseille avec sa mère… et ce n'est qu'à quelques minutes de vol au sud d'Antigua. Ou est-ce au nord ? Je n'arrive jamais à m'en souvenir.

— Antigua est au nord de la Guadeloupe.

— Ça doit être agréable là-bas, à cette période de l'année. Je te souhaiterais bien de passer un bon moment, mais je suppose que tu vas être occupé.

— C'est une véritable épreuve, pas vrai ? De s'envoler vers les Caraïbes en plein mois de février. Mais il faut bien que quelqu'un s'y colle.

— S'il y a quelqu'un qui est capable de résoudre ce mystère, c'est sûr que c'est toi. (Paolo resta silencieux un moment, avant de s'assombrir.) Tu pourrais peut-être déjà me dire pourquoi il a acheté un pistolet. Et à qui ?

— Il l'a acheté à l'une des petites frappes qui traînent autour du Centre sportif Alain-Savary, à Sevran. Cela fait partie de ces charmantes banlieues situées au nord-est de Paris. J'y étais ce matin.

— Pas habillé comme ça, j'espère. Et pas avec ta montre en or au poignet.

— Non. Je suis retourné à mon hôtel me changer avant de venir ici.

C'était presque la vérité.

175

— Le Centre Alain-Savary, c'est celui où Jérôme était censé mettre de l'argent. Il en donnait aux jeunes du quartier, d'accord. Mais ce n'était pas pour qu'ils se paient des ballons de football et autres équipements sportifs. C'était surtout pour se procurer de l'herbe et de la coke. Et ce pistolet, évidemment. Je ne sais pas encore pourquoi il en avait besoin. Je vais poser la question à la ravissante Bella, la prochaine fois que je la vois. Elle sera peut-être en mesure de m'expliquer. Ce ne sera pas précisément une épreuve, ça non plus. Elle est très agréable à regarder.

Paolo Gentile plissa ses yeux marron, par-dessus le rebord de son verre de vin. Il en but une gorgée, puis agita vers moi un index parfaitement manucuré. Je dois reconnaître une chose à Paolo, c'est probablement l'homme le mieux habillé de tout le milieu du football. Messieurs de *GQ*, gare à vous !

— Quoi ?

— Tu éviteras juste de la toucher.

— Ça veut dire quoi ?

— Ça veut dire que la vie, c'est comme le football. C'est juste la tactique qui change.

— Ce qui signifie, au juste ?

— Cela signifie, mon ami à l'esprit délibérément obtus, que tu ne dois pas essayer de la sauter. Ce n'est qu'une gamine.

— Absurde. C'est une femme, une adulte dont nous parlons, Paolo. Tu la présentes comme une Lolita avec sa sucette et sa bouche en cœur.

— Ne t'avise pas d'entrer dans son joli petit slip, mon pote.

— Pourquoi crois-tu que j'aurais ne serait-ce que la moitié d'une chance d'entrer dedans ?

— Parce que personne n'ose jamais sauter ces mannequins. Tout le monde se figure qu'elles sont intouchables. Alors que c'est tout le contraire, évidemment. Et ne joue pas les innocents à ce propos. Tu es un mâle, Scott. C'est vrai. En l'occurrence, tu as quelques antécédents, mon ami.

— De quoi tu parles ? De quels antécédents ?

— Pour baiser les épouses des autres. C'est ce qui t'a déjà mis dans la merde, n'est-ce pas ? Quand tu étais encore à Arsenal ? Je veux dire, si tu n'étais pas sorti avec la femme de ce type, tu n'aurais jamais séjourné en prison, non ? Donc, retiens bien la leçon, mon ami, et veille à laisser Bella Macchina tranquille.

— À ma connaissance, Bella et Jérôme Dumas n'étaient pas mariés. En fait, ils ont rompu juste avant Noël.

— Possible. Mais de là où je me trouve, cela n'a aucune espèce d'importance.

— Crois-moi sur parole, ces filles-là, elles sont entourées d'un cordon de velours rouge.

— Ah oui ? D'après ce que j'ai entendu, elle apprécie les Noirs. Je te le dis juste pour m'assurer que tu ne sois pas un de ceux-là.

— Tu sais que jamais je n'aurais songé à la sauter, Paolo. Mais maintenant que tu m'en parles… (Je lui adressai un grand sourire.) Là, tu m'as donné une idée. Peut-être que personne ne la baise du tout. Ce serait une honte de laisser se perdre un joli petit canon comme elle. C'est peut-être ce que tu as en tête ? Peut-être que tu n'apprécies simplement pas l'idée de femmes blanches sortant avec des messieurs noirs. Parce que, crois-moi, sur cette question particulièrement épineuse, la messe est déjà dite. Même en Italie.

— Cela n'a rien à voir avec la couleur de la peau. Et tout à voir avec l'avenir commercial du garçon. Et son avenir commercial à elle aussi. Elle ne le réalise peut-être pas encore, mais pour les top-modèles aussi, il y a une date de péremption. Ils sont tous deux bien plus forts financièrement ensemble que séparés. Je considère que Jérôme aura de bien meilleures chances de se remettre avec la jolie Bella si personne d'autre ne la fréquente. Et quand je dis personne, j'entends toi.

— C'est des conneries. (Je secouai la tête.) Écoute, je suis flatté que tu m'accordes même une chance avec une fille comme elle, mais tu n'as pas à t'inquiéter. Je suis déjà en couple. D'accord ?

— Je suis sérieux, Scott. La plupart des hommes ont une faiblesse. La mienne, c'est l'argent. Et les Ferrari blanches. J'en ai quatre, maintenant. Franchement, je n'en ai aucun besoin. La plupart du temps, j'ai quelqu'un qui me conduit. Mais j'ai un faible pour ces bagnoles. Ta faiblesse, c'est les femmes. Depuis toujours. Malgré tout ce que tu racontes… tes protestations de modestie… ce sont toujours les femmes qui t'attireront des ennuis. Alors, accepte mon conseil et ne pose pas tes sales pattes sur cette fille. Pour un homme tel que toi, c'est un fruit défendu.

13

— As-tu la moindre idée de la raison pour laquelle Jérôme a ressenti le besoin de se procurer un pistolet ?

— Mon dieu, j'avais oublié cette histoire.

— Tu l'as vu ?

— Il me l'a montré.

— Quand ?

— En octobre ? Ou peut-être en novembre. Je ne suis pas sûre.

Bella se pencha hors du lit, attrapa ses cigarettes et en alluma une. Elle portait encore un bustier noir, des bas noirs et des jarretelles, mais son string minuscule avait disparu depuis longtemps. À cet instant, contemplant son derrière doré et me remémorant, les lèvres encore luisantes, combien de temps j'avais passé la tête entre ses jambes, je n'étais pas certain de ne pas le lui avoir dévoré. C'est le hic, avec le fruit défendu. Comme le veut le proverbe, c'est souvent le meilleur. Là-dessus, au moins, Paolo Gentile avait raison. Les femmes avaient toujours été mon point faible. J'aurais pu dire qu'elles étaient mon talon d'Achille, sauf qu'il n'y avait aucun rapport entre mes pieds et ce que j'avais envie de faire avec Bella. J'aurais pu un peu plus culpabiliser à l'idée de tromper Louise, mais j'avais déjà réussi à me persuader que vis-à-vis de ma fiancée, j'avais une excuse, puisque Bella était un top-modèle de l'agence Marilyn, et naturellement, ce n'était pas tous les jours qu'un top-modèle avec des jambes si longues qu'elles lui remontent jusqu'au derrière, et une paire de fesses où vous auriez pu déguster vos sushi, vous signifie clairement qu'elle a envie de vous baiser à s'en faire péter la cervelle. Ce n'est certes pas la défense idéale. Et je n'aimerais pas voir un accusé essayer cela devant un tribunal – même un bon avocat, un cador comme le Rumpole of the Bailey de la série anglaise, n'aurait pu faire avaler cela à un jury. Enfin, un jury entièrement masculin aurait pu mordre à l'hameçon, à la rigueur. Messieurs les jurés, regardez un peu cette femme, nom de Dieu. Ne l'auriez-vous pas baisée vous aussi ? Si vous en aviez eu l'occasion ? Bien sûr que si. Mais combien de jurys existait-il aujourd'hui qui ne comptaient pas au moins une virago réprobatrice en leur sein ? L'époque des *Douze hommes en colère* était révolue depuis longtemps.

Bien sûr, je savais que par la suite, je me sentirais coupable. Mais ce n'était pas pour tout de suite.

— Tu veux une cigarette ?

— Non, merci. En réalité, je fume uniquement quand c'est pour tenir compagnie à quelqu'un que j'apprécie. Comme hier soir. Personne ne devrait avoir à fumer seul. Et une belle femme encore moins. Et certainement pas dans cette ville. Alors, dis-m'en un peu plus au sujet du pistolet de Jérôme.

— C'était un truc de black, à ce qu'il disait.

— Je suis noir. Et je n'ai jamais eu envie de posséder un pistolet.

— Un truc de gangster. Tu sais, façon 50 Cent ou Ice Cube. Il aimait bien le tripoter dans son appartement. Le braquer sur le miroir, prendre la pose avec. C'est tout. Il était comme un gamin, avec ce flingue. Bien qu'il lui soit parfois arrivé de le cacher sous son oreiller. C'était plus une histoire de look, je crois. Je veux dire, il portait les fringues, il écoutait la musique et, d'après ce que tu m'as dit, il s'éclatait avec des gars de la rue. Je crois que le pistolet faisait juste partie de ces conneries. Comme je disais, ce type a cinq ans de moins que moi. Et parfois, ça se voyait, tu comprends ? Il aimait bien ses joujoux. Les Lamborghini. Les chaînes en or. Les clous en forme de panthère sertis de diamants qu'il portait aux oreilles. Il les a achetés au même moment que le bracelet qu'il m'a offert, chez Cartier. Ces clous coûtaient trente-cinq mille euros la paire.

— Quel genre de pistolet c'était ? Tu t'en souviens ?

— Je ne sais pas. Ce n'est pas comme s'ils étaient fabriqués par Hermès, hein ? Pour moi, tous les pistolets se ressemblent.

— Une arme de poing, donc.

— Oui.

— Revolver ou automatique ?

Elle réfléchit un instant.

— Je ne sais pas. Non, attends. J'ai un truc.

Elle se glissa hors du lit et passa dans la salle de bains, où elle ouvrit plusieurs tiroirs.

— Un ancien copain m'a donné ça, la dernière fois que j'étais aux States, s'écria-t-elle, et je commençai à me demander ce que cherchait Bella ; un autre pistolet ?

Mais à son retour dans la chambre, elle tenait en main une boîte contenant ce qui était décrit comme un : MAGNUMDRYER : Model 357. *L'authentique sèche-cheveux pistolet occidental*, comme écrit sur la boîte. L'engin se composait d'une crosse rose et d'un canon argenté extra-long. Une babiole, une fantaisie, à l'évidence, mais le genre qui pouvait aisément vous faire tuer.

— Son pistolet ressemblait à ça, me dit-elle.

J'ouvris la boîte et je souris. Le sèche-cheveux était même équipé d'un petit holster en cuir.

— Un magnum ?

— Oui. Sauf que le sien était noir, avec une crosse caoutchoutée. Pas argenté avec une crosse rose comme celui-ci.

— Non, bon, on voit tout de suite que cela gâcherait l'effet recherché. Il est difficile d'avoir l'air d'un authentique gangster en empoignant un magnum à la crosse rose.

— Je ne m'en sers pas, précisa-t-elle. En France, ce n'est pas le bon voltage.

— Et d'une, et ensuite, il y a les voisins. Si quelqu'un te voit te braquer cet engin sur la tête, on pourrait se figurer que tu as l'intention de mettre fin à tes jours. (Je secouai la tête.) Il n'y a qu'en Amérique qu'on voit ce genre de truc. Tu te figurerais qu'ils ont déjà suffisamment d'armes à feu comme ça sans donner aussi l'apparence d'un pistolet à des objets innocents. Je veux dire, quand tu as ce machin sous les yeux, tu t'imagines que ce n'est qu'une question de temps avant qu'un bête coiffeur de St Louis ne se fasse abattre pour avoir voulu sécher les cheveux d'une dame. Et je le pense vraiment. Cela finira par se produire, presque à coup sûr. Tout ce qu'on peut raconter de l'Amérique… en bien ou en mal… est toujours vrai.

— Je n'y avais jamais réfléchi. Mais oui, tu as raison. Surtout si tu es noir.

J'acquiesçai.

— Surtout si tu es noir.

— Pour l'allumer, tu appuies sur la détente.

— Tout comme un pistolet. Moi, je ne m'en sers jamais. Des sèche-cheveux, j'entends. N'empêche, même moi, j'avais compris qu'il fallait presser sur la détente pour le faire fonctionner.

— Et tu règles la température avec le truc à l'arrière.

— Le chien.

— Le chien, oui.

— Tu sais, j'ai fouillé l'appartement de Jérôme de fond en comble et je n'ai pas trouvé de pistolet. Et pas davantage de munitions. Tu as la moindre idée de ce que cette arme serait devenue ?

— Après avoir découvert qu'il le cachait sous son oreiller, je lui ai conseillé de s'en débarrasser… de le balancer dans la Seine, avant de se blesser avec. Soit cette arme disparaissait, soit c'était moi. Alors peut-être qu'il s'en est séparé, en effet. Tout ce que je sais, c'est que je n'ai jamais revu ce pistolet.

— Et côté jeu ? Paolo Gentile m'a dit qu'à l'époque où Jérôme était à Monaco, il devait de l'argent à des types. Des dettes de jeu.

— Je sais qu'il aimait bien jouer au poker. Il suivait tout le temps les tournois à la télévision. Mais il n'a jamais fait allusion à de l'argent qu'il aurait perdu. Et pour ce qui est de dettes, il semblait avoir toujours pas mal de cash en poche. En général, il avait au moins mille euros sur lui. Je le sais parce que je lui empruntais souvent des sous pour un taxi.

— Parle-moi de ses autres amis. De ses coéquipiers, au club. De qui était-il proche ?

— De personne.

— Oui, c'est aussi ce que j'ai entendu de la bouche de Mandel.

— Surtout après l'article de *L'Équipe*. Il s'entraînait. Il jouait. Il rentrait chez lui. Il disait qu'il aimait mieux que ça se passe comme ça. Tu vas parler à l'un d'eux ?

— Non, le club veut que cela reste aussi discret que possible. Il suffit d'un idiot avec un compte Twitter pour tout faire foirer et ensuite, ce sera partout dans les journaux.

— Je n'ai franchement aucune envie de ça. Et pas seulement pour Jérôme. Je veux dire, s'ils se mettent à le chercher, les enflures de *Closer* ne tarderont pas à revenir faire la planque devant mon immeuble.

Closer, le magazine people qui avait lancé l'affaire de la liaison du président François Hollande avec l'actrice Julie Gayet.

— Je croyais que, vous, les Français, vous aviez des lois de protection de la vie privée empêchant ce genre de pratiques.

184

— Oh, oui, nous avons ces lois-là. Mais les magazines se contentent de payer les amendes, qui ne pèsent pas lourd par rapport aux gros tirages et aux profits qu'un scoop peut engendrer.

Elle termina sa cigarette, écarta la boîte et le gadget sèche-cheveux qui roulèrent sur le sol, s'allongea sur le lit et me fixa de son regard bleu et pénétrant, qui aurait suffi à faire coulisser la braguette de mon pantalon, si j'en avais porté un. Si j'avais été capable de lire dans ses pensées, je crois que j'en aurais conclu qu'elle avait encore envie que je la baise. Paolo Gentile avait raison à ce propos aussi. Cela faisait un certain temps que plus personne ne l'avait sautée.

— Alors, ta prochaine initiative, ce sera ? me demanda-t-elle.

— Ma prochaine initiative ?

Je basculai au-dessus d'elle, écartai ses cuisses longues et pâles et m'introduisis délicatement en elle. Elle laissa échapper un soupir, je jouai du pelvis, m'enfonçai, me plaquai contre le col de son utérus.

— La voici, ma prochaine initiative.

— C'était tout ce que j'espérais.

Ce qui tend à démontrer qu'en matière de sexe, un homme et une femme sont réellement capables de lire avec clarté dans les pensées l'un de l'autre. Jamais il n'existera d'ebook capable de remplir cette fonction.

14

Pendant le long vol de Londres à Antigua, je regardai sur mon iPad un enregistrement du match de Paris contre Barcelone, pour le premier tour de qualification de la Ligue des Champions, en septembre dernier. C'était la rencontre que le PSG avait remportée 3-2, un résultat assez étonnant pour les Français, même si, sur le moment, l'événement marquant avait été la présence remarquée de David Beckham dans les tribunes, accompagné de Jay-Z et Beyoncé. Le trio n'avait pas eu l'air très impressionné par le spectacle auquel il avait assisté. Avec son faux air de Charlie Brown, coiffé d'une casquette de base-ball à visière plate complètement craignos, Jay-Z avait semblé au moins aussi mal à l'aise que si la sœur de Beyoncé, Solange, se tenait derrière lui, prête à de nouveau l'agresser, comme lors du fameux incident de l'ascenseur.

Personne ne s'était attendu à ce que le PSG l'emporte sans Zlatan Ibrahimović – blessé au talon – qui avait dû regretter d'être privé de cette occasion de prouver à son ancien club, Barcelone, qu'on avait eu tort de le laisser partir en prêt au Milan AC, en 2010. Franchement, quiconque avait vu le but miraculeux inscrit des trente mètres par le Suédois pour son pays contre l'Angleterre en novembre 2012 comprenait que ce prêt avait été une erreur. Les Parisiens étaient aussi privés de leur capitaine Thiago Silva (problème à la cuisse) et du buteur argentin Ezequiel Lavezzi (claquage). Et comme si tout cela ne suffisait pas, Barcelone en avait mis six à Grenade le week-end précédent, avec un triplé de Neymar et deux buts de Lionel Messi – les 400e et 401e de la carrière du petit Argentin. Le même week-end, le PSG avait péniblement arraché un nul 1-1 contre ces toquards de Toulousains. Le manager du PSG en personne, Laurent Blanc, avait paru reconnaître le caractère impossible de la tâche à laquelle il était confronté quand, lors de la conférence de presse d'avant-match, il avait comparé Barcelone à une sorte de « quasi-professeur » du PSG.

Mais lors de cette soirée contre Barcelone, les Parisiens avaient joué comme sur un nuage et c'était visiblement le match qui avait persuadé l'équipe catalane de poser une option à la mi-saison sur Jérôme Dumas. En effet, si les buts du PSG avaient été marqués par David Luiz, Marco Verratti et Blaise Matuidi, l'homme du match était sans aucun doute Jérôme Dumas. Avec ou sans possession du ballon, il avait été l'âme de l'impressionnante démonstration du PSG. Après avoir évolué l'essentiel de la saison précédente à un poste de meneur de jeu en retrait, lors du match contre Barcelone, le jeune Français avait été placé plus haut dans un rôle de numéro 10, et pourtant son efficacité n'avait pas du tout paru en souffrir. Débordant d'inventivité de ses deux pieds, c'était pour les Parisiens un superbe exemple et, en plusieurs occasions, il avait réussi à se retourner comme un diable dans les espaces les plus fermés et à libérer son équipe du pressing adverse, en se créant des occasions là où il semblait n'en exister aucune un instant auparavant.

Dumas était tout aussi irrésistible en défense, se replaçant fréquemment très bas pour soutenir David Luiz et Gregory van der Wiel, eux-mêmes difficiles à prendre, malgré les tentatives acharnées de Messi et Neymar. Au milieu de la seconde période, Dumas avait brièvement eu l'air fatigué, au point qu'il aurait peut-être fallu le faire sortir, mais la décision de Laurent Blanc de le maintenir s'avéra judicieuse quand la tête de Verratti expédia au fond des filets une passe parfaitement dosée du Français. Par moments, le brio pur et simple de ses interventions paraissait tout bonnement miraculeux : en seconde mi-temps, après s'être aisément débarrassé d'un personnage comme Lionel Messi (excusez du peu), Dumas dribbla, esquiva, pivota et réussit presque à slalomer, avant d'être fauché au terme d'une course de cinquante mètres dans la profondeur par un tacle brutal de Dani Alves qui aurait poussé plus d'un footballeur à crier à la faute. Et lui, pourtant, au lieu d'un regard accusateur, incrédule, ébahi à l'arbitre, il se releva avec le sourire.

Tel un enfant indiscipliné, hyperactif et fugueur, il maintint ce rythme pendant tout le match. Messi et Neymar eurent beau marquer tous les deux, ils durent regretter que personne n'ait versé de la Ritaline dans sa bouteille d'eau à la mi-temps. Même Dumas avait l'air de se rendre compte qu'il s'était surpassé.

La rencontre terminée, le virtuose Antillais quitta enfin le terrain, chaussettes en berne sur ses jambes flageolantes, arborant un sourire euphorique, tel un d'Artagnan du football sorti des pages des *Trois Mousquetaires*, ce grand roman écrit par le plus fameux de ses homonymes, Alexandre Dumas. Sur la base de la performance que j'avais vue au cours de ce match, il ne me semblait pas excessif d'espérer que ce jeune footballeur se dresse bientôt à côté de l'écrivain au panthéon des grandes gloires françaises.

Lorsque votre avion achève son approche avant l'atterrissage sur l'île caribéenne d'Antigua, vous êtes frappé par deux choses. La première, c'est sa petitesse : elle est à peine plus étendue que Marseille. La seconde, c'est le vert émeraude de la terre sur fond de lapis-lazuli de la mer, qui semble s'étendre à l'infini, de sorte que vous êtes incapable de savoir où prend fin le ciel et où commence la mer. Les taches d'un bleu plus sombre des récifs coralliens entourent l'île comme autant de nuages d'orage immergés et quasiment chaque centimètre carré de cette côte sinueuse est ourlé du sable doré d'une plage immaculée. Plus on descend, plus on découvre de maisons, en nombre inattendu, presque toutes blanches, comme si un roi de la nacre à l'esprit écolo avait semé ses boutons chatoyants sur un manteau de verdure. Et ensuite, il y a l'aéroport, aussi rose que de la barbe à papa, le nom de l'île utilement inscrit en sept grandes lettres vertes sous les sept arcades du toit du bâtiment, comme autant de trains marqués d'une lettre de l'alphabet, stationnés sur une voie de garage, attendant de se mettre en route vers diverses parties de l'île. Mais une fois arrivés à Antigua, c'est la dernière fois que vous songerez à la moindre urgence comparable à celle d'un départ en train, car dès votre descente d'avion, la vie paraît se rouiller, rétrograder d'une ou deux vitesses. Enveloppé par la chaleur et confronté partout à des sourires presque fluorescents, vous avez l'impression que même vos clignements d'yeux sont plus lents, comme si vous veniez de tirer sur un gros pétard et tentiez de vous rappeler comment vous vous appelez, comme si le nom qu'on porte comptait encore réellement. Il n'y a pas vraiment de réglementation sur l'alcool au volant, ce qui ne comptait guère non plus, malgré les nombreux grands crus que je goûtai en classe club, puisque l'hôtel avait envoyé un chauffeur pour me conduire à un embarcadère, et de là par bateau sur une île plus petite, encore plus chic, et sans voiture. En temps normal, je me serais révolté contre les soixante-quinze dollars américains pour un transfert de dix minutes depuis l'aéroport, mais je me sentais déjà aussi décontracté que le type aux tresses africaines qui pilotait le bateau. En plus, c'est l'avantage quand on voyage avec l'argent des autres : subitement, tout semble très simple, on ne se contente que du meilleur. Si jamais vous gagnez à la loterie, rendez-vous directement ici – je parle d'Euromillions, pas de la loterie anglaise, plus chiche. Après deux semaines au Jumby Bay, de vos gains à la loterie britannique, il ne vous resterait plus grand-chose.

Dès mon arrivée à l'aéroport d'Antigua, un photographe me prit en photo, ce qui m'irrita car j'avais espéré rester aussi anonyme que possible. Je n'avais pas trop envie de mentionner la duperie dont j'avais été l'objet à Shanghai ou de rappeler à qui que ce soit que j'étais « Manson : le roulé de printemps », pour reprendre le titre du *Sun*, assez bien trouvé, je dois l'admettre.

En revanche, j'étais très désireux de parler à tout le monde ou presque de Jérôme Dumas. Je décidai de me lancer tout de suite et, lorsque le pilote du bateau m'embarqua pour me conduire à Jumby Bay, j'avais déjà posé des questions à la police de l'aéroport et à mon chauffeur. J'estimais que plus vite je saurais ce qu'était devenu ce type, plus vite je pourrais rentrer me chercher un emploi digne de ce nom dans le football. Et le pilote du bateau avait un côté sympathique qui m'encouragea à croire qu'il se montrerait un peu plus communicatif que les flics et le chauffeur.

— Bienvenue à Jumby Bay, fit-il. L'île tire son nom d'un terme local qui signifie esprit joueur. Elle se compose de tout juste quarante chambres et suites, et d'une série de villas et de propriétés appartenant à un groupe de propriétaires qui se sont tous engagés à protéger l'environnement et plusieurs espèces en voie de disparition vivant encore chez nous, comme la tortue à écailles, la grande aigrette et le persan tête noire. À Jumby Bay, tout est du-ra-ble.

Il me dit cela comme si je devais faire attention où je mettais mes sales pattes et mes pieds crasseux, mais manifestement il aimait parler et j'espérais que ce ne serait pas trop lui demander si, après m'avoir aidé à charger ma valise, puis à monter dans l'embarcation, il me fournissait aussi quelques informations qu'il ne serait pas allé pêcher dans la brochure de la résidence comme du rouget barbet local.

— On est loin de sa terre de prédilection, non ? Celle du persan à tête noire, j'entends. Comment est-il arrivé ici, d'ailleurs ?

— Je n'en sais rien, patron.

— Christophe Colomb, je suppose, dis-je, répondant moi-même à ma question. Avec les chevaux et la syphilis.

— Vous devez avoir raison, je suppose. (Le pilote ponctua d'un rire, avant de frapper dans ses grandes mains.) Toutes ces années où j'ai répété son nom, et je ne me suis jamais demandé ce qu'un mouton persan fabriquait ici dans les Caraïbes.

— Et à tête noire en plus, insistai-je. Il semble d'ailleurs que ce soit un peu un leitmotiv, par ici.

— Bon sang, oui. Vous avez raison.

— Quand on y pense, il n'y a que des pièces rapportées, sur cette île. Des esclaves amenés d'Afrique pour couper la canne à sucre… comme vous et moi, quelques Européens et le mouton persan à tête noire. Et les touristes, bien sûr. Ce qui me frappe, c'est que les gens qui étaient ici les premiers… les vrais natifs d'Antigua… ont probablement disparu depuis longtemps.

— Je n'y ai jamais réfléchi comme ça. Mais j'imagine que vous avez raison, patron. D'où êtes-vous ? De Londres ?

— C'est exact. Quel est ton nom ?

— Everton.

— Comme le club de football ?

— C'est ça.

— Tu aimes le foot ? J'en conclus que ton père devait l'aimer. Avec un prénom comme Everton.

— Il aimait ça, c'est vrai. Il était de Liverpool. Mais moi, je soutiens Tottentham Hotspur.

— Je ne suis pas sûr que cela réponde à ma question, mais peu importe. Côté prénom, à mon avis, c'est une chance que ton papa n'ait pas été un supporter des Queen's Park Rangers.

Everton eut un grand sourire.

— Écoute, Everton. Je suis venu à Antigua chercher un type, un dénommé Jérôme Dumas. Il était client ici, au Jumby Bay, de Noël au nouvel an. Un footballeur venu de France. Il a autour de vingt-deux ans, des clous aux oreilles qui ressemblent à des têtes de panthère en diamant et une grosse montre au poignet, aussi ridicule que la mienne, sans doute.

Everton hocha la tête.

— C'est le type que la police recherchait, c'est ça ? Le footballeur du Paris Saint-Germain qui a disparu.

— C'est exact.

— Bien sûr, je me souviens de lui. Une grosse Rolex Submariner en or. Un tas de chaînes et de bagues en or. Il avait tous les bagages Louis Vuitton les plus beaux. Pareil que Bono. Il m'a aussi laissé un assez joli pourboire pour lui avoir porté le tout. Un gentil gars. Un Français, vous dites ? J'aurais cru à autre chose. Il me rappelait ce type, Mario Balotelli. Ils disent tous qu'il est italien, mais aujourd'hui, c'est difficile de dire d'où les gars viennent. Moi, je suis de Jamaïque, à l'origine. Mais il y a pas de travail, là-bas. Rien que des ennuis. Je l'aurais pas vu louer une aussi grande villa à Jumby Bay, étant donné qu'il était tout seul. Je vous voyais pas non plus en louer une, jusqu'à ce que vous me disiez ce que vous faisiez ici.

194

La plupart des types comme vous et lui arrivent dans le coin avec une jolie fille. Il n'avait pas l'air du genre amateur de lecture et de parties d'échecs en tête à tête avec lui-même.

— Les flics de l'île t'ont questionné ?

— Nan. Ils ont parlé au concierge, au directeur de l'hôtel et aux dames qui faisaient le ménage de sa villa. Mais pas à moi.

— D'après toi, que lui est-il arrivé ?

— Il y a que cent mille personnes à Antigua, patron. C'est pas si facile de disparaître, dans un petit endroit comme ça. Même pour un Noir. Un type avec des bagages Louis Vuitton et des boucles d'oreilles en diamant, sur cette île, patron, c'est comme une enseigne au néon. Dans la foule, il a tendance à être visible.

— D'après la police, il a rendu les clefs de Jumby Bay et il est allé directement à l'aéroport.

— C'est vrai. Je l'ai conduit moi-même. J'ai même porté ses bagages dans l'aérogare. Mais il n'a jamais embarqué dans cet avion pour Londres.

— Et ils ne t'ont pas posé de questions ?

— Comme je disais, c'est des rigolos.

— Comment allait-il ?

— Il allait très bien. Il n'avait pas l'air perturbé ni rien. Il disait qu'il allait partir jouer au foot à Barcelone, mais qu'il devrait s'entraîner dur parce qu'il avait pris du poids pendant son séjour ici. Je lui ai expliqué que cela n'avait rien d'exceptionnel, la nourriture était si bonne à Jumby Bay. Hé, surtout n'oubliez pas d'essayer le restaurant à l'Estate House tant que vous êtes là, patron. C'est probablement le meilleur d'Antigua.

— Vous vous parliez ?

— Bien sûr qu'on se parlait. On se parlait beaucoup. Il me répétait tout le temps qu'il se plaisait ici. Les trucs habituels. Il me confiait qu'il était impatient de revenir encore une autre fois ici.

— Il était déjà venu ? Tu viens de dire « encore une autre fois ».

— Ouais, je pense qu'il était venu il y a plus ou moins un an. Il a dû se passer quelque chose à l'aéroport, d'après moi.

— Comme quoi ?

— Aucune idée. Comme je dis, il avait l'air bien. C'est moi qui l'ai accompagné dans le terminal, avec ses bagages. Je l'ai laissé avec son chariot devant le marchand de journaux. Il lisait un journal.

— C'est curieux.

— Quoi donc ?

— Eh bien, la plupart des gens s'achètent un journal après l'enregistrement. Tu te souviens de quel quotidien c'était ? Un titre français ? *Libération* ? Un journal en rapport avec le football. *L'Équipe*, peut-être ?

— Ça se peut. En tout cas, il n'avait pas l'air très content.

— Je vois. Que faisait-il… pendant qu'il était à Jumby Bay ?

— Y a pas grand-chose à faire, à part s'allonger au soleil, nager, utiliser le spa, regarder la télé. Jumby Bay, c'est tranquille. Les gens viennent ici pour être loin de tout.

— Et l'île principale ? C'est aussi tranquille ?

— Ils aiment faire la grosse fête, là-bas, ça, c'est sûr.

— Alors c'était peut-être là qu'il passait son temps. J'imagine que la police sera en mesure de me le confirmer.

— La RPF ? (Everton lâcha un rire.) La RPF, elle sait rien de rien sur rien.

La RPFAB, la Royal Police Force d'Antigua-et-Barbuda. Je leur avais envoyé quelques mails et un inspecteur du Département des enquêtes criminelles m'attendait demain à leur quartier général de St John, la capitale de l'île, mais j'avais très envie de connaître l'avis d'Everton sur leurs compétences, ou sur leur absence de compétences.

— Tu n'as pas une très haute opinion d'eux.

— La RPF n'arriverait pas à retrouver ses propres couilles dans une baignoire à oiseaux.

— Il y a beaucoup de criminalité, ici ?

— Plus que notre premier ministre ne voudrait le faire croire au peuple. Mais si vous évitez de vous approcher de Gray's Farm, à l'ouest de St John, le soir, à mon avis, vous devriez être en sécurité. La plupart des habitants de l'île appellent cet endroit le Ghetto. C'est là que vous allez vous fournir de l'herbe, vous lever une pute, et peut-être bien vous faire tirer dessus.

Je hochai la tête. Ouais, songeai-je, ce pourrait être exactement l'endroit qu'irait fréquenter quelqu'un comme Jérôme Dumas.

— En fait, il y a eu un meurtre sur l'île, quand M. Dumas était ici.

— Ah ?

— Un DJ du coin, qui s'appelait Jewel Movement, s'est fait tuer sur son bateau. Remarquez, ils ont arrêté le type qui a commis ce meurtre. Pris la main dans le sac. Même la RPF n'aurait pas pu rater sa capture. D'après ce qu'on raconte, ils l'ont pris sur le fait avec le cadavre. Il était couvert du sang du mort. D'après les flics, l'affaire est pliée. Et les affaires, c'est comme ça qu'ils les préfèrent, évidemment. Je n'ai encore jamais rencontré un policier qui ait envie d'aller se dégotter un ananas quand il avait déjà cueilli une pêche.

— Les flics sont les mêmes partout dans le monde, je suppose.

— Ah ça, c'est sacrément vrai. Et en plus, je ne serais pas surpris qu'ils le pendent.

— Vous pendez encore les gens, par ici ?

— Quand vos tribunaux anglais nous en donnent l'autorisation. Le système juridique de l'île permet à ces salopards de faire appel devant ce qui s'appelle le comité judiciaire du Conseil privé. Je ne sais pas trop ce que ça désigne. Si vous me posez la question, ça doit être une bande de bien-pensants qui pigent que dalle à Antigua.

Je souris.

— Tu connais bien les îles Leeward, Everton ?

— Comme ma poche, patron. J'ai mon bateau à moi. J'aime bien sortir pêcher, parfois. Quand je ne vais pas voir Asot Arcade Parham jouer au football. (Il haussa les épaules.) C'est une équipe locale. Assez bonne, vu les critères de l'île. Genre en tête de la Première division d'Antigua. Pas du niveau des Spurs, vous voyez le genre ?

Je hochai la tête.

— Dis-moi une chose. C'est facile de passer d'Antigua à la Guadeloupe ?

— LIAT… c'est la compagnie aérienne locale… il y a un vol presque tous les jours de St John à Pointe-à-Pitre. Un saut de puce. Une demi-heure au maximum. Ça doit coûter dans les quatre-vingts dollars.

— Si Jérôme Dumas a bel et bien décidé de quitter l'île, je me dis qu'un bateau serait le meilleur moyen d'effectuer la traversée sans se faire repérer.

— Oh, bien sûr. Toutes sortes de gens vont et viennent par bateau, surtout de nuit. Des passeurs d'herbe, surtout. Comme ce DJ, Jewel Movement. On raconte qu'il trafiquait un peu d'herbe lui aussi, à l'occasion. Mais pourquoi la Guadeloupe ? Barbuda est plus près. Et en plus, c'est britannique. Là-bas, quand vous mettez pied à terre, vous n'avez pas à montrer votre passeport.

— Parce que Jérôme Dumas est originaire de Guadeloupe.

— Pigé. Bon, alors, entre là-bas et ici, patron, il n'y a pas de service de ferry. Mais à mon prochain jour de congé, je pourrais vous conduire là-bas, sans problème. Sans rien déclarer, pour ainsi dire. La Guadeloupe n'est qu'à quelques heures de mer.

— Très bien. Marché conclu. Et renseigne-toi un peu dans St John, tu veux ? Discrètement. Vois si tu peux découvrir quel autre propriétaire de bateau aurait pu proposer un service de traversée clandestine comparable à Jérôme Dumas.

— C'est sûr que dès que les narines reniflent l'odeur du cash, les langues s'agitent plus, patron.

— C'est sûr, confirmai-je, et je lui tendis deux billets de cents dollars des Caraïbes orientales. Vois ce que tu peux récolter comme confidences avec ça, Everton. Et garde le reste pour toi.

Il réduisit les gaz et laissa le bateau courir sur son erre en direction du petit embarcadère en bois où plusieurs porteurs attendaient notre arrivée, dans ce qui ressemblait à une cage à oiseaux grand format. Ce fut donc cette voiturette de golf rouge qui me conduisit au bâtiment principal de l'hôtel où je m'enregistrai en vitesse et me rendis à ma suite, située au-delà d'un portail à l'ancienne et au fond d'un petit patio privatif entouré de palmiers qui surplombaient la mer. Il y avait aussi un jardin extérieur rempli de fleurs de frangipaniers avec douche à effet de pluie et baignoire. Il était difficile de croire que j'étais payé, et joliment, pour séjourner ici. Je sirotai mon cocktail de bienvenue, allumai la télévision et m'installai pour explorer les chaînes de sport proposées sur le câble. Il faut toujours commencer par le plus important, n'est-ce pas ?

16

Le commissariat de police de la RPF, dans Newgate Street, à St John, avait connu des jours meilleurs, mais tous antérieurs au départ des Britanniques, je peux vous le garantir. Cet immeuble en béton jaune de trois étages aux fenêtres du rez-de-chaussée munies de barreaux et au drapeau élimé pendu à un mât blanc tordu dans la cour côté rue évoquait plus un motel bas de gamme – avec tout le cafard moderne. Le Musée d'Antigua-et-Barbuda n'était pas loin, mais le commissariat aurait pu en soi en constituer l'une des pièces les plus intéressantes. À l'intérieur, tout semblait se mouvoir à une allure imperceptible, comme enfermé sous une vitrine poussiéreuse. La cathédrale de St John et un lycée de jeunes filles se dressaient juste derrière, vers l'est, et, quelques rues plus loin, vers l'ouest, c'était le port en eau profonde de l'île où des paquebots de croisière aussi grands que des immeubles de bureau, venus de destinations aussi lointaines que Majorque ou la Norvège, étaient en ce moment à quai. Le lycée pour filles était en pleine récréation ou en pleine heure du déjeuner. Je le savais parce que, par les fenêtres ouvertes du poste de police, on aurait pu entendre ces jeunes demoiselles crier et hurler jusqu'à Palma et Oslo.

J'avais déjà vu l'inspecteur de police qui avait traité la disparition de Jérôme – sur Google Images. Il s'appelait Winchester White. Il y avait une photographie des officiers supérieurs responsables de la sécurité de l'île prise lors d'une réunion à propos de je ne sais quoi et, sur ce cliché, il avait l'air très endormi. C'était peut-être un cliché malencontreux mais, en parlant à l'inspecteur White, j'eus vite l'impression qu'il était impatient de refermer l'œil à la minute où je quitterais son bureau – notamment à cause de la grosse boîte d'Ovomaltine derrière sa tête laineuse. Il portait une chemise kaki et un pantalon assorti, soigneusement repassés. Sa casquette de couleur sombre était posée sur le bureau devant lui comme s'il mendiait un peu de menue monnaie. Excepté le fait que Winchester White était Noir, il ressemblait au commissaire de district d'un vieux film de Tarzan. Je n'aurais pas été du tout surpris qu'il soit équipé d'une badine d'officier.

— Ce n'est pas que mes employeurs doutent de l'efficacité de la RPF, dis-je. Pas une minute. C'est simplement qu'ils sont soucieux de montrer qu'ils s'activent. En fait, la compagnie d'assurances insiste là-dessus. Vous n'ignorez pas comment cela fonctionne, j'en suis certain. Jérôme Dumas est extrêmement précieux tant pour le Paris Saint-Germain que pour le FC Barcelone. Sans parler de toute une série de sociétés avec lesquelles M. Dumas a d'importants accords commerciaux en rapport avec ses droits d'image. En l'occurrence, je n'ai pas l'intention de marcher sur les pieds de la RPF mais peut-être de vous apporter un point de vue différent vous permettant de savoir exactement ce qu'il a pu devenir. Comprenez bien, je vous prie, que je suis ici pour vous seconder, pas pour faire obstruction.

Cela sonnait rudement bien. Merde, c'était peut-être même la vérité. Je réussis parfois à m'en convaincre moi-même. Le secrétaire général de l'ONU en personne n'aurait pu s'exprimer de manière plus diplomatique.

— Ce n'est pas la RPF, rectifia-t-il d'une voix terne. C'est la RPFAB.

— Exact. Merci.

— Vous oubliez Barbuda.

— Non, nullement. Je m'adressais juste à vous en abrégé. Afin de ne rien gâcher de votre temps, qui est précieux. Au temps pour moi. Je comprends maintenant que ce n'était pas vraiment ce qui comptait le plus.

— C'est important si c'est de Barbuda qu'on est, dit-il. Comme je suis.

Il y eut un long silence durant lequel l'inspecteur de police goûta l'intérieur de sa bouche, puis gratta son invisible moustache de maquereau, avant une brève quinte de toux qui lui permit de faire remonter une glaire qu'il alla cracher à la fenêtre. Je captai au passage le fort relent de transpiration qui se dégageait de tout son corps, comme l'odeur âcre d'une veste en coton huilé, ce qui m'amena pour la première fois à entrapercevoir une part de la dure réalité de son existence quotidienne de policier dans une petite île tropicale. Il disparut un instant dans la lumière éclatante du soleil, tel un personnage de *Star Trek*, avant de regagner d'un pas nonchalant son fauteuil pivotant et de s'asseoir au milieu d'une cacophonie, mélange de craquement de bois, d'imitation cuir et de fierté professionnelle.

— Allez-y, posez-moi vos questions, fit-il, et je vous répondrai ce que je peux vous répondre.

— Y a-t-il des pistes sur lesquelles vous travaillez ?

— Pas à proprement parler, non.

— Avez-vous retrouvé sur l'île des corps qui doivent encore être identifiés ?

— Je ne pense pas qu'il soit mort, si c'est ce que vous avez dans la tête, monsieur Manson. Antigua est un endroit très sûr. Plus sûr que Londres ou Paris.

— Pourtant, il y a des meurtres, ici, n'est-ce pas ? Celui de DJ Jewel Movement, par exemple.

— Le meurtre est rare sur l'île. Nous avons capturé l'homme qui a tué le DJ Jewel Movement, plus ou moins immédiatement. Tout ça, c'est une affaire claire, nette et tranchée.

— Oui, oui, bien sûr. Mais en réalité je songeais au suicide.

— Ne faites pas ça, monsieur Manson. (Il eut un grand sourire.) Vous êtes encore un jeune homme avec toute votre vie devant vous.

Je lui souris à mon tour.

— Il avait une tendance dépressive, voyez-vous.

— Mais enfin pourquoi déprimer alors qu'il avait les moyens de résider au Jumby Bay ?

— C'est une bonne question. Mais évidemment ce n'est pas ainsi que fonctionne la dépression. Sa carrière de footballeur à Paris n'avait pas si bien tourné. C'est pourquoi il était sur le point de partir jouer à

Barcelone. Il avait rompu avec sa petite amie. Et il consommait des antidépresseurs. Alors, peut-être a-t-il entendu parler d'un endroit idéal où se suicider, sur l'île. Vous saisissez ? Une falaise. Une plage avec de forts courants.

— Si vous nagez assez loin, vous croisez un requin, c'est sûr. Et ensuite il se peut qu'on ne le retrouve jamais. Seulement, les employés de la réception de l'hôtel ont expliqué qu'il était de bonne humeur quand il est parti. Même après avoir payé sa note. Ce qui m'aurait déjà déprimé, moi. En plus, pourquoi aller à l'aéroport si vous pensez à vous supprimer ? Ça n'a pas de sens qu'il se supprime s'il est sur le point de s'enregistrer pour rentrer chez lui. Je ne le vois pas faire tous ses bagages et ensuite aller nager. Et puis, si vous allez vous supprimer, généralement, vous laissez quelque chose derrière vous. Peut-être pas une lettre. Mais votre téléphone portable, possible, non ? Le reste de vos affaires. Pourtant ce n'est pas seulement M. Dumas qui a disparu, c'est toutes ses affaires, en plus.

— Bien vu.

L'inspecteur soupira et attendit que je lui pose une autre question. Je commençais à me rendre compte que malgré mon joli discours il n'était disposé à me livrer aucune information. Et je n'aurais pas besoin de retrouver une tête de cheval demain matin au pied de mon lit pour saisir le message : mon stupide numéro d'inspecteur Poirot et moi-même n'étions pas les bienvenus par ici.

— Travaillez-vous sur certaines théories à propos de ce qui a pu arriver à M. Dumas ? demandai-je.

— Des théories ? Ah merde, ça oui. J'en ai des tas.

À chacune de ses réponses si réticentes, je prenais aussi conscience de la poussière sur le sol, du crayon mâchonné sur le bureau, du cendrier rempli à ras-bord, de la porte ouverte qui, avec le ventilateur de plafond, constituait la seule climatisation de la pièce, et des nombreux avantages de ma propre existence comparée à la sienne. Comme il l'avait laissé entendre, la note dont j'allais très certainement m'acquitter au Jumby Bay équivaudrait sans doute à ce qu'un flic comme lui gagne en un an. Il fallait parfois se demander comment il se faisait que, dans un endroit pareil, un plus grand nombre de touristes ne connaissaient pas une fin tragique. Je ne pouvais qu'imaginer l'effet qu'aurait eu sur l'inspecteur le style de vie manifestement plus luxueux de Jérôme – qui s'étalait aux yeux de tous dans la dernière édition de *GQ* posée sur la table basse de ma suite.

J'attendis un long moment, avant de le relancer.

— Puis-je vous demander lesquelles ?

— Je suis personnellement convaincu que cet homme a été enlevé de l'aéroport VC Bird quelques minutes après son arrivée là-bas, à la fin de son séjour. Un individu se dit que ce monsieur a beaucoup d'argent. Comme vous tous, à Jumby Bay. Mais à l'inverse de la plupart des gens qui viennent en vacances à Jumby, il se trouve que nous savons qu'il est allé dans des night-clubs de voyous de St John, qui sont fréquentés par des trafiquants de drogue. Pour cette raison, nous pensons qu'ils l'ont repéré, et ils ont compris que cela valait la peine de le kidnapper. Ils ont convaincu une fille de le séduire et de l'entraîner ailleurs. Je suis d'avis qu'il est probablement séquestré quelque part dans le centre de l'île. À Signal Hill, pourquoi pas. Et ils attendent de communiquer une demande de rançon, quand ils jugeront que c'est un peu moins risqué. Et ils restent dans leur coin, de peur qu'on les attrape. Le fait est que j'ai des hommes qui fouillent toute l'île à sa recherche et je suis convaincu que nous allons le retrouver d'un jour à l'autre, maintenant. C'est juste une question de temps, vous voyez ? À Antigua, tout est un peu plus long que chez vous, en Angleterre. Mais soyez assuré, monsieur, que s'il est sur l'île, nous le trouverons.

Je hochai la tête.

— Quels sont ces night-clubs… ces clubs de mauvais garçons dont vous parliez ?

— Je vous recommanderais de les éviter, monsieur Manson. Nous avons assez d'ennuis comme ça avec un touriste porté disparu.

— Il n'empêche, j'aimerais connaître les noms. Pour mon rapport, vous comprenez.

Il opina.

— Très bien. Il y a une boîte de nuit derrière Old Road sur Signal Hill qui s'appelle The Rum Runner. Ils fument pas mal d'herbe, se saoulent au canita, montent leurs putains, regardent du football et du porno à la télé. Le GPS d'un véhicule loué par M. Dumas chez Enterprise Car montrait qu'il s'était rendu là-bas. Il traînait aussi dans les parages d'un bordel de Freetown bien connu, le Treehouse.

— Et avez-vous interrogé les gens de là-bas ?

— Interrogé, bien sûr. Sans obtenir aucune réponse. Et nous n'en espérions pas non plus, d'ailleurs. La

RPFAB n'est pas bienvenue dans ces endroits-là. Dès qu'on se met à poser des questions, les gens ont tendance à la fermer.

— Peut-être pas si nous proposons une récompense. Disons de mille dollars.

— C'est l'ennui avec les récompenses, monsieur Manson. Comme je l'ai dit à vos employeurs à Paris, rien ne remplace le bon vieux travail policier à l'ancienne. Ces offres de récompense me font perdre mon temps. Sur l'île, un haut revenu, c'est treize mille dollars américains. Les gens qui partent à la pêche d'une prime aussi élevée que celle que vous suggérez racontent n'importe quoi. En ce qui me concerne, contre mille dollars, je vous jurerais que j'ai vu cet homme se faire enlever par des extraterrestres. Vous voyez ce que je veux dire ? Je ne dispose tout simplement pas des effectifs nécessaires pour faire le tri entre les sources de perte de temps et ce qui pourrait constituer une piste authentique. Alors laissez votre argent là où il est, s'il vous plaît.

J'essayai un autre angle d'attaque.

— Vous avez envisagé l'éventualité qu'il ne soit plus sur l'île, naturellement.

— Bien sûr. Nous avons contrôlé les aérodromes et les marinas privées dans tout Antigua. Croyez-moi, monsieur, pour la recherche de cet homme, on remue ciel et terre. Je vous appelle dès que je trouve quelque chose. J'ai un conseil, retournez dans votre hôtel si confortable et restez près du téléphone.

Je n'allais pas lui obéir, alors qu'il avait raison, évidemment. Je me bornais à jouer à ce qu'il faisait, lui, à titre professionnel, trois cent soixante-cinq jours par an. Profession qu'il exerçait parce qu'il y était tenu, afin de gagner sa vie. Il le savait et maintenant je le savais aussi. Et, en quittant son bureau, je songeais combien il s'était montré poli. Si Winchester White s'était présenté à mon bureau en jouant les managers d'équipe de football, j'aurais pu facilement en rire, et pourtant il était là, m'écoutant patiemment lui poser les questions les plus évidentes. J'étais atterré de ma propre attitude et, dans l'instant, je décidai que ce serait la dernière fois que je me laisserais convaincre de jouer le rôle grotesque du détective amateur.

Je le remerciai du temps qu'il m'avait accordé et franchis la porte. Dans une petite salle d'attente, devant son bureau, une femme patientait, séduisante, élégamment vêtue, le début de la trentaine qui, en voyant Winchester White, se leva avec civilité. Une serviette Burberry noire était posée par terre à côté de ses escarpins noirs vernis. Malgré la chaleur, son chemisier blanc semblait aussi propre et frais que la nappe qui habillait ma table de petit déjeuner.

Lorsqu'elle me sourit, je compris qu'elle avait dû entendre tous les propos que j'avais tenus à l'inspecteur de police.

Enfin, sur une île de la taille d'Antigua, les secrets n'étaient pas si nombreux.

17

Je rentrai à l'hôtel et finis par m'asseoir à côté du téléphone.

Ce n'était pas que j'attendais un appel de l'inspecteur Winchester White – je n'y comptais pas trop –, mais je ne voyais pas quoi faire d'autre. D'ordinaire, dans un endroit comme Jumby Bay, j'aurais nagé dans ma piscine privée, je me serais allongé au soleil, j'aurais commandé un cocktail et lu un livre, sans doute. Mais cela aurait fait un peu tache, alors que je touchais de l'argent du club. Surtout que le FC Barcelone n'accomplissait pas sa meilleure saison. Et la situation n'avait pu que se dégrader avec les départs du gardien Andoni Zubizarreta et du capitaine de l'équipe, le défenseur Carles Puyol. Entre-temps, les pages sportives débordaient de rumeurs à propos de Chelsea qui allait faire une offre concernant Lionel Messi au cours de l'été. Rares étaient ceux qui doutaient que Roman Abramovitch ait l'argent et le cran nécessaires pour se permettre le rachat du contrat de 156,7 millions de livres de l'Argentin (sans compter les droits d'image et le salaire). Les restrictions imposées dans le cadre du fair play financier de l'UEFA n'auraient déjà guère permis un tel transfert. Sans doute pas. Mais c'était pour moi une surprise que Viktor Sokolnikov se soit aussi dit tenté de rallier Messi à la Couronne d'Épines. Et l'idée que j'avais tourné le dos à un grand club de football où j'aurais pu avoir une chance d'entraîner un joueur qui était sans doute le meilleur footballeur du monde me donnait un peu le cafard.

Aussi, quand le téléphone finit par sonner, je crus qu'il pouvait s'agir d'un représentant de Barcelone, du PSG ou même d'un Qatari m'appelant pour s'enquérir de l'évolution de la situation et voir si j'avais déjà découvert quoi que ce soit d'utile. Je n'aurais su que dire. Au lieu de quoi je fus soulagé d'entendre la voix d'Everton – le pilote de bateau du Jumby Bay.

— Salut, patron, je vous ai cherché sur Internet. Vous êtes célèbre. Vous avez joué pour Arsenal. Et vous avez entraîné London City. Je pensais, tant que vous êtes ici, vous pourriez venir jeter un œil à l'équipe de juniors avec qui je travaille, hein, pourquoi pas ? Ils s'appellent les Yepton Beach Cane Cutters. Leur donner quelques tuyaux.

— Pourquoi pas. Plus tard peut-être, quand j'aurai terminé ce que je suis censé faire. Je suis un peu occupé, pour l'instant. Les Catalans sont impatients de récupérer Jérôme Dumas à Barcelone, avant le *clásico*. Je pars du principe que tu sais ce que c'est ?

— Bien sûr. C'est pour ainsi dire le match le plus important d'Espagne, c'est ça ? Écoutez, patron, j'ai un peu agité vos billets de banque dans St John, mais pour l'instant j'ai rien récolté. J'imagine que ceux qui savent quelque chose de ce qui est arrivé à Jérôme Dumas voudront beaucoup plus que quelques centaines de dollars.

Sur l'instant, je me remémorai les propos de l'inspecteur au sujet de l'effet de l'argent sur les gens qui en ont peu, qui risqueraient de se mettre à inventer les histoires dont ils penseraient qu'elles seraient susceptibles de me plaire.

— Je pense que si cela doit se produire, il me faudrait être présent.

— Bien sûr, patron. Peut-être que nous pourrions nous retrouver cet après-midi. Il y a un bar sur Nevis Street, le Joe's. Je finis de travailler à quatre heures, aujourd'hui. On se retrouve à cette heure-là ?

Quelques minutes plus tard, le téléphone sonna de nouveau.

— Monsieur Manson ? Je m'appelle Grace Doughty et je suis avocate chez Dice & Company. Nous avons presque fait connaissance aujourd'hui au commissariat de police de St John.

— Je me souviens. Vous êtes la dame à la serviette Burberry et aux chaussures élégantes.

— Vous avez remarqué.

— Je suis très attentif aux pieds. Je l'ai toujours été.

— Je n'ai pu m'empêcher d'entendre ce que vous disiez à l'inspecteur White. J'espère que vous ne me jugerez pas présomptueuse, mais je voulais vous proposer l'aide de mon cabinet pour retrouver M. Dumas.

— Tout dépend du genre d'aide que vous aviez en tête.

— Pourrais-je éventuellement venir vous voir à votre hôtel ?

Je jetai un coup d'œil à ma montre. En réalité, je n'avais pas grand-chose d'autre à faire. Au moins, tu auras une meilleure perception de la situation, me dis-je. En outre, quand on se met à fouiner dans un pays étranger, il est toujours utile d'avoir un avocat sous la main.

— Pas la peine. Je serai dans St John cet après-midi. En plus, si vous comptez m'aider, j'aimerais voir quels atouts vous avez dans votre jeu.

— Si nous disions 15 heures ? Je suis au 20, Nevis Street.

— J'y serai.

Les immeubles coloniaux pittoresques et vieillots qui composaient Nevis Street, à St John, étaient des cottages dans le style créole ornés de colonnes en bois, avec de petites vérandas et des toitures à bardeaux. En m'approchant de l'escalier de bois qui menait à la porte d'entrée du numéro 20, je m'attendais plus ou moins à découvrir une balancelle ou un rocking-chair. Certaines de ces bâtisses étaient rouges, d'autres roses, un petit nombre était rose ou jaune, et aucune d'elles ne dépassait la hauteur d'un réverbère. Elles paraissaient toutes écrasées par un énorme paquebot de croisière, haut de plusieurs étages, amarré à la jetée au bout de la rue, et qui dominait l'ensemble, comme si un centre commercial entier avait dérivé loin de ses fondations du centre-ville et s'était égaré avant de venir s'échouer ici, à Antigua.

Le cabinet Dice & Co était situé dans un immeuble rose aux volets jaunes et au toit orange d'où un enchevêtrement de câbles et de fils électriques traversait la rue en direction d'un boîtier de raccordement téléphonique, devant l'Église adventiste du septième jour, qui ressemblait elle-même plus à un poste de police que le commissariat proprement dit.

J'entrai et me retrouvai dans une copie presque conforme d'un cabinet d'avocat à la Charles Dickens, jusqu'à la bibliothèque occupant les murs du sol au plafond, remplie des *All England Law Reports*. Un grand sofa Chesterfield trônait dans la salle d'attente, ainsi qu'un tableau au format paysage du roi Jean signant la Magna Carta et plusieurs portraits de juges anglais gâteux affublés de longues perruques. Tout ce qu'il manquait à cet endroit pour reconstituer la véritable atmosphère juridique à l'anglaise, c'était un fog glacial embuant les vitres.

La réceptionniste me fit aussitôt entrer dans le bureau de son employeur, où la tonalité du décor changeait un peu. Il y avait là, sur un mur, deux photographies de Grace Doughty en tenue de karaté. Elle était apparemment détentrice d'une ceinture noire qui contribuait certainement à convaincre certains de ses clients de se conduire correctement – du moins en sa présence. Ils devaient avoir bien besoin de ce petit rappel, j'imagine, car miss Doughty était un vrai canon. Elle était noire, mais je supposai qu'elle était aussi ce qu'on appelait parfois une béké, dans la mesure où elle devait avoir une forte proportion d'ancêtres blancs. Elle portait un ensemble bleu marine, veste et jupe, un chemisier blanc impeccable et elle affichait des courbes aussi voluptueuses que celles d'une guitare basse mexicaine. Je savais que j'avais une autre raison de souhaiter la voir en personne, et c'était celle-là.

— Miss Doughty, c'est M. Scott Manson, annonça la réceptionniste.

214

Miss Doughty se leva et contourna son bureau, en me toisant déjà de ses yeux marron. Elle avait tout à fait l'allure d'une femme destinée à de plus hautes fonctions, en tout cas à Antigua.

— Ravi de vous rencontrer, dis-je.

J'étais sur le point de serrer la main qu'elle me tendait quand le gigantesque navire de croisière fit retentir son énorme sirène qui, au fond de cette petite rue insulaire et tranquille, résonna comme la sonnerie des trompettes du Jugement dernier, ou à tout le moins comme le mugissement d'un mastodonte courroucé.

— Nom de Dieu, m'écriai-je, en me tassant dans le col de mon polo. Ça les prend souvent ?

Elle rit.

— Juste tous les jours, mais pas davantage. On s'y habitue.

La sirène retentit de nouveau, et parut s'attarder un long moment dans l'atmosphère.

— Je ne crois pas que j'y arriverai. Je parie que les jeunes mères de St John adorent.

— C'est une petite ville assoupie. Cela nous aide à nous tenir en éveil.

— Je veux bien le croire.

— Je viens de lire certaines choses sur vous, comme vous voyez.

Elle désigna son bureau à caissons au plateau recouvert de cuir où, sur un ordinateur portable, je vis ma page Wikipédia affichée à l'écran.

— Il semble que nous ayons fréquenté la même université, vous et moi.

— Sur une aussi petite île, cela nous crée presque un lien de parenté, répliquai-je.

Elle rit de nouveau.

— C'est mon avis. Et je crois que nous avons dû nous chevaucher d'une année.

— J'aimerais pouvoir vous répondre que je me souviens d'un tel chevauchement, mais ce n'est pas le cas.

Qu'est-ce qui ne tournait pas rond chez les hommes d'Antigua ? Comment ne pas jeter son dévolu sur une femme aussi séduisante ? Elle ne portait pas de bague de fiançailles.

— Je vous en prie. Asseyez-vous. Voulez-vous un peu de thé ?

— Du thé anglais ?

— Qu'offrirais-je d'autre à un ancien de l'université de Birmingham ? fit-elle.

— À vous entendre, on croirait l'Old Vicarage de Grantchester, dans le poème de Rupert Brooke.

— C'était l'endroit rêvé pour une fille comme moi. J'ai adoré tous les moments vécus là-bas.

Miss Doughty lança un regard à la secrétaire qui hésitait à l'entrée de la pièce.

— Tracy, voulez-vous nous apporter un thé et des biscuits, je vous prie ?

— C'est là que vous avez obtenu votre licence de droit ? À Birmingham ?

— C'est exact.

— Vous n'avez jamais eu envie de rester exercer en Angleterre ?

— Trop froid, trancha-t-elle. Et trop humide.

— Vous n'avez pas tort.

Je souris, et savourai son sourire, assorti au collier de perles blanches qu'elle portait autour du cou et m'efforçant de détourner les yeux de la fente de son

216

décolleté qui s'ouvrait juste au-dessous, aussi profonde que le Grand Canyon.

— Et votre intérêt pour le karaté ? D'où cela vous vient-il ?

— Oh, ça. C'était aussi à Birmingham. Je pratiquais beaucoup de sports, là-bas. J'ai même un peu joué au football féminin. Et j'étais supporter d'Aston Villa.

— Il faut bien qu'il y en ait, j'imagine.

— Hé, quelques années avant que je n'entame mes études de droit, ils ont fini sixième. S'ils n'avaient pas vendu Dwight Yorke à Manchester United, ils auraient même pu finir plus haut. En un sens, l'achat de Paul Merson n'a jamais compensé. Il était bon, mais jamais au niveau de Yorkie.

J'effectuai un rapide calcul, sur le mode Question of Sport, le quiz télé de la BBC.

— Vous devez parler de la saison 1998-1999.

Elle confirma.

— À un certain point, à la trêve de Noël, nous étions en tête de la Premier League. Ils redeviendront bons, je le sens, j'en suis sûre, affirma-t-elle.

Nous bavardâmes un moment et puis, en attendant que le thé arrive, je tâchai de lui faire aborder le sujet qui m'avait amené.

— Donc, miss Doughty, qu'est-ce qui vous laisse croire que vous pourriez m'aider à trouver Jérôme Dumas ?

— Pardon, mais d'abord, juste pour être claire : vous le cherchez, n'est-ce pas ?

— Inutile de le nier, vous avez entendu tout ce que j'ai dit à l'inspecteur White.

— Sans oublier le fait que vous agissez dans l'intérêt du FC Barcelone.

— Pas uniquement. Du Paris Saint-Germain aussi. À strictement parler, c'est encore leur joueur, prêté au club catalan.

— Dernière question, quand vous l'aurez retrouvé, vous avez l'intention de le ramener en Europe ?

— Oui. En effet. La saison est très avancée et ils ont besoin de lui pour renforcer leurs chances de remporter le championnat. Un match important s'annonce contre Madrid et ils aimeraient le récupérer suffisamment de temps avant, qu'il soit vraiment au mieux de sa forme pour cette rencontre.

— Alors je suis certaine de pouvoir vous aider à le retrouver.

— C'est formidable. Mais avant de vous répondre « je vous engage », puis-je vous demander si votre certitude se fonde sur des éléments plus tangibles que le même genre d'optimisme qui vous fait prédire le retour en grâce d'Aston Villa ?

— En effet. Je n'ai pas latitude de me montrer trop précise à ce stade, mais je puis vous certifier que l'aide que je vous offre ne vient pas que de moi. Elle émane d'une source fiable. Mon client. Qui, pour l'instant, souhaite préserver son anonymat.

— Est-ce quelqu'un qui cherche à se faire généreusement rémunérer ? Parce que je dois vous avertir que je ne suis autorisé à verser une quelconque récompense qu'une fois M. Dumas bien rentré à Barcelone, sain et sauf.

— Au contraire. Mon client ne réclame aucune somme d'argent.

— Il me plaît déjà. Savez-vous où il est ? M. Dumas ?

— Non. Je l'ignore. Et mon client aussi. Mais il croit connaître certains endroits où il pourrait être. Cela étant, vous devrez tout de même aller le chercher. Mais au moins vous saurez que vous cherchez à la bonne adresse.

— Je croyais être à la bonne adresse.

— Pas encore, non. Écoutez, je suis désolée d'être si énigmatique, monsieur Manson. Mais là-dessus, vous allez vraiment devoir vous fier à moi.

— Peut-être que si j'en savais davantage sur votre client…

— Et si je vous livrais un nom, en quoi cela vous aiderait-il ? En fait, je peux vous promettre que ça ne vous aiderait absolument en rien. Cela n'aurait pour effet que de vous ralentir. Et c'est ce que nous préférons éviter, n'est-ce pas ? J'ai cru comprendre que vous souhaitiez repartir pour l'Europe avec Jérôme Dumas le plus vite possible, et avec un minimum de publicité. Suis-je dans le vrai ?

— Oui.

— Alors vous n'avez pas d'autre choix, je présume, que de vous en remettre à moi et à mon cabinet.

Tracy, la réceptionniste, fut de retour dans le bureau chargée d'un plateau où étaient posés une théière, et deux tasses en porcelaine dans leur soucoupe. Grace Doughty servit une première tasse, que je pris de sa main sans alliance.

— Le thé est bon, remarquai-je. Comme à la maison.

— Je suis ravi qu'il vous plaise.

— Supposons que je suive votre conseil et que je ne trouve pas Jérôme Dumas. J'aurai perdu mon temps, ici. Or mon temps est compté. Supposons qu'en réalité, votre client veuille me vendre une fausse piste. Pour m'égarer. Où cela me mènera-t-il ?

— Mais s'il y avait une piste à suivre dans cette affaire, comme vous le formulez, vous ne seriez pas assis dans mon bureau à boire le thé, n'est-ce pas ?

— Pas encore, peut-être, non. Mais j'ai du nez. Et en général, je sais où je mets les pieds.

— Oh, je le crois volontiers. Grâce aux tabloïds anglais, vous vous êtes créé une jolie réputation de détective amateur. Le limier de Silvertown Dock. N'est-ce pas ainsi que le *Daily Express* vous a surnommé ? À cette même époque, l'an dernier, n'est-ce pas ? Mais nous savons tous les deux qu'ici, cela ne marchera pas.

— Puisque vous avez fait vos études en Angleterre, vous devez savoir que les tabloïds ont la manie d'exagérer presque tout, miss Doughty. Ils ne laissent presque jamais les faits embrouiller un bon papier. Vous avez raison. Je ne suis pas un détective. Et je ne l'ai jamais été. C'est plus la veine pure et simple que mes dons de Sherlock Holmes qui m'a permis de résoudre le meurtre de João Zarco.

— Néanmoins, quelqu'un a tenu vos talents en assez haute estime pour vous envoyer jusqu'ici rechercher une personne portée disparue, si je ne me trompe ?

— Je n'y attacherais pas trop d'importance, si j'étais vous, miss Doughty. Ces gens étaient obligés de prendre une initiative. Ne serait-ce que pour la forme. Sans parler de celle de M. Dumas. Ils craignaient que quelque chose ait pu lui arriver. Tout le monde le redoute. C'est pourquoi je suis ici. C'est le seul moyen de s'assurer d'avoir tenté tout ce qui est possible. Mais personne ne s'attend à ce que j'accomplisse un miracle. (Je marquai un temps de silence et bus une gorgée de thé.) Pouvez-vous au moins m'assurer qu'il est encore en vie ?

— Il est en vie. De cela, au moins, je suis certaine.

— Je vois. Eh bien, c'est la meilleure nouvelle que j'aie pu récolter depuis mon arrivée ici.

— Écoutez, pourquoi ne vous accordez-vous pas vingt-quatre heures ? Le temps de voir ce qui se passe. Si après cela vous ne l'avez pas retrouvé, vous pourrez de nouveau miser sur votre flair. Mais je ne pense pas que mon client se formaliserait si je soulignais qu'un prompt retour de Jérôme Dumas à Barcelone préserverait aussi ses propres intérêts.

— Me voilà maintenant franchement intrigué par l'identité de votre client.

Je savais que quelques footballeurs célèbres avaient une maison sur l'île. Andreï Chevtchenko, notamment… Mais je ne voyais absolument aucune raison qui aurait pu pousser l'un d'entre eux à accueillir Jérôme Dumas.

— Très bien, dis-je. Je suis d'accord. Alors, maintenant, que se passe-t-il ?

— Vous retournez à votre hôtel et vous attendez que votre téléphone sonne.

— Vous vous exprimez comme Winchester White. Je ne crois pas qu'il m'ait apprécié. (Je l'observai et je sentis mes paupières se plisser.) Vous n'êtes pas de mèche, tous les deux, non ?

— Qu'est-ce qui vous fait croire ça ?

— Il aurait pu laisser la porte de son bureau délibérément ouverte, pour que vous puissiez surprendre notre conversation. Parce qu'il ne m'a pas fait l'effet d'un type négligent.

— Eh bien, dites-moi, vous êtes soupçonneux, vous. Non, lui et moi ne sommes pas de mèche. Si vous vous souvenez, à votre arrivée, en réalité, je n'étais pas là. Et je suis allée là-bas pour discuter d'une tout autre affaire. Si j'en crois mon expérience, l'inspecteur White laisse toujours sa porte ouverte. Notamment parce qu'il fait chaud et il ne possède pas de climatisation, comme moi dans mon bureau. Mais puisque vous mentionnez l'inspecteur, je dois aussi ajouter que mon client n'a non plus échangé aucune information avec lui concernant l'endroit où pourrait se trouver Jérôme Dumas. C'est un accord exclusif qui ne nuit à personne, puisque M. Dumas n'a commis aucun crime sur l'île. Vous ne risquez donc pas non plus de vous créer des ennuis, si c'est de cela que vous vous inquiétez.

— Pas du tout. Me créer des ennuis ne me gêne pas, jusqu'à un certain point.

— Je peux l'imaginer.

— Je faisais allusion au genre d'ennuis qui vont de pair avec le statut d'entraîneur de football. Quand vous êtes responsable d'une équipe de vingt-quatre jeunes types surpayés, gavés de sexe et surexcités, des merdes se produisent forcément. C'est la raison véritable pour laquelle le PSG et le FC Barcelone m'ont envoyé ici. Parce que j'ai été jeune footballeur moi-même. Je connais ce milieu. Et je connais les pressions inhérentes à ce sport. Selon moi, ils ont estimé que si je réussissais en effet à trouver Jérôme Dumas, je pourrais parler son langage et le convaincre de rentrer.

— Espérons-le. D'accord, c'est tout pour le moment. Je vous contacterai dès que j'aurai de nouveau parlé à mon client.

— Et quand lui parlerez-vous ?

— Bientôt. Je vous appelle ce soir. Serez-vous à votre hôtel ?

J'acquiesçai d'un signe de tête.

Everton était assis sur les marches de l'escalier en bois du bar où nous étions convenus de nous rencontrer, fumant une cigarette roulée en attendant mon arrivée. Dès qu'il me vit, il écrasa sa cigarette, la lâcha dans la poche de son short blanc, pour plus tard, se leva et m'enveloppa la main de sa grosse patte à la peau tannée, comme si nous étions deux potes du ghetto qui se retrouveraient autour d'un barbecue.

Je lui parlai de Grace Doughty.

— C'est quel style d'avocate ? me demanda-t-il.

— Le style jolie femme.

— Non, je voulais dire, elle est spécialisée dans quel genre de droit ?

— Je sais pas. Le genre qui représente les criminels au tribunal, j'imagine. Il en existe d'autres sortes ?

— Est-ce qu'elle est du type avocate rapace ? Ou juste du genre malhonnête ?

— Cela reste à voir. Mais elle a su se montrer persuasive.

— Ah, ce genre-là.

— Oui. Exactement.

— Bon, reprit Everton, cela ne peut sûrement pas vous faire de mal d'agir comme elle propose. Pas juste pour vingt-quatre heures. Mec, sur cette île, ça prend déjà aux gens vingt-quatre heures rien que de commander un taxi, bordel. À mon avis, vous irez plus loin avec elle que moi en causant avec les bateliers du coin.

Il me rendit un peu d'argent.

— Tenez, patron. Vaut mieux que vous les repreniez.

— Alors tu ferais aussi bien de me laisser te payer un verre.

Nous entrâmes dans le bar, commandâmes deux bières locales et nous assîmes devant la fenêtre. Nous n'étions installés que depuis un petit moment quand je vis Grace Doughty marcher dans la rue. Elle tenait sa sacoche Burberry à la main.

— C'est elle. C'est cette dame avocate dont je te parlais.

— Mec, ça, c'est une belle femme.

— Tu penses ?

— Quand vous disiez qu'elle était avocate, je m'imaginais un épouvantail. Mais cette dame-là, patron, elle est chaude.

Everton avait raison. Cette femme possédait plus de courbes qu'un sac rempli de ballons de foot. Si je restais à Antigua, je savais que j'allais me sentir obligé de fourrer ma main dans ce sac-là, quelles qu'en soient les conséquences. Si seulement je savais ce qu'elle mijotait, qui était son client, et où tout cela menait. Il fallait que j'en apprenne davantage sur Grace Doughty.

Je tendis à Everton l'argent qu'il venait de me rendre.

— Écoute, Everton, pourquoi tu ne la suivrais pas ? Vois où elle va. Qui elle connaît. Avec un peu de chance, cela me procurerait une meilleure idée de ce qui se trame derrière tout ça.

— Aucun souci, patron. Tout ce que vous voudrez. Suivre les jolies filles… je suis expert. (Il se leva et vida sa cannette de bière.) Mais vous savez, j'ai dans l'idée, le temps que vous cherchiez ce type, elle aurait peut-être la possibilité de vous accompagner. Côté compagnie féminine, là, tout de suite, vous pourriez avoir pire. Sous les tropiques, un homme a besoin d'un peu de présence femelle. Une idée comme ça, si vous lui offriez une bague, et si vous l'invitiez à dîner à Jumby Bay ? Histoire de mieux la connaître. Ensuite, vous apprendrez peut-être aussi à lui faire davantage confiance.

Là-dessus également, Everton avait raison, mais je passai tout de même la soirée seul, ruminant non sans irritation et non sans ressentiment la tâche qui m'était confiée. J'avais la sensation d'avoir été relégué sur le banc de touche après qu'une trêve de Noël prolongée avait laissé planer un point d'interrogation sur ma forme physique, alors que je n'avais aucune autre envie que de jouer au football, en dépit des conséquences pour mes ischio-jambiers. À bien y réfléchir, c'est ce que je ressens la plupart du temps. Tout se passe comme s'il y avait dans ma vie un trou béant de la taille d'un ballon de foot que, selon moi, rien, pas même un poste d'entraîneur, ne sera jamais en mesure de combler. Et certainement pas l'idée de quadriller la jungle à la recherche d'un gamin stupide qui se sentait incapable de soutenir la pression. Si c'est bien ce qui a causé sa disparition. Après ce que m'avait expliqué Grace Doughty dans son bureau, j'avais cessé de croire qu'il ait pu arriver quoi que ce soit de mal à Jérôme Dumas. Et j'aurais presque aimé que ce soit le cas.

Un couple de Birmingham, le visage couleur brique, dînant à la table voisine dans le restaurant ultrachic de l'hôtel, où ils se faisaient dépouiller à la faveur d'un éclairage tamisé, avait l'air d'autant s'ennuyer qu'un duo d'épagneuls Staffordshire du XIXe sur un manteau de cheminée. Ils devaient se demander ce qu'ils fabriquaient là. Je sais que je me posais moi-même la question. Pendant ce temps, un trio flegmatique pour piano électrique arpentait un répertoire directement inspiré d'une musique d'ascenseur digne d'un centre commercial de Manchester. À cet instant précis, entre mon univers – l'univers du football – et moi, il me semblait y avoir davantage qu'un océan, et si le président des Tranmere Rovers, club de cinquième division, m'avait téléphoné pour me proposer le poste de manager, je me serais rué dessus, bordel.

18

C'était censé être du plus bel effet. Cette envolée au sujet des Tranmere Rovers. Mais ce n'était pas entièrement vrai. Au cours d'un dîner expédié avec mon iPad, je relevai mes mails, et j'en avais reçu un du Qatar m'offrant un poste au sein de leur équipe nationale, ce qui devait paraître urgent, après leur récente élimination de la Coupe d'Asie des nations de football, à Canberra. La défaite qu'ils avaient essuyée contre leurs rivaux les plus farouches, les Émirats arabes unis, 4 buts à 1, avait dû être particulièrement difficile à supporter pour les Qataris. Mais j'avais beau essayer, je ne me voyais pas jouer les Don Revie, me vendre au plus offrant et partir faire l'entraîneur dans le désert, pas plus que je ne vois une Coupe du monde se jouer là-bas à l'été 2022. Personne ne la voit, cette coupe. Ils auraient plus de chances s'ils organisaient un tournoi de hockey sur glace. Mais ce n'était pas que ça. Cela tenait aussi à la manière dont tous ces pays arabes traitaient les femmes. J'apprécie les femmes. Beaucoup. S'agissant de mon talon d'Achille, Paolo Gentile n'aurait pu mieux viser s'il y avait planté une flèche.

Ensuite, il y avait un mail de Tempest me demandant quand je serais de retour au Royaume-Uni. J'étais sommé de comparaître devant la Fédération anglaise, car accusé de jeter le discrédit sur le football en raison de mon tweet stupide concernant Rafinha qui aurait eu ses règles. Je lui répondis qu'en toute sincérité, j'ignorais quand je serais de retour, non sans évidemment accepter de me présenter devant les instances dès mon arrivée à Londres. C'était un moment que j'avais franchement hâte de vivre. Si ce n'était aussi irritant, il y aurait eu de quoi rire.

Je tombai aussi sur un mail de Mandel, envoyé de Paris. En pièce jointe, une copie du rapport de la police parisienne sur le meurtre commis à Sevran-Beaudottes : un dealer avait été retrouvé mort à moins de deux cents mètres du Centre sportif Alain-Savary. Il n'y avait pas eu d'arrestation et il n'y avait pas de suspect, mais on avait relevé un indice : le mort avait été découvert avec une pièce de satin taché de sang dans la main. Sur ce bout de tissu était imprimée une lettre D en caractère gothique. Et je ne pouvais m'empêcher de penser que c'était la même pièce de tissu qui manquait à un T-shirt porté par Jérôme Dumas sur des photos pour un magazine, et que l'on venait maintenant de retrouver sur un dealer à Sevran. Tout cela aurait pu constituer une assez bonne raison de quitter Paris et de ne plus y revenir.

Mon téléphone portable sonna, une vraie surprise, car les barrettes de réseau ne cessaient d'osciller comme un yo-yo. C'était Everton.

— J'ai fini de suivre cette fille comme vous m'avez demandé, patron.

— Et ?

— Après l'avoir vue avec vous devant le bar de Nevis Street, je l'ai suivie vers l'est sur deux rues, jusqu'à Independence Avenue, et ensuite dans Coronation Avenue. Elle est allée à la prison de la ville, patron. La prison de Sa Majesté, à St John, Antigua. Elle est restée là-bas presque une heure, après elle a filé dans une agence de voyage de Nevis Street, et puis dans un autre endroit, à Jolly Harbour. Je l'ai suivie dans ma voiture. Jolly Harbour est à environ un quart d'heure de route au sud-ouest de St John. Elle habite dans un joli appartement près du golf, et elle y joue, à ce jeu, parce qu'elle avait un sac rempli de clubs sur la banquette arrière de sa voiture. Elle vit seule, j'imagine. Il n'y a que son nom sur la sonnette. J'étais sur le point de vous appeler depuis un bar de Jolly Harbour quand elle est ressortie. Et je l'ai suivie sur tout le trajet jusqu'à l'embarcadère du ferry.

— L'embarcadère du ferry. Où est-ce ?

— L'embarcadère du ferry pour Jumby Bay, patron. Il y en a un toutes les heures. J'imagine qu'elle est en route pour venir vous voir. Elle est sur le bateau, maintenant. Elle sera là-bas dans moins de cinq minutes, je dirais.

— Mais je ne l'attendais pas.

Everton lâcha un petit rire.

— On dirait que cette dame a d'autres idées en tête. Peut-être que ce soir, après tout, vous aurez un peu de compagnie, hein ?

Je sortis de ma chambre et descendis à la réception, me cachai derrière un bananier et attendis. Une ou deux minutes plus tard, Grace Doughty franchissait la porte de l'hôtel, l'allure un peu moins formelle que lorsqu'elle était à son bureau. Elle portait une jupe rose et un blouson en jeans, avec une paire de sandales bleues à hauts talons assorties qui lui permettaient d'afficher ses jambes galbées. À l'accueil, elle s'adressa au concierge, lui remit une enveloppe kraft et repartit en direction de la porte. Et parce qu'elle était chaussée de hauts talons, j'eus tout le temps de récupérer l'enveloppe auprès du concierge et de la rattraper sur le chemin de l'embarcadère.

— Vous quittiez le terrain sans me serrer la main ? Pour vous, ce sont des manières, je suppose, quand on est un supporter d'Aston Villa. Pour vous et pour Paul Lambert.

Elle fronça le sourcil.

— C'est le manager actuel d'Aston Villa, lui précisai-je. Il a refusé de serrer la main de Mourinho parce qu'il quittait le match avant la fin alors que Chelsea menait 6-0 contre Aston Villa.

Elle eut un sourire pincé.

— Je ne voulais pas vous déranger en plein dîner.

— Déjà fini de dîner. Croyez-moi, avec juste mon iPad pour me tenir compagnie, cela ne m'a pas pris longtemps.

— Le restaurant est censé être très agréable.

— Il l'est. J'imagine.

— Bien que très coûteux.

— Oui, il l'est aussi. Enfin, c'est aussi un service de courrier ruineux que vous gérez là, à soixante dollars le passage en bateau.

— En réalité, cela ne m'a rien coûté, parce que j'ai signalé que je repartais aussitôt. Je voulais être absolument sûre que ce pli soit entre vos mains dès ce soir.

— Eh bien, maintenant que vous êtes ici, pourquoi ne pas rester prendre un verre ?

Nous nous rendîmes au bar où je commandai du vin.

— Dieu merci, vous êtes venue, dis-je. Maintenant je peux justifier mon envie de passer commande de quelque chose de bon. Quand on est tout seul, on a le sentiment que cela n'en vaut pas la peine.

— Je connais ce sentiment.

— Vous vivez seule ?

— Divorcée. Mon mari est avocat, lui aussi. Ce qui n'est pas une bonne recette pour l'harmonie conjugale.

— Je pense que c'est encore plus fort que d'épouser un footballeur. Je n'ai jamais su être bon mari.

— C'est une erreur assez répandue.

— Qu'est-ce que c'est ? demandai-je en posant les yeux sur l'enveloppe.

— Un billet d'avion, pour Pointe-à-Pitre.

— Où est-ce ?

— En Guadeloupe.

— C'est là que je vais ?

— Demain matin à la première heure. Nous y allons tous les deux. J'ai jugé bon de vous accompagner. En gage de ma bonne foi. Pour vous aider à retrouver Jérôme Dumas. En plus, c'est un vol très court, et puis je pensais que vous pourriez avoir besoin à côté de vous de quelqu'un qui parle le français et le créole.

— Et serait-ce une décision inspirée par quelqu'un qui serait enfermé à la prison du coin ? Votre client secret, en somme.

— Il semble en effet que vous ayez du nez, en fin de compte.

— J'aime bien savoir à qui j'ai affaire. Surtout quand il s'avère que ce quelqu'un est un criminel.

— Je ne vous savais pas si sourcilleux, fit Grace. Connaissant vos propres antécédents pénaux.

— C'est sur Wikipédia, ça aussi ?

— Oui. C'est sur Wikipédia. Vous avez eu une vie intéressante, monsieur Manson.

— Scott. Si nous devons voyager ensemble, autant nous appeler par nos prénoms, ne croyez-vous pas ?

— Vous y allez, alors ? À Pointe-à-Pitre ?

— Je ne crois pas avoir trop le choix. Pour l'instant, ici, mon seul joueur digne de considération, c'est vous. Alors autant que je joue cette partie avec vous. Marquer trois points ne me déplairait pas, mais je me contenterais d'un score nul et vierge. Pour l'heure, trouver où il est m'irait tout autant que de le rencontrer en personne.

— L'avez-vous déjà croisé ?

— Non.

— Alors pourquoi vous a-t-on envoyé, vous, et pas quelqu'un qu'il connaît ?

— Je peux me tromper à ce sujet, mais les gens qui l'ont déjà croisé n'ont pas été si favorablement impressionnés par le personnage. En fait, ne pas le connaître pourrait constituer un avantage.

— Est-ce pour cela que le PSG l'a prêté à Barcelone ?

— Probablement.

— Il avait des ennuis ?

— À Paris ? Oui, cela se pourrait. Je n'en suis pas sûr.

Le serveur arriva avec le vin. Je le humai avec soin, puis, d'un signe de tête, l'invitai à le servir.

Je trinquai aimablement avec Grace. Elle le goûta à son tour et confirma son approbation.

— Incidemment, fit-elle, il vaut la peine de mentionner que mon client a beau être en prison pour le moment, cela ne fait pas de lui un criminel. En réalité, il est en détention provisoire. Cela signifie qu'il est innocent, tant que sa culpabilité n'est pas démontrée. Toutefois, pour être franc avec vous, c'est un aspect de la justice anglaise qui continue de m'échapper. Vous arrêtez un homme, vous le mettez en accusation, vous le jetez en prison pendant des mois et des mois, et c'est seulement après coup que vous le traduisez en justice. Certains de mes clients attendent de comparaître devant le juge depuis plus d'un an. Cela serait à la rigueur acceptable en Angleterre où les établissements pénitentiaires doivent se conformer aux réglementations européennes, mais ici, à Antigua, c'est une pure honte, ni plus ni moins.

— Croyez-moi, la prison de Wandsworth n'est pas Jumby Bay. Et ce sont dix-huit mois de ma vie que je ne récupérerai jamais. Surtout que ces dix-huit mois auraient pu être les meilleurs de ma vie. Je jouais pour Arsenal quand c'est arrivé, et je n'aurais pas pu rêver mieux.

— J'aurais pensé qu'être manager était très amusant.

— Il n'y a rien d'aussi amusant que de jouer. Croyez-moi sur parole. Et me croire sur parole est encore ce que vous avez de mieux à faire. Comme ça, cela me permet de vous épargner un tas de clichés sur le football. J'ai tendance à en être affligé, comme les gens normaux sont affligés de pellicules.

— Si ce genre de détail me dérange, je vous le ferai certainement savoir. Je suis l'équivalent féminin du shampooing Head and Shoulders.

J'ouvris l'enveloppe et y trouvai un billet pour la Guadeloupe, avec date de retour flexible. Mais c'était tout ce que contenait l'enveloppe.

— Quoi, rien qui m'indique où aller le chercher ? Pas d'adresse ? Pas de nom ? Je croyais que c'était ça, notre marché. À moins qu'il ne se cache à l'aéroport.

— Cela m'aurait plu.

Elle se tapota le front de l'index et, lorsqu'elle leva le bras, je saisis une puissante bouffée de parfum, ce qui en fit peu pour me dissuader de la trouver séduisante.

— Tout est là-dedans. Oh, ne vous inquiétez pas, Scott, cette petite virée mystère ne vous prendra pas beaucoup de temps. La Guadeloupe n'est pas très grande. Et puis c'est un vrai taudis. Franchement, moins vous passerez de temps là-bas, mieux vous vous porterez. L'aéroport est encore ce que l'île a de mieux à proposer. Ce n'est pas une blague. Si la Guadeloupe était moitié aussi agréable qu'Antigua, les Britanniques ne l'auraient pas laissée à la France. En tout cas, là-bas, il n'y a rien de comparable à Jumby Bay. C'est probablement l'île la plus dénuée de charme de toutes les Caraïbes, et elle est pleine de Français qui n'ont pas les moyens de se rendre à St Barth. En Guadeloupe, la seule chose ou presque qui soit supérieure, c'est le système éducatif, qui se classe parmi les meilleurs de France.

— Vous connaissez bien l'endroit ?

— J'y suis allée en vacances, quand j'étais enfant.
Mais je suis originaire de Montserrat, une petite île
située juste au sud d'ici. Ma mère était d'Antigua,
et c'est pour ça que je suis venue vivre ici. Et vous ?
Quelles sont vos origines ?

Je lui parlai de mon père écossais et de ma mère
allemande et noire.

— C'est un sacré mélange, remarqua-t-elle.

— Je me demande parfois d'où me vient la part
noire de ma personne. (Je souris.) Je sais que ce n'est
pas d'Écosse. Je ne compte plus le nombre de fois où
l'on m'en a fait la remarque. Les Écossais ne sont pas
précisément réputés pour leur tact en matière de questions ethniques. Ou en quelque autre matière que ce
soit, d'ailleurs. Mais de temps à autre, j'aimerais réellement savoir d'où venaient mes ancêtres. De quelle
région d'Afrique, vous voyez ?

— Quand vous vivez dans les Caraïbes, vous
ne pouvez vous en empêcher. C'est inscrit dans les
gènes. Mon arrière-arrière-grand-père était blanc.
Mais détenait-il l'ascendant sur mon arrière-arrière-
grand-mère pour autant, je n'en suis pas si sûre.
(Elle haussa les épaules.) Je ne suis même pas certaine que ce soit important. Plus maintenant. Cette
histoire d'esclavage, je veux dire. Quand je vivais à
Birmingham, j'étais souvent assez remontée sur le
sujet, mais plus maintenant. La vie est trop courte.
Et moi, je suis un tel mélange d'ethnies qu'il faudrait sans doute lancer l'accélérateur de particules
du CERN pour séparer tous mes atomes et distinguer
d'où ils viennent.

— Bien dit.

— Enfin, quelle ironie ! Cette manière qu'ont eue les riches Européens de ramener les descendants des jeunes Noirs qu'ils transportaient de l'autre rive de l'Atlantique vers les Caraïbes pour les faire travailler dans les plantations de 'canne à sucre, pour qu'ils jouent au football dans des villes comme Liverpool, Lisbonne et Lagos. Qui étaient les centres du marché européen aux esclaves.

— Pas seulement des Caraïbes, rectifiai-je. Il y en a un tas qui viennent aussi tout droit d'Afrique, à l'heure où je vous parle. Mais cela semble particulièrement vrai de la Guadeloupe. La moitié de l'équipe de France a l'air de venir de Guadeloupe. Je me demande bien pourquoi.

— Je pense que vous aurez une meilleure idée de la question après être allé sur l'île.

— Vous savez, je regrette de ne pas vous avoir rencontrée au cours de cette année commune à l'université de Birmingham. Je m'y serais plu davantage.

— Je parie que vous vous débrouilliez très bien avec les filles.

— J'étais un véritable obsédé.

Elle sourit patiemment.

— Je ne vous aurais pas plu. Je travaillais tout le temps en bibliothèque. À cet égard, le droit s'avère assez exigeant.

— J'aime assez les bibliothèques. Ce n'est pas parce que je fais carrière dans le football que cela m'empêche de lire. J'aurais pu moi-même me montrer plus assidu au travail, si je vous avais connue. Vous

236

auriez pu m'inspirer. Je crois me l'être plutôt coulée douce, comparé à vous. Cela a dû vous réclamer beaucoup d'efforts d'arriver là où vous êtes, en partant d'un endroit comme ici.

— Je n'ai pas à me plaindre.

— Non, vous n'êtes pas du style à vous plaindre. J'aime bien cela aussi.

— Et ensuite, rien d'autre ? Vous êtes assez doué pour les compliments. Et je suis d'humeur à en recevoir.

— Vous appréciez d'en entendre, j'imagine. Mais je doute qu'il vous arrive de les prendre au sérieux. Vous me faites l'effet de quelqu'un qui a déjà une idée assez arrêtée sur qui vous êtes et sur ce que vous êtes. Les affirmations des autres possèdent peu de poids à vos yeux. Et, venant de moi, vous avez le droit de prendre cela pour un compliment.

— Cela en fait trois d'affilée. Ce qui vous vaudra une récompense.

— Ah, laquelle ?

— Celle qui vous autorise à m'offrir un autre verre.

Nous bavardâmes encore un peu, puis elle m'annonça qu'elle allait sans doute devoir repartir.

— Je vais vous accompagner au ferry, dis-je.

Je signai la note et me levai, faisant mine de l'attendre.

— Et en plus vous êtes bien élevé, remarqua-t-elle. Cela m'a beaucoup manqué, chez un homme.

— Vous pouvez remercier ma mère.

Elle resta immobile sur son siège.

— Qu'est-ce qui ne va pas ?

— J'ai seulement dit que je devrais repartir, fit-elle. Pas que je m'en allais. Il y a une subtile différence entre un futur proche comme « je vais devoir repartir » et un présent actuel. Surtout quand il s'agit de sexe.

— Cela ressemble à une argumentation d'avocate.

— C'en est une. Mais en ce qui vous concerne, je suis un peu plus facile à convaincre que le jury d'un tribunal en Angleterre. Enfin, une fois encore, il est vrai que je suis partiale. Je ne m'attendais pas à vous apprécier. Si fortement. (Elle sourit.) N'ayez pas l'air si choqué, Scott. Je suis une femme, et je suis célibataire. Je n'ai aucune liaison. Et je ne risque pas d'en avoir, d'ailleurs. Les hommes sur cette île laissent beaucoup à désirer. Du moins à mes yeux. Je ne suis pas encline à partager tout ce que j'ai pu obtenir en trimant aussi dur pour entretenir un paresseux et un bon à rien qui se prélasse à la maison et consacre ses journées à siroter des bières et à regarder le cricket à la télévision. Je conserve l'exemple de ma mère et de mon père, ce qui me suffit pour savoir que je ne suis pas faite pour ça. L'esclavage a beau être aboli, croyez-moi, il perdure dans des milliers de foyers, partout dans les Caraïbes. Le sexe sans complication me suffit amplement pour l'instant. Bien sûr, si vous préférez vous abstenir, dites-le. Je ne m'en offenserai pas. Comme tous les avocats, j'ai un endroit sûr où je range ma caisse et les documents importants, et un autre pour mes sentiments.

Je me rassis et lui pris la main.

— Juste une chose. Au lit, vous allez devoir m'autoriser une ou deux métaphores sportives, même si vous ne les comprenez pas toujours. Voyez-vous, pour un Anglais, ce qui constitue l'étalon-or des métaphores autour du sexe et de l'amour, c'est le football, et non la poésie. Sans le football, aucun Anglais ne saurait même comment on fait l'amour. Et quand je gagne, je chante toujours.

19

Plusieurs aspects de la Guadeloupe me rappelaient fortement la France : les autoroutes, les voitures, les plaques d'immatriculation sur les véhicules, les camionnettes de la poste, une grande surface Casino à l'occasion, et l'aéroport, naturellement, qui, comme la route menant d'Angleterre en Écosse, était sans doute l'équipement le plus remarquable, le plus moderne et le plus accueillant de l'île. Mais dès que nous en sortîmes et que nous quittâmes les grandes artères, tout devint plus précaire. La nature était envahissante, comme si cette végétation tropicale luxuriante fomentait une révolution verte contre la marche de la civilisation – bien que la civilisation guadeloupéenne s'apparente moins à une marche en avant qu'à une lente progression pieds nus, en crabe et d'un pas traînant. En fait, l'île semblait vouloir refouler l'humanité et tous ses édifices aussi indésirables qu'importuns dans l'océan d'où ils provenaient. Des palmiers poussaient au milieu d'immeubles à l'abandon et des buissons se multipliaient sur les toits comme des centaines d'antennes paraboliques écologiques. De vieilles demeures en bois de planteurs qui n'étaient plus que des brasiers de feuilles de bananier et se réduisaient à peu de chose près à des façades branlantes évoquaient des décors oubliés d'un film hollywoodien. Lorsque le regard glissait sur leurs silhouettes jadis élégantes, on s'attendait presque à voir le Stanley Kowalski d'*Un tramway nommé désir* faire son apparition dans la rue et d'une voix alcoolisée, sous l'emprise d'un désir frustré, beugler « Stella ! » devant l'une des portes et des fenêtres cadenassées de l'étage. Et comme si les insulaires n'avaient pas assez de leur lot de difficultés, un tremblement de terre venait s'y ajouter de temps à autre – le plus récent, de magnitude 5,6, moins de deux mois auparavant.

Les chaussées maculées de boue et fissurées par la chaleur implacable évoquaient des étalages de caramel mou, et elles étaient presque aussi poisseuses. Les poteaux des clôtures et les portails, affaissés à cause de l'humidité et de l'appétit vorace d'une multitude d'insectes, ressemblaient à du bois flotté susceptible à tout moment de rebrousser chemin vers la mer qui ne paraissait jamais très lointaine. Il y avait en suspens dans l'air chaud un sel qui laissait presque partout des dépôts, comme du givre. De grands pélicans tournoyaient au-dessus des plages de sable tels des ptérodactyles avant de plonger en piqué droit sur les vagues pour y pêcher un poisson, et on avait la sensation qu'à tout moment un dinosaure aurait pu surgir des arbres d'un pas lourd, écraser plusieurs cabanes avant de croquer un petit 4 × 4, ou, pourquoi pas, un rasta assoupi. Des cigales grinçaient dans les fourrés comme les roues d'une dizaine de brouettes rouillées. Des chiens somnolaient sur les pas de porte et aux coins des rues, une sieste uniquement troublée par le tressaillement d'une oreille piquée par une puce ou par un léger ondoiement de la cage thoracique, suffisant pour vous convaincre que l'animal n'était pas un cadavre de bête récemment percutée par une voiture.

Sur la place centrale de Pointe-à-Pitre, il y avait un marché aux épices à peu près aussi pittoresque qu'une serviette imprimée bas de gamme et tout aussi petit, et aucun de ces soi-disant commerçants n'avait l'air de trop se préoccuper qu'on leur achète quoi que ce soit. J'ai déjà constaté davantage d'activité dans une maison de long séjour pour patients atteints de maladies chroniques. Il subsistait çà et là quelques rares traces de l'ancienne élégance française – une fontaine, la statue en bronze d'un héros gaulois oublié, une plaque murale ignorée par les passants –, mais à part cela, une guillotine aurait semblé plus en accord avec l'allure générale des lieux. On se sentait en fait comme sur l'Île du Diable, mais sans Papillon, dans une colonie pénitentiaire privée de détenus, même si les nombreux touristes récemment débarqués des deux paquebots désormais amarrés dans le port de Pointe-à-Pitre et qui erraient sans but donnaient l'impression d'avoir été envoyés là en pénitence. Avec leur peau pâle, leurs sacs à dos et leur tenue de sport informe et laide, ils avaient l'air égaré d'hommes et de femmes mal à l'aise de se trouver si loin de leur foyer et de toute véritable justice. Les boutiques de cette capitale invraisemblable n'avaient certainement rien à offrir qui soit susceptible de les enchanter d'être venus jusque-là. Les graffitis locaux paraissaient eux-mêmes manquer de style.

Mais si l'île et ses édifices étaient pour le moins peu attirants, on ne pouvait en dire autant de la population autochtone. À l'exception d'une dame barbue que je vis manger dans une poubelle en pleine rue et des prostituées grassouillettes peuplant les bidonvilles en lisière ouest de la ville, les Guadeloupéens eux-mêmes étaient d'apparence franchement plus noble. Certains d'entre eux étaient d'une beauté stupéfiante et, en les regardant, il était facile de comprendre comment il se faisait que cette île de moins d'un demi-million d'habitants avait pu produire des hommes d'aussi belle allure que Thierry Henry, Lilian Thuram, William Gallas et Sylvain Wiltord. Tous les insulaires parlaient français mais entre eux ils s'adressaient la parole en créole, un mélange de français et d'espagnol aussi différent du français courant que le gallois de l'anglais. Je sais parler français et espagnol, et pourtant j'étais incapable de comprendre un mot de créole – je n'en étais que plus heureux que Grace ait insisté pour m'accompagner. Au-delà de cet aspect-là, il y avait le fait qu'elle était merveilleuse au lit, peut-être la meilleure raison qui nous avait décidé à descendre dans un hôtel local et à y baser nos recherches, au moins pour une nuit.

— L'Auberge de la Vieille Tour est loin de pouvoir se comparer au Jumby Bay ou aux meilleures adresses d'Antigua, m'expliqua Grace à notre arrivée à l'hôtel, au Gosier, à l'est de Point-à-Pitre, mais c'est encore le moins mauvais restaurant du lot. Et crois-moi, nous sommes capables de bien pire. J'ai entendu dire qu'il arrive parfois que la cuisine servie ici soit presque comestible. En plus, c'est tout près de l'endroit où nous allons entamer nos recherches.

Construit autour d'un ancien moulin du XVIIIe siècle et occupant trois hectares de jardins tropicaux en bordure de la mer des Caraïbes, l'hôtel évoquait un très vieux film de James Bond, *Opération Tonnerre*, ou *Vivre et laisser mourir*, peut-être, et, durant tout notre séjour, en lieu et place d'un ouvre-bouteille, je cherchai autour de moi le dénommé Tee Hee, avec sa pince en acier en guise de bras. Une pince d'acier au lieu du bras aurait d'ailleurs pu me servir d'antenne, car le réseau de portable sur l'île est presque inexistant, comme toute notion de service accompagné d'un sourire. Les Guadeloupéens sont certes un beau peuple, mais ils ne voyaient absolument aucun intérêt à satisfaire le client. À l'hôtel, certains d'entre eux étaient tout bonnement grossiers.

Ce qui leur valait le dédain de ma compagne.

— Ils ne savent absolument pas ce que c'est que gérer un hôtel ou un restaurant, déplorait-elle. Ce qui est curieux, considérant que cette île fait partie de la France. Je veux dire, on aurait cru qu'ils en auraient appris un peu plus auprès des Français en matière d'hôtellerie et de restauration.

— Et pourquoi sont-ils comme cela ?

— C'est peut-être lié à leur aversion pour la prétendue Mère Patrie, suggéra-t-elle. Ils aimeraient certainement être indépendants de la France. Alors il se peut que leur rejet de la cuisine française et d'un service hôtelier décent en soit le corollaire. Quoi qu'il en soit, je me sens toujours assez désolée pour tous ces touristes français qui descendent de ces navires de croisière hideux, à la recherche d'une bonne table. Tu peux aller d'un bout à l'autre de cette île en quête d'une nourriture mangeable sans en trouver nulle part. Tant que tu n'es pas attablé dans un restaurant créole du coin, tu n'as jamais vraiment goûté à de la cuisine infecte.

— J'en meurs d'envie.

Nous eûmes cette conversation assis au bar de l'hôtel, où nous avions commandé deux verres de jus de fruits en guise de rafraîchissement après le vol assez secoué depuis Antigua.

— Je veux dire, regarde-moi ça, fit-elle, en pointant du doigt le barman de l'hôtel qui avait l'air bien malheureux. C'est un scandale. Cette île croule sous le poids de tous les fruits qui poussent sur les arbres et pourtant, il nous sert quand même du jus en bouteille, qu'il dilue ensuite dans de l'eau minérale. Parce qu'il est trop paresseux pour presser quelques foutues oranges.

— Je commence à entrevoir pourquoi tu es partie, dis-je.

— Cet endroit me rend toujours dingue. Ce que tu expliquais, à Jumby Bay, à propos de la difficulté de comprendre pourquoi tant de footballeurs de l'équipe de France viennent de cette île, je pense qu'il est bien plus facile de comprendre pourquoi ils sont si peu nombreux à revenir, si tant est même qu'il y en ait qui reviennent. Imagine que tu sois un footballeur exceptionnellement bien payé, originaire de la Guadeloupe, vivant à Paris. Tous ces bons restaurants. Toutes ces boutiques ravissantes. Ces belles maisons. Tu te croirais mort et déjà monté au ciel.

— Alors quel intérêt pour Jérôme Dumas de revenir ici ? m'étonnai-je. J'ai vu quelle vie il menait à Paris. Et je puis t'affirmer que ce type avait déjà largement franchi les portes du paradis.

— Ça, je n'en sais rien, admit Grace. Je n'ai aucune idée de ce qui l'a amené ici. Tout ce dont je dispose, ce sont les quatre adresses plausibles où nous pourrions le trouver.

— Grâce à notre condamné mystère ?

— Grâce à notre condamné mystère.

— C'est tout ?

— Pas tout à fait. Mon client a insisté sur la nécessité de nous rendre dans chacun de ces quatre endroits dans l'ordre. L'un après l'autre.

— Pourquoi ?

— Je crois que nous aurons une meilleure idée sur la question quand nous serons allés à la première adresse. Le Gosier. C'est à deux pas d'ici.

Après avoir terminé nos ersatz de jus de fruits, nous sortîmes de l'hôtel et nous engageâmes sur la route, vers l'ouest. Après une courte marche, nous entrâmes dans le cimetière de Morne-à-l'Eau, une nécropole ceinte par un mur, remplie de centaines de tombes et de mausolées, tous composés de dalles de marbre noir et blanc évoquant un village construit avec de la réglisse. Une église étrangement moderne au toit en tôle ondulée se dressait à côté, surmontée de son clocher d'un bleu éclatant et haut de huit étages, où la caserne locale de pompiers aurait pu organiser ses exercices.

Quand nous dépassâmes l'église, Grace me regarda.

— Crois-tu en Dieu ? me demanda-t-elle.

— Quand j'ai plus de deux buts de retard, on m'a vu prier, oui.

— Ce n'est pas tout à fait la même chose.

— Ça dépend, selon que ça marche ou non. Quand ça marche, j'y crois et quand cela ne marche pas, je n'y crois pas. C'est aussi simple que ça.

— Tu es sérieux ?

— Dès qu'il s'agit de sujets tels que Dieu, je considère qu'il vaut mieux n'être absolument sûr de rien. Ça ne me fait pas peur de n'avoir aucune réponse à ces questions. De manière générale, j'apprécie assez de ne pas avoir de réponse aux sujets importants. Comment pourrions-nous jamais savoir quoi que ce soit sur cette merde ? C'est comme ça, et c'est tant mieux, à mon sens. Et c'est aussi l'une des raisons pour lesquelles j'aime tant le football. Dans le foot, il est parfaitement possible d'obtenir toutes les réponses à tous les mystères, comme de savoir pourquoi une équipe gagne et une autre perd. À cet égard, le football nous procure une philosophie parfaite de la vie, et j'entends par là une théorie ou une attitude qui tient lieu de principe directeur du comportement humain. Et, à ce titre, le foot ne te décevra jamais. À moins que cela n'implique la FIFA et Sepp Blatter, bien sûr, auquel cas il vous décevra toujours. Mais fondamentalement, ce jeu est une manière parfaite de mener son existence, car dans le football, tous les questionnements, tous les points d'interrogation peuvent recevoir une réponse, à l'inverse de quantité d'autres domaines où ils n'en reçoivent aucune.

Cela fit rire Grace.

— Je suis sérieux. Crois-moi, appliquer les valeurs et les principes du football au monde en général te conduira bien plus loin que n'importe laquelle des religions que j'ai pu croiser dans ma vie. Pour être entraîneur, il faut être philosophe… bien que tous les entraîneurs ne sachent pas qu'ils sont philosophes. Et vous pouvez oublier Stephen Hawking. Il n'y a pas un entraîneur dans le foot qui n'ait une meilleure compréhension du temps que lui. De la manière qu'il a de se dilater ou de se contracter, et dont un match change d'une minute à l'autre.

— J'ignorais tout à fait le défi intellectuel que cela peut représenter. Et moi qui m'imaginais que c'était juste vingt-deux types tapant dans un ballon.

— C'est une erreur très courante.

Nous tournâmes au coin de la rue et nous arrêtâmes devant un bungalow en béton qui, dans le passé, avait dû paraître moderne et habitable. À présent, l'endroit m'évoquait une caravane désaffectée, en plein mois de janvier. Le tableau électrique du mur de façade était ouvert et la moitié des câbles débordait sur l'accotement herbeux en formant un nœud gordien miniature de fils de couleur et de vis en cuivre. Les fenêtres aux vitres sales étaient masquées par des rideaux dépareillés, et la véranda abritait un lave-linge en panne et un paquet de vieux journaux.

— Nous sommes arrivés, annonça Grace. C'est le premier endroit où l'on m'a conseillé de rechercher Jérôme Dumas.

— S'il est ici, il a sûrement besoin de secours.

Il était impossible de savoir si les lieux étaient occupés ou non, mais sans se laisser décourager, elle ouvrit le portail barrant l'allée de garage déserte et, ignorant la porte d'entrée d'un jaune passé, elle passa par derrière, et je la suivis de près. Tout à coup, nous entendîmes un match de football à la radio ou à la télévision, la bande-son universelle de la vie, et je commençai à croire que, par bonheur, nos recherches seraient brèves.

— Bonjour, s'écria Grace d'une voix forte, en français. Il y a quelqu'un ?

Au lieu de Jérôme Dumas, nous découvrîmes un homme affalé dans une chaise longue miteuse, occupé à lire *France-Antilles*, le quotidien local. En nous voyant dans son jardin, derrière sa maison, il posa son journal et se leva. Il était grand, mince, costaud, et très, très noir. On aurait dit une gueuse de fonte.

— Vous n'êtes pas flics, fit l'homme.

— Non, non, non. Rien de ce genre. Écoutez, nous sommes désolés de vous déranger, mais nous cherchons un ami. Jérôme Dumas.

L'homme secoua la tête.

— Jamais entendu parler de lui.

— Je sais, dit Grace. *Mwen ka palé Kréyol. Sa ou fé* ?

L'homme hocha la tête.

— *Sa ka maché, é wou* ? répondit-il.

Ils continuèrent en créole et, du coup, je ne comprenais rien de ce qui se tramait. La conversation dura environ cinq minutes et, à la fin, Grace sourit et serra la main de l'homme.

— *Mwen ka rimésié'w anlo*, acheva-t-elle, et elle repartit par là où nous étions arrivés.

Je la suivis.

— Non, me signifia-t-elle. Ce sera ce qu'on appelle une première frappe, j'en ai peur.

— Ça, je n'ai jamais pigé, m'écriai-je. Le base-ball, je veux dire. Ils appellent ça une frappe quand ils la manquent, c'est bien ça ?

— Oui.

— Je n'ai jamais pigé ça… et je ne saisis pas davantage qu'on appelle le football américain du football, alors que personne ne tape du pied dans ce foutu ballon. Ou presque jamais.

— Enfin, bon, il ne savait pas où se trouve Jérôme Dumas. En tout cas, c'est ce qu'il m'a raconté. Je ne sais pas si tu as remarqué le casque posé par terre à côté de la chaise longue. C'était un Beats au logo du Paris Saint-Germain, signé Dr Dre.

— Ah non, je n'ai pas vu.

— Un truc très coûteux, je crois. Au moins une centaine d'euros.

— Au moins.

— Et exactement le genre de gadget qu'on pourrait rapporter à un type, comme cadeau de Paris. Tout comme le porte-clefs Charms II du PSG qui était posé juste à côté. Et le maillot miniature du PSG dans sa vitrine en verre acrylique qui se trouvait sur le rebord de la fenêtre de la cuisine.

— Tu n'aurais pas vu quel numéro c'était, par hasard ?

— Le numéro 9, je crois.

— Tu vois à quoi je faisais allusion, tout à l'heure ? Concernant mes talents de détective ? C'est le numéro du maillot de Jérôme. (Je souris de toutes mes dents.) Voilà qui en dit long sur mon sens de l'observation.

— J'imagine que tu étais occupé à essayer d'un peu comprendre le créole antillais.

— Pas impossible. Je veux dire, je parle bien le français, mais je ne comprends pas un mot de créole.

— C'est tout l'intérêt. C'est censé ne pas être compris des maîtres.

— C'est pour cela que tu lui causais en créole ? Pour que je ne comprenne pas ?

— Non. Je m'adressais à lui en créole pour qu'il ne se sente pas menacé. (Elle me prit la main.) Mais j'aime bien l'idée d'avoir un maître.

— Je vois que je vais devoir me montrer très ferme avec toi.

— Ah, mais j'espère bien, monsieur.

— Et maintenant, où va-t-on, mon cher Frodo ?

— Retour à l'hôtel. Et de là nous pourrons prendre un taxi qui nous conduira à Pointe-à-Pitre. Pour déjeuner et nous rendre ensuite à la deuxième adresse de la liste.

— Si ce type sait où est Jérôme, il va forcément le prévenir que nous le cherchons, tu ne crois pas ?

— Je dirais que c'est plus ou moins la raison pour laquelle nous allons le chercher aux quatre adresses que mon client m'a fournies, pas toi ?

— Dans ce cas, rien ne nous empêche de chambouler toute la procédure et d'aller directement à la dernière de ta liste.

— Rien ne nous en empêche, oui. Mais enfin, pour avoir la certitude que c'est bien la dernière adresse de cette liste de mon client, tu n'aurais que ma parole, n'est-ce pas ? Je pense donc que nous allons quand même procéder dans l'ordre. Comme mon client m'a priée de le faire. On ne sait jamais. Nous pourrions nous exposer à un penalty pour désobéissance. Et nous ne voudrions pas que tout ceci se décide aux penaltys, non ?

20

Le Yacht Club de Pointe-à-Pitre n'était pas réellement un yacht-club, mais un restaurant d'aspect moderne en bordure d'un port désert. Apparemment, rien n'indiquait qu'aucun des yachts élégants qui venaient hiverner dans les Caraïbes choisisse un mouillage ici, en Guadeloupe. Et le restaurant ne valait pas grand-chose non plus : j'avais savouré de bien meilleurs repas chez Piebury Corner, près du siège d'Arsenal, et certainement moins chers. La Guadeloupe utilisait l'euro et, bien qu'il n'y eût rien de qualité à s'acheter et – au vu du déjeuner que nous avalions sans enthousiasme au Yacht Club – rien de bon à manger non plus, les prix étaient comparables à ceux de la métropole, autrement dit, élevés.

Il se mit à pleuvoir, ce qui n'améliorait pas mon humeur. Le serveur vint déployer des stores pour empêcher notre table de finir détrempée. Il semblait nous témoigner une attention pour le moins inattendue.

— C'est le mauvais repas le plus cher que l'on m'ait servi depuis longtemps, remarquai-je.

— Je te rappellerai que tu as déjà dit cela au dîner. Je t'avais averti de ne pas commander l'assiette créole.

— Le réseau de portable ne vaut pas beaucoup mieux.

— Non, mais cela ne me surprend franchement pas non plus.

— Et tu n'attends donc pas trop d'amélioration ?

— Côté réseau ? Ou nourriture ?

— Les deux.

— Pas avant notre retour à Antigua.

— Je commence à comprendre pourquoi tu vis là-bas et pas ici. C'est dommage d'ailleurs. Il y aurait tellement de choses à faire de cette île.

— Si tu étais le méchant dans un film de James Bond, tu pourrais, oui, j'imagine. Mais qu'avais-tu à l'esprit ?

— J'en sais rien.

— S'ils étaient en mesure de prouver que c'est l'île que Colomb a découverte en premier, et pas les Bahamas, ils réussiraient peut-être à convaincre quelques Américains de venir ici. Personne ne sait réellement de façon certaine où il a accosté, en 1492. S'ils parvenaient à attirer quelques Américains, alors cela serait susceptible de faire rentrer un peu d'argent.

— J'imagine.

— Sans ça, tout dépend de leur attitude, et je crois que davantage d'argent se dépenserait ici si les gens de cette île ne donnaient pas l'impression de n'en avoir rien à foutre. En attendant, cet endroit restera un trou perdu. Pour l'instant, leur produit d'exportation le plus précieux, ce sont leurs footballeurs.

— Ça, je peux comprendre. Enfin, presque. Mais comment se fait-il que les Français s'arrangent pour exporter ici tous leurs vacanciers les plus vilains ?

J'aime bien les Français, j'adore les Françaises, mais ceux que j'ai croisés ici sont les touristes les plus mal habillés qu'on puisse trouver dès qu'on descend au sud de Blackpool. Enfin, bon. Comment les faire changer d'attitude ?

— En leur accordant l'indépendance, probablement.

— Oui, et je comprends pourquoi ils n'accepteront jamais l'idée, en métropole. Tu proposes de priver la France de ses meilleures chances de remporter la prochaine Coupe du monde. Et la suivante.

— Tout n'est pas lié au football, Scott.

— Qui t'a raconté ça ? (Je ponctuai d'un grand sourire et finit une bouteille de Carib, la bière locale, qui n'était pas très bonne non plus.) En réalité, le football est plus important que tout. C'est seulement quand les gens le comprendront que nous atteindrons le vrai sens de la vie et de la mort et peut-être aussi de l'univers. En fait, le football total est le seul théorème réalisable. Tout le reste est voué à l'échec.

— Je suis restée trop longtemps éloignée de Birmingham. Je ne sais jamais quand tu plaisantes. Ou peut-être ai-je perdu mon sens de l'humour, depuis que je suis devenue avocate.

— Mais non, cela ne se peut pas. Après tout, rien que pour soutenir Aston Villa, il te faut déjà un joli sens de l'humour.

Il cessa de pleuvoir tout aussi vite que les premières gouttes étaient tombées et, en quelques minutes, les températures grimpaient de nouveau.

Nous quittâmes le restaurant et tournâmes à l'angle en direction du quai où les paquebots étaient amarrés.

Nous fûmes interceptés à mi-chemin par un mendiant édenté auquel je donnai une pièce de deux euros. Un alignement de bureaux et de boutiques miteux qui semblaient avoir cessé leurs activités faisaient face au quai, et notamment un salon de coiffure pour dames. Dans la vitrine, plusieurs photographies aux couleurs passées auraient suffi à dissuader n'importe quelle femme tenant un tant soit peu à son apparence. Grace frappa à la porte et scruta à travers la vitre presque opaque sous l'effet de la chaleur et de la poussière.

— C'est l'une de tes adresses ? demandai-je.

— C'est exact.

— Il semblerait que personne n'ait franchi cette porte depuis un moment, dis-je en observant une pile de courrier que personne n'avait ramassée, derrière le seuil.

— Il n'empêche, je pense qu'il y a quelqu'un à l'intérieur, fit-elle, en plaquant le nez contre le carreau.

— J'en doute, répliquai-je. Et je commence à douter de ce que je fabrique ici.

— Comme disait Martin Luther King, nous acceptons certaines déceptions passagères, mais nous conservons l'espoir pour l'éternité. Le truc, quand on se lance à la recherche de quelqu'un ou de quelque chose, c'est qu'il arrive toujours un moment où cela ressemble à une course vaine. Jusqu'à l'instant où tu trouves ce que tu cherches, cela aide d'être patient, je pense. En tout cas, c'est ce que Christophe Colomb nous enseigne.

— C'est vrai.

Finalement, une porte située quelques mètres plus loin dans la rue s'ouvrit et une femme pointa un œil.

— *Weh* ?

La femme était noire, à peu près la quarantaine, vêtue d'un chemisier blanc et coiffée d'une sorte de turban bleu écossais. Ses lobes d'oreilles étaient percés de boucles qui évoquaient deux chasse-mouches en or et elle portait autour du cou un foulard de coton jaune noué au-dessus de sa taille étroite. Une fois encore, la conversation se déroula en créole. Il ne me restait plus qu'à contempler l'énorme navire, qui ressemblait encore plus à un immeuble de bureau que je ne l'avais supposé. Je vis tout là-haut un homme qui observait notre trio au télescope depuis un pont terrasse panoramique. Je fus tenté de lui brandir un doigt d'honneur – je songeai aux innombrables fois où j'avais eu envie de faire ce genre de geste, sur le banc de touche, à Silvertown Dock, en voyant les caméras de télévision braquées sur moi, d'ordinaire chaque fois qu'un événement catastrophique venait de se produire sur le terrain –, mais heureusement je m'en abstins assez longtemps pour que la conversation s'achève.

— Qui était-ce ? demandai-je quand la femme au turban se fut éclipsée à l'intérieur.

— Pas de chance ici non plus, fit Grace.

— Ça n'empêche, qu'a-t-elle dit ?

— Très peu de choses.

— Cela ne m'a pas paru si peu de choses. Ce très peu de choses m'a plutôt fait l'effet d'un trop-plein.

— Hum-hum.

— Ces gens ont des noms ? Ou répond-elle seulement à celui de Reine Créole ?

— Je ne pense pas que leurs noms aient tant d'importance.

— Peut-être pas. Je n'en sais rien. Pour l'instant, je ne sais rien du tout. Peut-être que Jérôme Dumas nous surveillait du navire. Tu sais que je n'en serais pas du tout surpris. Si jamais il est sur l'île, cela semble encore le meilleur endroit. Et en plus c'est très probablement le meilleur endroit où se faire servir à dîner. Franchement, je ne vois pas quel motif on aurait de venir ici. Il n'est certainement pas venu pour la cuisine, ça, c'est une certitude.

— Il n'empêche, comme tu le dis toi-même, c'était son foyer.

— Ce qui, pour le moment, ne signifie pas grand-chose.

— Non, je veux parler de l'ancien salon de coiffure. C'était son domicile, quand sa mère et lui habitaient ici, à Pointe-à-Pitre. C'était le commerce de sa mère.

— Quoi ? (Je m'arrêtai net et me retournai.) Ce vieux gourbi ?

— Quand Jérôme et elle ont quitté la Guadeloupe, Mme Dumas a vendu l'affaire à cette femme. Ensuite, l'an dernier, un tremblement de terre a éventré les tuyauteries du ballon d'eau chaude. Pas un sou pour réparer. Donc l'endroit a fermé. C'est une histoire assez courante dans cette région du monde. La vie est dure, par ici, Scott.

— J'avais remarqué, Grace. L'idée qu'un individu qui n'a plus de famille dans cette île veuille y revenir me dépasse.

— Il a de la famille ici. Il doit bien en avoir une. Je ne serais pas du tout surprise que nous ayons déjà rencontré deux de ses membres.

— C'est un constat déprimant. Je veux dire, si j'avais seulement cru cela possible, j'aurais...

— Tu aurais fait quoi ? Tu leur aurais posé des questions ? En français ? Ils ne t'auraient pas dit un traître mot. Tu as beau être noir et beau gosse, tu n'es pas originaire d'ici. Crois-moi sur parole. Le seul moyen d'aboutir à quoi que ce soit, en Guadeloupe, c'est de le dire en créole. (Elle lâcha un soupir.) Nous risquons d'avoir à revenir ici, donc il vaudrait mieux s'y prendre lentement. Au cas où tu n'aurais pas remarqué, c'est la manière créole. Personne ici n'est pressé, à part toi. Alors pourquoi n'essaies-tu pas de te souvenir que tu n'as pas de ballon au pied et de ralentir.

— Quoi qu'il en soit, à l'avenir, j'aimerais être informé de ce genre de choses, je te prie. Sinon, je ne suis plus qu'un supplétif.

— C'est compris. Mais écoute un peu, il y a une chose que, moi, j'aimerais savoir. Tu disais que Jérôme Dumas avait pu se créer des ennuis, à Paris. Quel type d'ennuis avais-tu en tête, Scott ?

— Il était déprimé et prenait des médocs. Sa petite amie l'avait largué parce qu'il traînait avec d'autres femmes.

Je songeai un instant au sens de mes propos. À moi aussi, il m'arrivait de batifoler un peu.

— Des putains, en majorité. Il faisait l'objet d'un prêt à un autre club... aucun joueur n'aime qu'on le prête. Ça vous tape vraiment sur le système.

— J'ai parlé d'« ennuis », de vrais ennuis, pas des hauts et des bas de la vie courante.

— J'y venais. Tu sais, Grace, tu pourrais toi-même apprendre un peu à être patiente.

Nous marchâmes en reprenant la même rue, pour regagner le Yacht Club où nous espérions trouver un taxi. La chaleur était maintenant à son maximum, et nous recherchions l'ombre des bâtiments. Sans trop savoir pourquoi, je n'arrêtais pas de me répéter que la température oscillait autour des trente degrés. Dans l'été qatari, elle atteignait 47 degrés. En 2022, cela promettait d'être marrant, mais seulement pour les autochtones.

— En région parisienne, Jérôme aimait aussi traîner avec des mauvais garçons. Fumer de l'herbe. J'ai moi-même un peu cédé à ce genre de bêtises, en mon temps. Mais il se peut aussi qu'il ait été impliqué dans un meurtre. Peu de temps avant que Jérôme ne quitte Paris, un dénommé Mathieu Soulié a été abattu d'une balle. Une pièce en satin arrachée d'un T-shirt de créateur, portant un D en lettre gothique, a été retrouvée dans la main du mort. Malheureusement pour Dumas, je crois que cette pièce venait d'un T-shirt dans lequel il avait posé pour un magazine. Il se peut aussi qu'il n'ait pas été impliqué du tout… il ne m'a en tout cas pas fait l'effet d'un type qui abattrait un homme ; mais cela ne compterait guère s'il avait peur que quelqu'un aille raconter à la police qu'il y était mêlé. Je veux dire, la police n'a pas encore établi de lien. Mais parfois cela n'empêche pas la personne de s'enfuir. Je suis convaincu qu'un avocat comprendrait une telle attitude.

— Bien sûr. C'est mon pain quotidien.

— Je pense qu'en réalité il a pu donner ce T-shirt au véritable tueur qui l'aurait fait chanter pour se débarrasser de l'arme du meurtre. C'est juste une théorie. Mais cela expliquerait sûrement pourquoi il répugnait à revenir en Europe.

Grace opina mais elle ne paraissait pas convaincue.

— Je suis ici pour l'aider, Grace. Pas pour lui créer des embêtements. Mais enfin, cela, tu le sais, sans quoi tu n'aurais pas parlé de moi à ton client. Et il ne m'aiderait pas, à l'heure où je te parle. Si c'est bien de m'aider qu'il s'agit.

Le Comité du tourisme des îles de Guadeloupe avait son siège près du Yacht Club sur une grande place ponctuée de manguiers et de palmiers royaux. C'est un élégant immeuble de deux étages en stuc blanc orné de colonnes ioniques et d'un beau portique et, hormis le fait qu'il était fermé, il n'était guère représentatif du reste des édifices de Pointe-à-Pitre. Une station de taxis située devant ne comptait qu'un seul taxi bleu tout cabossé. Le chauffeur, qui sentait une sueur vieille d'une semaine, et probablement même de deux, accepta de nous conduire à l'adresse suivante de la liste que ma compagne de voyage avait dans sa jolie tête. Surmontant le dégoût que nous inspirait son odeur corporelle, Grace et moi prîmes place sur la banquette arrière et nous tînmes la main comme un couple de jeunes amoureux, tandis qu'il jacassait en créole.

— Il dit qu'ici, ce sont les bordels, m'expliqua Grace, alors que nous traversions un bidonville de sordides baraques en bois où patrouillaient des prostituées à l'allure la plus invraisemblable que j'aie jamais vue. Je pense qu'il perçoit en toi le genre de client qui apprécierait de revenir par ici tout seul.

— Je te remercie.

— C'est inclus dans mon service de traduction.

— Espérons que ces deux-là ne figurent pas sur ta liste, dis-je, en regardant fixement par la vitre ce qui était sans doute le duo de putains le plus immonde que j'aie croisé de ma vie. L'idée d'avoir à venir le chercher par ici me déplaît fortement.

— Pourquoi ? Parce que ces pauvres femmes sont moins glamour que les putes de Paris ?

— En réalité, je me disais que le quartier ne paraît pas très sûr. Mais ce que tu viens de dire n'est pas faux non plus.

— Une putain est une putain. C'est juste que certaines sont plus chères que d'autres.

Je souris.

— Il y a une raison à cela.

— Ah. Tu adhères au fascisme de la beauté.

— Si tu as envie d'appeler cela comme ça, oui, je suppose que j'en suis un partisan. La plupart des hommes, je crois.

— Pas ceux d'ici, non.

— Si je te disais que j'ai un vrai penchant pour les vilaines grosses au maquillage trop chargé, à cette minute, qu'est-ce que cela t'inspirerait ?

Elle sourit en silence.

— Comme je ne suis ni vilaine ni grosse, je me sentirais exactement comme je me sens, à cette minute. J'essaie simplement de te comprendre un peu mieux.

— Ah, alors là, bonne chance.

— Je te provoque. La plupart des hommes aiment bien qu'on les provoque un peu, non ?

— Uniquement dans les clubs de strip-tease.

— Cette petite amie qu'il avait à Paris, poursuivit-elle. De quoi a-t-elle l'air ?

— Ce n'était pas une prostituée, si c'est là que tu veux en venir.

— Non, mais tu l'as rencontrée.

— Pourquoi ai-je l'impression de subir un contre-interrogatoire à la barre des témoins ?

— J'imagine que c'est une sensation assez fréquente, chez toi. Et qui n'a rien à voir avec moi.

— Non ? Va savoir.

— Alors, parle-moi un peu d'elle. Cela m'intéresse.

Mal à l'aise sur cette banquette arrière, je changeai de position. Il me semblait mal venu de décrire une femme avec laquelle j'avais récemment couché à une autre avec laquelle je couchais désormais. En particulier quand cette femme était manifestement aussi intelligente que Grace. Néanmoins, j'essayai quand même.

— Elle s'appelle Bella et elle est française. Elle est mannequin. Une fille plutôt sympathique. Elle vit à Paris. Grande, blonde et élancée. Elle possède un séchoir à cheveux qui ressemble à un pistolet. Et un petit tableau de Pierre Bonnard sur un buffet.

— Et d'un certain attrait.

— Le Bonnard ? Il est exquis.

— Je parle d'elle, bien sûr. Ce prénom. Cela évoque un peu James Bond, non ? Comme Pussy Galore. Ou Fiona Volpe.

— À ma connaissance, bon nombre de ces mannequins ont des noms que les gens normaux trouvent complètement loufoques.

— À quoi ressemble-t-elle ?

— Très belle. Comme il faut s'y attendre avec un nom pareil.

Grace éclata de rire.

— Les hommes. Ils sont tellement accros aux belles carrosseries. Je n'ai jamais compris ça.

— Si tu la rencontrais, tu risquerais de comprendre pourquoi les hommes apprécient tant les carrosseries.

— Possible.

— Pourquoi tu me poses la question, d'ailleurs ?

— J'essaie juste de cerner quel est ton type de femmes.

— Je n'ai pas de type de femmes.

— Vraiment ?

— M'en tenir à un type m'a toujours paru un peu trop restrictif. Supposons, tu réponds que tu ne sors qu'avec des femmes noires, et ensuite tu rencontres une rousse fabuleuse. Alors, quoi, tu vas ignorer cette rousse à cause d'une règle stupide d'exclusivité que tu t'es créée ? Je ne crois pas. Les hommes qui prétendent avoir un type tentent en général de justifier leur propre incapacité à lever qui que ce soit.

— Hmm.

— Qu'est-ce que cela signifie ?

— J'ai régulièrement observé que les hommes qui affirment ne pas avoir de type sont en général des matous qui baiseront tout ce qui passe.

— C'est un peu sévère.

— Ah oui ? (Elle sourit.) J'en doute.

— Si mes souvenirs sont exacts, je dormais tranquillement dans mon panier, jusqu'à ce que tu m'invites à franchir ta chatière.

— C'est juste. Je t'ai invité. Mais maintenant que c'est fait, je crois avoir le droit d'en tirer quelques conclusions sur la compagnie féline que je fréquente.

— Et quelles conclusions as-tu tirées ?

— Aucune pour l'instant. (Elle sourit et serra ma main dans la sienne. C'était censé me rasséréner, sauf que ses ongles me semblaient très acérés.) Quand je serai prête à te dresser le résumé, je te ferai signe.

— J'en meurs d'impatience, votre honneur.

Elle ouvrit son sac à main, trouva un mouchoir, s'en tamponna le front et en sortit un flacon de parfum avec lequel elle dissipa toute odeur indésirable, tant sur elle-même que dans la voiture.

Le chauffeur rigola et lâcha quelques mots en créole.

— Et où allons-nous, maintenant ? demandai-je.

— À la plage. Au Gosier.

— Nous étions au Gosier avant le déjeuner, n'est-ce pas ?

— Oui. Et maintenant nous y retournons.

— Parce que ton client l'a ordonné d'avance.

— Oui.

— Je te fais penser à un chat, disais-tu.

— Oui. Pourquoi ?

— Eh bien, toi, tu me rappelles une chatte. Mais pour des raisons entièrement différentes. Le fait est que tu te révèles tout à fait impénétrable. Je te regarde et je n'ai aucune idée de ce que tu penses.

— Bien. Je détesterais m'imaginer que je suis aussi aisément lisible.

— Madame, je serais incapable de lire en toi, même si tu engageais les Red Arrows, tu sais, la patrouille acrobatique de la Royal Air Force, pour écrire ton nom dans les nuages.

— Peut-être ne suis-je pas un si grand mystère.

— Non. Mais tout le reste de ce qui s'attache à ta personne en est un.

— Fie-toi à moi. Tout te sera révélé.

Je m'assombris.

— Quoi ? s'enquit-elle.

— Quand un avocat me prie de me fier à lui, j'éprouve le besoin de vérifier si j'ai encore mon portefeuille.

— Vas-y. Je crois connaître toutes les blagues à deux balles relatives aux avocats.

— Sauf qu'il n'y a pas d'avocat qui se contente de deux balles.

— Et pourtant, c'est moi qui ai acheté ton billet d'avion d'Antigua à la Guadeloupe. Et c'est moi dont la carte de crédit a été enregistrée à l'hôtel.

— Crois-moi, je me suis interrogé à ce sujet aussi. Et cela m'a amené à une conclusion. En réalité, c'est encore plutôt une théorie.

— Ah ? Et pourrais-je en avoir un aperçu ?

— Je pense qu'aucune des personnes que nous avons rencontrées ici, à la Guadeloupe, ne possède un lien quelconque avec Jérôme Dumas. À mon avis, c'est probablement ton client, en prison, qui a un lien avec lui. Et qui s'inquiète peut-être au moins autant à son sujet, si ce n'est davantage, tout comme le FC Barcelone ou le Paris Saint-Germain. Je pense que la disparition de Jérôme pourrait avoir un lien avec l'incarcération de ton client. Si je connaissais le nom de ce client, je découvrirais que la disparition de Jérôme découle de son emprisonnement, comme le samedi précède le dimanche. Je suis prêt à le parier.

21

Le taxi nous conduisit sur une aire de stationne-
ment gravillonnée à l'extrémité de la plage du Gosier
et nous déposa près de la mairie, un immeuble d'une
taille invraisemblable, ultramoderne, totalement dis-
proportionné par rapport au reste de cette petite bour-
gade endormie : c'était comme si quelqu'un avait
commandé à Richard Rogers ou Norman Foster la
conception d'une cabane de scout.

Je payai le chauffeur malodorant et nous emprun-
tâmes une rue tranquille où un vieux bonhomme tout
droit sorti d'un roman d'Hemingway s'échinait à faire
rentrer un gros barracuda mort dans le coffre d'une
Renault Clio, tandis qu'un autre, plus jeune, déchar-
geait des paniers de homards d'une petite embarcation.
Nous débouchâmes sur une plage de sable blanc où
Grace se débarrassa de ses chaussures, et je l'imitai.
Le sable se révélait d'un contact agréable entre mes
orteils et, pour la première fois depuis notre arrivée sur
l'île de la Guadeloupe, je commençai à me détendre.

Beaucoup de Français grassouillets étaient allongés
sur cette plage, ou flottaient dans l'eau comme autant
de déchets en matière plastique blanche. Le clapot
de la mer venait mourir avec énergie sur le sable et,

sans la laideur des maillots de bains qui s'étalaient en spectacle, on aurait pu se croire au paradis. C'était mon fascisme de la beauté qui me reprenait. Du temps où j'étais manager d'équipes de football, on m'avait traité de quantité de noms – en somme, de sale con –, mais « fasciste de la beauté » n'en faisait pas partie. Et pourtant, c'était vrai, naturellement. J'ai tendance à considérer que les gros devraient rester couverts. Ou se mettre au régime, quoi, merde. Cela étant, on ne voyait pas trop comment on pourrait prendre du poids, à la Guadeloupe. Cette île paraissait le lieu idéal où entamer un régime éclair.

À cinquante mètres de la plage se dressait un petit îlot inhabité et, sur cet îlot, un phare, même si l'on avait du mal à comprendre la nécessité d'avertir un quelconque navire de se tenir à l'écart. Une simple recherche sur Google aurait suffi à vous persuader de l'absolue nécessité de ne jamais vous approcher de la Guadeloupe.

Nous marchâmes trente ou quarante mètres jusqu'à ce que nous arrivions devant une porte en bois incrustée dans un mur de rochers et de feuilles de bananier. Nous passâmes prudemment entre des Français qui profitaient d'un peu d'ombre et manifestèrent par des grommellements leur mécontentement d'être dérangés, puis Grace appuya sur l'Interphone logé dans le montant de la porte. Ensuite, une voix d'homme finit par répondre, en français.

— Oui ? Qui est-ce ?

— Je m'appelle Grace Doughty et j'ai avec moi Scott Manson, du FC Barcelone. Nous cherchons Jérôme Dumas.

— Jérôme, c'est moi, fit la voix. Montez, ajouta-t-il, et il déclencha l'ouverture du battant.

— Je n'y crois pas, dis-je.

— Et pourquoi pas ?

— Nom de Dieu, soufflai-je, alors que Grace poussait le panneau, et nous franchîmes le seuil pour pénétrer dans un jardin joliment entretenu.

— Homme de peu de foi, me souffla-t-elle.

— J'ai longtemps joué pour Northampton Town, donc cette assertion ne peut être vraie.

La porte se referma délicatement derrière nous et nous gravîmes une pelouse en pente et tout en longueur en direction d'une maison moderne de deux étages, construite en béton rouge et en verre, agrémentée d'une terrasse en métal et d'une grande baie vitrée panoramique. Ce qui ressemblait à un ensemble de grandes voiles en toile recouvrait le toit plat comme autant de parasols. L'endroit était très protégé, dans la mesure où rien de tout ceci ou presque n'était visible de la plage, et où la maison était enveloppée de palmiers royaux et de bougainvillées rouges. De la musique de Stromae, qui est presque aussi bon que Jacques Brel, un vrai bonheur, une découverte récente que je dois à Bella, beuglait par une fenêtre ouverte et, à cet instant, un jeune homme pieds nus, vêtu d'une tenue de l'équipe de Barcelone et en qui je reconnus immédiatement Jérôme Dumas surgit d'une porte en verre teintée. Un casque Beats aux armes du PSG autour du cou, il portait une grosse Rolex en or au poignet, et je vis à ses lobes d'oreilles les clous panthère sertis de diamants dont Bella m'avait dit qu'il les avait achetés chez Cartier, à Paris. Médusé, je restai une seconde bouche bée.

— C'est lui, murmurai-je. Je suis sûr que c'est lui. Je reconnais les bijoux à ses oreilles.

— Tu pourras me remercier plus tard, dit-elle alors que nous nous approchions de l'homme en maillot du Barça.

— Jérôme Dumas, je présume, dis-je, ravi. Scott Manson. Je vous ai cherché partout. À Paris, à Antigua, et maintenant ici, en Guadeloupe. Vous êtes un homme difficile à trouver, Jérôme.

— J'imagine.

Il y avait un ballon sur la pelouse et, dès que je le vis, je tapai dedans et l'expédiai dans sa direction, par jeu, par pure exubérance de voir ma mission apparemment terminée.

— Eh bien, en tout cas, Dieu merci, m'écriai-je. Bien que nous ayons à discuter de pas mal de choses.

— Si vous le dites.

Il bloqua le ballon de son pied gauche, l'envoya en l'air, le fit rebondir sur son genou, sur sa tête, deux fois, puis me le renvoya comme s'il espérait découvrir dans quel bois j'étais taillé.

— Vos nouveaux employeurs sont très impatients de vous voir revenir avec moi à Barcelone, dès que possible, dis-je. Vous avez un match important qui s'annonce.

Je reçus le ballon sur la poitrine, puis le fis de nouveau ricocher sur ma tête et rouler sur mon cuir chevelu, avant de le laisser retomber sur mon genou, puis sur mon pied nu, et de le laisser encore rebondir en l'air à deux reprises, avant de le frapper une nouvelle fois dans sa direction. Entre nous, cela faisait l'effet d'une sorte de langage, un espéranto du sport, et en un sens, ce n'est rien d'autre que cela : là où deux hommes ou davantage frappent dans un ballon, ils engagent le dialogue.

— Bien sûr, et je suis désolé de tous les ennuis que j'ai pu causer, fit-il, avec un sourire penaud. Je sais que vous êtes venu de loin pour me trouver, monsieur Manson.

Jérôme avait maintenant le ballon dans le creux des reins. Une seconde après, d'une brève détente, il se l'expédia sur la tête et le laissa rebondir cinq, six, sept, huit fois avant de le rattraper sur son cou-de-pied et de me le renvoyer à nouveau, avec peut-être un peu plus de mordant que nécessaire.

— Scott, dis-je, en contrôlant la balle de la tête. Appelez-moi Scott. Je suis content de voir que vous avez entretenu vos aptitudes.

Je sentais la sueur perler à mon front et au creux de ma poitrine, en m'efforçant de me montrer à la hauteur de ses capacités dans le maniement du ballon, qui étaient considérables et bien supérieures aux miennes. Même quinze ans auparavant, j'aurais eu du mal à soutenir le rythme de ce gars-là. Maintenant âgé de quarante-deux ans, j'étais presque à bout de souffle. Poignets croisés dans le dos, je me concentrai pour maintenir la balle quelques centimètres au-dessus de mon pied. Quand quelqu'un dans la maison coupa la musique, je faillis ne rien remarquer.

— Vous n'êtes pas si mauvais non plus, Scott. Pas mauvais du tout. Pour un vieux.

— Merci. Et n'en rajoutez pas sur ma vieillesse, si cela ne vous ennuie pas, mon petit rayon de soleil.

— Vous étiez à Arsenal, dans le temps, non ? reprit-il. Avant de devenir entraîneur ?

— C'est exact. J'étais arrière central.

— Je me les mange au petit déjeuner, fit Dumas.

— C'est drôle, mais celle-là, je l'avais déjà entendue. Je crois que c'est Paul Raury, de West Bromwich Albion, qui m'a tenu un propos similaire juste avant que je ne lui brise la cheville.

— Quand vous aurez fini de rouler des mécaniques, vous deux…, intervint Grace.

Je balançai la balle à Jérôme qui la reçut sur le genou, la prit entre ses grandes mains et, d'un geste possessif, se la cala sous le bras.

— C'est Grace Doughty, dis-je. Elle est avocate, d'Antigua. Elle m'a aidé à vous retrouver. Enfin, pour être plus précis, à mon avis, c'est moi qui l'ai aidée. Sachant qu'elle semble connaître l'île et qu'elle parle le créole.

— J'ai beaucoup entendu parler de vous, monsieur Dumas, fit Grace. Trop, en réalité. Il était obsédé par l'idée que nous nous étions lancés dans une course aux chimères. Je n'ai pas cessé de lui répéter qu'avec les chimères, il faut savoir être patient, mais je pense qu'il ne m'a pas crue, jusqu'à maintenant.

— Peux-tu me le reprocher ? dis-je.

— Ravi de vous rencontrer. (Jérôme lui serra la main, puis la mienne.) Venez à l'intérieur prendre un verre. Vous avez fait un long trajet, je suppose.

— Parlez-vous le créole ? demandai-je à Jérôme.

— Oui. Un peu. Mais quand je réponds à l'Interphone de la plage, je m'exprime toujours en français car ce sont presque toujours des Français qui sonnent. D'habitude, ils veulent savoir s'il y a des toilettes à proximité. Et j'ai intérêt à les renseigner, sinon ils me pissent sur le mur.

À l'intérieur, la maison climatisée était digne d'*Architectural Digest*, un volume unique avec des galeries à l'étage, comprenant une bibliothèque et d'autres chambres. Une rangée de fauteuils en cuir blanc était disposée devant un canapé d'angle assorti, comme autant de morceaux de sucre. Des exemplaires vieux de plusieurs jours du journal d'Antigua, le *Daily Observer*, et l'excellente biographie de Lionel Messi par Guillem Balagué étaient posés à côté du sofa. Une grande télévision à écran plasma fixée au mur affichait FIFA 15, le son baissé : Chelsea contre Barcelone. Le milieu de la pièce était occupé par une table en verre où étaient posés deux manettes de PS4, et il y avait partout des vases de fleurs et des carafes d'eau glacée, presque comme si Jérôme nous avait attendus. Il nous servit à chacun un verre d'eau aromatisée de liqueur de fleur de sureau.

— Bel endroit, observai-je.

— Oui, fit Grace. Je ne savais pas qu'il était possible de vivre aussi bien que cela, à la Guadeloupe.

— Elle appartient à l'un de mes amis, fit Jérôme. Gui-Jean-Baptiste Target.

— Pourquoi ce nom me rappelle-t-il quelque chose ? m'étonnai-je.

— C'est l'avant-centre du Stade Malherbe de Caen. Il jouait pour l'AS Monaco.

J'acquiesçai.

— Je me souviens. N'a-t-il pas été impliqué dans ce scandale de match truqué qui a touché Caen et le Nîmes Olympique en novembre 2014 ?

— Il a été interrogé, je crois. Pas vraiment impliqué, non. En tout cas, il n'a pas été inculpé. Il m'autorise à lui emprunter cette maison de temps en temps.

— Il est de Guadeloupe, lui aussi ?

— Oui.

— Vous formez une sacrée bande, remarquai-je.

— Pas une bande, mon ami, rectifia Jérôme. Une équipe. Si seulement les Français voulaient bien lever leurs objections contre notre incorporation à la FIFA, alors nous pourrions nous aligner à la Coupe du monde. Peut-être pas en Russie, mais certainement au Qatar. Et vous savez quoi ? Nous pourrions gagner. Surtout si on jouait contre la France. En fait, je pense être en mesure de vous le garantir.

— C'est la même situation en Angleterre. Il n'y a rien de tel que d'en coller un à la mère patrie. Demandez un peu aux Écossais, ou aux Irlandais. Je pense qu'ils n'aimeraient rien tant que de battre l'Angleterre. Je suis bien placé pour le savoir. Je suis moitié écossais moi-même.

Jérôme eut un grand sourire.

— Pardonnez-moi, mais vous n'avez pas tellement l'air d'un Écossais.

— Je vais prendre cela comme un compliment. En plus, en Écosse, les gens me répétaient ça depuis toujours. C'est l'une des raisons pour lesquelles je vis en Angleterre, je suppose. Les Anglais sont bien plus tolérants envers les Noirs que ne le sont les Écossais. N'importe qui peut avoir l'air d'un Anglais, à mon sens. Mais pour avoir l'air d'un Écossais, il faut en être un. Et vous savez, quoi qu'en disent les gens, les Français ne sont pas si méchants.

— J'en sais rien. Certains d'entre eux, oui. Pas impossible.

— J'ai vu votre appartement à Paris. Rencontré votre petite amie. Je dirai que vous avez bénéficié d'à peu près tout ce que la France peut avoir à offrir. Et plus encore. D'après ce que j'ai lu dans votre dossier, à Monaco, vous gagniez cinquante mille euros par semaine, et vous aviez tout juste seize ans.

— Comment va Bella ?

— Elle va bien. Vous lui manquez, je pense.

— J'en doute fortement. Je n'ai pas été très gentil avec elle.

— Il n'est pas trop tard pour arranger cela, d'après ce que j'ai cru comprendre. Si j'étais vous, j'essaierais de me réconcilier avec elle. J'ai rarement vu une plus belle fille.

— Vous pensez ?

— Elle et vous, vous faites un très beau couple. Elle m'a montré les photos dans *Marie Claire* et *Elle*.

— Pas mal, hein ? Mais elle a fait certains choix. Et maintenant, je suis seul.

Aucune des photos que j'avais vues à la télévision ou dans les magazines ne rendait justice à la beauté de cet homme. Il avait un physique éblouissant, un long nez, une bouche charnue et sensuelle et le crâne rasé. C'était une tête puissante, presque égyptienne, qui me rappelait l'une de ces énormes sculptures en granit du pharaon Ramsès II que l'on peut voir dans la vallée des Rois, en Égypte. Il était grand et nerveux, des jambes aussi longues qu'un vol de grues et, dès qu'on le voyait, on comprenait qu'il possédait le physique parfait du footballeur – pas petit, comme un Messi, ou aussi grand qu'un Crouch, mais plus heureusement proportionné, et rien qu'à le voir on se le représentait courant à toute vitesse avec la balle, ou logeant un tir enroulé au fond des filets. Paolo Gentile n'avait pas exagéré. Excepté le fait que son corps était vierge de tatouages, il était facile d'imaginer ce jeune homme devenir le prochain David Beckham et s'enrichir au-delà des rêves des plus radins. Mais si j'avais une première critique, c'était qu'il paraissait un peu hautain, comme un enfant gâté.

— Êtes-vous seul ici, maintenant ? demandai-je.

— Oui, il n'y a que moi et la gouvernante… Charlotte. Elle vient tous les jours, elle se charge de la cuisine et du ménage.

— À en juger par le déjeuner que nous venons d'avaler, je ne suis pas sûr qu'il y ait beaucoup de différence entre cuisiner et faire le ménage, sur cette île.

— Où avez-vous déjeuné ?

— Au Yacht Club de Pointe-à-Pitre, répondit Grace. Si vous y allez, ne commandez pas l'assiette créole.

— Nous sommes descendus dans un hôtel le long de la plage, dis-je, à l'Auberge de la Vieille Tour. Mais nous ne sommes ni l'un ni l'autre très optimistes, nous n'osons pas croire que ce sera beaucoup mieux.

Jérôme se rembrunit.

— C'est vrai. Il n'y a rien de bien à Pointe-à-Pitre.

— C'est un sacré petit repaire dont vous disposez là, mon jeune ami. Très discret. Vous pourriez vivre dans un endroit de ce genre pendant des mois sans que personne ne vienne vous débusquer.

Il opina.

— C'est ce que je croyais, c'est vrai.

— Je dois admettre que vous n'avez pas l'air très surpris que nous ayons fini par vous trouver.

Il sourit.

— J'ai appris que vous me cherchiez. Je vous ai attendus toute la journée.

— Est-ce le type au Gosier qui vous a averti que nous étions ici ? lui demandai-je. Celui qui possède la moitié de la boutique de cadeaux du PSG et qui a l'air d'une pièce d'ébène ? Ou la Reine Créole du salon de coiffure de Pointe-à-Pitre ?

— Les deux. Je suis content de pouvoir affirmer que je dispose de beaucoup de bons amis en Guadeloupe.

— Oh, j'en suis convaincu. Et qu'en est-il de vos liens familiaux ?

— Hélas, je n'ai pas de famille dans l'île. Plus maintenant.

— Et à Antigua ? insistai-je. De la famille, là-bas ?

— Non. Pourquoi me posez-vous cette question ?

— Sans raison. Enfin, maintenant que je suis ici, je pense que le mieux est encore de jouer cartes sur table.

— À quel sujet ?

— Au sujet de vos fréquentations, par exemple. Si je dois voyager avec vous, j'aimerais être tenu au courant de certaines choses qui pourraient avoir leur importance. Voyez-vous, je n'aimerais pas aider

278

quelqu'un qui est recherché par la police. En particulier quand je suis dans un pays étranger. Je suis un type prudent. Alors pourquoi ne me dites-vous pas tout ?

— Est-ce que cela compte vraiment ? fit Jérôme.

— Vous plaisantez, n'est-ce pas ?

— Écoutez, Scott, je rentrerai avec plaisir à Barcelone, quand vous voudrez. Je paierai l'amende qu'ils m'imposeront. Vous avez accompli ce que vous comptiez accomplir, n'est-ce pas ? Alors maintenant, si vous laissiez courir ? Passez-leur un coup de fil et demandez-leur d'envoyer un jet à l'aéroport de Pointe-à-Pitre, et nous pourrons être rentrés là-bas en un rien de temps.

— Très bien. Je vais le formuler autrement. Je regrette, mais j'ai besoin d'être informé de certaines choses, et d'en être informé tout de suite. Par exemple, et c'est le point le plus important : pourquoi n'avez-vous pas embarqué à bord de ce vol d'Antigua pour Londres et ne vous êtes-vous pas présenté à l'entraînement au centre Joan-Gamper, à Barcelone, comme vous étiez censé le faire ?

Il sourit, un peu embarrassé.

— Peut-être que je ne le sentais pas.

— Vous n'avez pas envie de me répondre ? Cela me convient très bien. Je peux comprendre votre réticence à m'en parler. Après tout, il est gênant d'avouer à quelqu'un qu'on vient à peine de rencontrer qu'on a merdé. Mais ce que vous venez de me raconter jusqu'à présent ne suffira pas aux gens du PSG ou du Barça qui m'ont envoyé ici vous chercher. Loin s'en faut. Si l'un ou l'autre de ces deux clubs flaire le moindre relent d'indiscipline ou de mauvais comportement, ils peuvent t'envoyer te faire foutre pour de bon, mon garçon. Tu constitues un investissement et personne n'apprécie de voir son investissement tout simplement disparaître sans la moindre explication. Si le Barça décidait qu'en fin de compte il n'a plus envie de toi... ce qui serait possible... le PSG pourrait te placer sur la liste des transferts et te vendre au plus offrant.

Je bus mon eau à la fleur de sureau et j'attendis qu'il me réponde quelque chose, mais il se contenta de regarder fixement la partie FIFA 15 affichée à l'écran de télévision, comme s'il aurait aimé pouvoir continuer tout simplement de jouer.

— Dès que j'aurai marqué mon premier but pour les Blaugrana, tout ira bien, affirma-t-il. Vous verrez. Ils seront tous contents.

— Bien sûr que tout ira bien. Comment tout allait bien après que tu avais marqué ton premier but au PSG, n'est-ce pas ? Corrige-moi si je me trompe, mais je pensais que c'était pour cela que les Français avaient accepté de te prêter aux Catalans. Dans l'espoir que tu puisses faire mieux à Barcelone qu'à Paris.

Il soupira bruyamment et, se penchant en avant dans son fauteuil, il secoua la tête.

— Je pense que tu vas devoir me parler, mon garçon. Dis-moi, Grace, tu es avocate, un employeur serait-il dans son droit s'il licenciait un employé qui a oublié de se présenter à son travail pendant presque un mois, et sans explication ? Non seulement cela, mais s'il l'attaquait en justice pour rupture de contrat ?

— Il a raison, Jérôme, lui glissa Grace. Vous allez devoir lui fournir quelques explications.

— C'est compliqué, admit-il enfin.

— C'est toujours compliqué.

— Non, mec, c'est carrément putain de compliqué.

— Effectue une recherche sur Internet à mon sujet, quand tu auras le temps. Tu as en face de toi quelqu'un pour qui la complication a été un choix de carrière assez constant.

— Vraiment ?

— Je ne connais pas de meilleur moyen de t'expliquer comment j'ai fini en prison pour un acte que je n'avais pas commis.

— Ah oui ?

— J'ai purgé dix-huit mois pour viol avant d'être acquitté. Cela te va, comme complication ?

— Je ne savais pas. Merde. Ça, c'est vraiment nul, mec.

— Écoute, mon garçon, je peux t'aider. Le fait est que je ne suis pas seulement ici pour te ramener à la maison, je suis ici pour te sauver de toi-même, si c'est de ça que tu as besoin. Et il se trouve qu'à mon avis, tu en as besoin. Tu vois, j'ai donné ma parole à Paolo Gentile que j'agirai en ce sens. Il a l'air de penser que cela vaut le coup de te sauver les fesses, bien que franchement, il faille encore me convaincre.

— Paolo. Comment va-t-il, cet escroc ?

— Il marche au fric. Il n'a pas changé. Il a de grands projets pour toi. Il est convaincu de pouvoir faire de toi le jeune homme le plus riche de tout le football depuis Cristiano Ronaldo. Pourvu que tu acceptes de suivre la ligne de l'entreprise, bien sûr. (Je marquai un temps de silence.) Est-ce l'une des raisons pour lesquelles tu t'es dégonflé ?

— Un peu, c'est possible. Mais écoutez, mec, tout cela est très personnel. Ce n'est pas facile de raconter à un complet inconnu pourquoi je me suis senti incapable d'y retourner.

— Tu sais, j'ai pas mal creusé dans ta vie, avant de m'envoler pour ici. Je me suis installé dans ton joli appartement avec Mandel et avec Alice. Elle est très loyale. Elle m'a plu. J'ai dîné avec Bella Macchina. Elle me plaît, elle aussi. J'ai exploré tes placards et tes tiroirs. Et j'ai inspecté ton armoire de salle de bains. Je crois pouvoir affirmer, sans risque de me tromper, que j'en sais davantage sur toi que tu ne l'imagines. Pour le moment, il n'y a que moi qui suis au courant de ce merdier. Mais ni le PSG ni Barcelone. S'ils étaient au courant, ils partiraient en courant, alors tu pourras me remercier, plus tard.

Jérôme réagit avec un haussement d'épaules très gaulois. Je ne le sentais pas si débordant de gratitude.

— Qu'est-ce que vous croyez savoir ?

— Je sais tout, pourquoi Bella t'a largué, tes penchants pour les jeux sexuels avec les Tours jumelles, tes embrouilles avec la police parisienne. Je sais que tu es sous médocs pour dépression. Je sais que tu as longtemps eu un problème de jeu. Je suis au courant au sujet de tes amis de Sevran-Beaudottes, je sais que tu avais l'habitude d'aller là-bas fumer un peu d'herbe et t'acheter un peu de poudre, et qu'un de ces excités en hoodie t'a procuré un pistolet. Tu serais peut-être surpris d'apprendre que c'est le genre de chose qui a de quoi alarmer un club de foot. Et qui serait susceptible de faire fuir un annonceur potentiel. Tu peux me croire, je suis déjà passé par là.

— Oui, mais vous savez pourquoi il m'a donné un flingue ?

— Je crois que cela pourrait avoir un rapport avec la mort de Mathieu Soulié.

Jérôme acquiesça, l'air malheureux.

— Ces types. C'est des salopards. J'allais souvent au Centre sportif Alain-Savary, et je leur distribuais des vêtements et de l'argent, j'essayais de leur restituer une part de ce que j'avais reçu, vous voyez ? J'imagine que j'ai eu de la chance, et j'ai eu envie de réaliser certaines choses pour des gens qui n'ont pas eu autant de chance que moi.

— C'est très louable de ta part, Jérôme.

— En tout cas, un jour, je leur ai distribué des tenues que j'avais portées pour un shooting photo, avec Bella. Des fringues de Dries Van Noten. Il y avait ce T-shirt avec un carré de satin et une lettre D…

— Celui qu'ils ont récupéré sur le cadavre de Mathieu Soulié, qu'il serrait dans sa main.

— C'est exact. Chouan… c'est le chef de la bande… il devait porter ce T-shirt quand ils l'ont tué. Soit Soulié le lui a arraché, soit ils lui ont mis délibérément dans la main pour me faire accuser. De toute manière, Chouan m'a menacé, si je ne faisais pas ce qu'il m'avait demandé, il s'arrangerait pour que la police récupère le T-shirt avec une photo de moi où je le portais. Je n'avais rien à voir avec ce meurtre. J'avais même un alibi. Mais je ne pense pas que les flics s'y intéresseraient trop. Ils m'ont quand même bouclé pour m'interroger, sous prétexte que je les avais déjà énervés avec mes déclarations politiques et

283

ma grande gueule. Dans le seul but de me faire passer un sale quart d'heure.

— Et l'arme ?

— C'était ce que voulait Chouan. Il m'a dit de m'en débarrasser. De la jeter dans la rivière. Il m'a dit qu'à son avis les flics le surveillaient. Je suis sûr que c'était ce pistolet qui avait tué le type.

— Et tu l'as jeté ?

— Non, je l'ai conservé dans l'appartement un certain temps, avant de savoir quoi en faire. Ensuite, j'ai décidé de le cacher. J'avais compris que c'était une pièce à conviction qui, en réalité, pourrait m'aider à me disculper.

— Quel garçon raisonnable. Où l'as-tu caché ?

— Dans une consigne à bagages de la gare du Nord.

— Mais il y a un contrôle aux rayons X de tous les bagages dans toutes les gares françaises.

— Je l'ai rangé dans un sac rempli de vieux appareils photo que j'ai achetés dans un magasin de récup. Il est scotché à l'intérieur d'un vieux Canon avec téléobjectif. À la machine à rayons X, cela ressemble à une pièce de l'appareil photo. En plus, les types de la gare, ça les intéressait plus de discuter avec un footballeur du PSG que de vérifier le contenu de son sac. Surtout quand ils peuvent obtenir un autographe.

— Et où est la clef ?

— Dans mon sac, là-haut.

— Tu pourras me la donner plus tard. Quand tu seras rentré en Europe, à Paris, nous ferons en sorte qu'un avocat règle ça. Je suis sûr que si tu fais une

284

déposition sous serment, cela suffira à résoudre le problème.

— Vous croyez vraiment que c'est possible ?

— Bien sûr. Laisse-moi m'en occuper. (Je ponctuai d'un signe de tête.) Et c'est tout ? L'unique raison pour laquelle tu n'avais pas envie de rentrer ? Cela s'arrête là ?

— Oui, fit Jérôme. J'ai peut-être perdu mon calme à cause de toutes ces conneries avec Cesare da Varano, le créateur, et ensuite la Zaragoza Bank. Tout ça, ce n'est pas moi, vous voyez ? C'est pas le football, d'accord ?

— Je te remercie. (Je souris.) Et oui, je suis d'accord, ce n'est pas le football. Mais tu es un sale menteur.

— Pourquoi vous dites ça ?

— Oh, je ne doute pas de ton histoire au sujet du pistolet. Toutefois, je ne crois pas que ce soit ce qui t'a empêché de rentrer chez toi. Pas une seconde. Traite-moi d'enflure soupçonneuse, mais je pense que c'est plus en rapport avec un incident qui s'est passé ici qu'avec je ne sais quel événement qui se serait produit précédemment à Paris. Tu vois, je pense que tu étais sur le point de monter dans cet avion pour Londres quand il s'est passé quelque chose ici qui t'a poussé à changer d'avis, ou alors tu as découvert qu'il s'était passé quelque chose. Une chose que tu as lue dans un journal à l'aéroport, peut-être.

— Croyez-moi, dans la mesure du possible, j'essaie d'éviter les journaux français.

— Et moi aussi. Comme tous ceux qui sont dans la ligne de mire de la presse. Mais il est impossible de les éviter, non ?

— Je ne comprends pas.

— Bien sûr que si, tu comprends. Laisse-moi t'expliquer pourquoi. Ce matin, Grace et moi, nous avons décollé de l'aéroport d'Antigua et, quand j'étais là-bas, j'ai vu le journal local, le *Daily Observer*, affiché en évidence à la maison de la presse. (Je ramassai l'un des quotidiens qui étaient par terre et le lançai sur la table.) Ce journal.

— Et alors ? C'est un torchon. Il n'y a rien à lire là-dedans.

— Le type qui pilote le bateau du Jumby Bay et qui reconduit les clients à l'aéroport s'appelle Everton. Everton m'a raconté que le jour où tu étais censé repartir pour Londres tu semblais très bien aller, jusqu'à ce que tu arrives à l'aéroport, où il s'est produit un événement qui t'a apparemment fait changer d'état d'esprit. Il m'a précisé que la dernière vision qu'il a eue de toi, c'était à cette maison de la presse, et tu lisais un journal. Il a beau ne pas se rappeler lequel, il m'a certifié que tu paraissais contrarié.

« J'ai déjà vérifié les éditions de tous les journaux français vendus à l'aéroport, *Le Monde*, *Le Figaro*, *Libération* et *L'Équipe*, celles du jour où tu étais censé reprendre l'avion. Ceux dont tu affirmes que tu préfères les éviter. Et je te crois. Et le fait est que j'ai constaté qu'il n'y avait rien dans ces journaux qui aurait pu t'amener à modifier tes plans aussi brusquement. Rien du tout. Mais l'article en première page de l'édition de ce jour-là du *Daily Observer* aurait fort bien pu. Pourquoi ? Parce que c'était un événement récent, qui s'était produit sur l'île la nuit précédente, un événement totalement inattendu, et violent.

— Comme quoi ?

— J'y viens. Ce journal signalait qu'à la suite d'une altercation sur un bateau à l'ancien chantier naval Nelson, deux hommes ont été retrouvés inconscients dans l'une des cabines. L'un de ces hommes est finalement décédé et l'autre était sous la garde de la police au Centre médical Mount St John. Leurs noms n'ont pas été divulgués, mais on indiquait que le bateau appartenait à un type de l'île, DJ Jewel Movement. Je crois qu'en voyant cet article dans le journal, tu as d'abord décidé de reporter ton départ, pour savoir exactement qui était mort et qui était encore en vie. Ensuite, quand les éditions suivantes du quotidien ont annoncé que DJ Jewel Movement était mort et que l'autre s'appelait John Richardson et qu'on l'avait transféré dans la prison de Sa Majesté, à Antigua, visé par une possible double inculpation de meurtre, je crois que tu as décidé de rester indéfiniment dans la région afin de lui apporter une aide juridique, en la personne de miss Doughty ici présente. Mon hypothèse, c'est que ce John Richardson est un individu avec lequel tu as des liens de parenté. Ou qui est tout au moins un bon ami. Depuis lors, je pense que tu as suivi toute l'affaire, dans les journaux et avec l'aide de miss Doughty.

Je souris à cette dernière.

— Je ne t'en veux pas de m'avoir menti, Grace. Et s'il te plaît, ne te sens pas insultée. Je sais que c'est la réaction des avocats quand ils se font acheter. Sauf qu'ils préfèrent appeler cela le respect de la confidentialité de leurs clients.

— Je ne me sens pas insultée, me répondit-elle. Et, dans les faits, en réalité, je ne t'ai absolument pas

287

menti, Scott. Pas une fois. Je t'ai simplement expliqué ce que j'étais en mesure de te révéler. J'obéissais juste aux instructions de mon client. Mais tu penses ce que tu veux.

— Cela ne sert à rien de la traiter de menteuse, intervint Jérôme. À vrai dire, ce n'est pas sa faute. Et elle en sait beaucoup moins que vous ne le pensez.

— Alors pourquoi tu ne me dis pas ce qu'il en est ? Et ensuite, je pourrai me faire ma propre idée.

— Comment aurais-je la certitude que vous ne le répéterez à personne ? Je veux dire, vous pourriez tout faire foirer. Mes contrats de sponsoring. Mon accord avec la banque…

— Ah oui ? Je croyais que tu trouvais ça nul.

— Tout ça.

— En effet, tu ignores si je ne vais pas tout faire foirer. Mais j'en ai ras le bol de tout ça. Je n'ai qu'une envie, rentrer à Londres, pour essayer de me trouver un emploi correct, et cesser de jouer les infirmières pour quelqu'un qui ignore le luxe dans lequel il vit. Et franchement, j'ai eu ma dose de merdes, moi aussi. Le fait est que si tu continues encore longtemps à me cacher la vérité, je vais sûrement finir par aller raconter tout ce que je sais au PSG et au FC Barcelone. Si tu veux complètement gâcher toute ta putain de carrière, ça regarde, mon garçon, n'en fais qu'à ta tête.

Je le vis s'assombrir.

— Je ne prétends pas que dire la vérité soit toujours la meilleure solution, ajoutai-je. Dans certains cas, il est plus joli de mentir. Mais nous ne sommes pas dans ce cas de figure. J'adore le foot. Et j'adore les gens qui sont bons au foot. J'ai vu de quoi tu étais capable contre Barcelone, en septembre dernier, et j'ai sincèrement considéré que tu étais le meilleur de tous les joueurs sur le terrain.

Il hocha la tête.

— Vous avez raison. Je n'avais jamais mieux joué pour le PSG. Si seulement j'avais marqué ce soir-là, les choses auraient pu être différentes.

— C'est dur, le foot, et c'est ainsi. Très dur, parfois. On parle de survie des plus aptes. Parfois, ce sport me semble carrément darwinien. Aussi peu clément que Dame Nature. Une carrière peut s'achever en cinq minutes, avec un tacle mal calculé, comme celui qui a scellé le sort de Ben Collett, à Manchester United. Mis au placard du football à tout juste dix-huit ans. Mais toi, tu es encore dans la partie, mon garçon. N'oublie jamais ça. Et ce n'est pas parce que tu ne perces pas dans un club que tu ne perceras pas dans un autre. Les gens n'ont jamais l'air de se rappeler qu'en quittant Monaco, Thierry Henry n'a pas filé droit à Arsenal, il a d'abord vécu huit mois pénibles à la Juventus.

— Vous avez raison. C'est vrai, il y a eu ces huit mois. Oui, j'avais oublié.

— Les Italiens l'ont forcé à jouer ailier, où il était à peu près inefficace, et je pense qu'il n'a dû marquer que trois buts en seize apparitions.

— C'est pareil avec moi, insista Jérôme. Le PSG m'obligeait à jouer au poste d'ailier alors que je suis un attaquant. Dans ce match contre Barcelone, j'étais numéro 9, mais en position de faux 9. C'est ma meilleure position. Pareil que Messi.

— Barcelone est clairement de cet avis. C'est pour ça qu'ils tiennent à ce que tu reviennes jouer pour eux dès que possible. Et je souhaite aider Barcelone, parce qu'ils ont très bien agi avec moi, du temps où je sortais à peine de taule et où j'avais besoin d'un job de coach. Et tu dois savoir que je leur accorderai toujours la priorité. Mais je veux t'aider, toi aussi, Jérôme, parce que je respecte ton talent. Je crois sincèrement que tu peux devenir l'un des meilleurs joueurs du monde.

— Rien que pour ça, merci.

Je me levai, lissai le pli de mon pantalon et jetai un œil autour de moi.

— J'aurais besoin d'aller aux toilettes, si je peux me permettre. Pendant que je m'éclipse, je suggère que tu prennes ta décision, dans un sens ou un autre.

22

Jérôme Dumas me montra les toilettes, à l'étage. Je me lavai les mains dans une vasque en pierre et, en redescendant au rez-de-chaussée, je glissai une tête par deux portes entrouvertes, car j'ai mon côté fouineur. Dans la chambre principale, celle de Jérôme, il y avait plusieurs de ses bagages Louis Vuitton et toute une garde-robe éparpillée au sol, un mélange de vêtements et d'accessoires. Apparemment, la femme de ménage ne faisait pas grand-chose dans cette maison. Mais enfin, c'était une femme de ménage à la mode de la Guadeloupe.

Sur le mur d'une autre chambre était accroché un tableau, l'un des potirons de Yayoi Kusama, tout à fait semblable à celui que le même Dumas avait dans son appartement parisien. Ils avaient dû en vendre tout un lot en gros à des footballeurs, cette année-là.

De retour dans le salon avec sa triple hauteur sous plafond, il me sembla que Jérôme était finalement prêt à cracher le morceau. Ce n'était pas trop tôt. Il avait presque poussé ma patience à bout. Si j'avais eu une chaussure à crampons ou une pizza sous la main, j'aurais pu lui balancer à la figure.

— Très bien, dit-il. Je vais tout vous raconter. Tout. J'espère juste que c'est la bonne décision.

— Eh bien, c'est une chance que tu aies ton avocate pour te conseiller, dis-je. Explique-lui, Grace. Explique-lui que c'est comme ça et pas autrement. À prendre ou à laisser.

— Tu fais le bon choix, Jérôme, lui affirma-t-elle. Scott est vraiment venu ici pour t'aider. Je ne l'aurais pas amené ici si je ne pensais pas que tu pouvais te fier à lui.

— Merci, dis-je.

Je savais que Jérôme prenait la chose au sérieux parce qu'au moment où il avait prononcé ces mots, il avait coupé la PlayStation et, quand un individu âgé de moins de vingt-cinq ans coupe volontairement l'une de ces consoles à décerveler, vous comprenez qu'il va sûrement se passer quelque chose.

— Alors. Pourquoi ne me racontes-tu pas ce qui s'est passé ?

— Très bien. Je vais parler. Le type en prison, à Antigua, le client mystère de Grace… c'est mon père.

— Je vois.

— Il vit à Antigua, maintenant. Mais il n'est pas de là-bas. Et il ne vit plus avec ma mère depuis que toute la famille a quitté Montserrat. Ça date, c'était en 1995. C'est de là-bas qu'on est tous. Je ne suis pas du tout originaire de la Guadeloupe, mais de Montserrat, qui est l'île située entre ici et Antigua. Quand le volcan de la Soufrière a explosé, en juillet 1995, l'éruption n'a pas seulement dévasté Plymouth, la capitale de Montserrat, mais elle a ruiné toute ma famille. Et pas seulement la nôtre. Les deux tiers de la population de l'île ont été forcés de fuir leurs maisons. Ils ont été très nombreux à partir en Guadeloupe. Mais mon père a toujours détesté la Guadeloupe, même si c'était là qu'était née ma mère. En tout cas, il a refusé de venir ici avec elle et comme ils n'étaient pas mariés, cela n'a rien arrangé. Dumas, c'est le nom de ma mère. Donc, je suis venu ici avec elle et il est parti vivre à Antigua avec sa sœur, et sa fille à elle.

— C'est moi, fit Grace. John Richardson est mon oncle.

— Putain, marmonnai-je.

Jérôme eut un grand sourire.

— Je vous ai dit que c'était compliqué.

— C'est mon cousin, ici présent, qui a payé mes études à l'université de Birmingham. Pour lui, je n'aurais sans doute pas hésité à récurer les sols du Jumby Bay. C'est l'homme le plus généreux que je connaisse.

— Et elle ne mentait pas, elle ne savait réellement pas où j'étais, insista le principal intéressé. Je ne lui avais rien dit. Je ne l'avais dit à personne. Même mon père n'en était pas sûr.

— Dans ce cas, je vous présente mes excuses, dis-je. J'étais à côté de la plaque.

— Tout va bien, dit-elle. Tu ne pouvais pas savoir.

— Et je n'en sais toujours pas tellement, ajoutai-je, sur un ton assez appuyé.

— Chaque fois que je me rendais à Antigua, j'allais voir mon père. Il m'arrangeait une traversée sur le bateau d'un ami. Nous mettions le cap sur Montserrat, juste histoire d'aller jeter un œil. Mais je ne crois pas que les choses s'améliorent, là-bas, ni maintenant ni plus tard. Il y a encore pas mal d'activité volcanique, dans la région sud de l'île et tout autour. Les habitants ne sont pas autorisés à accéder à la zone d'exclusion mais nous y allons, mon père et moi, chaque fois que nous le pouvons, voir ce qu'il en est, de nos propres yeux. Le propriétaire du bateau… DJ Jewel Movement… c'était un autre gars de Montserrat et un ami de mon père. Ou du moins il l'a longtemps été. La veille du jour où j'étais censé m'envoler d'Antigua, nous sommes sortis en bateau. Nous avons effectué la traversée vers l'île, comme d'habitude. On s'est défoncé. Un peu trop, en fait. Mon père et Jewel Movement se sont querellés au sujet de je ne sais quoi. Une question d'argent, probablement. Ils se disputaient encore quand je suis descendu du bateau, au chantier naval Nelson. Mais pas un instant je n'ai cru qu'ils essaieraient de s'entretuer. La première information que j'ai eue à ce sujet m'est parvenue le matin où j'étais supposé prendre mon vol. Comme vous l'avez expliqué, j'étais à l'aéroport et j'ai vu la nouvelle dans le journal. Je ne savais pas quoi faire. Mais je savais que je ne pouvais sûrement pas quitter la région. En même temps, je n'avais pas envie de me retrouver dans les journaux parce que je serais resté à Antigua, de me présenter au commissariat de police et essayer d'obtenir sa libération sous caution, ou je ne sais trop quoi lorsqu'on est confronté à ce genre d'événement. Je craignais que cela ne compromette tout le travail de Paolo Gentile, qui m'avait décroché cette série de contrats publicitaires. J'ai donc appelé Grace et je lui ai annoncé la nouvelle. Ensuite, un ami de GJB – Gui-Jean-Baptiste – m'a amené ici dans son bateau, le temps que je comprenne quoi faire. J'avais espéré que la police accepterait la version de mon père... que c'était de la légitime défense... mais à la place, ils l'ont accusé de meurtre.

— Être inculpé de meurtre est toujours une affaire grave, cela va sans dire, fit Grace. À Antigua, en revanche, cela va au-delà de la gravité. Sur cette île, nous appliquons encore la peine capitale. Mon oncle risque la potence, monsieur Manson. S'il est déclaré coupable, il peut être condamné à mort. En l'état actuel des choses, il est peu probable qu'il soit pendu. La commission juridique du Conseil privé empêcherait presque certainement une exécution. Mais le Parti travailliste, qui a pris le pouvoir en juin 2014, semble vouloir rompre avec le Commonwealth. Et avec son système judiciaire. Si cette rupture se produisait, on risquerait assez vite de se remettre à pendre des condamnés, à Antigua. Comme à Saint-Christophe-et-Niévès. Et comme aux Bahamas. D'ici à ce qu'un verdict soit rendu dans le procès de John, il y a de fortes chances pour qu'Antigua procède à nouveau à des exécutions. Il semble que ce soit le vœu de la population.

— Merde, je ne savais pas.

— Eh oui. Cela voudrait dire que je serais obligée de quitter l'île, évidemment. Je ne pourrais continuer à travailler dans une société où l'on pend les gens. (Elle lança un regard à son cousin.) Désolée, Jérôme. Tu disais ?

— Au début, j'avais l'intention de rester ici deux jours, reprit-il. Une semaine au maximum. Mais plus je m'attardais, plus ça me paraissait difficile de simplement le laisser et de retourner à Barcelone jouer au football. Je veux dire, vous pouvez imaginer à quel point j'étais inquiet ? Je ne pouvais penser au sport. Pas une seconde. Quelqu'un a écrit un jour que la perspective imminente d'être pendu représente pour l'esprit une merveilleuse incitation à se concentrer. J'adhère à cette idée, mais je retirerais l'adjectif « merveilleuse ». Ces dernières semaines ont été un enfer. J'étais déjà déprimé, mais là, tout me paraissait bien pire. J'ai suivi l'affaire à la télévision et dans les journaux, mais je n'étais pas en mesure de contacter Grace. Je lui ai donné mes numéros à Paris et Barcelone, mais évidemment je n'y étais pas. Et ici, il n'y a pas de ligne fixe. GJB préfère. Et même pas d'Internet. Comme vous vous en êtes probablement aperçu, le réseau de portable sur cette île est pratiquement inexistant. Je n'avais pas envie d'aller à Pointe-à-Pitre, même de nuit, au cas où on me reconnaîtrait. Alors je suis resté ici, discrètement, en espérant qu'il se produise quelque chose. Naturellement, mon père aurait été furieux que je prolonge mon séjour au lieu de rentrer. Pour lui, la carrière passe avant tout. Absolument tout, lui compris. La famille a besoin d'argent, ce genre de truc, vous voyez, hein ? Ce n'est pas que de lui qu'il s'agit. Ma tante, aussi. Elle est malade. En réalité, mon père me croyait rentré en Europe, jusqu'à ce que vous vous pointiez en posant des questions sur l'endroit où je me trouvais. Il l'a appris uniquement parce que Grace vous a entendu en parler à ce flic stupide, à St John. Quoi qu'il en soit, elle a prévenu mon père ; il était furieux, il lui a dit qu'il fallait me transmettre son message, il insistait pour que je reparte à Barcelone avec vous, et en ce qui le concernait, tout irait bien. Et vous voici tous les deux.

Se tassant dans le grand canapé blanc comme un ballon qui se dégonfle, il lâcha un long soupir de désespoir, comme s'il risquait à tout moment de se disloquer et de laisser échapper un flot de larmes et le poids insupportable d'un énorme et très noir cafard. Il haussa les épaules, puis se passa la main sur le crâne, comme s'il avait une conscience aiguë, perturbante, du regard critique que je posais sur lui, les yeux mi-clos, m'efforçant de juger de la véracité de son histoire.

— Je ne sais pas quoi vous dire d'autre. Franchement, je ne sais pas. Mais j'étais déprimé. Depuis plusieurs mois, en réalité. Et sincèrement, je ne saurais expliquer pourquoi.

— Rien ne t'y oblige, fit Grace. C'est la nature même de la dépression. La seule cause véritable est physiologique.

— Possible. Mais je sais que la plupart des types verraient mes voitures, ma maison et ma copine, ils croiraient une déprime pareille impossible. Comment un type comme moi pourrait-il être dépressif ? Mais bon, le fait est que ça s'aggrave. Depuis deux semaines, je suis à court de Seroxat, et c'était vraiment tout ce que j'avais pour me maintenir à flot. Depuis lors, je n'ai rien fait d'autre que rester au lit, jouer à la PS4 et regarder fixement par cette putain de baie vitrée. Franchement, je suis content que vous soyez là, parce que sans cela, je ne sais pas ce que je serais devenu.

Tout cela semblait assez plausible, et pourtant, il y avait quelque chose dans son histoire qui ne sonnait pas tout à fait juste. Malgré cela, je n'arrivais pas à mettre le doigt dessus. C'était peut-être juste dû au fait que, comme beaucoup de riches et jeunes footballeurs, Jérôme ne me donnait pas l'impression d'être stupide ou dépourvu d'intelligence, mais simplement de faire preuve de trop de précipitation, et d'un peu d'imprudence. Et c'était pour cela que la plupart de ces jeunes footballeurs d'aujourd'hui avaient un Paolo Gentile près d'eux, quelqu'un pour les conseiller, face à tous les aléas. Mais je sentais qu'il me fallait pousser cette porte et m'assurer que rien ne se cache derrière.

— Qu'est-ce que tu ne me dis pas ? lui demandai-je.

Il secoua la tête.

— Allons. Les gens cachent toujours quelque chose, jusqu'à la dernière minute. Un élément qu'ils ne veulent pas lâcher.

— Comme quoi ?

— Je n'en sais rien. Mais quand on a fait de la prison, comme moi, c'est toujours ce que l'on constate. J'ai passé suffisamment de temps avec suffisamment de menteurs pour savoir quand quelqu'un n'a pas tout dit.

— Je crois que tu es un peu injuste, intervint Grace. Il me semble que Jérôme s'est déchargé de tout ce qu'il a sur la conscience. Il s'inquiétait pour son père. N'importe quel homme peut comprendre cela, non ?

— Maintenant je sais que tu mens. Tu laisses ton avocate s'exprimer à ta place.

Elle rit.

— Et voilà que tu remets ça. C'est une chance que j'aie le sens de l'humour.

— Mais je vous ai tout dit, insista Jérôme. Sincèrement.

— Crois-moi, quand tu essaies de dire la vérité à quelqu'un, c'est un mot que tu ne dois jamais prononcer. Non qu'un terrain de football soit très différent de la prison, remarque. Les conneries qu'on peut entendre, quand on est sur le terrain. Au cours de mes vingt et quelques années dans le football, j'aurais aimé toucher cinq euros pour chaque mensonge que j'ai entendu. « Je n'ai jamais eu l'intention de le blesser. » « C'était un tacle correct. » « Je n'ai pas plongé. » « Qui ça, moi ? » « J'ai joué le ballon, pas le bonhomme. » « Cette balle-là, c'était cinquante-cinquante. » « C'était du ballon vers la main, monsieur l'arbitre, pas de la main vers le ballon. » « Je suis à dix mètres derrière. » Et encore, c'est sans compter avec les mensonges qu'on entend au vestiaire quand on est manager. « La jambe, ça va, patron, elle ne fait pas mal du tout. Je peux jouer la prochaine mi-temps sans problème. » « J'ai pas pu entendre ce que tu disais, patron. » Jérôme, est-ce que j'ai l'air d'un abruti ? Tous les footballeurs sont de sales menteurs. Mentir, cela fait simplement partie du jeu, désormais, comme les packs de glace ou les boissons énergisantes isotoniques, ou se badigeonner la poitrine au Vick's VapoRub. Je crois sincèrement que si une équipe se mettait subitement à dire la vérité, tout le monde s'imaginerait que ses joueurs sont des drogués. Alors, qu'est-ce que tu ne me dis pas ?

— Rien, protesta-t-il. Je vous ai dit toute l'histoire. Et c'est la vérité.

Mais je fus aussitôt pris à contre-pied par ce qui se produisit ensuite.

Jérôme Dumas fondit en larmes.

— C'est terminé, intervint Grace. Je pense qu'il en a assez.

— Et là tu t'exprimes vraiment comme son avocate.

Elle se leva.

— Je pense qu'il vaut mieux mettre un terme à cette discussion pour le moment. Nous pouvons nous revoir plus tard. Ce soir. Quand Jérôme se sentira de nouveau dans son état normal.

— Supposons qu'il ait de nouveau la bougeotte et s'évapore ? Et ensuite ? J'aurais fait venir le jet du FC Barcelone ici sans aucune raison.

— Alors attends un peu, me pria Grace. Tu peux attendre quelques heures avant de savoir avec certitude, non ?

— Oui, je suppose.

Elle s'assit à côté du footballeur en pleurs et passa le bras autour de ses épaules secouées de sanglots.

— Tu n'iras nulle part, hein, Jérôme ? lui souffla-t-elle. Pas maintenant que nous t'avons retrouvé ?

Il s'essuya le visage et secoua la tête.

— Non, je serai ici.

— Nous allons regagner l'hôtel à pied, lui dit-elle. Nous reviendrons vers 7 heures, et nous pourrons éventuellement sortir dîner quelque part. C'est-à-dire, si nous réussissons à trouver un endroit où l'on sert quelque chose d'à peu près mangeable.

23

Notre suite de deux chambres à l'Auberge de la Vieille Tour était, nous avait-on expliqué, la plus grande que l'hôtel ait à proposer, ce qui ne la rendait pas plus confortable pour autant. Le vestiaire de l'équipe de Stoke City était sans doute mieux aménagé.

Une terrasse tout en longueur sur deux niveaux, avec une table et deux chaises longues, offrait une jolie vue sur une pelouse d'un vert améthyste et, au-delà, sur la mer et toute une population d'oiseaux virevoltant dans le ciel. C'étaient pour la plupart des oiseaux moqueurs dont les moqueries acides visaient peut-être notre choix d'hôtel. Cela faisait franchement cet effet. Il n'y avait pas de tapis, rien qu'un sol de marbre, et la suite n'était équipée que d'un fauteuil, d'un canapé d'aspect assez miteux qu'on aurait pu trouver dans n'importe quelle chambre meublée à prix cassé, et d'une télévision avec accès à toutes les principales chaînes françaises et italiennes, ce qui signifiait qu'au moins je ne serais pas privé de football. Le minibar était à peu près aussi bien garni qu'un frigo d'étudiant et le signal wifi plus faible que celui émanant du Rover sur la planète Mars. À première vue, une soirée dans le meilleur hôtel de la Guadeloupe serait amplement suffisante. J'étais impatient de retourner à Jumby Bay, et ensuite à Londres.

Après la dépense d'énergie émotionnelle de la conversation avec Jérôme Dumas, je me sentais un peu fatigué et le lit paraissait assez confortable, aussi je pris une douche rapide dans la minuscule salle de bains et me glissai sous les draps frais et blancs. Je me mis à réfléchir aux événements de l'après-midi. S'il y a une chose que je déteste dans le football, c'est un pleurnichard larmoyant. Certains de ces gosses trop dorlotés ne savent pas à quel point ils vivent dans le confort et bon nombre d'entre eux auraient bien besoin d'une bonne fessée. À son époque, João Zarco frappait certains de ses joueurs de City, et la seule raison pour laquelle je n'en ai moi-même pas collé une à tel ou tel, c'est que je n'ai pas exercé mes fonctions assez longtemps. Croyez-moi, cela se produit bien plus souvent que vous ne le pensez. À titre de preuve, je vous citerai Brian Clough et Roy Keane. Impensable, n'est-ce pas ? C'est probablement l'une des raisons pour lesquelles notre ami « Keano » est devenu un bel enfoiré aujourd'hui. Je me suis fait moi-même éclater la tête quand je jouais à Southampton, et à juste titre.

Mais Dumas, c'était différent. Il semblait authentiquement déprimé, et il est impossible d'affirmer à quoi un état pareil risque de mener, surtout quand on est à court de pilules du bonheur. Vous finissez par vous pendre sur Wembley Way comme mon coéquipier d'Arsenal, Matt Drennan, ou vous essayez de mettre une tête à un semi-remorque sur l'A64 comme ce pauvre Clarke Carlisle, l'ancien défenseur de Leeds.

Malgré les assurances qu'il nous avait données, je m'attendais à devoir encore manier Dumas avec prudence, si je voulais réussir à le mettre dans un avion pour Barcelone.

Peu après avoir fermé les yeux, je sentis Grace allongée nue à côté de moi, et son léger nuage de parfum et de lait pour le corps. Je restai silencieux une minute ou deux, savourant le fracas délassant de l'océan par la fenêtre ouverte. J'adore le bruit de la mer. C'est peut-être parce que je suis du signe des Poissons, mais je crois que cela tient plus encore au fait qu'étant né à Édimbourg – qui possède avec la ville de Leith un port de mer à part entière –, la mer et les cris des mouettes tournoyant au-dessus du château d'Édimbourg furent probablement le premier bruit de fond dont j'eus jamais conscience. Sans oublier le vacarme de quelques supporters des Hearts rentrant chez eux en faisant la fiesta dans Gorgie Road après une victoire dans le derby local. Cependant, la relaxation fut longue à venir. Je me sentais un peu coupable, à cause du ton sur lequel je m'étais adressé à la femme qui occupait maintenant le même lit que moi.

— Je te dois des excuses.

— Il y a matière à débat.

— Le père de Jérôme, John Richardson. Quelles sont ses chances ?

— John va certainement plaider la légitime défense. Il y a quantité de preuves que DJ Jewel Movement ne s'est pas privé de lui rendre ses coups. L'ennui, c'est que Jewel Movement était populaire à Antigua. Et trouver un jury impartial pourrait être compliqué. Beaucoup de gens le connaissaient et l'appréciaient.

Un jury risque donc facilement de condamner John, rien qu'à cause de cela. Bien sûr, il a une très bonne avocate.

— Je ne m'inscrirais sûrement pas en faux sur ce point.

— Je m'en félicite.

Je me retournai et la pris dans mes bras. Elle étendit une longue jambe en travers de ma hanche, m'attira plus près d'elle et me lécha la poitrine comme si c'était un morceau de choix.

— C'est à mon sens une très bonne juriste, en effet.

— Hmm.

— Il n'empêche, je voulais juste te dire que je n'avais pas l'intention de t'insulter, quand nous étions dans la maison de ton cousin.

— Je ne me suis pas sentie offensée. Je crois avoir la peau bien plus épaisse que tu ne l'imagines.

— Alors nous sommes en phase, dis-je.

— Mieux qu'en phase. Tu ne crois pas ?

— Je ne vais certainement pas te contredire alors que nous sommes au lit. Nous aurions bien besoin de plus de gens comme toi, en Angleterre, dis-je, la taquinant un peu. (Après la manière qu'elle avait eue de me cacher la vérité, j'avais l'intention de la faire languir.) Là-bas, les gens sont de plus en plus prompts à prendre la mouche pour presque n'importe quoi. J'en veux pour preuve la tempête provoquée sur Twitter voici quelques jours par un de mes tweets. Ce qui me vaudra sans doute une amende de la Fédération anglaise, et l'obligation de présenter des excuses. Sans quoi, ils seraient capables de me retirer ma licence de coach.

— Qu'est-ce que tu as posté ?

Je soupirai.

— C'était une plaisanterie stupide. Une remarque en l'air.

— C'est pour ça que cela s'appelle Twitter, non ? Parce que c'est censé ne rien signifier d'important.

— Et pourtant ça l'est. Un joueur brésilien, un certain Rafinha, est sorti pendant un match de football à Barcelone, et j'ai suggéré qu'il avait peut-être ses règles. C'était de l'humour.

— Je saisis. Comme la scène du jus de groseille dans *Les Infiltrés*. Ray Winston et Leonardo DiCaprio.

— C't'exact. En tout cas, les petites sœurs de Twitter ont jugé la blague sexiste et de mauvais goût et m'ont dénoncé à la Fédération anglaise qui enquête maintenant sur la question. Longtemps, dans le football, les attitudes sexistes étaient parfaitement tolérées. Maintenant, tout le monde est obligé de s'exprimer de manière aussi artificielle que cette enflure politiquement correcte d'Ed Miliband, l'ancien leader travailliste. Ce qui rend l'épisode doublement irritant, c'est que mon père m'avait averti de rester à l'écart de Twitter. Et jusqu'à cet incident, je m'y étais tenu.

— Cela me plaît assez que tu sois sexiste. Surtout à cette minute. Je ne voudrais pas de toi autrement.

— Je suis content de t'entendre dire que tu veux de moi, en tout cas.

— Mais sérieusement, Scott, pourquoi ne pries-tu pas tout le monde sur Twitter d'aller se faire foutre, et puis tu fermes ton compte ?

— C'est ton conseil d'avocate ?

— Oui.

— Je n'y avais jamais pensé.

— Ton père a raison. Tu devrais l'écouter. Sur Twitter, tu n'es que le jouet du hasard. Il suffit d'y rester suffisamment longtemps, et tu dérapes forcément. Bon. Acquitte l'amende de la Fédération, excuse-toi, et ensuite tu diras merde à Twitter.

— Tu sais, je crois que c'est ce que je vais faire.

— Et que l'on me qualifie de menteuse, pour moi, ce n'est pas une nouveauté, Scott. J'entends bien pire que cela, au tribunal. Non, ce que je trouverais plus offensant, ce serait, sous prétexte que j'ai fait un usage un peu parcimonieux de la vérité, si tu décidais que tu n'as plus envie de me baiser.

— Oh, il y a très peu de chances que tu dises quoi que ce soit susceptible de conduire à un tel résultat. En fait, je pense qu'au lit, cela crée une situation intéressante, pas toi ? Si je devais te prendre en main, là, tout de suite.

— J'en déduis que tu es en train de me raconter que tu aimerais me montrer qui est le patron.

— Si je te saute, ce sera sûrement plus fort que de me faire baiser par mon avocate, tu ne crois pas ?

24

De l'hôtel, nous retournâmes à la villa dans l'obscurité, le long d'une grande route encombrée de voitures et d'un essaim de scooters, pareils à des moustiques. Au Gosier, un marché nocturne occupait l'espace du parking, et nous nous arrêtâmes un moment pour passer en revue le poisson local, des fruits et légumes exotiques, des pots de miel, du pain à peine sorti du four, des bocaux d'épices, des bonbons et des sucreries, des viandes crues et séchées et des bouteilles de rhum. Il y avait même deux camionnettes à hamburgers servant une nourriture au fumet véritablement appétissant. Tout cela était haut en couleur et un rien déroutant.

— Nous devrions peut-être dîner ici, proposai-je. Ce ne serait sûrement pas pire qu'ailleurs.

Elle fit grise mine.

— Non, franchement, insistai-je. Certains des meilleurs repas que j'aie jamais faits, c'était en Angleterre, à la sauvette, au comptoir de camionnettes stationnées devant des stades de football.

Ignorant les camionnettes, nous continuâmes. Les gens du coin paraissaient assez accueillants, mais nous aurions pu être quelque part en Afrique de l'Ouest et il était difficile de croire que nous nous trouvions dans une région de l'Union européenne, malgré des prix presque aussi élevés que sur un marché touristique de province en métropole. Je me demandai où le peuple de la Guadeloupe, qui ne donnait pas l'impression d'avoir beaucoup d'argent, trouvait les moyens de se payer grand-chose. Nous achetâmes tout de même quelques denrées et poursuivîmes notre marche, main dans la main.

— Tu sais que je vais avoir besoin de ton aide, Grace, dis-je. Le gamin m'a fait l'effet d'être à bout de nerfs, une vraie loque. Il n'y a aucun moyen de prédire ce qu'il va faire. Et si, quand nous serons de retour chez GJB, Jérôme annonce qu'il a changé d'avis concernant son retour à Barcelone avec moi, j'aurai besoin de toi, que tu m'aides à le persuader que son père a une chance raisonnable d'être acquitté.

— Je sais.

— Alors, tu es de mon côté ?

— Laisse-moi clarifier les choses au sujet de mon cousin, Scott. Je sais que tu penses que c'est *grosso modo* un propre à rien et un panier percé. Mais je lui dois tout.

— Tu es en train de m'expliquer que c'est non ?

— Pas exactement. Cependant, tu dois te rendre compte de tout ce que je lui dois. Ce n'est pas simplement mon cursus universitaire qu'il m'a payé. Mon appartement aussi. Et mes bureaux. Et ma voiture. Il a aussi payé l'appartement de son père, à Antigua. Et il acquittera certainement les frais juridiques de John. Cet homme que nous avons rencontré ce matin... celui qui était dans la chaise longue ? C'est l'ancien coach de foot du lycée local, ici, à Pointe-à-Pitre. Gerville-Réache. À qui Jérôme donne aussi régulièrement de l'argent. Cette femme, au salon de coiffure ? Quand Jérôme a appris que le tremblement de terre l'avait obligée à fermer boutique, il lui a envoyé de l'argent. C'est l'homme le plus généreux que je connaisse. Sans lui, beaucoup de gens sur cette île stupide n'auraient rien.

— J'ai conscience de tout cela. Et crois-moi, je pense que c'est une bonne chose qu'il veille ainsi sur ses amis et sa famille. Mais tu comprendras sûrement qu'il a besoin de gagner de l'argent. Sans un gros salaire du PSG ou du FC Barcelone, toute sa générosité risquerait de tourner court. Si la poule cesse de pondre ses œufs d'or, ce ne sera pas juste de mauvais augure pour Jérôme Dumas, ce sera mauvais pour tout le monde.

— Je comprends bien. Mais tu vois, Jérôme et John, ils n'ont jamais été proches. Et maintenant, ils le sont devenus. Très proches. En particulier depuis la mort de la mère de Jérôme. C'est donc normal que tout ceci le rende malade d'inquiétude.

— Je suis un homme de football, Grace. Je ne suis pas psychologue du sport. Mon boulot, c'est de représenter le club et de m'assurer que Dumas comprend la position du club.

— Tant que tu comprends la mienne également.

— Oh, je la comprends. Mais écoute, tout ce qu'il doit faire, c'est rentrer avec moi, passer sa visite médicale et ensuite expliquer pourquoi il a disparu. Rien ne lui interdirait même de demander un congé exceptionnel pour raisons familiales et de repartir à Antigua pour un temps. Si je soutiens cette demande, ils y accéderont forcément. Parce qu'ils me seront largement redevables de leur avoir retrouvé le gamin.

— Tu penses réellement qu'ils l'autoriseraient ?

— Pourquoi pas ? Ils se sont montrés extrêmement compréhensifs envers Messi quand toute sa vie a été mise sens dessus dessous par ces ordures des autorités fiscales espagnoles. Alors je suis à peu près certain qu'ils sauront faire preuve de la même mansuétude envers Jérôme Dumas et son père.

— Très bien. Je te soutiendrai, alors. Il y a une chose qui est sûre : il ne peut pas rester ici, en Guadeloupe. Passer toutes ses journées voûté devant une PlayStation, ce n'est bon pour personne. Et encore moins pour quelqu'un de déprimé. Il a besoin de se remettre à ce qu'il sait faire, à jouer au football.

Nous atteignîmes la maison qui était abritée de la rue comme elle l'était de la plage – juste une porte comme une autre qui ouvrait sur un jardin à la végétation luxuriante. Cette fois, ce fut Charlotte, la gouvernante, qui nous accueillit. C'était une femme forte, souriante, la quarantaine, qui ne dit presque rien, mais il était clair qu'un dîner avait été préparé à domicile. Des plats délicieux étaient déjà presque prêts en cuisine. Grace et moi échangeâmes un regard et lâchâmes un soupir de soulagement. Nous étions tous deux affamés.

— M. Dumas vous rejoint dans un court instant, nous signifia-t-elle, en nous conduisant au salon. (Elle désigna une bouteille d'un coûteux rosé dans un seau à glace à côté de quelques verres.) Servez-vous donc un peu de vin.

Je remplis deux verres, but une gorgée de cet excellent cru et nous allâmes ensuite inspecter la bibliothèque en hêtre.

— Qui est le propriétaire de cette maison, dont il nous a parlé ? s'enquit Grace.

— Un footballeur français. Gui-Jean-Baptiste Target.

— Il semble aimer lire sur le football autant qu'il aime y jouer, constata-t-elle. La quasi-totalité de ces livres sont consacrés au foot.

— Ce qui expliquerait certainement la PlayStation 4.

— Oh, incroyable. Celui-ci est de toi. *Jeux truqués*. Elle le prit avec elle, regagna le canapé et l'ouvrit. Tu l'as écrit ou est-ce quelqu'un d'autre qui a pris la plume à ta place ?

— Non, je l'ai écrit moi-même. Ce qui explique sans doute pourquoi il n'a pas l'air de très bien se vendre. J'aurais dû engager un écrivain fantôme. Comme Roddy Doyle ou Philip Kerr. Kerr serait le plus cher des deux, d'après ce que j'ai entendu dire. Mais enfin, il ne cherche pas à s'en attribuer le mérite. D'après la rumeur, il aurait déjà quelques footballeurs célèbres à son actif. Probablement parce que pour un fantôme, il est plus transparent que d'autres.

— C'est M. Target qui l'a acheté. Et, à en juger d'après l'état du bouquin, je dirais aussi qu'il l'a lu. Il y a des passages, là, qui ont été soulignés d'un stylo énergique.

— Vraiment ? Lesquels ?

— « Le football est devenu le nouvel espéranto. Une lingua franca moderne au véritable sens de cette formule : c'est un langage passerelle, une langue commune qui facilite l'échange culturel dans le monde entier. Un ami qui se trouvait dans une région reculée du Vietnam m'a expliqué qu'au cours des deux semaines de son séjour là-bas, il s'est débrouillé avec simplement deux mots : David Beckham. Tout le monde a entendu parler de Becks. Et tout le monde l'aime bien. Mentionner son nom suffit à créer une forme de lien. Alors oublions le Prince Andrew. C'est Goldenballs, comme l'appelait sa femme Victoria, qui devrait se voir confier une fonction de représentant spécial de la Grande-Bretagne pour le commerce et l'investissement, sans mentionner un titre de noblesse et tout le reste de ce qui peut témoigner notre reconnaissance envers un homme qui représente l'un de nos meilleurs produits d'exportation. Franchement, la famille royale a davantage besoin de l'aura et du chatoiement d'un Beckham ennobli que ce garçon n'a lui-même besoin de cette babiole. Et n'est-il pas temps de convier Beckham à rejoindre le conseil de la Fédération anglaise ? Avec tout le respect qui est dû à Heather Rabbatts – une directrice non exécutive du conseil de la FA – ce n'est pas d'un manque de diversité ethnique que pâtit le conseil actuel, mais de l'absence de ses foutus footballeurs. Si je puis me permettre d'emprunter une formule au capitaine de l'équipe anglaise de rugby, Will Carling, parlant de la commission de la Rugby Football Union, la Fédération anglaise, ce ne sont que cinquante-sept vieux péteux. Si l'équipe d'Angleterre veut de nouveau compter un jour, nous aurons besoin qu'en Angleterre ce soit des footballeurs qui prennent les décisions relatives au jeu. Parce que l'équipe nationale devient de plus en plus insignifiante. Si tout fan de football devait choisir entre refuser de suivre son pays et refuser de suivre son club, et je m'excuse auprès de E. M. Forster de paraphraser sa fameuse formule, il est plus ou moins certain qu'il aurait le bon sens de ne pas suivre son pays. »

Je tressaillis.

— J'avais oublié ce passage. Oh, merde. Je n'ai pas l'impression que ce soit de nature à m'aider quand je comparaîtrai devant la commission disciplinaire de la Fédération pour avoir entaché la réputation de mon sport à cause de mon tweet sur les ragnagnas de Rafinha.

— Probablement pas. Se pourrait-il que tu aies besoin d'un avocat là-bas, pour s'exprimer à ta place ?

— Cela m'en a tout l'air, n'est-ce pas ?

— À moins que tu ne réussisses à persuader David Beckham de te représenter.

Elle tourna plusieurs dizaines de pages, lut encore quelques passages qui la firent rire.

— Quoi ? dis-je.

— Ceci n'est pas beaucoup mieux. « Ce sport est vraiment égalitaire en ce qu'il possède de quoi attirer tout le monde. C'est le dernier bastion du tribalisme dans un monde civilisé. En tant que tel, c'est un refuge contre toute pensée politiquement correcte. Ceux qui prêchent la politesse, l'orthodoxie, la tolérance et l'homogénéité sociale, on peut les ignorer sans craindre de se tromper. Voyez la réaction hostile des fans de Tottenham à cette proposition de la Fédération, de rendre l'emploi de la formule *Yid Army* passible de sanctions judiciaires, témoignage s'il en est de sa surdité. Des hommes et des femmes se sentent en sécurité dans le monde du football. C'est une enclave, un refuge contre les valeurs bien-pensantes de la BBC, du *Guardian*, du Parti travailliste, des cinquante-sept vieux cons et tous les soucis du monde, et si vous tentez d'abattre ces murs, c'est à vos risques et périls. Aller à un match de foot, c'est comme dire "allez vous faire foutre" à tout ce qui précède. Quand on se rend à un match de foot, on n'en a plus rien à foutre des difficultés économiques du pays, de la grippe aviaire, du sida, de l'égalité entre les sexes, de la guerre en Irak, en Afghanistan, du conflit d'Irlande du Nord, "les Troubles", comme on l'appelle, de la famine en Afrique, du terrorisme islamique, de l'islam, du 11-Septembre, des Palestiniens – en fait, on n'a plus à penser à rien, plus à se soucier de grand-chose, hormis le foot en tant que tel. Non seulement cela, mais un stade de football est peut-être le dernier endroit au monde où un homme ou une femme d'âge adulte peuvent bêtement se comporter comme des enfants sans que personne ne le remarque vraiment ou ne s'en soucie plus que cela. C'est comme aller à la pêche, dans la mesure où cela libère l'esprit de tout, sauf d'attraper un poisson, avec cette différence de taille, en ces temps de fracture sociale où nous vivons : quand vous allez à un match de foot, vous faites partie d'une famille. Une famille qui ne pose pas de questions à propos de qui vous êtes ou de ce que vous êtes, car c'est la couleur du maillot que vous portez qui compte, c'est l'écharpe qui compte, pas ce que vous dites, pensez ou faites, et au diable tout le reste. »

Grace posa le livre un moment.

— De quel montant disais-tu que pourrait être leur amende ? me demanda-t-elle.

— C'est si grave que ça, hein ?

— Non, franchement, combien ?

— Je ne suis pas sûr qu'il existe un plafond, en réalité. Je crois que c'est Ashley Cole qui a écopé de l'amende la plus élevée jamais infligée, pour avoir traité la Fédération de connards, sur Twitter. Ce qui était la vérité, naturellement. Mais il lui en a coûté quatre-vingt-dix mille livres. Non, attends. La plus élevée, c'était John Terry. Oui, bien sûr. Comment ai-je pu oublier ? En 2012, il a écopé d'une amende de deux cent vingt mille livres pour avoir traité Anton Ferdinand, le joueur de Southend United, de sale connard de Noir.

— Deux cent vingt mille... livres ?

Je confirmai.

— Franchement, j'ai été traité de bien pire. Et j'ai lancé moi-même plus d'une injure raciste. En réalité, ce qu'on te donne d'une main, on te le reprend de l'autre. Je pense que c'est un total non-sens d'interdire un certain langage sur le terrain quand la moitié des joueurs de Premier League ne sont même pas foutus de parler anglais. Vouloir savoir qui a dit quoi... c'est puissamment débile. Comment est-il même possible de régenter de pareils écarts de langage quand « *negro* », par exemple, est le terme espagnol pour désigner la couleur noire ?

— Il me faudrait presque cinq ans pour gagner une telle somme.

— Pour John Terry, cela représente dix jours de salaire. C'est une chance qu'il n'ait pas mordu Anton Ferdinand, en prime.

— Je ne comprends pas. Jusqu'à maintenant, comment t'en es-tu tiré à si bon compte, après tout ce que tu as écrit dans ces pages ?

— Je t'ai dit que personne n'avait lu ce livre. Il a été soldé presque immédiatement. La plupart des exemplaires sont dans mon grenier, je crois. Aujourd'hui, personne ne lit plus de bouquins, en Angleterre. Mais tu écris un truc sur Twitter et c'est une tout autre histoire. On traite un tweet comme s'il s'agissait d'une lettre d'Émile Zola, bordel.

— Maintenant, ton livre, ils vont le lire, tu ne penses pas ? La Fédération anglaise, j'entends.

— Tu as raison. Je vais avoir besoin d'un conseil pour me représenter, pas vrai ? Bon. Si tu as envie de ce boulot, il est pour toi.

— Vraiment ? Tu me mettrais dans un avion pour que je me rende à cette audience ? À Londres ?

— Pourquoi pas ? Pourvu que cela me permette de te baiser encore, Grace. Il faut bien que j'en retire quelque chose, de cette audience, tu ne penses pas ? En plus, cela fera bon effet, que j'aie une avocate noire. (J'eus un grand sourire.) La lingerie noire, ça m'a toujours plu.

— Scott, mon cher, je crois que j'aurais intérêt à tout de suite réfléchir à ta défense. Dès ce soir. Tu vas avoir besoin de toutes les circonstances atténuantes que je vais être capable d'exhumer des recueils juridiques.

25

Lorsque Jérôme descendit au rez-de-chaussée, il portait un jean G-Star RAW qui avait l'air aussi râpé que ruineux et un T-shirt à message portant cette inscription : MARQUE SOUS LA PRESSION. J'avais déjà vu Mesut Ozil en porter un identique au Chiltern Firehouse, l'hôtel-restaurant des célébrités, et j'avais considéré qu'il se moquait du monde : avec Arsenal, marquer sous la pression, cela ne lui était pas souvent arrivé. Jérôme arborait aussi ses clous d'oreilles Cartier sertis de diamants et une montre en or Tourbillon plus tape-à-l'œil que toutes les mines de diamant de Kimberley. Nous nous serrâmes la main comme deux potes, puis il se servit un verre de vin.

— C'est un vin agréable, dis-je. Domaine Ott. Celui-là, il faudra que je m'en souvienne.

— C'est Gui qui s'y connaît en vin, me répondit-il. Il a une cave au sous-sol qui m'a l'air fabuleuse. Moi, je commande juste à la page le plus cher sur la carte et ensuite je croise les doigts.

— Quand on vit à Paris, cela peut se révéler coûteux.

— Ça l'est. Le vin sera peut-être moins cher à Barcelone.

— Ils en produisent d'assez bons, en Espagne. Peut-être aussi bons que tout ce qui se produit en France.

— Quel est ce livre ? demanda-t-il à Grace, encore occupée à lire.

— Je l'ai trouvé dans la bibliothèque de Gui. Il est de Scott.

Elle le leva pour lui montrer la couverture agrémentée d'une photo de moi et mon air ténébreux. Que mettre d'autre en couverture d'une autobiographie ? Je me souvenais, à la sortie de ce bouquin, combien j'avais trouvé perturbant de voir ma propre gueule me dévisager sur les rayonnages de ma librairie Waterstones locale. C'était comme de rester en arrêt devant l'affiche d'un criminel recherché.

— De Scott. Hmm. Gui aime bien lire.

— À en juger par le nombre d'annotations, cela semble être l'un de ses préférés.

— Alors il faut le lui dédicacer, fit Jérôme. Il en a plein d'autres qui sont signés. Le livre d'Alex Ferguson. Celui de Roy Keane. Celui de Mourinho. Il adore les faire dédicacer. Attendez, je vais vous chercher un stylo.

Il ouvrit un tiroir et en sortit un stylo à pompe Montblanc qu'il me tendit.

J'essayai d'écrire mon nom, mais sans succès.

— On dirait qu'il n'y a plus d'encre, dis-je, en le lui rendant.

— Je crois qu'il y en a un pot dans le bureau, fit-il en s'asseyant devant une table de style moderne, près de la fenêtre. Il tira sur le corps du stylo, puis se renfrogna. Il était clair qu'il ignorait comment fonctionnait l'objet.

— C'est un système à piston, expliquai-je. J'en ai un chez moi. Tu dévisses l'extrémité, tu plonges la plume dans l'encre, puis tu revisses, ce qui aspire l'encre.

— Merde, s'écria Jérôme en contemplant sa main. Finalement, on dirait qu'il en restait un peu quand même.

Il s'essuya la main derrière son jeans.

— J'ai fichu en l'air pas mal de chemisiers blancs, comme ça, confia Grace. Attends, donne-le-moi.

Elle prit le Montblanc, remplit le réservoir d'encre, l'essuya soigneusement sur un Kleenex sorti de son sac à main – non sans se tacher les doigts d'un peu d'encre – puis elle me le tendit.

— Voilà, vas-y.

J'ouvris le livre à la page du titre et inscrivis mon nom et un petit message anodin à l'intention de Gui, le félicitant de sa maison ravissante et lui souhaitant bonne chance dans sa carrière. Un livre est assez difficile à écrire, mais les dédicaces le sont encore plus. Surtout dans le football. Le nombre de fois où j'avais écrit *C'est un drôle de sport* ou *C'est un livre en deux mi-temps*. J'ignore pourquoi, mais simplement souhaiter *bonne chance* ne semble jamais tout à fait suffisant. Je tendis le livre à Jérôme qui en tourna les pages comme s'il s'était agi d'un artefact sorti d'une capsule temporelle. Ce qui est peut-être le cas de tous les livres. Je veux dire, qui lit encore, bordel ?

— Peut-être que je pourrais le lire dans l'avion pour Barcelone, dit-il. Mais pourquoi ce titre, *Jeux truqués* ?

— Tu te souviens que je t'ai confié avoir fait un séjour en prison, pour un acte que je n'avais pas commis ?

Il hocha la tête.

— Tout le récit de ce qui s'est passé est là-dedans. Comment je me suis fait piéger par les flics anglais pour un crime dont je n'étais pas l'auteur. C'est une allusion à cet épisode, et à la réputation que j'avais d'être un peu un dur sur le terrain. Jusqu'à Richard Dunne, l'Irlandais d'Aston Villa, je crois avoir détenu le record du nombre de cartons rouges de toute la Premier League. Non, ce n'est pas tout à fait vrai. Je dirais qu'il détient maintenant ce record conjointement avec Patrick Vieira et Duncan Ferguson, l'ancien Écossais d'Everton. Enfin, sincèrement, je n'ai jamais été un joueur de coups bas. Juste pleinement engagé, comme on dit. Je n'ai jamais cherché à volontairement blesser quiconque. Mais je pense que le football est un sport d'hommes, qui court le danger de s'affadir un peu.

— Ah ? Comment ça ?

Il posa le livre sur la table et prit son verre.

— J'ai observé Messi de près l'autre semaine au Camp Nou, le pied vif-argent, et je me disais que dans l'ancien temps, il y aurait eu un joueur... un Norman Hunter, l'ancien de Leeds réputé pour ses tacles appuyés, un Tommy Smith, l'ex-défenseur intraitable de Liverpool... qui lui aurait coupé les jambes. Remarque, je ne prétends pas que ce serait une bonne chose. Simplement que le balancier est peut-être reparti trop loin dans l'autre sens. En réalité, je pense que c'est pour cela que beaucoup de joueurs européens sont à la peine en Premier League. Parce que le jeu est beaucoup plus physique en Angleterre qu'il ne l'est en Espagne. À une exception près. Cristiano Ronaldo. C'est sans doute le joueur le plus physique que j'aie jamais vu. Je l'ai rencontré une fois et c'était comme de serrer la main à Xerxès, bordel. Le roi, dans le film *300*, l'histoire des trois cents Spartiates. Celui à qui Leonidas dit d'aller se faire foutre.

Jérôme acquiesça.

— Bon film.

Je haussai les épaules.

— De bons moments.

— Vous savez, j'ai pensé à écrire un livre, moi aussi, admit Jérôme. Oh, je ne veux pas parler d'encore une de ces autobiographies ennuyeuses où je raconterais comment j'ai été repéré par Monaco et l'effet que cela faisait d'être associé en tandem avec Zlatan. Non, je veux dire, un véritable livre. Comme celui qu'a écrit votre Russell Brand…

— Oh, tu veux parler de son booky-wook ?

— C'est quoi, ça ?

— Disons que c'est comme un livre, sauf que c'est écrit par Russell Brand. Ce qui, en soi, d'après moi, suffit à changer un peu la donne.

Jérôme opina.

— Vous avez lu son dernier bouquin ? me demanda-t-il. Ça s'appelle *Revolution*.

— Non, avouai-je. Et toi ?

— Pas encore. Mais je le lirai dès que je pourrai mettre la main sur un exemplaire en français. Je suis vraiment impatient. En fait, si vous tombez dessus à l'aéroport de Pointe-à-Pitre, vous pourriez éventuellement m'en acheter un. Comme ça, j'aurai le temps de le regarder dans l'avion.

— Bien sûr.

Je remarquai qu'il venait de dire « regarder » et pas « lire ». Il y a là une différence capitale que quantité de gens qui achètent encore des livres ne mesurent pas vraiment.

— Je me suis même trouvé un titre, annonça-t-il.

— Ah ouais ?

— Je vais appeler mon livre *Le Tombereau électrique*. Comme cette charrette dans laquelle ils transportaient les condamnés jusqu'à la guillotine, pendant la Révolution française. Sauf que le mien est électrique, compris ? Nous sommes pressés, car il y a urgence à nous débarrasser de certains personnages, vous comprenez ? Les banquiers et les politiciens. Et puis, c'est plus moderne, et c'est aussi meilleur pour l'environnement.

Je souris, d'un sourire pincé. J'espérais ne pas avoir à trop subir de ces ennuyeuses sottises de gauche, à bord du jet privé. S'il y a une chose que je déteste au monde, c'est un gauchiste avec une grande gueule. Ou une gauchiste. Surtout quand il arbore des clous sertis de diamants à l'oreille et une montre en or massif.

— Je veux dire, où est-il écrit que les footballeurs ne pourraient pas être engagés politiquement ? reprit-il. Et on ne peut tout de même pas ignorer que l'Espagne souffre de graves problèmes économiques. Vous saviez que le chômage des jeunes dans ce pays atteint cinquante-cinq pour cent ?

— Oui, je savais. Et c'est une tragédie.

— C'est le deuxième taux de chômage après la Grèce. Le fait est que si on veut que quelque chose change un jour, il faut politiser cette génération. Si nous souhaitons instaurer un nouveau mode de gouvernement, nous devons voir au-delà de la politique. Il faut renverser les gouvernements, comme ils l'ont fait en Islande. Grâce à la désobéissance civile de masse. C'est le seul truc qui marche. Parce que je crois sincèrement que l'inégalité est créée par l'homme et que ce que nous avons fait, nous pouvons aussi le défaire. Les politiciens dont nous avons hérité pour l'instant sont à l'origine du problème, pas de la solution. Donc, tous dans le tombereau électrique, voilà ce que je dis.

— Bien sûr, bien sûr, mais je te le rappelle, ce qui compte le plus pour l'instant, c'est que tu surmontes tes difficultés récentes. Si tu veux mon avis, tu devrais reprendre ta carrière aussi vite que possible et laisser ton football parler pour toi. Pendant un temps, en tout cas. Tu auras amplement celui de publier un livre par la suite.

— Ouais, vous avez probablement raison.

— Je sais que j'ai raison. Dès que tu mettras la balle au fond des filets, tu pourras raconter tout ce que tu voudras.

— Vous vivez à Londres, c'est ça ? Comme Russell Brand ?

— Je ne sais pas s'il ne vit pas à Hollywood, maintenant, rectifiai-je. Ou en Utopie, en l'occurrence.

Ou peut-être en plein délire-land.

— Bon, oui, je vis à Londres. À Chelsea.

— Chelsea. Un jour, j'aimerais jouer pour Chelsea, pourquoi pas. Selon moi, José Mourinho est probablement le plus grand manager du football moderne.

— Je ne répéterais pas ça au Camp Nou, si j'étais toi. Même s'il se trouve que je suis d'accord. Je pense qu'en termes de matchs et de trophées remportés, c'est le manager le plus couronné du XXIᵉ siècle. Et le plus star. Avant l'arrivée de José, tous les managers du championnat anglais étaient des Écossais à l'air colérique en survêtements mal coupés, mais lui, il a été le premier à donner l'impression de pouvoir passer directement du banc de touche aux pages du magazine *GQ*. Comme moi, c'est le fils d'un ancien footballeur professionnel, par conséquent j'ai toujours estimé que nous avions des points communs. Mais à Barcelone, on n'aime pas trop José. Pas après qu'il était devenu l'entraîneur du Real Madrid. Et certainement pas après avoir fourré volontairement son doigt dans l'œil de ce pauvre Tito Vilanova, qui fut milieu de terrain et qui entraîna brièvement Barcelone. Enfin, José s'est excusé. Ce qui n'est probablement pas plus mal, vu les circonstances.

— À quelles circonstances faites-vous allusion ?

— Parce que Tito Vilanova est mort.

— Quoi, d'un doigt dans l'œil ?

— Pas d'un doigt dans l'œil. Non, d'un cancer. C'est pourquoi je souligne que ce n'est pas plus mal que José se soit excusé. Tito n'avait que quarante-cinq ans. Ils portent encore le deuil, au Camp Nou.

— Merci de m'avoir averti. Hé, apparemment, il y a beaucoup à apprendre en jouant à Barcelone.

— C'est sans doute vrai partout. Mais c'est particulièrement vrai à Barcelone. Je pense que tu te plairas beaucoup, là-bas. Les Catalans… ils sont un peu moins réservés que les Parisiens. Ils sont certainement plus passionnés par leur football. *Obsesivo*. En toutes choses, je pense. En politique, surtout. Si tu déclares que tu es favorable à un référendum sur l'indépendance de la Catalogne, tu te créeras un paquet d'amis, là-bas. Mais tu devrais en rester là sur ce sujet. Ils te poseront la question, mais ne laisse jamais savoir pour quel camp tu voterais. Il vaut mieux te tenir à carreau, là-dessus.

— Quoi d'autre ?

— Tu liras un tas de bêtises dans les journaux, ou en ligne, sur le club qui est mécontent et qui traverse une passe difficile. En réalité, je ne crois pas que ce soit vrai. Oui, ils ont perdu deux joueurs essentiels en janvier. Et ils sont sous le coup d'une interdiction de recrutement jusqu'en 2016, liée à certains jeunes joueurs mineurs qui ne possédaient pas les bons papiers. Ça aussi, c'est des conneries. Et, au fond, qui sait vraiment si Messi s'entend avec Luis Enrique ou non ? Mais ils ne sont qu'à un point derrière le Real et ils n'arrêtent pas de s'améliorer. Financièrement, le club se porte mieux que jamais, avec des revenus annuels supérieurs à cinq cents millions d'euros. Seul le Real le dépasse, avec six cents millions. Et il n'a pas à se concilier les bonnes grâces d'un tyran. Ils ont même un bureau à New York pour vendre le club à l'étranger. La seule chose que j'essaierais de faire, ou presque, serait de ramener Johan Cruyff dans le giron du Barça. Pour le moment, il prolonge sa bouderie à son domicile de Sarrià-Sant Gervasi. Comme Achille, je pense qu'il est la clef de toute victoire future. (Cette fois, je n'attendis pas de le voir le regard vide.) Un héros grec. *Troie*. Brad Pitt.

— Ah, d'accord. Bien sûr. Super film. Pour moi, avec Paris, au Parc des Princes, ça n'a jamais fait tilt, comme c'était le cas à Monaco. Et ce n'était pas faute d'essayer, croyez-moi.

— Je sais.

— J'espère juste que ça pourra marcher au Camp Nou.

— Bien sûr que ça pourra marcher. Tu es encore jeune. Écoute, Gerard Piqué n'avait que vingt et un ans quand il a quitté Manchester United pour aller jouer au Barça. Voilà un joueur dont on ne peut pas dire qu'il ait porté l'équipe, à Manchester. Mais quelques mois après avoir travaillé sous l'autorité de Pep Guardiola, il est devenu l'un des meilleurs défenseurs du monde. Guardiola te soutiendrait probablement que jamais il n'avait fait signer de meilleur joueur que Piqué. Dans l'équipe de la Coupe du monde à vingt-trois ans. Marié à Shakira. Il a même son propre jeu vidéo. Manchester United le laisse partir pour huit millions d'euros. Aujourd'hui, ils devraient le payer six ou sept fois cette somme. Peut-être davantage. Ce genre de réussite peut aussi être la tienne, Jérôme. J'en suis convaincu. D'ici un an, avec un peu de chance, le PSG aura les mêmes regrets à ton égard que Manchester United aujourd'hui concernant Piqué.

— Vous le pensez vraiment ?

— Je le sais. Je le flaire. Tu dégages le doux parfum de la réussite.

— J'aimerais bien avoir mon propre jeu sur la PlayStation, me confia-t-il. Il y a des millions à gagner dans le secteur du jeu.

J'opinai. Il était de plus en plus clair que ce garçon était un individu pétri de contradictions. Et il n'était pas moins évident que le vol du retour vers l'Espagne allait me paraître très long.

— Moi, ce que je sens, c'est le dîner, s'écria Grace, changeant de sujet. Et je meurs de faim. J'ai l'impression de n'avoir rien avalé depuis le petit déjeuner.

Jérôme eut un grand sourire.

— Après ce que vous m'avez raconté, j'ai eu envie de demander à Charlotte de nous préparer quelque chose. C'est une très bonne cuisinière. Elle ne touche pas à l'alcool, mais elle adore la bouffe. Nous aurons du foie gras, du homard et tout. Elle a été formée à Paris, alors elle sait à quel point les Français comme Gui peuvent être délicats côté cuisine.

— Ce qui m'amène à me demander pourquoi ils sont si nombreux à se donner la peine de venir en Guadeloupe, dis-je. Cela ressemble plutôt à un endroit à éviter.

Jérôme nous conduisit dans la salle à manger.

— Venir ici ne coûte pas cher, me répondit-il. Voilà pourquoi. Le gouvernement français subventionne la tarification des billets d'avion et des traversées en bateau pour s'assurer que l'industrie du tourisme local tourne à fond. Cela coûte beaucoup plus cher d'effectuer le voyage de Londres à Antigua. De la sorte, ils se figurent pouvoir contenter les gens du coin. Plus ou moins. Et cela satisfait ces Français qui veulent un peu de soleil l'hiver mais qui sont trop minables pour aller à Saint-Barth.

— Et toi, pourquoi tu es venu ici ?

Il sourit.

— Vous fréquentez Jumby Bay et vous me posez la question ? La Guadeloupe ne possède rien de comparable. En plus, mon père vit à Antigua. Il y a tous ces aspects et il y a Sky Sports. Jumby Bay reçoit Sky. Et cela signifie que vous avez du foot à la télé. Autant que vous voulez. Ou presque.

C'était un argument que je pouvais entendre.

Charlotte nous servit un dîner superbe qui nous mit tous de très bonne humeur. Et après cela, Jérôme nous prépara un excellent café, puis nous fit goûter un peu de l'Armagnac millésimé de Gui. Rien qu'à cause de cela, c'était un excellent hôte, mais qui devait probablement très mal recevoir chez lui, exactement pour les mêmes raisons.

— Donc, dis-je, tu es prêt à effectuer le voyage du retour à Barcelone avec moi et à braver l'orage ?

— Je m'inquiète encore un peu pour mon père. Mais oui, je suis prêt.

— C'est bien. Je vais essayer de leur envoyer un texto ce soir et d'obtenir qu'on m'envoie un jet privé dans les vingt-quatre heures, pour nous ramener en Espagne.

— Bonne chance pour ça, me répliqua Jérôme. Pour envoyer un SMS, je veux dire.

— Tu as raison. Peut-être ferais-je mieux de les appeler de l'hôtel. Écoute, je dois retourner à Antigua récupérer le reste de mes affaires au Jumby Bay. Je vais m'en occuper à la première heure demain matin, et ensuite je serai de retour ici pour m'envoler avec toi vers l'Espagne, demain soir. Je leur parlerai de ton père, en toute confidence, et je m'organiserai pour qu'on t'accorde un congé exceptionnel pour raisons familiales et qu'on te laisse repartir dès que possible. Tu pourras passer ta visite médicale, donner ta conférence de presse et être de retour ici afin de rendre visite à ton père d'ici une ou deux semaines.

— Dans l'intervalle, ne t'inquiète pas, fit Grace. Dès que le directeur des poursuites pénales d'Antigua aura eu l'occasion d'étudier le dossier des pièces à conviction de la police, il s'apercevra que c'était clairement une situation de légitime défense, et se rangera à mes conclusions selon lesquelles cela n'appelle pas d'inculpation pour meurtre, j'ai bon espoir à ce sujet. Dès que ce sera bouclé, je suis convaincue que nous réussirons à obtenir sa libération sous caution.

— Merci. À vous deux.

Il secoua la tête.

— Quoi ? s'enquit-elle.

— Je me sens trop bête, franchement, reprit-il. D'avoir réagi de manière excessive comme je l'ai fait. C'est juste que nous nous sommes énormément rapprochés, tous les deux, avec mon père.

— Oublie, dis-je. Beaucoup de gens auraient sans doute réagi comme toi. Je suis très proche de mon père, moi aussi. S'il avait été confronté à une accusation de meurtre, je ne suis pas sûr que j'aurais été capable de le laisser se débrouiller seul sans rien tenter pour l'aider.

— Je vais venir avec toi, Scott, fit Grace. À Antigua.

Je l'observai attentivement.

— Peut-être ferais-tu mieux de rester ici, en Guadeloupe. Ce ne serait pas nécessairement une si bonne idée que Jérôme reste trop longtemps seul ici, tant qu'il n'aura pas repris ses médicaments.

— Je vais très bien m'en tirer, nous assura-t-il. Franchement. Vous n'avez pas à vous inquiéter pour moi, Scott. Je vous revois demain après-midi.

— Bien. Je viendrai moi-même ici en voiture te chercher de l'aéroport. D'accord ?

— D'accord.

Nous nous dirigeâmes vers la porte et il me prit la main, qu'il serra fort dans la sienne. Il avait les larmes aux yeux et, durant un instant, il sembla incapable de rien dire. Je lui serrai à mon tour la main et je souris.

— J'ai juste envie de vous dire merci, Scott. Merci de m'avoir aidé comme ça, mec. Je ne sais pas ce que j'aurais fait si vous n'aviez pas débarqué.

Je haussai les épaules.

— J'imagine que tu serais resté ici. C'est une jolie maison. Très confortable. Tu as une excellente cuisinière, Charlotte. Et en plus, il y a un exemplaire de mon livre. Je ne vois vraiment pas ce qu'on pourrait réclamer de plus.

26

J'embrassai Grace, puis lui baisai les doigts, encore tachés d'encre de la veille et fortement imprégnés de mon odeur. Profitant de notre dernière chance de baiser avant mon envol pour l'Espagne, nous n'avions pas ni l'un ni l'autre beaucoup dormi. Chaque fois que j'avais ouvert les yeux, je lui avais grimpé dessus.

— Je suis épuisée, admit-elle. Et toi aussi, à mon avis.

— Je dormirai dans le jet, lui répondis-je. En fait, je mise plus ou moins là-dessus. Ce sera un bon moyen d'échapper aux théories fumeuses de Russell-le-Raseur sur le futur du capitalisme mondial.

— Chez Jérôme, cela part de bonnes intentions.

— Chez Robespierre aussi. Quand même, sérieusement, quelle influence as-tu sur ton cousin ? Parce qu'il faudrait que quelqu'un lui souffle de la boucler de temps en temps. Les Catalans sont un peuple qui possède une certaine générosité de cœur, mais ils n'apprécient pas trop que les gens se mettent à leur faire la leçon. C'est pas pour rien que l'Espagne a connu une guerre civile.

— Je vais lui parler.

— S'il te plaît. Et tant que tu y es, dis-lui de laisser tomber les putes et l'herbe.

— Je vais m'en charger. Je dois avouer que l'histoire du pistolet m'inquiète un peu.

— Pour ça, tu peux t'en remettre à moi.

Nous partîmes de l'hôtel et nous rendîmes à l'aéroport de Pointe-à-Pitre où nous devions embarquer à bord du jet Diamond Star que j'avais fait affréter pour le vol du retour à Antigua. Il s'avérait que l'aéroport de la Guadeloupe jouissait du meilleur signal de portable de toute l'île. Dès que nous fûmes là-bas, je me mis à recevoir une rafale de SMS et de messages d'appels manqués. La plupart provenaient de Jacint Grangel, à Barcelone, de Charles Rivel, au PSG, et de Paolo Gentile, mais il y en avait un ou deux de Louise Considine, à Londres. Je lui envoyai un texto lui jurant qu'elle me manquait et que j'étais impatient de rentrer à la maison : ces deux réponses étaient sincères. Et j'avais déjà parlé à Jacint, depuis l'hôtel, la veille au soir.

Ce fut un vol mouvementé qui nous arracha des geignements dignes d'un couple de retraités sur les montagnes russes du Big Dipper à la station balnéaire de Blackpool, et je n'étais pas mécontent d'avoir loué un petit bimoteur. Il y a quelque chose dans le fait d'avoir deux moteurs au lieu d'un qui me rassure – même si ce sont des moteurs à hélice.

Quand Grace et moi atterrîmes à l'aéroport de St John et nous fûmes calmés les nerfs, nous nous dîmes au revoir, dans le terminal.

— Je te reverrai à Londres, lui dis-je.

Sur le moment, elle ne répondit rien.

— La Fédération ? Ma procédure disciplinaire ? Tu te souviens ?

— Non. (Elle secoua la tête.) Je ne suis pas de cet avis.

— Que veux-tu dire ? J'aurai besoin de ta langue si agile, Grace. La mienne a pour habitude de me créer des ennuis. Ma langue et mes deux pouces, sur un clavier. Mais j'ai suivi ton conseil et j'ai supprimé mon compte Twitter. J'aurais dû le faire depuis des mois. Cela ne m'a causé que des tracas.

— Écoute, continua-t-elle, ces derniers jours… c'était sympa, très sympa, mais franchement, je vais être surchargée, plus qu'occupée par la préparation de la défense de mon oncle. Malgré ce que j'ai raconté à Jérôme, en Guadeloupe, nous sommes loin du compte, dans ce dossier. Mon optimisme servait juste à t'aider à le ramener en Espagne et à lui faire passer sa visite médicale. Tant que le directeur des procédures pénales déclare qu'il s'agit d'un homicide, mon oncle encourt encore la peine capitale.

— Oui, je m'en doutais un peu.

— Avant que tu lui parles, hier soir, tu m'as priée de te soutenir, et j'ai obéi. Non parce que j'étais désireuse de te faire plaisir, Scott, mais parce que je ne vois pas en quoi cela l'aiderait de rester ici. Donc, admettons tous les deux que nous avons passé un super moment et restons-en là, si possible. Peut-être reviendras-tu ici, à Antigua, et peut-être pas. Un peu de patience, et puis nous verrons bien, d'accord ? Pour ta gouverne, j'espère que tu reviendras. Mais je crois t'avoir averti que je ne cherchais à vivre rien de sérieux pour l'instant. Et je le pensais. Il se peut que j'aie omis de t'en faire part, mais je réfléchis à l'éventualité d'entrer en politique et je n'ai pas envie que quiconque sur l'île me prenne pour une femme qui ne serait pas sérieuse. Or, si je partais à Londres défendre une affaire aussi triviale que ton tweet sexiste, cela pourrait donner une mauvaise impression.

Je souris largement.

— Eh bien, voilà qui est parlé.

— Oh, mais tu trouveras facilement un avocat qui s'occupera de toi. Engage un avocat de la Couronne. Il y en a des ribambelles qui ne foutent pas grand-chose. Mieux encore, engage Amal Clooney. Je suis sûre que c'est exactement le style de dossier très en vue qu'elle recherche. Il me semble étrange que le droit anglais, que j'ai étudié et appris à aimer, n'ait rien de mieux à faire à l'heure actuelle que de se pencher sur une longue file d'imbéciles qui n'attendent qu'une chose, se déclarer offensés par l'opinion de tel ou tel. J'ai longtemps considéré que l'Angleterre était le pays de la liberté d'expression, le pays de Thomas Paine, des droits de l'homme, du Speaker's Corner, le coin des orateurs, où chacun peut prendre la parole, comme à Hyde Park. Maintenant, j'ai tendance à penser que ce n'est plus qu'un pays de geignards, d'andouilles et de chasseurs de sorcières.

— Je vois que tu es faite pour la politique, dis-je.

Elle avait raison, évidemment. Je ne l'ignorais pas. Mais alors qu'Everton me ramenait en bateau à l'hôtel, je me sentais juste un peu triste de ne plus revoir Grace. Je ne lui avais pas dit – ce n'était peut-être pas ce qu'elle avait envie d'entendre –, mais elle était la première femme noire avec qui j'avais couché et j'avais apprécié. J'avais énormément apprécié. Je ne crois pas qu'il y ait rien d'œdipien là-dedans, mais peut-être, un simple peut-être, étais-je tombé amoureux d'elle, de manière assez inattendue.

— Vous l'avez trouvé, patron ? me demanda Everton. Votre footballeur disparu ? M. Dumas.

— Je l'ai trouvé. Il se cachait dans une maison, en Guadeloupe.

— Il se cachait ? De quoi ? De qui ?

— Je pense qu'il a sans doute fait une dépression nerveuse.

J'essayai cette explication rien que pour entendre comme elle sonnait. Elle sonnait bien mieux que celle consistant à raconter que le père de Jérôme avait tué quelqu'un. Ce qui ne sonne jamais bien.

— Je vais y retourner cet après-midi. Je repasse au Jumby Bay pour régler ma note et récupérer mes bagages. Le Barça nous envoie un jet. À Pointe-à-Pitre.

— Ils doivent être contents.

À dire vrai, le terme résumait mal leur réaction. Jacint Grangel était follement heureux.

— Je savais que tu étais homme à le retrouver, Scott, m'avait-il dit quand je l'avais appelé de l'hôtel du Gosier, la veille au soir. C'est une nouvelle fantastique. Et dans le bon timing. Nous avons plusieurs semaines pour le remettre en forme en vue du *clásico*. Oriel sera ravi. Et Luis. Quant à Ahmed, eh bien, il avait des doutes, il n'était pas sûr que tu sois capable de réussir. Cela va vraiment me plaire de le regarder te remettre un chèque de trois millions d'euros. Mais

335

est-ce qu'il est en forme ? Est-ce qu'il va bien ? Et où es-tu donc ? Je t'ai appelé plusieurs fois.

— Affrète un avion privé, c'est tout. Et envoie-le en Guadeloupe dès que possible. Il y a une compagnie en Angleterre que j'utilise parfois, qui s'appelle Privatefly. Ils sont plutôt bons. C'est un peu compliqué, alors si cela ne t'ennuie pas, Jacint, je t'expliquerai tout dans un mail.

— Bien sûr. Je suis impatient de le lire. Veux-tu le mettre en copie à Paolo Gentile ? Je crois qu'il m'a téléphoné tous les jours depuis ton départ de Paris. Pour savoir si j'avais des nouvelles, ce qui se passait, si je voulais le rappeler à la minute où j'en aurais, etc. Il m'a dit que tu ne répondais à aucun de ses messages. En l'occurrence, tu as ignoré aussi les miens.

— Le réseau n'est pas très bon, en Guadeloupe. Pas plus que la cuisine. La nourriture est infecte. En réalité, rien n'est très bien, ici. À part la météo, naturellement. Ça, on peut pas se plaindre.

— C'est mieux qu'ici, je peux te l'assurer. Il a fait froid à Barcelone. Nous avons même eu de la neige dans les montagnes au-dessus de Tibidabo.

Le climat allait me manquer, mais sans doute pas grand-chose d'autre. Je ne brûlais pas d'impatience de comparaître devant la Fédération anglaise, mais j'avais en revanche tout à fait hâte de rentrer chez moi, à Londres, et de voir Arsenal jouer à domicile contre London City, même si ce serait pour moi un match difficile à suivre. Qui allais-je soutenir ? La dernière fois que j'avais vu ces deux clubs en action l'un contre l'autre, j'avais penché pour les Gunners, uniquement parce que j'avais joué avec eux, autrefois, et parce que j'étais encore en colère contre Viktor Sokolnikov, mais le temps avait émoussé ma fureur, sans parler de mes principes. L'équipe me manquait. Les garçons me manquaient plus que je n'aurais jamais pu l'admettre devant quiconque.

J'essayai de donner encore un peu d'argent à Everton, mais il refusa.

— Vous m'avez déjà donné assez, patron.

— Très bien. Mais si jamais tu viens à Londres, voir Tottenham Hotspur… surtout fais-moi signe. On ira ensemble.

— C'est sûr.

Au Jumby Bay, il y avait déjà un message de Jacint signalant qu'un Legacy 650 – un jet privé long-courrier – nous récupérerait à la Guadeloupe à sept heures et demie le lendemain matin, heure locale. Cela signifiait que j'allais devoir coucher encore une nuit dans les Caraïbes, que cela me plaise ou non. J'aurais préféré passer ma dernière nuit au Jumby Bay, qui est un bel hôtel. Mais je n'avais pas envie de courir le risque de laisser Jérôme tout seul trop longtemps ; malgré tout ce dont nous avions discuté et tout ce sur quoi nous nous étions accordés, je craignais encore qu'il ne joue à nouveau les portés disparus. Sans ses médocs, tout était possible. Je bouclai donc mes bagages et m'envolai pour Pointe-à-Pitre à bord du Diamond Twin Star qui nous avait amenés à Antigua, Grace et moi.

Je n'accordai pas ou peu d'attention à la vue spectaculaire dont vous jouissez à l'arrière de l'appareil. J'avais compris qu'il y avait quelque chose dans les Caraïbes – dans toutes les Caraïbes – qui me déplaisait.

C'était probablement le fait que cela se situait si loin de tout. J'avais longtemps été jaloux des gens qui partaient là-bas l'hiver alors que j'étais coincé en Angleterre à jouer au football, mais en réalité je pense que j'étais mieux loti. Partir tous les hivers dans les Caraïbes, c'est une forme de malédiction. Cela me faisait l'effet d'être un peu comme Napoléon à Sainte-Hélène.

À l'aéroport, j'achetai le livre de Russell Brand et le jetai sur la banquette arrière de la limousine Mercedes blanche qui allait nous transporter Jérôme et moi à l'aéroport. Ensuite, le véhicule me conduisit à la maison du Gosier. Je comptais y passer la nuit, et non à La Vieille Tour qui, sans Grace pour me tenir compagnie, aurait été trop déprimante. Je priai le chauffeur de venir nous chercher le lendemain matin à cinq heures, puis je sonnai.

Charlotte m'ouvrit la porte à l'instant où la coiffeuse Reine Creole que j'avais vue la veille semblait partir. Charlotte m'annonça que le maître de maison m'attendait dans le jardin. Un monceau de bagages Louis Vuitton étaient posés dans le hall, ce que je jugeai rassurant. Au moins, il semblait prêt à partir. Je lâchai mon propre sac de moindre qualité sur la pile de bagages et j'allai rejoindre Jérôme.

Il était allongé dans une chaise longue, un casque Beats rouge sur les oreilles. Il portait la même tenue que la veille, y compris les clous d'oreilles et la montre. On aurait presque cru qu'il ne s'était pas couché et, à la minute où je lui adressai la parole, je compris que quelque chose n'allait pas. Il avait apparemment contracté un rhume – une boîte de mouchoirs en papier était posée sur une table en verre près de son bras, alors que sous la chaise longue s'entassait une formation nuageuse de mouchoirs usagés – et il paraissait très morose, ce qui était peut-être compréhensible. Il avait les cheveux plus courts et j'en conclus que la coiffeuse avait dû venir les lui couper, mais je ne jugeai pas utile de le mentionner.

— Tu as attrapé froid ?

Il renifla bruyamment et répondit d'un signe de tête.

— Un rhume. Oui. Ça m'est tombé dessus ce matin. J'espère que c'est juste un rhume et rien d'autre. Comme la grippe.

J'essayai de ne pas tressaillir. L'Embraer Legacy 650 accueille treize passagers ce qui, en matière de jets privés, est déjà une taille respectable, mais la cabine reste petite – assez petite pour qu'un éternuement colporte tous les germes de son rhume jusqu'à moi. On m'avait inoculé un vaccin antigrippal en Angleterre, mais il existe tellement de souches différentes de grippe qu'il était impossible d'affirmer que cette injection me protégeait contre celles auxquelles on est exposé sous un climat tropical comme celui de la Guadeloupe.

— C'est embêtant, dis-je. Mais je ne pense pas que cela aura d'incidence pour ta visite médicale. À l'heure actuelle, les médecins du sport savent comment prendre cela en compte. Ils recherchent d'autres symptômes plus graves qu'une toux ou un nez qui coule. Prends un somnifère, dors aussi longtemps que possible dans l'avion et tout ira sûrement très bien.

Il hocha de nouveau la tête.

— Tiens, je t'ai apporté un cadeau de la boutique de l'aéroport.

— Qu'est-ce que c'est ?

Il observa le sac en papier d'un œil suspicieux, puis il tendit la main.

— Le livre.

Il resta le regard vide.

— La grande œuvre de Russell Brand.

Je le sortis de la pochette et le lui remis.

Il regarda fixement la photo du Karl Marx au rabais qui figurait en couverture presque comme s'il ne l'avait encore jamais vu auparavant.

— C'est celui que tu m'as demandé, non ? dis-je.

— Ah, exact. Merci. Merci beaucoup. Je le lirai dans l'avion ce soir, peut-être.

Il ne l'ouvrit même pas ; au lieu de quoi, il se contenta de poser le bouquin sous la chaise longue sur un lit de mouchoirs imbibés de morve. En idéale compagnie, me dis-je.

— Au fait, l'avion sera là un peu plus tard que je n'avais prévu. Nous ne décollerons pas avant sept heures demain matin. (Je jetai un coup d'œil à la Hublot que je portai au poignet – un cadeau de Viktor Sokolnikov. Je haussai les épaules.) J'ai pensé rester ici avec toi jusqu'à l'heure du départ. Quand j'ai appris le nouvel horaire de l'avion, j'avais déjà rendu ma chambre à l'hôtel.

— Bien sûr. Vous êtes mon invité. Dites à Charlotte de vous choisir une chambre.

— Très bien. Merci.

— Combien de temps ça prend ? Le vol de Pointe-à-Pitre à Barcelone ?

Il avait la voix éraillée, à cause du rhume.

— Huit ou neuf heures, sans doute. Ce qui te laisse encore plus de temps pour te rétablir, après ce que tu as attrapé. Donc c'est bien.

Il grommela et se leva, presque comme s'il voulait s'éloigner de moi.

Je le suivis sur la pelouse, récupérai le ballon resté là en le plaçant sur mon cou-de-pied, l'envoyai en l'air, le laissai retomber sur mon genou, le fis deux fois rebondir, le laissai retomber dans l'herbe et le lui expédiai doucement.

Sans grand enthousiasme, il bloqua la balle de son pied droit, la fit rebondir six ou sept fois sur le laçage de sa chaussure rose, l'envoya très haut en l'air, la reprit deux fois de la tête, me la renvoya d'une troisième, puis se retourna. Fin de partie.

Il battit en retraite à l'intérieur et je le laissai tranquille un petit moment. Je me demandai s'il était contrarié d'avoir à quitter la Guadeloupe pour rentrer en Espagne braver la tempête. Et je dus me remémorer que j'avais affaire à quelqu'un qui était dépressif, dont les sautes d'humeur le faisaient paraître imprévisible, et même sacrément casse-couilles. Le gifler n'était donc pas une option valable. En outre, il était plus musclé que je ne l'avais cru plus tôt. Il avait le torse apparemment aussi musclé que celui de Cristiano Ronaldo, qui avait probablement le physique le plus athlétique de tout le football actuel. Je ne doutais pas qu'il aurait pu me frapper aussi fort que j'aurais pu le frapper moi-même, et peut-être plus fort encore.

Un peu plus tard, j'allai à la cuisine où Charlotte nettoyait les plans de travail en marbre en s'efforçant d'éviter mon regard.

— Notre programme a un peu changé, lui expliquai-je. Nous partons demain matin à la première heure. Je vais donc avoir besoin d'un lit. Pour cette nuit. C'est juste pour une nuit.

Elle hocha la tête.

— Choisissez une chambre, monsieur. Tous les lits sont faits.

— Merci.

Je ressortis et déposai mon sac de voyage dans la chambre d'amis ornée du tableau au potiron de Yayoi Kusama, très similaire à celui que Dumas avait dans son appartement parisien. Ensuite je retournai à la cuisine. J'avais vu une machine à café Krups pour café en grains et j'avais maintenant l'intention de m'en préparer une tasse. Ce que je fis, et il était délicieux.

— C'est un café local ? demandai-je à Charlotte qui était encore là. Il est fantastique. Je l'ai remarqué hier soir après dîner. À côté de ce nectar, le café de l'hôtel donne l'impression d'avoir un goût de vase.

Elle opina.

— C'est du Bonifieur que vous buvez, me dit-elle. C'est le café d'ici, à la Guadeloupe. Bonifieur est l'ancêtre du café Jamaican Blue Mountain, et très rare. Très cher aussi, partout ailleurs que sur cette île. Tenez, je vais vous en faire un autre.

— Bonifieur, dis-je. Je ne m'en étais pas rendu compte. Je me demande s'il est trop tard pour sortir en acheter.

— Vous n'avez pas besoin, monsieur. Je vais vous en donner un paquet avant que vous ne partiez. Nous en avons plein.

Charlotte me prépara une cafetière, la posa sur un plateau avec une tasse et un pot de lait chaud, et je l'emportai dans le salon où je m'assis sur le canapé, allumai la télévision, zappai pour trouver une chaîne de sports et regardai un peu de golf tout en savourant ce que je buvais. J'aimais plus encore regarder le golf que je n'appréciais d'y jouer. J'aime surtout ces parcours américains cossus comme celui d'Augusta, où même les fairways donnent l'impression d'avoir été tapissés de velours vert.

Au bout d'un moment, je remarquai Jérôme qui se trouvait au niveau supérieur.

— Enfin, dis-je. J'ai trouvé quelque chose que j'apprécie vraiment, à la Guadeloupe. Le café. C'est du Bonifieur. Fantastique. Tu en veux un peu ? Je vais te chercher une tasse.

— Je n'aime pas trop le café, fit-il.

— Moi, j'aime ça. Le café, c'est mon truc, tu sais ? Je veux dire, après le football.

— Je préfère le jus de fruits.

— Tu devrais faire attention. La plupart des jus de fruits, ce n'est que du sucre. Les gens s'imaginent que c'est bon pour eux, et ce n'est pas le cas.

— D'accord.

— Tu sais, je crois que c'est vraiment bien, de ta part, ta manière de soutenir les gens sur cette île. L'équipe de football locale. Grace m'a dit que tu avais même envoyé de l'argent à la coiffeuse qui était ici tout à l'heure.

343

Jérôme ricana.

— Ouais, je suis un vrai saint, hein ? Tout le monde m'aime. Mais moi, vous savez, je ne suis pas un type si formidable. Je peux être compliqué. Un sale connard d'égoïste, vous voyez ? En fait, il y a des moments où je me déteste, putain.

Il était vraiment en manque de médocs. Son humeur paraissait être à l'exact opposé de celle de la veille.

— Je pense qu'il nous arrive à tous d'être comme ça, parfois.

— Possible.

Je finis ma tasse et montai le rejoindre.

— Gui et toi, vous devez être grands amis, s'il est prêt à te prêter sa ravissante maison.

— Il est cool.

— Tu le connais de Monaco, disais-tu.

— Oui.

— Je ne me rappelle pas l'avoir vu jouer. Il est bon ?

— Plutôt, oui.

— Bon, en tout cas, il n'a pas mauvais goût.

Jérôme haussa les épaules, l'air maussade.

— Ce professeur d'espagnol dont je te parlais hier soir, continuai-je. Celui qui m'a appris… J'ai trouvé son adresse. Je vais te l'envoyer par SMS.

Il hocha la tête.

— Merci.

— Et je réfléchissais. Tu sais ce qui les convaincrait de vraiment t'adorer, à Barcelone ? Ce serait si tu prenais la peine d'apprendre juste quelques mots de Catalan, pour la conférence de presse. Je ne parle pas beaucoup le catalan moi-même. Mais je peux te fournir quelques mots. Par exemple, tu pourrais dire quelque chose comme *Estic encantat de ser aquí*, et *Tinc moltes ganes de jugar per al miller equip del món*. Tu peux apprendre ça par cœur. Si tu es capable de répéter tout ce que je viens de te dire, alors je te jure qu'ils penseront que tu es le prochain Messi.

— Tu crois ?

— Bien sûr. Ils adorent les gens qui font un effort pour parler un peu de catalan. C'est important pour eux. Une part de leur identité nationale.

Jérôme paraissait dubitatif.

— Tout ce que vous voudrez, Manson.

— Scott. Appelle-moi Scott. Je vois bien que tu n'es pas au top.

— Ça veut dire quoi au juste ?

— Tu es dans un certain état d'esprit.

— J'ai pris froid.

— Non, c'est un peu plus que cela.

— Si vous le dites.

— Tu es en colère contre moi, Jérôme ? Grace t'a dit quelque chose, peut-être ?

— Comme quoi ?

— À mon sujet ? À notre sujet ?

— Comme quoi ?

— Je n'en sais rien.

Par égard pour elle, je jugeai préférable de ne pas mentionner qu'elle et moi avions été dans une relation intime.

— C'est juste dommage qu'elle ne soit pas là, maintenant. Pour m'aider à te rassurer, te dire que tout se passera bien.

— Écoute, je suis juste un peu tendu, c'est tout. Je serai content quand tout sera terminé.

— Bien sûr.

Il s'éclipsa dans sa chambre et ferma la porte derrière lui. À présent, j'étais tout à fait certain qu'il m'évitait. Le soir précédent, j'avais eu la très nette impression qu'il m'appréciait. Mais à présent, j'avais le sentiment qu'il ne supportait pas de m'avoir dans les parages.

J'entrai dans la chambre que j'avais choisie. Quelque chose n'allait pas, j'en étais convaincu. Mais je ne savais pas précisément ce que c'était. Et ensuite, en voyant le tableau du potiron de Yayoi Kusama, j'eus une idée. En l'observant de près, je constatai que ce n'était qu'un tirage. Je soulevai un instant le cadre du mur et puis je le remis soigneusement en place.

Je redescendis et me servis encore un peu de café. Les chaînes de sports étaient toutes en français, mais je finis par trouver un match de football – Chelsea contre Burnley, ce qui constitue une tout autre expérience quand vous avez un commentateur français qui réussit presque à présenter Burnley comme une destination exotique.

Quelques heures plus tard, j'entendis Jérôme aller et venir à l'étage et j'allai le rejoindre.

— Il y a une chose que je voulais te demander, lui dis-je.

— Ah ?

Je désignai la porte de la chambre où j'avais choisi de dormir.

— Ce tableau, continuai-je, en désignant le Yayoi Kusama. C'est une copie de celui qui est accroché dans ton appartement, à Paris, n'est-ce pas ?

Il haussa les épaules.

— Je ne sais pas. C'est possible. J'ai un conseiller en achat d'art qui m'achète tous mes tableaux à titre d'investissement. Pour être franc, je n'y connais rien en art.

— C'est le même, insistai-je avec fermeté.

— Si vous le dites.

Puis il ressortit une fois encore.

À présent, je savais qu'il se passait quelque chose d'étrange, dans cette maison. Le tableau était accroché à l'envers. Je le savais parce que c'était moi qui l'avais accroché dans ce sens.

Et si cela avait été la seule étrangeté concernant Jérôme Dumas, j'aurais pu excuser son comportement. Son attitude brusque et désinvolte mise à part, j'avais remarqué un certain nombre de détails chez lui qui ne me paraissaient pas tomber entièrement justes. Et d'une, il y avait cette manière de préférer son pied droit quand il s'était amusé à jongler avec le ballon, tout à l'heure. Je savais qu'il était réputé être gaucher. Ensuite, il y avait son aversion déclarée pour le café, alors qu'après le dîner, hier soir, je l'avais vu en boire plusieurs tasses. Et après tout l'intérêt qu'il avait manifesté envers Russell Brand, pourquoi ne s'était-il pas un peu plus réjoui de recevoir un exemplaire de son livre, un livre qu'il m'avait confié lui-même être très impatient de regarder ? Et qu'était-il arrivé à la tache d'encre sur ses doigts ? La même encre restait encore visible sur l'index de Grace, à l'aéroport d'Antigua, quand je lui avais dit au revoir, ce matin.

Je me levai, retournai le tableau dans le bon sens et m'allongeai sur le lit pour réfléchir. Au bout d'un moment, je me levai, me rendis dans la salle de bains et fixai mon reflet dans le miroir, presque comme si j'espérais que le type qui me dévisageait serait en mesure de m'expliquer ce qui ne cadrait pas, au juste. Il ne m'apprit rien d'utile. Et pourtant, c'était presque comme s'il avait pu me fournir la réponse. Comme si j'étais en réalité déjà en possession de la solution au mystère qui me laissait déconcerté.

— Pourquoi Jérôme Dumas se comporte-t-il étrangement ? demandai-je à cette personne dans le miroir.

— Je n'en ai aucune idée, me répondit Scott Manson. Peut-être que c'est juste un connard.

— Mais tu admets bel et bien qu'il y a quelque chose de curieux, ici ? insistai-je.

— Oui. Tout à fait, sans conteste. Mais écoute, toutes ces bizarreries de comportement peuvent sûrement s'expliquer facilement. Tu l'as déjà évoqué. Il est en manque de médocs.

— Cela explique seulement le comportement observable, pas les détails physiques. Par exemple, est-ce que tu as déjà croisé un gaucher qui jouait d'instinct la balle du pied droit ?

— Non, admit Scott. Mais beaucoup de gauchers sont bons des deux pieds.

— Ce n'est pas la question que je te pose, rétorquai-je. Je lui ai passé la balle à un moment où il ne s'y attendait pas et, sans réfléchir, il l'a bloquée de son pied droit. C'est une réaction. Pas un choix.

— Très bien. Je te le concède.

— Et le tableau ?

— Le tableau ? Je pense que c'est curieux, oui. Mais je ne crois pas que tu aies matière à en déduire quoi que ce soit. Il a pu ne pas remarquer qu'il était à l'envers, non ? Il se peut que ce soit simplement un béotien.

— Ce n'était pas n'importe quel tableau, je l'admets. Il n'empêche, même une estampe de Yayoi Kusama vaut beaucoup d'argent. Celle de son appartement devait coûter au moins un million de dollars. Je le sais parce que j'ai vérifié quand j'étais à Paris. Mais quand il l'a regardée alors qu'elle était à l'envers, il n'a pas bougé un cil.

— Il a pris froid, me rappela Scott. Donc il a l'œil un peu encombré. J'ai déjà eu un rhume, et je ne savais même plus quel jour on était.

— Tu n'as jamais eu de rhume qui t'ait empêché de savoir quel jour on était. Tu exagères.

— Oui, mais c'est pour les besoins de l'argumentation.

— Et le doigt taché d'encre ?

— Il s'est lavé les mains.

— Grace s'est lavé les mains. Depuis hier soir, j'estime qu'elle se les est lavées au moins trois ou quatre fois. Et ce matin, elle avait encore de l'encre sur les doigts.

— Alors il se peut qu'il soit du genre méticuleux.

— Auquel cas pourquoi porte-t-il les mêmes vêtements qu'hier soir ? Je vois encore les traces d'encre sur son jeans, du moment où il s'est essuyé les mains dessus. Ce qui n'a rien de très méticuleux.

— Bien observé. Le livre de Russell Brand, cela peut aisément s'expliquer. C'est juste un putain de bouquin que tu lui as donné. Et alors ? En plus, il est mal élevé. Tu sais déjà ça sur son compte.

— Et le fait qu'il n'aime pas le café ?

— S'il en a bu hier soir, il est possible qu'il ait eu ses raisons. Se montrer sociable, par exemple. Afin de rester éveillé. J'ai déjà croisé des gens qui boivent du café et qui n'en sont pas aussi fous que toi.

— Possible.

— Bien sûr, toute personne qui surprendrait ce petit bavardage avec toi-même en conclurait qu'il n'a rien fait de mal. Que c'est toi le dingue. Le schizophrène.

— C'est vrai. D'accord. Nous avons jusqu'à sept heures demain matin pour tirer cela au clair, vu ? Après quoi, nous serons dans l'avion à destination de Barcelone. Et il sera trop tard.

— Hum-hum. Combien de moteurs a-t-il, cet avion, d'ailleurs ?

— C'est un bimoteur.

— Te qualifierais-tu de passager inquiet ?

— Oui, Scott. En effet.

— Alors c'est peut-être aussi son cas. As-tu songé à cela, Sherlock ? Peut-être qu'il n'aime pas plus voyager en avion que toi.

— Je n'y avais pas pensé. Mais il n'empêche, cela ne ferait qu'expliquer son humeur sombre. Pas les détails. Et tu n'oublierais pas autre chose ? Quand je lui ai communiqué deux phrases en catalan ? Je ne lui ai jamais suggéré de professeur d'espagnol hier soir. Ni avant. Ce n'était que des bêtises. Du bluff. Pour voir ce qu'il répondrait.

— Tu n'es qu'un enfoiré pétri de soupçons, Manson. Tu le sais, ça ?

— Oui, c'est tout moi, ça. Si tu penses à quoi que ce soit, tu me le fais savoir, d'accord ?

— Tu sais où me trouver. Chaque fois que tu auras besoin de moi, je serai là, mon pote.

Je retournai dans la chambre et m'allongeai. Je n'avais pas beaucoup dormi la nuit précédente, je fermai donc les yeux et, pour une raison irréelle, singulière, je me mis à rêver de Manchester United et d'un match de Coupe de la Ligue qu'ils avaient livré contre Barnsley en 2009.

On a de ces idées, parfois.

27

Je me redressai d'un seul coup, dans le lit de la chambre d'amis, comme si une puissante décharge électrique venait de me traverser le corps, et je lâchai un chapelet de jurons très sonores.

— Bordel de Dieu. Bordel de bordel de Dieu.

D'accord, ce n'était pas précisément un « eurêka » et je ne suis pas Archimède, mais soudainement, la solution au problème qui m'occupait me paraissait si évidente que ce n'aurait même pas dû être un mystère. En fait, la banalité même de la réponse semblait maintenant inversement proportionnelle à l'apparente difficulté de la question d'origine. C'était simple. Et c'était brillant. Et personne d'autre que moi ne l'avait deviné jusqu'à présent.

— Putain de merde. Le sale petit sournois. Le fourbe, le salopard.

Je sautai du lit, passai dans la salle de bains, m'aspergeai le visage d'un peu d'eau et fixai dans le miroir mon double au sourire contrit. Cet homme que je connaissais presque aussi bien que moi-même.

— Tu as l'air très content de toi, Scott Manson.

— Tu dois l'admettre. C'est la seule réponse possible.

— Alors vas-y. Tu meurs d'envie de me dire ce que je sais déjà, bien sûr. Mais il ne faut pas que cela t'arrête.

— Ce n'est pas lui, dis-je. Le gamin, en bas. Ce n'est pas Jérôme Dumas. Cela ne se peut pas. Il lui ressemble exactement. Presque exactement. Il s'exprime comme lui. Presque. Il se comporte même comme lui.

— Presque.

— Précisément. Mais ce n'est tout bonnement pas lui. Le petit salopard, c'est quelqu'un d'autre. Je te regarde dans le miroir et je me dis que c'est ce qu'il voit. Sauf qu'il n'a pas besoin d'un putain de miroir pour en faire autant.

— Tu veux dire…

— Exactement. Il a un frère.

— Comme Gary et Phil Neville.

— Ils se ressemblent encore plus que ces deux-là. Identiques. Et sont probablement bien plus liés que ces deux salopards.

— Fabio et Rafael da Silva ? Ces deux garçons brésiliens.

— Oui. Des jumeaux monozygotes.

— Tu as dit psychotiques ou zygotiques ?

— Il faut sans doute être un peu des deux pour réussir une pareille arnaque sans être inquiété. J'essayais de saisir pourquoi j'ai repensé à Manchester United avant de m'endormir, et c'est la raison. C'est eux. Les frères da Silva. Les jumeaux d'Old Trafford, le stade de Manchester. Ils me faisaient penser à Cheech et Chong, le duo comique des années 1970.

— Ils étaient bons. Rafael est meilleur que Fabio, qui a maintenant rejoint Cardiff City, je crois. Ce qui en dit assez long. Et n'oublie pas les frères Bender, en Allemagne.

— Jérôme a un jumeau caché.

— Ou Frank et Ronald de Boer. René et Willy van de Kerkhof. Sauf que ce ne sont pas des jumeaux cachés. Tout le monde les connaît.

— Ce qui expliquerait certainement pourquoi Jérôme ne connaissait rien du booky-wook de Russell Brand, rien du tableau, ou de l'enseignant espagnol, et pourquoi le frère que j'ai rencontré cet après-midi n'est pas tout à fait comme celui que j'ai retrouvé hier soir. Il n'a pas de tache d'encre sur l'index et il joue avec son pied droit au lieu du gauche. Parce que ce n'est pas le même homme. À part cela, ils sont identiques.

— Bordel, tu as raison, tu sais.

— Exactement.

— Mais pourquoi ? Pourquoi il ferait ça ?

— Je n'en sais rien. Mais quand tu y réfléchis, cela pourrait constituer la base d'un très joli racket.

— Je vois ce que tu veux dire. Si jamais un frère est blessé, l'autre peut prendre sa place. Comme dans *L'Homme au masque de fer*.

— Oui. C'est aussi simple que ça. Je ne serais pas du tout surpris que Jérôme n°2 soit un joueur presque aussi talentueux que Jérôme n°1. Enfin, pas tout à fait. Ce qui, en matière de football, suffit à créer une grosse différence, bien sûr. Je veux dire, il y a un tas de garçons dotés de beaucoup de talent, mais rares sont ceux qui possèdent les cinq pour cent de facultés supplémentaires qui te propulsent au plus haut niveau du football professionnel.

— Ça se pourrait, oui.

— Ce qui expliquerait toute cette arnaque bizarre. Un jumeau subvient aux besoins de l'autre. Ils partageaient probablement tout. Le même métier. La même fille.

— Tu veux dire ?

— Pourquoi pas ? Bella Macchina. C'est ce qui se pratique, entre jumeaux, non ? Baiser les copines de l'autre.

— C'est ce que tu ferais, toi, si tu avais un jumeau, Scott, ce qui n'est pas nécessairement ce que feraient la plupart des gens normaux. Tout le monde n'est pas un obsédé du cul comme toi.

— Tu as peut-être raison. Mais cela explique aussi pourquoi il... ils aimaient bien se payer les services de ces deux putes américaines qu'ils appelaient les Tours jumelles. Parce qu'il... ils... étaient bizarrement branchés jumelles, pour des raisons que personne n'aurait jamais pu soupçonner.

— Bordel de merde. C'est vrai. Et alors. Maintenant, qu'est-ce que tu vas faire ?

— J'en sais rien. Avoir une franche explication avec lui... avec eux... je pense. Ici, et tout de suite. Je crois que je vais devoir prier celui qui est ici d'aller sortir l'autre de sa cachette, que je puisse les entendre tous les deux me raconter la totale.

— Cela risque d'être délicat.

— Dis-m'en plus.

— Supposons qu'ils ne veuillent plus jouer ?

— Alors je vais devoir les planter là et m'envoler pour l'Europe tout seul.

— Et les clubs ? Que vas-tu expliquer au PSG et au FC Barcelone ?

— Je n'en sais rien non plus. J'imagine que cela dépend fortement de ce que les jumeaux auront à dire de tout ça. Mais si ça dure depuis un certain temps, et j'aurais tendance à le croire, alors il y a un paquet de monde, à Paris et à Barcelone, qui ne va pas être content. Sans parler de Paolo Gentile.

— Ne penses-tu pas que Grace Doughty était au courant de tout ceci ? Elle s'était déjà montrée assez parcimonieuse avec la vérité, non ?

— Oui, je le crois. La garce. Je pense qu'elle sait tout.

— C'est quand même un bon coup.

— Oui, un très bon coup. Et ça va me manquer. (Je réfléchis une seconde en silence.) Mais cela permettrait d'expliquer pourquoi elle n'avait pas envie de venir à Londres me représenter devant la Fédération anglaise. Parce qu'elle n'avait aucune envie d'être davantage impliquée dans cette petite escroquerie. Il faut se rendre à l'évidence, c'est de la fraude pure et simple.

— Et le père ? John ? Quelle place occupe-t-il ?

— Je ne sais pas au juste. À force de réfléchir, j'en ai le cerveau un peu enflé.

— Tu n'y as pas précisément réfléchi. Je veux dire, c'est en quelque sorte entré dans ton subconscient, pendant que tu somnolais. Ce n'est pas comme si tu étais parvenu à cette déduction en fumant ta pipe préférée, si ?

— Où est-il écrit que les meilleures réflexions doivent s'effectuer consciemment ?

— C'est vrai. Mais ne te figure pas que cela fait de toi une espèce de génie. Car il n'en est rien. Loin s'en faut.

— Possible, mais si deux grands clubs comme le FC Barcelone et le Paris Saint-Germain ont cru que j'étais l'unique bonhomme du football capable de résoudre ce putain de problème à leur place, alors tu dois reconnaître que c'était sacrément astucieux de leur part, puisque c'est très exactement ce que j'ai fait…

— Tant mieux pour toi. Mais qu'en est-il de ta prime de trois millions d'euros ? Tu as pensé à cela ? Te la verseront-ils encore si tout cela finit par s'étaler au grand jour ? Ils n'ont rien dit concernant ton paiement, s'il s'avère que la disparition de Jérôme était liée à une arnaque. Je me trompe ?

— Je ne m'en souviens pas. Mais écoute, pour le moment, peu importe. Tout ce qui compte, c'est la vérité, non ?

— Ne mise pas trop là-dessus. Les mensonges et l'art de mentir sont les lubrifiants qui permettent aux rouages de la civilisation de tourner sans accroc.

— De qui tiens-tu cela ?

— De moi.

— Ah ça, tu es bien placé pour le savoir. La quantité de mensonges que tu as pu débiter. Ou plutôt que tu prévois de raconter.

— À qui ?

— À cette charmante policière. Louise. Tu vas lui mentir, n'est-ce pas ? Quand tu seras de retour chez toi. Au sujet de tout ce que tu as fricoté, aussi bien ici qu'à Paris avec cette autre nana. La ravissante Bella.

— Je n'ai pas vraiment l'intention de lui mentir, que je sache.

— Non, tu vas juste faire ce qu'a fait Grace Doughty. C'est-à-dire que tu vas user de la vérité avec parcimonie.

— *Touché.*

— Tu sais que ce n'est pas juste envers elle, n'est-ce pas ? Louise. C'est une fille charmante. Trop bien pour un salopard dans ton genre, probablement.

— Je l'admets. Mais que pouvais-je faire ? Grace s'est offerte sur un plateau. Et Bella Macchina en a fait autant, plus ou moins.

— Tu nous la jouerais façon Adam et Ève ? C'est des conneries. « Et l'homme dit : La femme que tu m'as donnée pour être avec moi, elle, m'a donné le fruit de l'arbre ; et j'en ai mangé. »

— Ouais, bon, d'accord. Je plaide coupable. Je me sens déjà assez mal par rapport à tout ça sans que tu aggraves les choses.

— Ah oui ? Ah oui, vraiment ? J'en doute. J'en doute sincèrement.

— Ce n'est pas comme si nous étions mariés ou rien de ce genre.

— Et pour quelqu'un dans ton style, ça ferait une très grande différence ? Dois-je te rappeler ta manière de te conduire quand tu étais marié ? Tu baisais la gonzesse d'un autre, voilà ce que tu foutais. Paolo Gentile avait raison, tu sais. Chez toi, c'est une faiblesse. Un talon d'Achille. Ce qui est une manière aimable de dire que tu n'es qu'un connard. Et un connard rusé. Mais un connard malgré tout.

Je soupirai et me détournai du miroir de la salle de bains. Il y a des limites à ce que l'on peut tolérer de sa propre conscience.

Me sentant un peu fâché avec moi-même, j'allais voir Jérôme nº 2 – sans savoir quel était son fichu nom –, histoire de tirer tout cela au clair avec lui.

28

En passant devant la chambre principale, je vis que la porte était entrouverte de quelques centimètres et, glissant un œil par l'entrebâillement, j'aperçus Jérôme n°2, allongé dans son lit, profondément endormi. L'espace d'une ou deux secondes, j'envisageai de faire irruption dans la pièce et de le réveiller, de lui serrer le cou de mes deux mains pour exiger une explication immédiate, mais un bref instant de réflexion me convainquit qu'il valait sans doute mieux adopter une autre approche, légèrement plus en douceur et un rien plus détendue, que de commencer par l'étrangler. Personne ne réagit bien au fait d'être réveillé brutalement et j'avais beau m'estimer capable de lui tenir tête en combat singulier, je ne voyais guère d'intérêt à aggraver une situation qui promettait d'être déjà délicate. Aussi, jugeant qu'il valait mieux attendre qu'il se réveille tout seul, je descendis au rez-de-chaussée, droit vers le chariot aux alcools très fourni de Gui-Jean-Baptiste, pour en sortir une bouteille de bourbon vieillie en fût de chêne que j'avais repérée la veille au soir.

J'étais sur le point de me servir un verre d'Elijah Craig quand je jetai un œil par la fenêtre et entrevis, dans les éclairages du jardin, Charlotte quittant la maison en tenant un plateau bien garni. Au vu de son embonpoint, il aurait été difficile de ne pas la voir. C'était comme de regarder un ballon d'exercice flotter à travers le jardin. Je suivis aussitôt la gouvernante, assez vite pour la voir déposer le plateau sur la pelouse et ouvrir une porte, vers le fond, avant de reprendre le plateau et de la franchir. Elle referma soigneusement derrière elle et, courant pour la rejoindre, j'arrivai juste à temps pour entendre le bruit de la clef tourner dans la serrure.

Ce plateau était-il pour elle, me demandai-je, ou pour quelqu'un d'autre ? Peut-être faisait-elle office de gouvernante à demeure et c'était là son logement. Peut-être fermait-elle la porte pour être tranquille, et on pouvait difficilement lui en vouloir. Et pourtant, je me souvenais d'elle disant au revoir à tout le monde lors du dîner hier soir, et s'éclipsant par la porte d'entrée. En plus, il y avait sur ce plateau une bouteille de bière et il me semblait me souvenir de Jérôme Dumas précisant au passage qu'elle ne touchait jamais à une goutte d'alcool. Cette bière n'était donc pas pour elle, mais plutôt pour quelqu'un d'autre.

Réfléchissant à ce qui venait de se passer, je songeai que j'avais pu mal évaluer la situation. Ce ne serait pas la première fois. Serait-il possible que Jérôme n° 1 soit retenu prisonnier, tout comme l'homme au masque de fer ? Loin d'être de mèche avec Jérôme n° 1, Jérôme n° 2 entendait peut-être prendre la place de son frère jumeau qu'il avait séquestré afin de pouvoir goûter à son tour à la vie en Lamborghini. Après avoir vu à quoi ressemblait la Guadeloupe, on pouvait difficilement lui en vouloir. Et qui le saurait ? Même s'il n'était pas un footballeur aussi talentueux que son jumeau, Jérôme nº 2 aurait tout de même de quoi réussir à jouer deux matchs pour le compte de Barcelone avant que le club n'en conclue qu'il n'était pas au niveau et ne le restitue au PSG. Entre-temps, Jérôme percevrait encore cent mille euros par semaine – six ou sept fois le salaire annuel moyen d'un insulaire. Quelques mois seulement passés à amasser ce pognon suffirait sûrement à n'importe quel jeune homme pour vivre à Pointe-à-Pitre. Cela lui permettrait sans doute de subvenir à ses besoins jusqu'à la fin de ses jours. C'était trop tentant pour que quiconque puisse y résister, même un frère. Et peut-être tout particulièrement un frère.

Je reculai de quelques pas et inspectai le bâtiment à toit plat, tout en longueur, à l'intérieur duquel Charlotte avait disparu. Cela ressemblait à un vaste garage ou une petite maison jumelle de la plus grande et, calculant que je réussirais plus aisément à y accéder par la plage, je me rendis tout au bout du jardin à la végétation luxuriante et franchis la porte par où Grace et moi étions entrés la toute première fois, la veille.

La plage avait été désertée par les touristes venus de Métropole. Un pauvre matelas en mousse gisait là, abandonné. Plus loin sur la grève, je pouvais entendre les grattements de cordes d'une guitare, quelques rires, et une forte odeur de drogue flottait dans l'air. J'aurais bien tiré une taffe, moi aussi. Mon cœur cognait dans ma poitrine comme un poulpe pris dans un filet. Des escadrilles de pélicans perçaient encore les vagues au clair de lune tels des harpons à plumes en quête d'un poisson trop peu vigilant. On ne pouvait qu'admirer leur talent : ils ressortaient rarement bredouilles. Une mer aux eaux turbides se fracassait sur le rivage avant de se retirer dans un grondement grinçant de sable et de galets tandis que le ciel qui noircissait était régulièrement percé d'un rai de lumière rouge rubis jailli de l'îlot du phare, amplement suffisant pour m'éclairer dans ma nouvelle expédition. J'avançai de quelques pas sur la plage et contournai un promontoire en grimpant sur de gros rochers détrempés recouvrant apparemment une longue conduite d'égout qui s'enfonçait dans la mer. Je découvris là un portail en acier, fermé de plusieurs cadenas, mais assez facile à escalader pourvu que l'on dispose du matériel nécessaire pour recouvrir les fils de fer barbelés qui en festonnaient le sommet.

Je redescendis chercher un matelas abandonné – non sans me faire tremper jusqu'aux os par une vague particulièrement énergique – et l'étendis sur les rouleaux de fils de fer barbelés. Cette simple précaution me permit de grimper sans encombre et d'enjamber le portail avant de me laisser retomber sur une allée bétonnée qui conduisait à une volée de marches. Il y avait non loin du sommet un bâtiment rectangulaire tout en longueur d'où émanait une lumière bleutée clignotante. Quelques secondes plus tard, je me trouvai devant une porte coulissante en verre. Je risquai un œil au bord du châssis et vis Jérôme n° 1 qui regardait un film à la télévision – *Les Affranchis* – et prenait son repas servi sur le plateau que lui avait apporté Charlotte, laquelle semblait être maintenant repartie. Il ne portait pas de masque de fer mais un gros casque

Beats lui coiffait le crâne comme si, malgré lui, il espérait empêcher le bruit de la télévision de parvenir à mes oreilles inquisitrices.

Je marquai un temps d'arrêt pour observer son comportement. Le degré de ressemblance entre les deux frères était presque stupéfiant. L'absence de clous d'oreilles et de montre mise à part, j'aurais juré que c'était le même homme que je venais de voir endormi dans la chambre du maître de maison. Il portait un maillot de l'équipe de Barcelone et un jean blanc. En revanche, il n'avait pas l'air d'un prisonnier. Je le vis rigoler. Joe Pesci était en plein milieu de sa fameuse scène : « Marrant comment ? Qu'est-ce que tu me trouves de marrant ? » Jérôme paraissait trop détendu, trop à l'aise dans ce cadre confortable pour sembler avoir le moindre ennui. Je pesai légèrement sur la poignée en acier poli de la porte vitrée coulissante, juste pour vérifier qu'elle était ouverte. Elle l'était, ce qui prouvait que cet homme n'était certainement pas prisonnier.

— Sale enfoiré, marmonnai-je.

Le casque que portait Jérôme n° 1 servait mes intentions et, à peu près une minute plus tard, je m'étais faufilé à l'intérieur de la pièce et assis en silence dans un fauteuil Charles Eames situé immédiatement derrière le canapé, où le jumeau restait douillettement installé, profondément absorbé dans son film. Je pouvais même entendre les dialogues filtrer des oreillettes Beats. J'en souris, non sans amertume. J'allais savourer ce moment. Personne n'aime se faire duper. Je détenais maintenant la preuve irréfutable de l'existence du frère jumeau Jérôme n° 2. Preuve dont j'étais maintenant déterminé à tirer le maximum, comme Hercule Poirot dans la grande scène des révélations à la fin d'un de ces navets merdiques.

Il retira enfin son casque, le laissa tomber sur le canapé et resta simplement assis là, complètement immobile, comme s'il soupçonnait qu'il n'était plus seul. Mon après-rasage, probablement. Creed. C'est, comme le fait observer James Bond à M. Wint dans *Les diamants sont éternels*, « assez puissant ». Quelques secondes supplémentaires s'écoulèrent de la sorte, puis il se tourna lentement et croisa mon regard. L'espace d'un instant, je crus qu'il allait se faire dessus.

— Ce n'est pas ce que vous croyez, me dit-il posément.

— Je crois que j'aurais dû soupçonner quelque chose de cet ordre, sachant que tu t'appelles Dumas, dis-je. Quoi, ton père aurait-il un lien de parenté, peut-être ? Avec le célèbre auteur du *Comte de Monte Cristo*, des *Trois Mousquetaires* et, oui, de *L'Homme au masque de fer* ? C'est de là que vous est venue cette idée, tu crois ? Au fait, Alexandre Dumas était un véritable auteur. Pas comme ce révolutionnaire de salon que tu sembles tellement admirer. Puisque qu'on en est à tout se dire, je peux t'avouer franchement ce que je pense de Russell Brand. Je ne peux pas l'encadrer. Il n'empêche, je me demande ce qu'il tirerait de cette situation. Les banquiers malhonnêtes sont-ils pires que les footballeurs malhonnêtes ? (Je soupirai.) En tout cas, Dumas aurait certainement adoré cette histoire. Elle contient tous les ingrédients nécessaires.

Jérôme n° 1 ne dit rien.

— Au fait, il était noir, lui aussi. Dumas. Son père était originaire d'Haïti. Un fait que les gens ont souvent tendance à oublier. Ou ils ne savent peut-être pas, tout simplement. Le comte noir, comme les Français avaient l'habitude de l'appeler. Du moins je crois qu'ils l'appelaient ainsi. C'est une chance qu'il n'ait pas joué pour les Queens Park Rangers contre Chelsea, hein ? Un John Terry aurait pu l'appeler autrement. Qu'en penses-tu ? Je veux dire, tu aurais de quoi te poser la question. (J'eus un sourire un peu crispé.) Pardonne mes manières, mais je suis simplement un peu en rogne de découvrir que vous m'avez pris pour un con, ton frère jumeau et toi. Surtout après toutes tes protestations d'honnêteté. C'est blessant. Je veux dire, je suis vraiment venu ici pour t'aider et maintenant je constate que tu t'es servi de moi.

— Ce n'est pas du tout ce que vous croyez, répéta-t-il.

— Ah non ? fis-je, tout sourire. Oh, je suis désolé, tu veux dire qu'il existe en réalité une explication plausible et qui justifie tout cela ? Au risque de me faire passer à nouveau pour un con, pourquoi ne pas m'expliquer ? Accouche, mon garçon. Ou bien est-ce que dire la vérité serait simplement très au-delà de tes capacités ? Sauf qu'il vaut mieux que je te prévienne, ma patience est presque à bout. Si ce que tu me racontes ressemble ne serait-ce qu'à peine à un début de conneries, je me casse, j'embarque dans cet avion et je rentre tout seul. Toi, tu pourras rester pourrir ici sur cette petite île miteuse, comme votre Napoléon de merde.

— Alors voilà, commença Jérôme. Vous voyez...

— Non, attends un moment. J'aimerais que Castor soit ici quand Pollux va se mettre à causer. Je veux dire, je n'ai aucun moyen de savoir lequel de vous deux est le vrai. Allez. On va le réveiller. Je veux être sûr de pouvoir vous soutirer plus qu'une moitié de cette histoire. Peut-être vous contredirez-vous ? Qui sait ? Je ne sais pourquoi, j'avais déjà l'impression que Jérôme Dumas n'était pas un type si formidable. Que c'est un sale égoïste.

Nous sortîmes de la maison sur la plage et traversâmes la pelouse vers le bâtiment principal.

— Au fait, comment s'appelle ton frère ? C'est lui, Jérôme Dumas, ou c'est toi ?

— Jérôme, c'est moi. Il s'appelle Philippe. Philippe est plus âgé que moi d'à peu près cinq minutes. Et plus sage aussi, sans doute.

— Ce qui nous crée quasiment un lien de parenté.

Jérôme était sur le point de monter à l'étage chercher son frère jumeau quand j'entrevis le Montblanc sur la table où je l'avais laissé hier soir.

— Attends une minute, dis-je. Fais-moi voir un peu la paume de ta main.

Il hésita.

— Tout va bien, dis-je, en prenant le stylo. Même si cela me plairait, je ne vais pas te poignarder avec le stylo. Je veux juste m'assurer de savoir à qui je parle. »

Il me tendit la main, il avait encore un peu d'encre sur l'index. Mais j'inscrivis quand même une grande lettre « J » sur le dos de sa main et soufflai dessus pour que cela sèche plus vite, puis j'examinai le résultat.

— Voilà. Ça devrait permettre de clarifier les choses au moins un petit moment. Je ne voudrais pas que vous me refassiez le coup de l'échange, mes salauds. Maintenant va me chercher ton enflure de double et tirons tout ça au clair. Et sois pas trop long. Je ne suis pas d'humeur à patienter, là. Allez, bouge. Si j'avais une chaussure à crampons à la main, je te la balancerais à la figure, gamin. Vraiment.

29

Curieusement, je n'avais pas croisé beaucoup de jumeaux, depuis ma sortie de l'école, mais je n'avais jamais rencontré de jumeaux qui se ressemblaient autant que ces deux-là. Deux petits pois dans une même cosse, voilà qui les définissait assez bien, pour peu que l'on puisse trouver deux petits pois qui soient aussi des spécimens parfaits. Certains jumeaux ont quelque chose de bizarre – mais pas ceux-là, qui étaient tous deux des spécimens physiquement parfaits. Ma confiance antérieure, empreinte d'un peu de vanité, fut plus que mise à mal quand les deux hommes descendirent au rez-de-chaussée et me firent face en silence, comme s'ils avaient l'intention de me convaincre que je pouvais voir double.

En dépit de tout ceci, il ne m'échappa pas que Philippe Dumas tenait dans la main un grand couteau de chasse. Un filet de transpiration lui perlait au front et les muscles de son cou et de ses bras paraissaient aussi tendus que des haubans en acier. Et il y avait dans ses yeux marron une méchanceté que je n'y avais encore jamais vue.

Subitement, je perçus l'évidente difficulté de ma situation. Mis à part Grace Doughty, personne ne savait où j'étais. Barcelone avait envoyé un jet à ma rencontre à l'aéroport, à Pointe-à-Pitre, mais hormis cela, les Barcelonais n'avaient en réalité pas la moindre idée de l'endroit exact où je me trouvais. Mon mail à Jacint l'avait seulement informé des circonstances entourant la disparition de Jérôme – sans rapport aucun avec les réalités du moment présent. Je n'avais pas songé à leur communiquer une adresse exacte, pour la simple raison que je ne la connaissais pas. Pour autant qu'ils sachent, eux et le PSG, j'aurais pu me trouver n'importe où sur ces îles, qui s'étendaient sur plus de 1 600 km², pour l'essentiel des collines recouvertes d'une jungle.

Ce fut seulement à cet instant que je me souvins pourquoi le père de ces jumeaux était en prison. Il était accusé de meurtre. Le meurtre était peut-être un type d'acte pas tout à fait étranger à Philippe, le frère. Et je commençai à avoir peur, comme si j'étais de retour en taule et face à une enflure raciste armée d'un surin artisanal. Si près de la mer, ce ne serait pas un problème de se débarrasser de mon corps. Ils sauraient sans doute quel bateau emprunter pour emporter mon cadavre loin de l'île et le balancer par-dessus bord. Les poissons du coin me dévoreraient et on ne me reverrait sûrement jamais plus.

Mais s'il y a une chose que j'ai apprise dans le football, c'est qu'il ne faut jamais montrer sa peur, car c'est une erreur de se figurer que c'est juste un jeu. Le football est une affaire de dureté mentale, et il faut dire et faire tout ce qu'il faut pour aider son équipe à gagner. J'imaginais qu'il allait m'en falloir beaucoup, à cet instant.

— Quoi, vous allez me tuer ? C'est ça ? Je devrais être assez facile à tuer. Vous êtes deux, je suis seul. C'est une manière de faire disparaître le problème, je suppose. Qu'en penses-tu, Jérôme ? Tu es prêt à ajouter un meurtre à coups de poignard à la liste de tes crimes et de tes méfaits ?

— Tu ne parles pas à mon frère sur ce ton, s'écria Philippe, en m'empoignant par le col de ma chemise de sa main libre. (J'agrippai son poignet épais et tentai d'arracher mon col à son emprise, mais il était bien plus fort que je ne l'avais supposé.) Tu crois le connaître, mais tu ne le connais pas. Tu crois juste le connaître. C'est pas un criminel. C'est un type bien.

— Je n'en doute pas, puisque c'est toi qui as un couteau à la main. Mais si tu me tues, sa carrière est terminée. Ça au moins, c'est une certitude.

Jérôme lança un regard circonspect à son frère.

— Personne ne va tuer personne, fit-il, ce qui semblait autant destiné aux oreilles de Philippe qu'aux miennes. D'accord ? On est cool ici. Alors tu poses ce couteau, Philippe.

Mais la poigne du frère ne fit que se resserrer autour de mon col de chemise et sur le manche du couteau, une de ces armes à lame noire et dents de scie – le genre avec lequel on s'attend à voir Rambo se curer les dents. J'imaginai le manche équipé d'une boussole, juste au cas où vous vous perdriez au supermarché du coin. Je lançai un coup d'œil discret vers les issues possibles, en me demandant si je réussirais à atteindre le fond du jardin avant que le jumeau à la lame ne me rattrape et ne me taille un second sourire.

— Je ne crois pas que Grace serait trop ravie d'apprendre qu'elle est devenue complice d'un meurtre, dis-je. En quoi cela influencera-t-il ses chances de candidature à une fonction politique ? Je ne pense pas que ça l'aide beaucoup.

— La ferme, ordonna Philippe. Laisse-la en dehors de ça. Tu as suffisamment causé, l'Anglais.

— Oh, je suis d'accord, dis-je. Mais réfléchis un peu avant que je ne la boucle. Ou avant que tu ne me la boucles. Barcelone et le PSG savent où je suis. Je leur ai envoyé un mail de Jumby Bay leur signalant que j'étais à la maison de Gui-Jean-Baptiste Target. Sans parler du chauffeur de la limousine qui sera de retour ici à cinq heures demain matin en se demandant où je suis passé. Je parie que même la police de la Guadeloupe serait capable de résoudre ce crime. Si je disparais, cette adresse est le premier endroit où ils me chercheront. Et votre père ne sera pas le seul à finir en prison, vous irez aussi le rejoindre, tous les deux. Si vous avez de la chance, ils vous installeront des lits jumeaux dans la même cellule puante. Et dans douze mois, les seuls ballons dans lesquels vous taperez seront vos paires de burnes respectives, tant vous vous sentirez crétins de m'avoir tué.

— Il a raison, glissa Jérôme à son frère. Cela n'en vaut pas la peine. Alors pose ce couteau, hein ?

Philippe lança un coup d'œil à son frère, puis il me repoussa. Il avait les larmes aux yeux.

— Il ne devrait pas te parler comme ça, Jé-Jé. Il ne sait pas ce que tu as subi. Autant se débarrasser de lui, ça vaudra mieux pour tous les deux. Il va tout gâcher. Pour toi, pour moi, pour papa, tout le monde.

— Non, non. C'est bon. C'est bon. Tu verras, Philippe. Tout ira bien. On va s'en sortir, je te le promets. Je vais lui faire comprendre. D'accord ?

— Il vaut mieux écouter ton frère, Philippe. Pour une fois, ce qu'il dit est complètement sensé. Tu commettrais une très grosse erreur en me tuant et en t'imaginant t'en tirer à bon compte. Mais il y a encore une chance de sauver quelque chose de ce désastre, si vous voulez bien être réglo avec moi. (Je fis un signe de tête.) J'insiste. Dites la vérité. Toute la vérité. Et peut-être que nous pourrons régler ce bordel.

Jérôme posa la main sur le bras de Philippe, puis sur la main qui tenait le couteau. Enfin, il réussit à soustraire la lame à son frère. Il posa la longue arme noire sur la table, à côté du Montblanc. De là où j'étais, le stylo ne paraissait pas plus puissant que l'épée, selon l'adage, mais il ne faisait aucun doute que mes chances s'étaient au moins un peu améliorées. Je laissai échapper un soupir encore oppressé, la peur cédant la place à la tension.

— Merde, j'aurais bien besoin d'un petit alcool, soufflai-je, et je retournai au plateau où cette fois, d'une main tremblante, je me servis un grand verre de bourbon Elijah Craig de vingt et un ans d'âge, et le sifflai bruyamment d'un trait.

Je savais que je n'étais pas encore complètement tiré d'affaire. Et je comprenais que ma meilleure chance de demeurer sain et sauf était de m'emparer de ce couteau avant qu'ils ne changent d'avis et ne me tranchent la gorge. Je me servis un autre verre et m'approchai de la table où il était maintenant à ma portée. Je bus une gorgée de bourbon, posai le verre, pris le poignard et l'examinai d'un œil objectif, presque comme s'il avait déjà servi à commettre un crime et comme si une étiquette de pièce à conviction y était attachée.

— Une lame qui ferait certainement l'affaire, je suppose, remarquai-je froidement. J'ai vu un homme poignardé en prison, un jour. Avec un surin fabriqué à partir d'une brosse à dents et d'un bout de verre. Je ne crois pas que le type qui l'a poignardé s'attendait à ce qu'il meure car la victime avait été frappée à la cuisse. Mais le surin lui avait tranché l'artère fémorale et il avait saigné à mort avant que personne puisse faire quoi que ce soit. C'est le truc qu'ils ne rendent jamais bien dans les films. Le sang. Quand on saigne un type, il y a beaucoup de sang. Quatre litres, ça fait une sacrée mare.

Je regardai les jumeaux, qui ne semblaient ni l'un ni l'autre contrariés de ce que c'était moi désormais qui tenais l'arme. Je la reposai, repris mon verre et m'assis dans le canapé.

— Je suis tout ouïe, messieurs.

Ce qui était loin de la vérité. Il fallait tenir compte de mon cœur. Il pesait dans ma poitrine, comme si je venais de jouer une finale de coupe dans l'équipe vaincue.

Les jumeaux se consultèrent du regard, cela dura un instant, comme s'ils s'échangeaient quelques réflexions par télépathie – cela leur arrivait souvent –, puis ils s'assirent en face de moi. Ni l'un ni l'autre ne dit rien avant un moment, mais ensuite Jérôme leva la main sous mon nez, comme pour signaler sa véritable identité, et prit la parole, quoique non sans difficulté.

— Je n'ai jamais confié cela à personne, sauf à ma famille, commença-t-il.

— Non, ne me dis rien, ironisai-je, avec lassitude, le vrai roi de France, c'est toi.

— Jé-Jé, s'écria Philippe Dumas. Pourquoi tu prends un risque pareil ? C'est un connard. Tu ne peux pas te fier à ce type, il tiendra pas sa langue. Et une fois que tout le monde sera au courant, tout le monde sera au courant, aucun moyen de revenir en arrière.

— Il faut que je lui raconte, Philippe. Tu as entendu ce qu'il vient de dire. Si je suis réglo avec lui, j'ai encore une chance.

— C'est exact, Jérôme, confirmai-je. Et une bonne chance, ajouterais-je. Tu es un super joueur. Tu as tout pour toi. Mais si je dois monter dans cet avion tout seul, ce sera à cause de tes conneries. Et ce sera terminé. Ça, je peux te le promettre. Aucune équipe de football ne voudra plus avoir affaire à toi. Ça, j'y veillerai, bordel.

Jérôme opina.

— Très bien, souffla-t-il. Je vais tout vous raconter. Toute l'histoire.

Je bus une autre gorgée de bourbon et j'attendis, patiemment.

— Vous avez déjà entendu parler d'un footballeur qui s'appelle Asa Hartford ? me demanda-t-il après un long silence

— Oui, dis-je. Bien sûr.

Dans le football anglais, tout le monde ou presque a entendu parler d'Asa Hartford. Au début des années 1970, c'était un international écossais qui jouait pour West Bromwich Albion. Et un bon, en plus. Je crois qu'il a même connu mon père. Qui a joué lui aussi pour l'Écosse. Ensuite – en 1971 ? –, Leeds United l'avait racheté lors d'un transfert de haut vol qui avait capoté après qu'on avait découvert que Hartford avait un trou au cœur.

— Il souffrait d'un défaut du septum interventri-culaire, continua Jérôme. C'est l'appellation médi-cale appropriée pour désigner cette malformation. (Il marqua un silence.) Cette malformation, c'est la mienne.

Je fronçai le sourcil, mesurant déjà les premières conséquences de ce qu'il venait de me révéler.

— Bordel. Tu veux dire…

— J'ai un trou minuscule dans le septum… dans la paroi médiane, entre les ventricules gauche et droit de mon cœur. Dans un cœur normal, tout le sang pompé du ventricule gauche passe dans l'aorte. Chez les gens atteints de CIV, de communication interventriculaire, à chaque battement de cœur, une partie du sang du ventricule gauche repasse dans le ventricule droit par ce trou du septum. Si bien que le cœur travaille plus car il doit pomper non seulement le sang entrant nor-malement depuis le reste du corps, mais aussi le sur-croît qui s'introduit par la CIV.

— Putain, je crois commencer à deviner ce qui se passe.

— Pas la peine. Vous avez déjà suffisamment joué aux devinettes, monsieur Manson. C'est une mal-formation qui n'affecte que moi, et pas mon frère, Philippe. Pour le reste, à part quelques détails, nous sommes des jumeaux identiques. J'ai découvert que j'avais un trou dans le cœur dans une clinique de

Marseille, il y a huit ou neuf ans, juste avant de me mettre à jouer pour l'AS Monaco. Et on m'a expliqué que cela risquait de les empêcher de me proposer un contrat. Nous avons donc caché la nouvelle. Ma mère et mon père. Grace. Tout le monde. Vous comprenez, c'était si important pour ma famille tout entière qu'on n'avait pas les moyens de décider quoi que ce soit d'autre. Mon père s'était arrangé pour que mon frère jumeau vienne de Guadeloupe passer la visite médicale à ma place. Et puis on a fait pareil à Paris quand j'ai rejoint le Paris Saint-Germain. Sauf que cette fois-là, je suis retourné en Guadeloupe et, pendant ce temps, mon frère a pris ma place à Paris. Histoire de goûter à son tour à la belle vie. C'est un bon footballeur, vous savez. Très bon, en réalité. Simplement pas aussi bon que moi. Tous les jumeaux ne sont pas aussi forts que les da Silva.

« Il joue à temps partiel pour une équipe locale, le CSC. Mais comme en temps normal il porte une barbe, personne ne s'aperçoit qu'il ressemble à Jérôme Dumas. En plus, il ne s'appelle pas Dumas, mais Richardson, Philippe Richardson. Personne n'a jamais su que nous étions jumeaux. Combien de jumeaux vivent à distance l'un de l'autre, comme nous ? Moi je vivais avec notre mère à Marseille et Philippe habitait chez notre père à Monserrat, et ensuite ici, en Guadeloupe.

— Je vois ça, dis-je. Mais Asa Hartford a eu une belle carrière. Le transfert à Leeds a échoué, d'accord. Mais il a continué de jouer pour Manchester City, non ? Et Nottingham Forest ? Et Everton ? Et pour de grosses sommes, en plus. C'était un grand joueur. Il a même joué pour l'Ally's Tartan Army à la Coupe du monde 1978. Et il est encore en vie. Je crois que mon père le voit encore de temps en temps. Dans la plupart des cas, la CIV est asymptomatique. Beaucoup de gens vivent toute leur existence sans même savoir qu'ils en sont atteints. Et quantité de sportifs sont certainement touchés. Non ?

— C'était peut-être le cas, du temps d'Asa Hartford, me répondit-il. Franchement, ça ne m'a jamais causé le moindre problème. Pas une fois. Même pas un pincement au cœur. C'est une malformation très répandue. On estime que beaucoup d'enfants sont nés avec une CIV. Mais depuis que le football est devenu un secteur pesant un milliard de dollars, les compagnies d'assurances ont modifié toutes les règles. Et puis, chez certaines personnes, la CIV peut provoquer des arrêts cardiaques… c'est le mal qui a failli tuer Fabrice Muamba, un ancien d'Arsenal et Birmingham. Du coup, il est très difficile de se faire assurer quand on est atteint de circulation interventriculaire. Vous comprenez donc mon problème, continua-t-il. Je gagne beaucoup d'argent. Et telles qu'évoluent les choses, je vais sans doute en gagner beaucoup plus grâce à Paolo Gentile. Il est même question que je devienne le Beckham noir. Mais si on finit par apprendre que je suis atteint de CIV, tout ça est fini. D'un autre côté, si Philippe part à Barcelone à ma place, alors tout peut continuer normalement.

— Tu veux dire si Philippe s'envole pour Barcelone et se soumet à cette visite médicale à ta place ? S'il trompe le club en se faisant passer pour toi ? Je vois en quoi c'est séduisant. L'argent. Les voitures. Les femmes. Bien sûr. C'est parfaitement logique.

— Mais vous savez, il n'y a pas que moi qui profiterai de tout cet argent. Cela ne vous a sûrement pas échappé non plus. Je sais que vous me considérez comme ce que les Anglais appellent un « socialiste champagne », hein ? Chez nous, c'est la gauche caviar. Mais je crois réellement à cette idée de rendre aux autres une part de ce que j'ai reçu. Aux gens d'ici, en Guadeloupe. À mon père. À mon frère. Au lycée local. Pour une nouvelle aile de l'hôpital.

— D'accord, d'accord. Tu es un saint. J'ai saisi. Mais ce que je ne comprends pas, c'est que rien de tout ceci n'aurait été un problème si Philippe était reparti d'Antigua à ta place, comme il était censé le faire. Je ne serais pas ici à l'heure qu'il est. Tu aurais pu organiser tout cela et personne n'en aurait rien su. Alors, qu'est-ce qui s'est passé ?

— Ce qui s'est passé, c'est que la nuit précédant le jour où je devais m'envoler pour Londres, j'ai quitté Jumby Bay pour venir ici à bord d'un bateau qui appartenait à un ami de mon père, DJ Jewel Movement. Je suis descendu de ce bateau, Philippe et moi avons échangé nos vêtements, il est remonté à bord et ils sont repartis pour Antigua. Mais je ne sais trop comment, DJ a compris que nous avions échangé nos deux rôles et il a réclamé de l'argent à papa. Il a cru que nous montions une escroquerie et il voulait sa part.

— Ils se disputaient encore à ce sujet quand je suis descendu du bateau, au chantier naval Nelson, précisa Philippe. DJ était un escroc. Un escroc et un type violent. Ce couteau sur la table, c'est le sien. Je l'ai emporté quand je suis descendu de ce bateau. Parce que j'avais peur pour mon père.

— C'est exactement ce que je viens de vous expliquer, ajouta Jérôme. Plus ou moins.

— À mon arrivée à l'aéroport, j'ai vu le journal et j'ai deviné, poursuivit Philippe. Ou au moins en partie. Mais le journal n'indiquait pas qui était mort. Mon père ou DJ. J'ai trouvé un bateau pour patienter ici jusqu'à ce que je sache avec certitude. Mais je sais pas, le stress de tout cette histoire m'a achevé, j'imagine. J'ai contracté une pneumonie et je ne pouvais plus voyager. En fait, je viens à peine de me rétablir.

— Donc nous étions coincés, reprit son frère. Je ne pouvais pas vraiment m'envoler pour l'Espagne et passer la visite médicale moi-même. Sans risquer de tout remettre en cause. Ensuite, vous avez débarqué et on a cru que vous ne remarqueriez rien. Que vous n'auriez pas le temps de remarquer. Nous pensions que vous seriez si content de m'avoir retrouvé que vous ne soupçonneriez rien de mal. Pourquoi vous vous apercevriez de quelque chose, d'ailleurs ? Même ici, à la Guadeloupe, personne ne s'en est jamais rendu compte. Et vous n'auriez sans doute rien remarqué si l'avion n'avait pas été retardé. À cette heure-ci, vous devriez tous les deux être en vol, et un somnifère et le film diffusé à bord auraient dissipé tous vos soupçons.

— Et ensuite ?

— Comme vous me l'aviez suggéré, continua-t-il, j'aurais demandé un congé exceptionnel pour raisons familiales et au retour de Philippe ici, j'aurais pris sa place.

— Très joli. Je dois vous l'accorder, c'est une superbe arnaque.

— Comme je vous l'ai expliqué, je n'avais pas le choix. Je suis encore un bon joueur, Scott. J'ai encore la capacité d'atteindre les sommets de ce sport. Vous m'avez vu jouer. Vous savez de quoi je suis capable. Vous l'avez dit vous-même, j'ai de quoi atteindre les sommets. Et vous connaissez l'histoire d'Asa Hartford. Un type doué. Un international écossais, comme vous le disiez. Vous devez donc laisser Philippe partir à ma place. Sinon, ce n'est pas seulement moi qui vais en souffrir, mais aussi beaucoup de gens. Ce sport que nous aimons… c'est le seul outil d'ascension sociale qui existe au monde. C'est la seule chance que des individus comme moi, originaires d'une petite île comme la Guadeloupe, ont de s'élever socialement. Pour un peu d'authentique redistribution des richesses.

— Ce n'est pas très juste, objectai-je. De tout me mettre sur le dos.

— Quel rapport avec la justice ? C'est du football, monsieur Manson. Et tout ce qu'on fait, on le fait pour gagner. Nous faisons partie d'une industrie du divertissement qui vaut maintenant des milliards, grâce à Sky et à British Telecom. Quelle est la différence entre moi qui cache le fait que je suis atteint de CIV et un studio hollywoodien qui dissimule le fait que le premier rôle romantique masculin de leur dernier film est secrètement gay ? Hein ?

— Tu pourrais mourir. Elle est sûrement là, la différence.

— Et si je suis d'accord pour prendre ce risque ? C'est l'affaire de qui, à part la mienne ? Si je préfère mourir plutôt que de renoncer au football ? Qui doit s'en préoccuper, à part moi ? Et qui mieux qu'un joueur comme vous peut comprendre un choix pareil ? Ça vous plaît de ne plus jouer au foot ? Ça vous manque ? Je parie que ça vous manque. Mais au moins, vous avez eu votre chance. Vous, vous avez eu votre chance. Au moins, vous avez joué, et aussi longtemps que vous en avez eu la possibilité. Ne me privez pas de ça, monsieur Manson. S'il vous plaît, je vous en supplie. Si vous me retirez le football, là, maintenant, vous me priverez de tout ce que j'ai et de tout ce que je peux espérer avoir un jour.

— Ne me colle pas ça sur le dos, répétai-je.

— Sur le dos de qui d'autre je devrais coller ça ? Le pilote du jet ? Je ne vous demande pas de mentir pour moi. Je vous demande juste de ne rien dire au PSG ou au FC Barcelone.

— Et d'être économe de la vérité. Un mensonge par omission.

— Si vous voulez présenter ça sous cet angle, oui. Mais où est le mal ? Qui sera lésé par votre silence ? C'est sûrement tout ce qui compte, en réalité. Cela fera du tort à qui ?

— Tu exiges énormément, mon garçon. Je te l'ai déjà dit, Barcelone, je leur dois beaucoup. Plus que tu ne l'imagines.

— Et je répète ma question : cela fait du tort à qui ? Écoutez, supposez juste un instant que j'aille au Camp

Nou et que je marque un paquet de buts. Ce qui est une supposition raisonnable, vu le nombre de buts que j'ai marqués à Monaco. Au PSG, je n'ai jamais eu le déclic parce qu'ils m'ont obligé à jouer sur les ailes, alors que je suis un numéro 9 par nature. Vous l'avez bien vu.

— Un faux 9, nuançai-je. J'ai vu ça, en effet.

— Possible. Mais vous l'avez dit vous-même, je reste un joueur de niveau supérieur. Partons du principe que, pendant le reste de la saison, je marque… disons… dix buts. En quoi le club est-il lésé ? Ou supposons que je joue le *clásico* et que je marque juste un but, et que ce soit le but de l'égalisation, ou même celui de la victoire, pourquoi pas. En quoi Barcelone pâtirait de mon mal ? Supposons qu'ils vendent des tas de maillots, à la suite de ça. Supposons tout cela. Quel préjudice cela causerait au PSG que Barcelone tire profit de ce que les Parisiens m'aient prêté aux Catalans ?

— Supposons que je raconte tout à Barcelone et que je les laisse décider.

— Vous savez que ça ne marchera pas. C'est une grande entreprise et ils appliquent les règles des grandes entreprises. Ce ne sont pas des gens comme vous et Luis Enrique qui décident des choix de clubs aussi importants que Barcelone. Plus maintenant. Ce sont des comptables, des avocats, des consultants en management et des actuaires. Des actuaires-conseils spécialisés dans le médical. J'ai étudié ce qui risquait de se produire, de manière extrêmement détaillée. Ne croyez pas que je ne me sois pas moi-même angoissé par ça. Cela m'a tourmenté. Un actuaire-conseil spécialisé dans le médical est un praticien qui chiffre le risque encouru par une compagnie d'assurance-santé quand une entreprise comme le PSG ou le FC Barcelone emploie quelqu'un comme moi. Un médecin équipé d'une calculette et d'un ensemble de tables, qui ne connaît rien du tout au football mais qui fait un pari sur ce que sa compagnie d'assurance-santé aurait à payer dans l'éventualité où je tournerais de l'œil au milieu d'un match.

— Je sais ce qu'est un actuaire spécialisé dans le médical, merci.

— Parfait. Alors vous savez comment ça fonctionne. Personne n'apprécie de parier sur un cheval en pensant que quelque chose puisse mal tourner. C'est tout ce que je vous demande. De parier sur l'homme que vous voyez, pas sur celui que vous ne pouvez voir… l'homme qui a un trou dans le cœur. Je suis un pari sûr, monsieur Manson. Je le sens. Je ne suis pas un toquard.

Je jetai un coup d'œil à ma montre. Il ne restait plus beaucoup de temps avant que le jet soit censé décoller pour nous ramener en Espagne. Et il m'incombait apparemment de décider de l'avenir de Jérôme Dumas, sans même parler de toute sa foutue famille et peut-être aussi de Bella Macchina – s'il fallait en croire Paolo Gentile sur les possibilités commerciales de leurs avenirs conjoints. Je me serais bien passé de cette responsabilité.

— Je vais réfléchir à ce que vous m'avez dit. Et je vous tiendrai informé… enfin, dès que j'aurai pris une décision. Dans la matinée, probablement.

Je m'emparai de la bouteille d'Elijah Craig, sur le chariot aux alcools. En temps normal, je ne bois pas d'alcool. Mais bon, je suis rarement en position de craindre pour ma vie.

— Je vais changer de vêtements parce que je suis trempé de sueur, et ensuite je vais finir de vider cette bouteille.

30

Du temps où j'étais manager, j'ai eu à prendre
quelques décisions épineuses. Quel joueur sortir de
l'équipe, quel joueur vendre. Je me souviens d'avoir
dû annoncer au type qui était capitaine de London City
qu'à cause d'une blessure, il ne rejouerait plus jamais
pour l'équipe, et que cela scellerait probablement la
fin de sa carrière. Ce qui fut le cas. Je me souviens
d'avoir entendu ses sanglots dans les chiottes, après
cela – lui, un vrai dur à cuire d'Écossais. Après ça,
il a sombré dans l'alcool et je me suis senti merdeux
pendant des semaines. De longues semaines. J'avais
le sentiment d'avoir réduit son existence à néant et
depuis, la trace de ce dérapage est restée sur la porcelaine de mon âme.

Mais choisir entre deux joueurs était facile, comparé
au dilemme que Jérôme Dumas m'avait collé sur les
bras. Comment prendre une telle décision ? Comment
répondre à une question qui pourrait entraîner la fin de
la carrière d'un jeune homme ? Il y avait cet aspect et
ensuite il y avait tout l'excédent de bagage qu'il avait
réussi à rattacher à ma décision : l'école des enfants de
Pointe-à-Pitre, l'aile de l'hôpital du Gosier, la responsabilité de son frère, la défense juridique de son père,

le cabinet juridique de sa cousine à Antigua. Je me dis qu'un trou dans le cœur était une chose, mais qu'il faudrait que je sois moi-même un sans-cœur pour lui interdire de jamais rejouer.

En un sens, je l'admirais véritablement. Sa détermination à jouer au football à tout prix était un besoin que je pouvais aisément comprendre. Il fallait lui concéder cela, à ce gars-là, l'idée d'envoyer son frère jumeau se soumettre à sa visite médicale était gonflée et ingénieuse, exactement le genre d'initiative qu'aurait prise mon vieux pote Matt Drennan. À l'époque, le foot était différent, bien sûr, et c'était il y a seulement dix ou quinze ans. C'est vrai, l'argent a tout changé. Jérôme avait raison à ce sujet. Et pourquoi serait-il acceptable de dissimuler la véritable orientation sexuelle d'un acteur vedette de Hollywood – et je m'abstiendrai de mentionner aucun nom, naturellement – et néanmoins inacceptable, en un sens, de couvrir un problème comme une CIV ? Pourquoi attend-on un plus haut degré d'exigence des clubs de football que des studios de cinéma ? Cela me dépasse. Toutes les sottises du Parti travailliste au lendemain de l'accord prétendument « obscène » sur les droits télévision de la Premier League, au sujet des clubs ne versant pas un salaire décent à certains de leurs employés, m'avaient vraiment mis en rogne. Pourquoi s'arrêter là, bordel ? Pourquoi ne pas flanquer aux clubs une taxe exceptionnelle sur les bénéfices et verser ces sommes à la Palestine, ou pour trouver un remède au virus Ebola ? Quels abrutis. La Barclays Premier League est l'un de nos biens d'exportation les plus rentables, et il n'y a rien d'obscène à cela.

Il avait aussi raison au sujet de la circulation inter-ventriculaire. Plus qu'il ne l'imaginait, peut-être. Cela lui avait probablement échappé, mais à peine une semaine auparavant, j'avais lu un article très pertinent dans les pages sportives des journaux. Un tribunal anglais avait ordonné à Tottenham Hotspur de payer sept millions de livres de dommages et intérêts à une star prometteuse de son équipe junior, Radwan Hamed, atteint d'un arrêt cardiaque quelques jours après avoir signé son premier contrat professionnel avec le club, et depuis lors incapable de vivre de manière auto-nome. Un électrocardiogramme effectué avant qu'il ne signe avait révélé un cœur « anormal », mais les médecins de l'équipe ne l'avaient pas empêché de jouer et, en conséquence, la famille de Hamed avait attaqué les Spurs pour négligence. Le club avait été dédommagé du montant de ces dommages et intérêts par l'assurance-santé, mais cela avait mis en évidence le fait qu'en aucun cas une compagnie d'assurances n'approuverait d'autoriser un homme ayant un trou dans le cœur à jouer dans le football de haut niveau. L'époque où un Asa Hartford aurait pu profiter de quinze bonnes années au sommet était révolue depuis longtemps.

À présent, je l'avais juste un peu mauvaise. Mais ce n'était pas plus mal. Il faudrait que je l'aie un peu mauvaise pour annoncer à Jérôme que je ne n'allais pas prendre part à sa supercherie, car c'était la déci-sion que j'allais devoir prendre. En effet, telle est la réalité toute simple : je dois beaucoup à Barcelone. Je leur dois tout. C'étaient eux qui m'avaient engagé quand personne d'autre n'était prêt à m'accorder une chance. Et on n'est pas pressé d'oublier. Pas dans le football. En dépit de tout ce que j'avais dit à Jérôme, je savais que j'allais devoir trancher en faveur du club. C'est ça, la loyauté. Je n'aurais pu en décider autrement. Même pas au bout d'un siècle. Naturellement, je me sentais franchement désolé pour Jérôme Dumas, mais de mon point de vue, je n'avais aucun véritable choix en la matière. Choisir entre le club qui avait nourri mes ambitions managériales et un joueur sans vergogne disposé à l'abuser quel qu'en soit le prix, si je devais être honnête, voilà un choix qui n'en était absolument pas un. Mais je ne me sentais pas mieux pour autant. Et c'est pourquoi j'attrapai mon flacon d'anesthésique.

À la vérité, je consacrai l'essentiel du temps où je restai assis dans ma chambre avec cette bouteille à essayer de réfléchir à un moyen de préserver quelque chose de la carrière de Jérôme. Personne n'aime balancer la vie d'un autre à la casse. Et surtout pas moi, qui en sait un peu sur ce que signifie se retrouver à la casse. Quand vous êtes en prison, vous vous rendez compte que la casse se situe une petite marche au-dessus de la place que vous occupez.

J'aurais pu appeler quelqu'un avec qui discuter de tout ça – mon père, peut-être – mais comme il fallait s'y attendre, le signal, sur mon téléphone, était inexistant. J'étais donc livré à moi-même. Et ce sont là les décisions les plus difficiles qui soient.

Je dormis deux heures, me réveillai vers quatre heures, pris une douche et descendis au rez-de-chaussée. Les bagages Louis Vuitton étaient restés entassés dans le hall d'entrée et les jumeaux étaient là où je les avais quittés, sur le canapé, l'air profondément inquiet et anxieux. Je vérifiai d'un coup d'œil autour de moi. Le couteau avait disparu, Dieu merci. J'entrai dans la cuisine, me préparai un café Bonifieur et revins au salon. Les deux jumeaux s'étaient levés, l'air impatient.

Je ne voyais pas l'intérêt de tergiverser, je respirai donc à fond et leur annonçai ma décision.

— J'ai tranché. Je regrette, je ne marche pas.

— Je te l'avais dit, s'écria Philippe. Il est de leur côté, pas du nôtre. Tu n'aurais jamais dû lui faire confiance, Jé-Jé. Et maintenant, qu'est-ce que tu vas faire ? C'est terminé, tu entends ?

Il me dévisagea de longues secondes, d'un œil sinistre, comme s'il n'avait au fond qu'une envie, me frapper.

— Espèce de salopard, s'exclama-t-il. Tout ce qui compte, pour toi, c'est l'argent. Aucun de vous n'en a rien à fiche de ceux qui jouent sur le terrain. Des vrais gens. Et des vrais gens qui dépendent d'eux.

Et là-dessus, il sortit de la pièce.

— Je suis désolé de sa réaction, fit Jérôme. Il est à cran, c'est tout.

— Je vois ça. Écoute, je suis désolé. Mais c'est comme ça, un point c'est tout.

Il se rassit et fixa son regard sur ses mains.

— Oui, je comprends.

— En réalité, non, je ne crois pas que tu comprennes. J'ai beau être anglais, mais Barcelone… ce club est pour moi comme ma famille, Jérôme. Et tu ne mens pas à ta famille. Je suis d'accord avec tout ce que tu m'as expliqué hier soir. Tout cela se tient parfaitement. Mais je ne peux me résoudre à l'idée qu'en permettant à Philippe de passer cette visite médicale à ta place, je me rendrais coupable d'une grave tromperie envers le club. Je suis désolé, Jérôme, mais ce serait vraiment dépasser les bornes, j'en ai peur.

Il hocha la tête en silence.

Je m'assis, me servis un peu de café, espérant que le canapé m'avale tout entier, ou que le chauffeur de la limousine sonne à la porte pour que je puisse m'en aller. Je n'aime pas trop les voyages en avion, mais c'était un vol que j'étais impatient de prendre.

— Dis-moi, Philippe, quel genre de footballeur est-il ?

— Vous voulez faire la causette par politesse ? Parce que je ne me sens pas trop l'envie d'être poli, pour l'instant.

— Fais-moi plaisir. Quel genre de joueur est-ce ? Un défenseur ? Un gardien ? Décris-le-moi.

— Sincèrement ?

— Tu peux toujours essayer.

Jérôme sourit.

— C'est un ailier naturel, fit-il. Et un bon, en plus. Droitier. Un bon passeur. Il a un excellent jeu de passes. Il sait voir de très loin les trous dans les défenses. Et il court presque aussi vite avec le ballon que sans. Très fort, très rapide, et très, très affûté. Enfin, vous avez pu constater par vous-même à quel point il est costaud. S'il avait débuté plus tôt, il aurait pu devenir professionnel, lui aussi. Probablement dans un des meilleurs clubs. C'est pourquoi il était si facile pour lui de se rendre à ces visites médicales à ma place. Il a déjà le physique de l'emploi, et en plus il a d'assez bonnes capacités balle au pied. Suffisamment pour les caméras. Et, malgré tout ce que vous avez pu voir de lui depuis que vous êtes ici, c'est un individu au caractère très calme. Plus stable que moi.

— Alors pourquoi n'a-t-il pas débuté plus tôt dans le foot ?

— Ici, les opportunités sont limitées, comme vous l'avez probablement observé. Les recruteurs du foot ne viennent pas forcément jusqu'en Guadeloupe, même s'ils devraient peut-être, vu le nombre de footballeurs que les îles fournissent à l'équipe de France. En plus, Philippe s'est toujours plus intéressé à son travail scolaire qu'au foot. Il avait envie d'aller à l'université, de tracer sa propre voie. Nous n'avons jamais été le genre de jumeaux qui font toujours tout pareil. Quand nous vivions ensemble, il essayait presque toujours de se lancer dans des voies différentes des miennes. Et ensuite, on nous a séparés. C'est étrange, de faire ça à des jumeaux. Mais en un sens, ça lui était égal. Cela nous était égal à tous les deux. Ce qui nous singularise l'un et l'autre beaucoup plus que vous ne pourriez le penser.

— Et a-t-il fréquenté l'université ?

— Oui. Il a étudié l'agriculture à l'université des Antilles et de la Guyane, en Martinique. Des études payées par moi, bien entendu. Il travaille maintenant pour l'Union des groupements des producteurs de bananes de la Guadeloupe et de Martinique.

— Ça lui plaît ?

— Pas vraiment. C'est seulement récemment qu'il a fini par regretter, car il aurait pu devenir footballeur lui aussi. Et par se rendre compte de ce qu'il avait manqué. Quand il a vu quelle vie je menais à Paris... mes voitures, mon appartement, ma copine... je crois que c'était dur pour lui d'intégrer tout ça. Tout ce qu'il aurait pu être, vous voyez ?

— Je peux imaginer. (J'évitai de poser la question que j'avais envie de lui poser, à savoir si son frère avait couché avec Bella Macchina.) C'est un boulot bien payé ? Avec le groupement des producteurs ?

— Par rapport aux normes locales, oui. Mais pas comparé aux niveaux de métropole. Presque tout son argent lui vient de moi. Ce que je lui donne, à lui et à mon père, leur permet de mener une vie assez confortable, ici. Mais il aimerait venir en France plus souvent et chercher du travail là-bas.

— Et il est marié ?

— Marié ?

— C'est ça, oui. Tu sais ? Une femme avec une bague au doigt et un rouleau à pâtisserie dans la main.

— Non. Écoutez, monsieur Manson, si vous posez toutes ces questions concernant mon frère parce que vous comptez suggérer qu'il pourrait prendre ma place à Barcelone ou au Paris Saint-Germain de façon permanente, nous savons l'un et l'autre que cela ne fonctionnera pas. En aucun cas il ne pourrait soutenir le rythme du jeu en Espagne. Ou en France, d'ailleurs.

— Tu te figures que je ne le sais pas ? Je ne suis pas si naïf, mon garçon. Ce n'est pas ce que je veux laisser entendre. Je te l'ai dit, je refuse d'être partie prenante de votre escroquerie, si excusable soit-elle. Mais je ne vais rien dire à Barcelone au sujet de ta CIV non plus.

Puisque tu étais là-bas à titre de joueur prêté, je considère que cela ne les regarde pas.

— Qu'allez-vous leur raconter ?

— Tu peux t'en remettre à moi, répondis-je, sans en avoir la moindre idée. En revanche, je vais devoir en dire davantage au PSG, qui détient ton contrat, sans savoir encore quoi au juste. J'ai besoin d'un peu de temps pour tirer certaines choses au clair dans ma tête.

— Ils vont me virer. Vous le savez. Et je le sais.

— C'est exact. Ce sera probablement leur décision. Le vrai tour de passe-passe consistera à obtenir qu'ils te virent pour toutes les mauvaises raisons.

— De quoi vous parlez, bordel ?

— Écoute, Jérôme, je crois t'avoir déjà expliqué que je sais un peu ce que c'est que de se faire balancer. Une bonne part de ce qui m'est arrivé était ma faute, parce que je n'ai jamais été capable de la boucler. Mais crois-moi, si bas que soit ton moral à l'instant présent, j'ai eu le moral beaucoup, beaucoup plus bas. C'est pourquoi, contre tous mes principes, je suis déterminé à essayer de t'aider.

— Si vous voulez réellement m'aider, monsieur Manson, alors laissez Philippe partir à Barcelone, qu'il passe ma visite médicale.

— Je crois qu'il va falloir te récurer les oreilles. Je t'ai expliqué pourquoi je ne peux pas faire ça. Je suggère donc que tu te sortes le FC Barcelone de ta petite tête une bonne fois pour toutes, et que tu places toute ta confiance en moi. C'est exact. Dans toute cette histoire, tu vas devoir te fier à moi, pendant un temps. Mais je vais d'abord te poser une question très importante à laquelle je veux une réponse sincère, pigé ?

— J'écoute.

— Alors voici ma question. Et réfléchis avant de rouvrir ta grande gueule. Le football est-il encore la chose la plus importante de ta vie ? Ne réponds pas tout de suite. *Réfléchis-y.* Je ne veux pas parler de toutes ces bêtises hors du terrain qui vont de pair avec le statut de footballeur vedette... les marchés, les sponsors et le bazar commercial... je veux parler du sport, du jeu, du football pur et simple. Est-ce la composante primordiale de la vie de Jérôme Dumas ? *Non, réfléchis vraiment avant de répondre.* Un samedi après-midi, un grand match, et toi qui joues devant cinquante mille fans. *Réfléchis.* Est-ce cela qui te maintient à flot ?

— Je ne comprends pas.

— Ce n'est pas une question compliquée, mon garçon. En réalité, c'est foutrement simple. Est-ce le football que tu aimes vraiment ou la perspective d'être le Beckham noir ? Est-ce le vestiaire qui est important pour toi ou le studio photo ? Les pages sportives ou la double page dans ce torchon de *GQ* ? Le liniment ou le gel pour les cheveux ? La vaseline ou l'après-rasage ? Un slip suspensoir ou un costume Armani ? Quelques gonzesses ou tes coéquipiers ? Le rugissement de la foule ou les glapissements d'une nana canon à qui tu défonces le cul dans un night-club ? Jongler avec un ballon ou jouer du pied avec une pute ? Je ne vais pas perdre mon temps à te servir, jeune homme, si en réalité tout ce que tu cherches dans la vie, c'est te servir. Tu vois, j'aime ce sport et j'aime les gens qui l'aiment autant que moi. C'est le seul genre d'individus pour qui je suis disposé à prendre des risques et à consentir des sacrifices. Est-ce que tu comprends ?

— Oui. J'aime ce sport. Je n'imagine pas la vie sans le football. Sans mes équipiers. La vie ne vaudrait pas la peine d'être vécue. C'est ce qui me tire du lit. Et c'est encore à ça que je pense quand je vais me coucher. C'est de cela que je rêve dans mon sommeil. Toutes les nuits, et c'était déjà vrai quand j'étais petit garçon.

— C'est la bonne réponse. C'est tout ce que je voulais entendre, Jérôme. Très bien, alors. J'aurai sûrement besoin de parler à certaines personnes avant de pouvoir t'en dire plus au sujet de ce que j'ai en tête. Tout ce que je te conseillerai à ce stade, c'est de ne pas perdre espoir. Pas encore. Il y a peut-être un moyen de faire en sorte que tu puisses évoluer dans le football professionnel. Alors, s'il te plaît, tâche d'être patient.

31

— Donc, permets-moi de clarifier la situation, fit Charles Rivel. Tu as retrouvé Jérôme Dumas, aux Antilles, sur la charmante île de la Guadeloupe...

— Je vois bien que tu n'es jamais allé là-bas, Charles.

— Tu l'as donc retrouvé. Mais l'accord de prêt que nous avions signé avec Barcelone tombe à l'eau. Pourquoi ? Je ne comprends pas. Tu as ramené ce joueur en France, non ?

— Oui, il est de retour à son appartement, ici, à Paris.

— Mais tu aurais sûrement pu tout aussi aisément le reconduire à Barcelone. Après tout, c'est eux qui ont payé l'avion. Alors pourquoi n'est-il pas là-bas, en Espagne ? Pourquoi n'est-il pas au Camp Nou en train de soigner sa remise en forme pour le match contre le Real Madrid ?

— Parce que je leur ai expliqué qu'il avait fait une dépression nerveuse. Et qu'il n'avait plus envie de jouer en Espagne. Que pour le moment il avait envie de rester en France. Mais rien de tout cela n'est vrai. Ils le savent. Mais ils se contentent de la version que je leur ai racontée, pour le moment. Le fait est là :

j'ai estimé que moins il y aura de gens informés de la raison véritable pour laquelle il ne jouera pas, mieux cela vaudra.

— Mieux cela vaudra pour qui ?

— Pour toi et pour lui.

— Pardonne-moi, Scott, mais tout cela n'aurait-il pas dû relever de notre décision, au PSG ? Nous t'avons envoyé retrouver un joueur disparu, pas faire capoter un bon accord. Il est vrai qu'il n'y avait pas de prime de transfert, mais dois-je te rappeler que les Catalans allaient payer toutes les rémunérations de Jérôme Dumas ? Ce qui n'est pas négligeable. Sans parler d'une commission de prêt de plusieurs millions d'euros.

Nous nous étions retrouvés pour le petit déjeuner au restaurant de l'hôtel Bristol à Paris, où le PSG aime bien régler ses affaires. Au Bristol, la chambre la moins chère coûte plus de neuf cents euros la nuit, ce qui suffit à rendre les affaires on ne peut plus confortables. C'est là que le directeur sportif du club, Leonardo, a conclu l'accord avec Edinson Cavani, quand ce dernier a quitté Naples en juillet 2013, moyennant un montant de quarante-huit millions de livres, à l'époque un record pour la Ligue 1. Et c'est là que le club a payé une suite à David Beckham quand il jouait au PSG, la suite impériale, pour être exact, qui, à quatorze mille cinq cents livres la nuit, coûte relativement plus cher que leur chambre la moins coûteuse, où je réside en ce moment. Mais enfin, cette suite est amplement assez spacieuse pour accueillir une partie de foot à cinq. Beckham les valait bien, rien qu'avec ses ventes de maillots.

C'était sympa d'être de nouveau dans un bon hôtel, mais surtout c'était bon d'être de retour dans un pays où l'on prenait la cuisine au sérieux. En particulier le très humble croissant. Avec du beurre, de la confiture d'abricot et un café chaud, c'est la pierre angulaire d'un petit déjeuner civilisé.

— Crois-moi, Charles, je t'ai rendu un très grand service. Un énorme service, en fait. Et je suis sur le point de t'en rendre un autre. Quand je t'aurai expliqué ce que j'ai fait, tu auras très envie de me surclasser dans la suite de David Beckham et d'y ajouter un ballon gratuit en prime.

— Donc raconte-moi. J'écoute.

Et je lui racontai donc, tout – je lui parlai même du pistolet et du meurtre de Sevran –, et ce fut divertissant de voir ce Français à la mâchoire lisse la bouche béante sur sa cravate en soie Charvet.

— Mon Dieu, souffla-t-il.

— Ah, il est descendu à l'hôtel, lui aussi ? Je suis surpris qu'il en ait les moyens.

— Tu es sérieux ? Dumas se servait de son frère jumeau pour tromper les médecins ? Et il projetait d'en faire autant au Camp Nou ? Je n'y crois pas.

— Je suis parfaitement sérieux. C'est la vérité. J'imagine que ce garçon ne s'appelle pas Dumas pour rien.

— Battre Chelsea en Ligue des Champions. Passer devant l'Olympique lyonnais en Ligue 1. Tout cela serait excellent pour le PSG. Tout cela, je comprends. Et je vois en quoi ce serait bénéfique pour le FC Barcelone. Mais en quoi ce que tu me racontes là est-il bon pour le PSG ? Quant à savoir en quoi c'est positif pour le joueur, nous verrons plus tard.

— S'il est vrai que tu ne seras plus jamais en mesure de revendre Jérôme Dumas, tu te seras épargné les éventuels problèmes juridiques qui auraient pu aisément se présenter, et vous coûter très cher, si Jérôme et son frère jumeau avaient réussi à mettre leur petite escroquerie en œuvre. Par exemple, tu aurais pu être jugé légalement responsable envers le FC Barcelone. Tout comme auraient pu l'être tes assureurs médicaux s'il devait souffrir d'un quelconque problème pendant un match. Comme ce gars de Tottenham qui a fait une crise cardiaque. Radwan Hamed, tu te souviens ? Cela n'a coûté aux assureurs des Spurs que la bagatelle de presque sept millions de livres. Même si je pense qu'ils imputeront cette charge au club lorsque viendra l'échéance de paiement de la prochaine prime de couverture.

— Oui, je vois.

— Et puis, étant donné que les jumeaux ont sans nul doute monté la même arnaque quand Jérôme est arrivé ici de l'AS Monaco qui, incidemment, n'avait aucune idée de ce qui se tramait non plus, cela signifie que votre contrat avec lui est nul et non avenu. En d'autres termes, vous n'avez plus à le rémunérer. Les émoluments du joueur n'entrent donc même pas en ligne de compte. C'est en cela que c'est bon pour le PSG. Bien que je m'attende à ce que vous ayez à rembourser la commission de prêt à Barcelone.

— Pourrions-nous récupérer le montant du transfert auprès de l'AS Monaco ?

— J'en doute. Ce sont vos médecins qui, sans être du tout fautifs, l'ont déclaré apte à jouer. Je crains que ce ne soit pour cette raison que les visites médicales se déroulent sous les auspices du club acheteur, et non du club vendeur. Je ne suis pas juriste, mais je dirais que c'est un cas tout simple de *caveat emptor*. Une acquisition aux risques de l'acheteur. Certes, ils n'étaient pas en position de savoir que Jérôme avait un frère jumeau. Et l'AS Monaco argumentera à juste titre qu'il les a roulés, eux aussi. Par conséquent, je ne crois pas que tu ailles très loin en essayant de les rendre légalement responsables.

— Je présume que nous pourrions attaquer Jérôme Dumas, non ?

— Cela n'aurait pour effet que de vous faire passer pour des billes, vos médecins et vous. Et personne n'a envie de ça. En l'espèce, il vaut mieux éviter toute action juridique, selon moi. En outre, ce n'est pas comme s'il n'avait pas réellement joué pour le club. Et bien joué, à l'occasion. Lors du match de poule de la Ligue des Champions contre Barcelone en septembre, il était l'homme du match, tu te souviens ? À tous égards, sauf au plan médical, il a fonctionné à la perfection. Et il aurait aisément pu continuer de la sorte, sans les avocats, les médecins et les juristes médicaux.

Rivel but une gorgée de son café, hochant la tête en m'écoutant parler.

— Vire-le, par tous les moyens possibles, Charles. En fait, je te recommande de le virer. Mais si vous vous débarrassez de lui et si vous envisagez peut-être même d'intenter une action en justice contre lui parce qu'il a un trou dans le cœur, ce ne sera pas bien perçu dans la presse. Si tu me pardonnes cette expression, cela vous ferait passer pour des types sans cœur.

— C'est vrai. (Il plissa les yeux un instant.) Et tu me dis tout, Scott, n'est-ce pas ?

— Oui. Tout. Et c'est beaucoup plus que ce que j'ai raconté à mes amis du FC Barcelone. Sachant que je leur suis redevable comme jamais je ne l'ai été envers vous. Ce qui me rappelle... J'ai décidé de renoncer à ma prime. La commission d'intermédiaire que proposait ton ami qatari si je retrouvais ce garçon.

— Pourquoi ? Si je me rappelle bien, tu as droit à une commission réduite. Un million d'euros. Alors pourquoi la refuser ? Tu l'as gagnée. Tu as fait ce qu'on t'a demandé.

— Parce que j'ai été bien payé pour ce que j'ai fait. Et parce que je n'aime pas tirer profit des pertes des autres.

— N'est-ce pas dans la nature du capitalisme ?

— Cela se peut. Mais il est des variétés de pertes face auxquelles le capitalisme doit se tenir bien tranquille dans sa zone technique, les mains dans les poches, et se borner à suivre le match. Et celle-ci en fait partie.

— Je croyais que c'était lui le gauchiste, pas toi.

— C'est bien lui. Et pas moi du tout. Et après ce que le Parti travailliste a déclaré au sujet de la Premier League et de ses accords sur les droits télévisés, je ne voterai plus jamais pour eux. J'essaie juste de faire ce qui est juste et, à mon avis, c'est sans rapport avec la politique. Ce qui m'amène maintenant aux raisons que, d'après moi, tu devrais fournir à la presse quand tu le vireras pour de bon. Et c'est très important, Charles. Pas seulement pour toi. Mais pour Jérôme Dumas.

— Et pourquoi devrais-je en avoir quoi que ce soit à foutre de lui, Scott ? Ce salopard s'est moqué de nous.

— Il ne rejouera plus jamais au football au plus haut niveau. À cause d'une affection médicale grave avec laquelle il devra vivre pour le restant de ses jours. Voilà pourquoi. Il continuera très vraisemblablement de vivre une existence active, parfaitement normale. Mais comme nous le savons tous les deux, les actuaires médicaux s'occupent de chiffres, pas des gens. Et pour être juste envers eux, il y a toujours la possibilité que tout cela se transforme en un problème bien plus vaste. (Je le laissai un instant mesurer le sens de cette réflexion, avant de continuer.) En plus, c'est encore un gamin. Comme la plupart des gamins, il se figure qu'il vivra éternellement. Franchement, c'est le genre de manigance que tenterait n'importe quel joueur pour continuer de jouer. Le genre de manigance que j'aurais tentée moi-même, si j'avais été dans ses chaussures à crampons. Quand les gens tiennent à tout prix à échapper à la misère noire, c'est ce qu'ils font. Réfléchis un peu à l'effet que ça aurait dans un journal comme *Libération*.

— Présenté sous cet angle…, fit Rivel.

— Charles, si tu voyais d'où il vient… sur l'île de la Guadeloupe, j'entends. C'est un taudis. Mais c'est un taudis plein de gens magnifiques. Qui pour la plupart n'ont pas beaucoup d'argent et sont privés de toute opportunité d'améliorer leurs conditions de vie. Honnêtement, si tu savais où il a donné une partie de son argent... des écoles et des hôpitaux... tu te rendrais compte qu'il mérite d'avoir un avenir, sous une forme ou une autre. De préférence dans le football.

— Je croyais t'avoir entendu dire qu'il ne jouerait plus jamais au football.

— Non, j'ai expliqué qu'il ne jouerait plus jamais au plus haut niveau.

— Ah, tu entends par là qu'il pourrait évoluer dans un autre championnat. En réalité, Scott, je ne vois sincèrement pas comment cela pourrait marcher non plus. À moins que tu ne permettes aux jumeaux de se livrer à la même tromperie avec un autre club. Ce qui ne se peut pas.

— Tu me laisses me soucier de cette question.

— Pour des raisons juridiques, le PSG voudra certainement obtenir l'engagement que les jumeaux Dumas ne se prêteront plus jamais à ce genre d'acrobatie.

— Et tu l'obtiendras certainement. Je te le garantis. Et ils ne se livreront plus à aucune combine de ce style. Du moins pas au plan médical. Écoute, tout ce dont j'ai besoin, c'est que le PSG le vire, comme je viens de te l'évoquer. Je pense que vous devriez le virer pour faute. Plus précisément en raison des commentaires de nature politique qu'il a faits à la presse et que vous jugez incompatibles avec son emploi au PSG. Plus précisément l'interview qu'il a donnée à *Libération*. Prends ce garçon au mot. C'est un communiste qui plaide pour une révolution maoïste, n'est-ce pas ?

Comment est-ce perçu par les propriétaires du club ? La révolution est bien la dernière chose qu'ils veulent, au Qatar. Évidemment, tout le monde comprendra que cela cache bien d'autres choses. Et ensuite peut-être réussiras-tu à convaincre tes responsables de relations publiques d'insinuer aussi qu'il s'était impliqué aux côtés de quelques voyous de banlieue. Ce qui était le cas. Bien sûr, à long terme, rien de tout cela ne nuira à la réputation de Jérôme. Il vaut bien mieux se faire virer parce qu'on est un voyou qu'à cause d'un trou dans le cœur. En fait, je croirais même plutôt que son maoïsme finira par être bien perçu par ses nouveaux employeurs.

— Que veux-tu dire, ses nouveaux employeurs ? Nous ne l'avons pas encore viré.

— Mais vous allez le virer. Parce que vous êtes obligés. Parce qu'il ne peut plus jouer pour vous. Comme je l'ai indiqué, vos assureurs l'en empêcheront.

— Nom de Dieu, Scott. Pourquoi j'ai l'impression d'être entraîné contre mon gré dans je ne sais quoi ? Et qui sont ses nouveaux employeurs ? Ce n'est pas London City, non ?

— Non, ce n'est certainement pas London City. Au vu de ce qui est arrivé, tu peux en être absolument sûr.

— Oui, j'ai vu les infos.

— Non, c'est quelqu'un d'autre, Charles. Et je leur ai parlé il y a une heure. Avant de descendre ici prendre un petit déjeuner avec toi.

— Alors, qui est-ce ?

— Je vais te le dire. Et je peux affirmer sans risque de me tromper que, pour peu que tu souscrives à tout ce que je viens de t'exposer, j'aurai résolu tous tes problèmes, Charles. Et ceux de Jérôme. Sans parler d'un autre petit problème qui m'est propre.

32

Skype. Dans mon idée, ce n'est pas sur la gratuité des appels qu'ils devraient se vendre, mais sur le fait que ce sont des appels où l'on se voit. En un sens, quand vous concluez un accord commercial important, il vous en faut davantage qu'une simple voix vous assurant que tout se déroulera comme promis. Vous avez besoin de voir un visage. C'est ce que signifie « rester en contact ». Enfin, presque. Le jour où vous réussirez à conclure un accord sur Skype avec une poignée de main virtuelle sera le jour où ce logiciel d'appels sur Internet vaudra réellement les huit milliards et demi de dollars qu'a déboursés Microsoft pour son acquisition en 2011. Naturellement, pour les Chinois, le visage, ou la « face » – *miàn zi* – est un facteur très important, surtout en affaires, et très au-delà d'une simple exigence de respect et d'une obligation de savoir se tenir à sa place. C'est une question de courtoisie, de confiance et de reconnaissance de ce que le temps d'un personnage aussi riche que Jack Kong Jia est précieux et qu'il risquerait toujours d'aller faire affaire avec quelqu'un d'autre.

— Merci d'avoir pris mon appel, monsieur Kong Jia. Je sais que vous êtes un homme très occupé.

Il était assis dans une pièce presque entièrement blanche et en net contraste avec le ciel noir et les éclairages aux néons de Shanghai que je pouvais entrevoir par la fenêtre, derrière lui. Son bras tatoué était lesté de bracelets et de breloques. Il avait autour du cou une dent de requin, ce qui suffisait à me rappeler que l'homme savait aussi être dangereux. Rares sont les milliardaires qui n'ont pas quelques crocs supplémentaires.

— Et merci pour votre aimable cadeau, monsieur Manson. Comment saviez-vous que je suis grand amateur d'affiches de cinéma ?

— Monsieur, c'est mentionné dans un article sur vous publié par le magazine *Forbes*.

— Oui, mais il était habile de votre part de découvrir que j'apprécie les affiches des films de James Bond par-dessus tout. Et que l'affiche anglaise de *Dr No* était l'une de celles que je n'avais pas encore.

— J'ai remarqué que vous aviez investi dans le dernier film de James Bond, monsieur. Cela figurait au générique. C'est pourquoi j'ai supposé que vous deviez être fan, comme moi. Je crains fort que le choix de cette affiche en particulier n'ait été un banal coup de chance. Même si, comme elle est particulièrement rare, il était peut-être raisonnable de supposer que vous ne la posséderiez pas.

Rare et aussi chère. Cette affiche m'avait coûté cinq mille livres. C'était la mise de fonds initiale pour cette transaction avec Jack Kong Jia.

— Je suis ravi que vous m'ayez appelé, monsieur Manson. J'avais pensé à vous. Surtout à la lumière de ce qui est arrivé aujourd'hui.

— Qu'est-il arrivé ?

— Vous n'avez pas vu les informations ?

— Je suis à Paris, monsieur. Je n'ai pas beaucoup prêté attention aux informations. Et il est encore assez tôt, ici.

— Viktor Sokolnikov a été retrouvé mort dans sa propriété du Kent. Il semble qu'il ait été assassiné sur ordre du Kremlin.

— Ah. Je vois. Non, je ne le savais pas. Nom de Dieu.

Le temps d'une seconde, cent pensées m'envahirent l'esprit, des pensées autour de Viktor et du temps que nous avions vécu ensemble à London City, de mon inquiétude pour sa famille, et d'un point d'interrogation planant sur la gestion d'un club de football important. Qu'allait-il advenir de l'équipe que João Zarco et moi avions contribué à former et à entretenir ?

— Je regarde ça à la télévision en ce moment même. Mais enfin, ici, nous sommes en avance sur vous. Nous recevons tout avant vous.

— C'est ce que je crois aussi. Monsieur, au sujet de ces deux joueurs qui étaient censés venir en Chine rejoindre votre club…

— Chad Yekini et George Mboma. Oui, c'est dommage qu'ils aient décidé de ne pas nous rejoindre. Nous en aurions certainement bien besoin. Un grand match contre Shanghai Taishan a lieu dans trois semaines. Certes, ils n'auraient pu être présents parmi nous d'ici là, évidemment. Ils ne devaient arriver qu'à la fin de la saison en Europe. Mais il n'empêche, il est agréable de rêver, n'est-ce pas ?

— Puis-je vous demander quel montant vous étiez prêt à les payer ?

— Ils avaient l'un et l'autre un contrat de trois ans pour un montant de trois cent mille livres par semaine.

— Bingo.

— Plus ce que pourrait leur rapporter leurs droits d'image. Sur mes conseils, bien sûr. Ce qui représenterait aussi beaucoup d'argent. En Chine, les joueurs de la Chinese Super League sont très demandés, pour vendre à peu près tout. Surtout quand ils ont joué dans des clubs du haut du tableau.

— J'ignorais qu'en Chine les joueurs étaient payés autant.

— La Chinese Super League finira par devenir la plus riche du monde, monsieur Manson. Vous pouvez me croire sur parole.

— Comment réagiriez-vous si je vous annonçais que je serais en mesure de les remplacer tous les deux ? Et à temps pour votre match avec Beijing ? Si j'ajoutais que l'un des deux est encore très loin de la fin de sa carrière, alors qu'à trente-sept ans, le vieux Chad Yekini est très proche de la fin de la sienne. J'imagine que vous avez entendu parler de Jérôme Dumas. Il n'a que vingt-deux ans.

— Dumas. Bien sûr. C'est un joueur de premier plan. Il joue pour le Paris Saint-Germain, si je ne me trompe ? Mais j'ai lu dans les pages sportives qu'il faisait désormais l'objet d'un prêt à Barcelone.

— Plus maintenant. Le prêt n'ira pas à son terme. Il se trouve que je sais que le PSG est sur le point de le virer. Entre autres choses, pour ses opinions maoïstes révolutionnaires.

M. Jia éclata de rire.

— Ici, en Chine, cela ne soulève guère de problème. Malgré ce qui s'est passé pendant la Révolution culturelle, beaucoup de gens dans ce pays révèrent encore le président Mao. Et donc, il se pourrait qu'il joue pour nous, c'est ce que vous suggérez ?

— Pourvu que vous acceptiez de renoncer à sa visite médicale, je puis vous garantir que je suis à même de vous l'amener à Shanghai, monsieur. Et d'obtenir sa signature au bas d'un contrat d'ici la fin de la semaine.

— Vous m'intéressez beaucoup, monsieur Manson. Et l'autre joueur ?

— Son frère jumeau identique. Pas aussi célèbre que Jérôme. Mais c'est un excellent footballeur. Et c'est pourquoi je vous les propose tous les deux pour le prix d'un.

— Mhh.

— Ai-je raison de penser que les jumeaux, si je ne m'abuse, sont considérés comme un signe de chance et de bonne fortune, en Chine ?

— Vous avez raison. Ils sont tout particulièrement prisés dans le sport. Nombre de Chinois vont même jusqu'à les toucher, pour que cela leur porte chance.

— Alors leurs droits d'image devraient valoir très cher, pour vous.

— C'est vrai. En fait, je sais très exactement quelle marque je réussirais à convaincre de faire appel à leurs services. Des jumeaux identiques, dites-vous ?

— Comme deux petits pois dans une cosse, monsieur.

— Il existe ici une marque de cigarettes qui s'appelle Gemini. Fabriquée par Shanghai Tobacco. Dont je suis propriétaire. Nous pourrions nous servir d'eux pour vendre les cigarettes Gemini. Ou la marque Twopenny. C'est un site de vente en ligne que je possède aussi. Bien moins cher que Tencent, notre principal concurrent.

— Rien ne vous empêchera de faire appel à eux pour tout ce que vous voulez. Je crois savoir que le maoïsme de Jérôme est assez superficiel.

— Évidemment, je vais devoir vous poser une question. Qu'est-ce qui ne va pas chez Jérôme Dumas, pour que vous souhaitiez que je renonce à sa visite médicale ? Je présume que c'est la raison véritable pour laquelle le PSG compte se débarrasser de lui. Et pour laquelle il ne part pas à Barcelone.

— Ce n'est pas qu'il ne soit pas assez bon pour Barcelone. Il est assez bon. Selon moi, vous constaterez qu'il se situe tout à fait au sommet de son art. Je vous conseille de jeter un œil à une rencontre de premier tour qui a opposé le PSG à Barcelone en septembre de l'année dernière. Jérôme Dumas était l'homme du match. Mais depuis lors, on a découvert qu'il présente une CIV. Un trou dans le cœur. Et il a maintenant du mal à obtenir des assureurs du club le feu vert qui lui permettrait de jouer.

— Je sais ce que c'est.

— Au fait, l'autre jumeau, Philippe, va bien. Il ne souffre de rien du tout, lui.

— La CIV est bien plus courante qu'on ne le pense. Il est ridicule de s'imaginer que vous allez mourir à cause d'un minuscule défaut comme un trou dans le cœur. En Chine, ce sont presque trois millions d'individus qui en sont atteints. Et qui mènent une vie parfaitement normale.

— Je suis content que vous soyez de cet avis.

— Mais est-ce parce que j'ai moi-même un trou au cœur que vous vous êtes figuré pouvoir m'amener un joueur qui n'est pas assez bon pour Barcelone ? Peut-être avez-vous calculé que cela ferait de moi un être faible ?

— Pas faible, monsieur. Compréhensif. Compatissant, pourquoi pas. Et je vous suis redevable, vous vous souvenez ? Après mon erreur stupide, le mois dernier, sur laquelle vous avez eu la générosité de fermer les yeux, au moins pour un temps ? Nous étions convenus de nous entendre sur un service que je pourrais vous rendre afin de me racheter de mon erreur. Je vous suggérerais humblement qu'il s'agisse de cela. Malgré son affection, qui reste mineure, comme vous l'avez souligné, Jérôme Dumas est néanmoins un joueur de premier ordre. J'ai aussi le sentiment que, dans n'importe quelle équipe, son frère et lui composeraient les deux tiers d'une attaque formidable. Suffisante pour remporter la Chinese Super League, pourquoi pas. Mais si vous n'êtes pas d'accord, il se peut que j'aie à m'envoler pour la Chine et à chercher un nouveau propriétaire d'équipe susceptible d'accorder une chance à ces deux garçons. Qui serait en mesure de fermer les yeux sur un défaut cardiaque mineur.

— Mmh. Et on vient tout juste de le découvrir ?

— J'en ai peur.

— Quel est le problème, chez les médecins français et espagnols ?

— Je ne crois pas que ce soit la faute des médecins, monsieur. Ce sont les compagnies d'assurances qu'ils conseillent.

Le milliardaire chinois observa un temps de silence et paraissait songeur. C'est l'autre bon côté de Skype. Vous savez quand il est temps de se taire et de laisser le silence œuvrer en votre faveur.

— Quand nous nous sommes rencontrés, ajoutai-je ensuite, vous disiez que selon vous, c'était probablement le Shanghai Taishan FC qui m'avait monté un sale coup, n'est-ce pas ?

— Oui. C'était eux. Je dispose d'informations très fiables à cet égard.

— Il serait bon de prendre un peu notre revanche, non ? D'en coller une à ces enfoirés. Et j'aimerais assez avoir ma part.

— Ce serait excellent, admit M. Jia. Vous estimez réellement que cela pourrait fonctionner, monsieur Manson ?

— Oui, je le crois.

— Je ne vous demande pas de me faire part de votre optimisme, monsieur Manson. Je vous demande votre opinion sincère, réaliste, de manager de football professionnel. Fini les sentiments, maintenant. Que vous souffle votre expérience ?

— Cela ne va pas sans risque, monsieur. J'évaluerais le risque qu'il arrive quelque chose de grave au garçon à peut-être un contre cinq cents. Mais une chance sur cinq cents reste sans doute un pourcentage clairement trop élevé pour qu'un assureur médical européen coure ce risque. Quand les choses finissent par mal tourner, les débours deviennent trop importants.

— Écoutez-moi bien, monsieur Manson. Cinq cents contre un ? Pour un Chinois, ce sont là des probabilités très tentantes. C'est un bon pari. Au-delà, ce serait un pari à coup sûr, ce qui n'existe pas. Un joueur peut marquer un triplé au cours d'un seul match et se briser la jambe au match suivant, mettant ainsi un point final à sa carrière. Comment s'assurer contre un risque pareil ? C'est impossible. Pour le moment. D'ici quelques années, nous pourrions avoir les moyens de mesurer la densité osseuse et d'estimer chez un joueur donné les probabilités de fracture d'un membre sur un tacle. Et ensuite, où cela nous mènera-t-il ? Tous les sports comportent des risques. C'est pourquoi nous aimons en être les spectateurs.

Je le laissai réfléchir encore un peu, puis j'ajoutai :

— Franchement, monsieur, je pense que les jumeaux Dumas pourraient devenir une importante tête d'affiche pour n'importe quelle équipe chinoise. Surtout les Nine Dragons. En ce qui vous concerne, la meilleure chose à faire serait peut-être de les rencontrer, avec moi, et ensuite, si vous parvenez à un accord, rien n'interdirait d'établir un contrat d'un an. Nous verrions comment les choses s'organisent.

— Vous voulez dire qu'on se lance et on voit venir.

— Quelque chose dans ce goût-là. Et naturellement Shanghai Taishan ne s'attendrait pas à une telle initiative de votre part. Pas à ce stade de la saison européenne. Tous les meilleurs joueurs sont sous contrat en Europe jusqu'à la fin de notre saison. Alors imaginez si les frères Dumas venaient ici et que vous battiez Shanghai Taishan. Vous imaginez ?

— Rien que de voir la tête que ferait Xu Yi Ning. Je donnerais un million de dollars pour vivre un moment pareil.

Je devinai que ce Xu Yi Ning était probablement le propriétaire de Shanghai Taishan FC et un féroce rival en affaires de M. Jia.

— Alors j'ai l'impression que c'est un marché conclu. Parce que je ne peux pas croire que l'argent soit un obstacle. Après tout, un million de dollars, pour ces garçons, ce sont quatre semaines de salaire.

— Oui, marché conclu.

— Je suis ravi de l'entendre, monsieur.

— Puis-je vous demander ce que vous en retirez, monsieur Manson ? Représentez-vous ces jumeaux en tant qu'agent ? Encaisserez-vous votre part de leur commission ? Où est votre intérêt là-dedans ? J'aimerais le savoir, je vous prie.

— Je ne touche pas un centime, ni de l'un ni de l'autre, monsieur. Ils ont un agent, mais qui est hors circuit dans cette affaire. Le fait est que c'est moi qui ai découvert que Jérôme souffrait d'une CIV. Et je me sens un peu coupable à ce sujet.

— C'est tout à votre honneur. En Chine, nous disons que l'individu généreux peut se montrer valeureux.

— Oui, enfin, il y a un peu de cela, mais aussi le fait, comme je l'ai dit tout à l'heure, que je vous dois un grand service.

— Il est bon que vous le reconnaissiez. Et si nous réussissons ce coup-là, vous constaterez que je ne suis

416

pas un ingrat, monsieur Manson. (Il eut un grand sourire.) Parce que vous avez absolument raison, bien sûr. Je hais ces crapules de Shanghai Taishan. J'ai gardé le silence sur ce qui nous est arrivé, à vous et moi. Mais vous avez raison… nous devrions prendre notre revanche. Et si nous les battons, je vais adorer. Adorer.

Je souris à mon tour, en retrouvant dans ses propos l'écho fidèle d'une déclaration de Kevin Keegan (« Et si nous les battons, je vais adorer. Adorer. ») à propos de Manchester United, quand il était encore le manager de Newcastle United, en 1996.

— Quoi ? s'enquit-il.

— Je viens juste de me rendre compte d'une chose, monsieur.

— Laquelle ?

— À quel point vous aimez le football. Chez vous, c'est du sérieux, monsieur. Sans méprise possible.

— Venant d'un homme comme vous, monsieur Manson, je prends cela pour un compliment.

Dès que l'appel Skype fut terminé, j'allumai la télévision pour regarder le reportage de Sky News sur la mort de Viktor Sokolnikov. La totalité de sa propriété de plus de deux cents hectares était bouclée par la police et des savants atomistes du gouvernement fouillaient la demeure du pauvre Viktor en quête de matériaux radioactifs, bien que cela ressemble plus à une simple précaution, puisque le journaliste de la chaîne avait déjà rapporté une rumeur selon laquelle le milliardaire ukrainien aurait été retrouvé lardé de coups de poignard – un *kindjal*, dont on se sert en Russie pour chasser l'ours.

Je rédigeai un mail à la veuve de Viktor et à sa fille, désormais adulte, mais ne les envoyai pas – je n'étais pas certain qu'un mail soit approprié en de telles circonstances ; plus tard, j'écrivis une lettre qu'en revanche j'envoyai – puis je descendis prendre mon petit déjeuner avec Charles Rivel, l'homme du PSG.

33

Après le petit déjeuner, je sortis faire un peu de shopping, acheter quelques cadeaux pour Louise aux Galeries Lafayette – je culpabilisais un peu, bien sûr – et je les rapportai à l'Hôtel Bristol, puis je me rendis en métro à Sevran-Beaudottes, pour rencontrer la mère de John Ben Zakkai, le footballeur prodige âgé de quinze ans que j'avais vu jouer à la jongle sur le terrain en revêtement artificiel proche du Centre sportif Alain-Savary. Depuis que je l'avais croisé, j'étais resté en contact avec lui par WhatsApp et nous étions devenus amis. J'allais maintenant devenir son mentor et bienfaiteur.

J'avais sérieusement réfléchi à ce que M. Jia m'avait dit, en quoi l'individu généreux peut se montrer valeureux. J'avais décidé d'en faire ma maxime dans toutes mes tractations avec Mme Zakkai et son fils. À la vérité, j'aurais pu y gagner quelque chose, si j'avais obéi à mon instinct, qui aurait été d'emmener le garçon et sa mère à La Masia – le nom souvent employé pour décrire le centre de formation du FC Barcelone qui, en français, signifie « la ferme » – et, une fois là-bas, d'y présenter le jeune John à Jordi Roura et Aureli Altimira, qui auraient sans nul doute

vu dans ce garçon ce que j'y avais vu : un talent footballistique phénoménal.

Mais au fond de moi, j'aurais pu négocier cette
introduction pour dédommager le FC Barcelone de la
déception que j'avais lue sur le visage de Jacint quand
je lui avais annoncé que Jérôme Dumas ne rejoindrait
finalement pas le club. C'était en effet ce que j'avais
prévu de faire depuis le moment où j'avais vu John
Ben Zakkai jouer au football et senti mon cœur s'em-
baller. Était-ce semblable à ce qu'avait ressenti Bob
Bishop quand il était allé à Belfast découvrir un génie
de quinze ans du nom de George Best – un garçon que
le club local de Glentoran avait précédemment écarté
car jugé trop petit et trop léger ?

Agir contre vos convictions les plus profondes
constitue parfois le seul moyen d'avoir la certitude de
se conduire comme il faut. Et c'est aussi le cas quand
vous apprenez que des gens que vous considérez
comme de bons amis sont susceptibles de juger votre
attitude déloyale, en la considérant comme une ingra-
titude et une trahison.

Deux jours plus tard, et à mes frais, nous nous envo-
lions tous les trois – Sarah Ben Zakkai, John et moi –
de Paris vers Madrid, pour honorer un rendez-vous
que j'avais pris pour nous avec le Real Madrid et le
manager de l'équipe des cadets A.

Couvrant approximativement 1 067 hectares de
terrain, et à courte distance de l'aéroport de Madrid-
Barajas, Real Madrid City est probablement le site
d'entraînement le plus avancé au monde. Ce n'est
pas une exagération. Conçu par l'architecte Carlos
Lamela, le complexe de Valdebebas Park est dix fois

plus grand que l'ancien Real Madrid Sport City et quarante fois plus grand que Santiago Bernabéu. Il n'est guère étonnant que le centre ait coûté presque cinq cents millions d'euros.

De l'aéroport, on nous conduisit directement en voiture au centre où nous franchîmes trois contrôles de sécurité, ce qui explique peut-être pourquoi les gens de la région l'appellent la cité secrète. Des groupes de fans se tenaient à un rond-point juste à la sortie de l'autoroute et scrutèrent l'intérieur de notre voiture lorsque nous approchâmes des bâtiments principaux, espérant entrevoir leurs héros du football. Convaincus que nous appartenions au club, quelques-uns nous firent des signes de la main. John leur fit signe à son tour.

— D'ici peu de temps, ils feront pareil, rien que pour toi, lui promis-je. Si les choses fonctionnent comme je crois qu'elles vont fonctionner.

— C'est fantastique, s'extasia-t-il. Je n'arrive pas à croire que je suis vraiment ici. Cet endroit a l'air incroyable… comme un temple du football.

— Ce n'est pas faux, admis-je. Mais ne t'amuse jamais à qualifier cet endroit de foyer spirituel du football. Ni aucun autre site, en dehors de Londres. Pigé ? Et plus précisément le Freemason's Arms, un pub du quartier londonien de Covent Garden. Car c'est là que les règles du football ont été édictées par la toute première association du football, en 1863. S'il y a une chose qui m'agace, ce sont les ignorants et les crétins qui présentent des pays comme le Brésil, l'Espagne ou l'Italie comme le berceau spirituel du football. Ce ne sont que des sottises. Le jeu auquel nous jouons aujourd'hui est un jeu anglais, ne l'oublie jamais, mon garçon.

— Compris, monsieur Mason, me répondit-il avec un grand sourire. Mais je n'arrive toujours pas à croire que nous sommes ici.

— Et moi non plus, dis-je, n'ayant guère envie d'exposer à ce gamin de quinze ans pourquoi notre présence ici, à Madrid, m'inspirait des sentiments aussi ambivalents.

Il n'aurait pas été très juste de lui expliquer que pour moi, c'était comme de changer de camp en pleine guerre, ou devenir catholique romain après des années de culte dans une église protestante. Ce n'était pas que je changeais de camp – j'essayais simplement d'agir au mieux des intérêts de John plutôt que du mien.

— Nous rencontrerons peut-être Martin Ødegaard, fit John.

— Tu n'as pas envie de rencontrer Cristiano Ronaldo ? dis-je. Ou Toni Kroos ?

— Oh, bien sûr, mais vous savez, c'est Martin que je rêve de devenir. Il n'a que seize ans. Le plus jeune type à avoir jamais joué pour son pays. Il vient de signer pour le Real. Et maintenant il fait partie de l'équipe réserve, il est entraîné par Zinédine Zidane, et il gagne cinquante mille euros par semaine. Je veux dire, c'est le rêve de n'importe quel jeune, non ?

Je devais admettre que tout cela paraissait très bien et contribuait à me convaincre que Madrid restait peut-être le meilleur choix, malgré mes propres réserves quant à ce que j'étais en train de faire.

Nous nous garâmes devant le hall d'entrée, qui ressemblait à la réception d'un hôtel très moderne, où nous fûmes accueillis par quelques membres du centre de formation des jeunes qui nous conduisirent à « la maison blanche » – la section réservée aux équipes juniors. Il y avait là plusieurs vestiaires et sept terrains, chacun avec sa tribune et exactement la même pelouse naturelle que celle utilisée sur le terrain de Santiago Bernabéu, qui vient de Hollande. C'est ce dont on nous informa.

Je souhaitai bonne chance à ce jeune garçon, puis je le laissai se changer pendant que Raul Serrano Quevedo, du service des relations publiques du club, nous faisait visiter le bâtiment principal, à Mme Zakkai et moi.

Ce bâtiment gigantesque en forme de T contient des vestiaires, des salles de sport, des salles de classe, des salles de conférence, des bureaux, une piscine d'hydrothérapie et un centre médical, un espace presse, etc. L'ensemble des deux côtés du complexe. Il y a là dix terrains de football en gazon et en AstroTurf entourés de tribunes d'une capacité de plus de 11 000 spectateurs.

Après notre visite, Raul nous conduisit au café-restaurant, La Cantera. C'était un type d'humeur avenante, bel homme, vêtu d'une chemise et d'une cravate bleues, d'une veste bleue matelassée, et son anglais était impeccable. À travers les imposantes baies vitrées, les amis et les familles des joueurs pouvaient suivre les séances d'entraînement sur les terrains voisins. En revanche, le public n'était pas admis. Tout était en acier brossé et en bois blanc. Un serveur nous apporta un café, un jus d'orange frais et un délicieux gâteau à la carotte, sans sucre.

— Franchement, c'est le site d'entraînement le plus incroyable que j'aie jamais vu, confiai-je à Raul Quevedo. J'ai séjourné dans des hôtels cinq étoiles qui n'étaient pas aussi beaux que cet endroit. Et en fait même tout récemment.

Raul acquiesça.

— Cela nous a pris du temps pour en arriver là, mais cela nous plaît, fit-il, modestement.

— Vous devez apprécier de venir travailler ici.

— J'adore. Chaque jour, en arrivant, je me dis que je suis le type le plus verni de la planète.

Pour des raisons évidentes, mon arrivée avait été programmée à une heure où je n'assisterais à aucune véritable séance d'entraînement. Juste au cas où. Nous regardions le responsable de l'équipement ramasser toutes les chaussures à crampons, là où les joueurs les avaient laissées près de la porte du vestiaire, un peu plus tôt.

— Mais enfin tous ceux qui travaillent ici pensent la même chose, fit Raul. Même lui. Le responsable de l'équipement. Il ferait sans doute ce métier pour rien si nous le lui demandions. (Il secoua la tête.) En réalité, il nous paierait sans doute pour exercer ce métier. Beaucoup de types nous paieraient. C'est tout le sens que revêt cette équipe aux yeux des gens d'ici.

Je hochai la tête.

— Je veux bien le croire. Il est difficile de voir cet endroit et de ne pas s'imaginer que vous allez remporter un onzième titre de Ligue des Champions cette année.

— Venant d'un homme qui entretient les relations que vous avez avec Barcelone, c'est vraiment un beau compliment, monsieur Manson.

Nous allâmes voir le match – l'équipe cadette A du Real Madrid contre l'équipe cadette B. John joua pour les B, le test le plus sévère qui soit pour un jeune de quinze ans. J'étais inquiet pour lui, car je voulais qu'il s'en sorte bien. Il n'essaya pas d'en mettre plein la vue, ce qui arrive à quantité de gamins, mais il se montra très fort et créatif avec la balle, et quand il loba le gardien de l'extérieur de la surface pour marquer un but, je savais qu'il avait probablement décroché son billet gagnant.

À peine la balle était-elle au fond des filets que Santiago Solari, des cadets A, vint nous rejoindre. Plaisamment surnommé le petit Indien, Santiago était un grand Argentin d'allure puissante qui avait sans doute le même âge que moi. Aux premières années du siècle, c'était un milieu de terrain efficace de l'Atlético, puis du Real Madrid, avant d'achever sa carrière de joueur à l'Inter de Milan. Mais comme Zinédine Zidane avec lequel il avait joué – c'était Solari qui avait servi cette passe à Zidane, quand ce dernier avait marqué ce fameux but d'anthologie le jour où le Real avait vaincu le Bayer Leverkusen 2-1 –, il avait choisi de venir entraîner le Real. Et quand vous avez vu la cité secrète, il était facile de comprendre pourquoi.

— Mais enfin, où est-ce que tu es allé dénicher ce gamin ? (Santiago avait fait ses études à la Stockton University, dans le New Jersey, aux États-Unis, et son anglais était aussi bon que mon espagnol.) Il est excellent.

— Alors, tu vas le prendre ? lui lançai-je.

— Tu n'es pas fou ? Bien sûr que nous allons le prendre. C'est le meilleur jeune qu'il m'ait été donné de voir depuis la première fois que j'ai regardé Lionel Messi jouer pour vos cadets au FC Barcelone. Je n'ai jamais vu un petit gars possédant un meilleur contrôle de balle que lui. Équilibre, agilité, confiance et une frappe de balle meurtrière. Et qui plus est, il est costaud. Très costaud. Il est capable de se frotter aux meilleurs d'entre eux. Avec un physique comme celui-là, il serait capable de jouer en équipe première d'ici deux ans. Comme Martin Ødegaard. Simplement, je ne comprends pas comment il a pu échapper au radar de tout le monde. Il y avait déjà trente clubs différents qui rivalisaient pour faire signer Martin.

— Il est juif, voilà pourquoi, dis-je. Aujourd'hui, depuis *Charlie Hebdo*, ce n'est pas facile d'être juif à Paris. La plupart des juifs de France font profil bas, ou alors ils s'en vont. Et qui peut leur en vouloir ?

— Un juif, hein ? Alors ce pourrait être le meilleur joueur juif depuis José Pékerman. (Voyant mon regard vide, Santiago agita l'index.) Un joueur argentin. Il a entraîné l'équipe nationale lors de la Coupe du monde 2006.

Quand j'appris la bonne nouvelle à Sarah, la mère de John, elle fondit en larmes. Je lui pris la main et la serrai dans la mienne.

— Tout cela signifie que vous allez pouvoir vous éloigner de la banlieue, ajoutai-je. Que John et vous, rien ne vous empêche de venir vivre ici, à Madrid. Vous allez vous plaire. Que demander de plus ?

— Bien sûr, fit Santiago. Vous allez adorer Madrid.

— Merci mon Dieu, s'écria-t-elle.

— Venez avec moi, je vous prie, fit Raul. Je vais charger quelqu'un de vous montrer la partie du site où logent les familles.

Ils se levèrent et s'en furent visiter l'aile des logements, pour montrer à Mme Zakkai l'endroit où elle allait apparemment habiter, désormais.

— Mais je ne saisis pas, reprit Santiago. Tu es un homme du Barça, Scott. Du moins tu l'étais avant de partir à London City. Pourquoi nous l'amènerais-tu à nous, et pas aux Catalans ? Ils ont un excellent centre de formation de jeunes, eux aussi. Tu sais, je reste plus ou moins persuadé que c'est une mauvaise plaisanterie. Que tu vas finalement le proposer au FC Barcelone.

— Tu peux le faire signer dès cet après-midi, si tu en as envie, répondis-je. Sa maman est ici. Et je suis là pour le conseiller. Alors vas-y, fais établir un contrat. En fait, j'insiste même là-dessus. Il n'a pas d'agent. Pas encore. En revanche, il en aura bientôt un. Dès que tu l'auras fait signer, je vais téléphoner à Tempest O'Brien, à Londres, pour qu'elle veille sur ses intérêts. Toutefois, juste pour que tu sois informé, en venant ici, je ne gagne pas un sou. Et je n'en ai pas l'intention, alors s'il te plaît, ne me gâche pas ce moment en me faisant une offre. Peut-être accepteras-tu de couvrir mes frais, et nous serons quittes.

Santiago hocha la tête.

— Mais tu ne m'as toujours pas expliqué pourquoi tu nous l'as amené ici. Cela signifie-t-il que tu t'es fâché avec Barcelone ? Dis-moi.

— Non, je ne me suis pas fâché avec eux. Et si cela ne t'ennuie pas, j'aimerais que cela ne change pas. Le fait que je t'aie amené John Ben Zakkai ici à Madrid doit demeurer confidentiel.

— Je suis encore plus perplexe. Pas d'argent. Pas de félicitations. Je ne saisis pas.

— Oh, j'ai envisagé de le présenter au Camp Nou. Crois-moi, pour moi, ce n'a pas été facile. Je voulais avoir la certitude, je crois, que ma décision, quelle qu'elle soit, serait avant tout bénéfique à ce garçon, et pas à moi. Si j'avais obéi à ma première impulsion, qui était de le conduire chez mes amis barcelonais, je n'aurais pu en avoir la certitude. Cela m'aurait tracassé, tu vois ? Nous sommes nés égoïstes et le football est un sport qui nous encourage à agir en ce sens. À nous montrer tribaux. À gagner à tout prix. Je ne suis entouré que de cela. J'en suis infecté. Et c'est très bien, mais ce n'est pas ce qui nous rend humains. J'imagine que j'avais envie de vérifier si je conservais cela en moi, la capacité d'accomplir un geste de pur altruisme.

— Je vois. Du moins, je crois voir.

— Tu pourrais dire que le plaisir d'aider ce jeune à entrer dans le football constitue pour moi une récompense suffisante. Dans ma vie, il n'y a pas beaucoup de place pour la religion, Santiago. Peut-être qu'en réalité, agir de la sorte comble tout ce besoin de religion.

— Savoir rendre. J'ai saisi.

— Non, il ne s'agit pas de rendre. Il s'agit surtout de savoir donner aux générations futures, me semble-t-il. Je crois que ce sport a besoin d'un peu de ça, à l'heure actuelle. Pas toi ? Si on veut que cela continue d'être le sport que nous connaissons et que nous aimons… Dans la voiture, je faisais la leçon à ce pauvre jeune homme au sujet de l'importance d'intégrer le passé de ce jeu, mais le futur est encore plus important. Cela va te paraître creux, venant de quelqu'un d'aussi aisé que moi, mais quand on songe à ces personnages qui investissent dans le foot… les Qataris, les Émirats, les Glazer, les John Henry, les Ortega, les Pinault, les Abramovitch… on en retire l'impression qu'il n'est question que d'argent et rien d'autre. C'est en ce seul sens que les gens semblent comprendre ce terme : « investissement ». Mais il doit y avoir une forme différente d'investissement… un investissement dans le futur. Il nous incombe d'agir pour que le football soit tel que nous l'entendons, pas tel qu'il est. Dès que j'ai vu ce garçon, j'ai compris que ma plus grande crainte était que d'une manière ou d'une autre il passe entre les mailles du filet et que personne ne le découvre. Ce qui aurait représenté une perte terrible pour ce sport. Après tout, tu n'as pas besoin d'être fan de Manchester United pour apprécier George Best, ou un *culé*, un vrai fan de Barcelone, pour apprécier le talent de Lionel Messi. Qui sait ? Peut-être qu'un jour John Ben Zakkai aura un geste comparable pour un garçon prometteur dont il aura repéré le talent. Cela me plaît d'y croire.

Santiago opina.

— Il y a tous ces aspects, continuai-je, et puis il y a aussi ceci : dernièrement, je me suis conduit comme une merde. Tu comprends ? Envers les femmes… Eh bien, tu pourrais excuser cette conduite, expliquer que je suis un homme et que je me comporte parfois comme n'importe quel mâle. Mais j'ai l'impression d'être incapable de m'en empêcher ou même de l'admettre... du moins, pas sans blesser quelqu'un. Bien. Tu pourrais en conclure que vous amener John Ben Zakkai, à vous autres... c'est ma pénitence. C'est ce qui me permet de me regarder à nouveau dans le miroir. C'est ainsi que je réussis à me supporter. Est-ce que cela te semble avoir un peu de sens ?

— Scott. Je suis catholique. Mon prénom me vient de l'apôtre Jacques. Le premier des disciples et le saint patron de l'Espagne. Ce que tu dis me semble parfaitement sensé.

— Bien sûr, maintenant que je suis ici, je me rends finalement compte que j'ai eu raison de venir à Madrid. Cet endroit est incroyable.

Nous nous serrâmes la main parce que dans le football – et surtout en Espagne –, je suis heureux de pouvoir affirmer que cela reste important.

34

Londres était gris, froid, et humide, ce qui me convenait très bien. Pour un moment, j'en avais assez de vivre au milieu des valises. J'avais juste envie de tirer les rideaux, d'allumer la télé et de ne plus sortir de chez moi pendant une semaine. Chelsea était en tête de la Premier League – José était dans la forme la plus insolente, avec un brio ébouriffant –, Arsenal était troisième, et London City pas loin de la relégation. Malgré les pénibles vicissitudes de ce club, c'était bon d'être de retour chez soi, même si cela m'imposait un petit détour par cette audition devant la commission réglementaire de la Fédération anglaise, suite à mes prétendus écarts de conduite.

Le siège de la Fédération anglaise s'est longtemps situé à Soho Square, et avant cela à Lancaster Gate, mais, depuis août 2009, la FA a déménagé à Wembley. Il lui en a coûté cinq millions de livres de quitter l'immeuble de huit étages de Lancaster Gate, une somme non négligeable, compte tenu des dix millions de livres qu'il en avait déjà coûté de déménager, et à une époque où elle avait du mal à trouver un sponsor. Mais enfin, la FA a toujours su s'y prendre pour dilapider de l'argent et filouter les fans de foot. Sans quoi, pour quelle autre raison les demi-finales de la Coupe se joueraient-elles maintenant à Wembley ? Pour lui rapporter de l'argent, naturellement, et au diable les coûts et les inconvénients pour les fans. Mais depuis la fin des accords conclus avec Budweiser, ses dirigeants ne sont même pas fichus de trouver un sponsor pour la FA Cup. Au vu des compétences de ces enflures, la maison du football anglais aurait aussi bien pu rester au Freemasons Arms de Covent Garden. Depuis 1863, il semble que très peu de choses aient changé dans la façon de penser de ces imbéciles. Leur seul bon côté, comparés à la FIFA, c'est qu'ils sont trop sots pour être corrompus.

Wembley. Chaque fois que j'y pense, maintenant, je songe à Matt Drennan, qui s'est pendu à Wembley Way parce qu'il ne pouvait supporter d'être exclu du jeu. C'était dû à cela et quantité d'autres causes – l'alcool, les cachets, la dépression, le divorce. L'ennui, c'est que lorsque nous jouons au football à un niveau professionnel, nous sommes trop jeunes pour mesurer la chance qui est la nôtre. Malheureusement, lorsque nous prenons enfin conscience de notre chance, il est trop tard et nous sommes au seuil de la retraite. Le football est le plus cruel des sports. J'ai regardé une émission de télévision sur les abeilles, et la manière dont les bourdons sont expulsés de la ruche à la fin de la saison m'a rappelé le traitement réservé aux footballeurs pareillement considérés comme n'étant plus dans la course. Les bourdons s'envolent et s'efforcent de trouver de quoi s'occuper, mais au bout du compte, le résultat est toujours le même : ils meurent. Le football est presque aussi cruel.

Je roulai vers Wembley au volant de mon Range Rover. On sait de quoi l'endroit a l'air, vu de l'extérieur : c'est un grand stade moderne, hors de prix, muni d'une poignée évoquant un Caddie de supermarché. Vous avez assez souvent vu le site quand l'Angleterre arrache des matchs nuls, 2-2 face à la Suisse ou 1-1 face à ces enfoirés d'Ukrainiens. Merci mon Dieu pour Frank Lampard. Ce soir-là, on avait moins eu affaire aux trois lions du blason de l'équipe qu'à trois minous.

Bon, ce n'est pas le genre de blague que j'irais diffuser sur Twitter. J'étais content d'avoir supprimé mon compte. J'aurais dû le faire plus tôt.

Je me faufilai au milieu des journalistes qui patientaient et j'entrai sur le parking. C'était un vendredi et la presse n'avait manifestement pas grand-chose à se mettre sous la dent. Quelques féministes pures et dures m'avaient déjà déroulé le tapis rouge. Littéralement. Sur ce tapis, il était écrit : *Des vraies règles, c'est ça*. Et je ralentis le pas pour lire les banderoles qu'elles avaient déployées. C'était bien le moins que je pouvais faire. MEN*struation* : *comme d'habitude, tout le problème vient d'un homme*. Et *Normalement, un trou du cul devrait être au courant des règles*. Cette banderole me plaisait assez. J'adressai même un clin d'œil à la fille plutôt mignonne qui la brandissait devant mon pare-brise.

Wembley. À l'intérieur des bureaux de la Football association, c'est le grand désordre – une vision du futur signée par un pauvre branleur d'architecte, avec le style de mobilier aux couleurs vives et surtout très inconfortable qu'on s'attendrait à voir dans un film de

Stanley Kubrick du début des années 1970. Chaque fois que je m'y rends, je m'attends plus ou moins à voir Malcolm McDowell arpenter les couloirs avec sa canne en prunellier noir dans une main et un chapeau melon sur la tête. Et, comme de juste, je m'attendais à prendre un bon coup dans les burnes. Sans parler d'une amende salée.

Wembley. Comme si cet endroit n'était pas déjà d'une opacité accablante, toutes les fenêtres masquées par des panneaux isolants en acrylique dépoli, sans doute pour empêcher les fans mécontents de l'Angleterre, armés de fusils à lunette, de se payer un carton sur les crétins qui travaillent là. D'un autre côté, les tapis des « zones de dégagement », comme ils les appellent – je crois savoir ce que cela désigne autour du terrain, mais je ne suis pas sûr de comprendre à quoi cela ressemble dans un espace de bureaux – sont gris, rouge et vert, comme une de ces œuvres d'art abstrait hideuses soumises au jury du Prix Turner. Et pourquoi pas, après tout ? Un foutu tapis, ce n'est pas pire que les croûtes qui, année après année, remportent ce prix. Tout l'intérieur du siège de la Fédération anglaise à Wembley a de quoi vous flanquer une commotion, comme un mauvais trip au LSD, et semble exactement confirmer pourquoi le football anglais se trouve dans un état aussi alarmant. En passant d'un de ces bureaux hideux à un autre, on se dit que s'ils sont incapables de réussir une chose aussi simple que leur décoration intérieure, comment pourrait-on attendre d'eux qu'ils s'en sortent mieux avec la gestion du football anglais ?

Wembley. Le mur de la pièce minuscule où l'on nous pria de patienter, mon avocate et moi, jusqu'à l'ouverture de l'audience, était tapissé d'une photo de la numéro 10 du football féminin anglais, Jodie Taylor. Une assez jolie fille, si vous appréciez les femmes en tenue de foot, mais c'était comme si on essayait de me rappeler que les femmes jouent elles aussi au football, et qu'une plaisanterie de mauvais goût sur Twitter à propos d'un homme incapable de rester sur le terrain et de terminer un match parce qu'il avait ses règles ne serait pas tolérée. J'en fis la remarque à miss Shields, mon avocate.

— Je suis désolé que certaines femmes se soient senties offensées par ma plaisanterie, dis-je. Pour ma défense, je soulignerais que cet outrage sur les médias sociaux a été commis à Barcelone, où les gens ont le sens de l'humour, et pas en Angleterre, où ils n'en ont apparemment aucun. Mais au moins, maintenant, je sais pourquoi on désigne parfois les règles de cette formule : « les Anglais ont débarqué ».

— Un outrage prétendu commis sur les réseaux sociaux rend toutes les frontières nationales de cet ordre insignifiantes, je le crains, me répondit miss Shields, qui avait été sélectionnée par mon cabinet d'avocats. Il n'en reste pas moins qu'au Royaume-Uni, beaucoup de femmes se sont senties offensées. Et c'est la substance de l'accusation portée par la Fédération anglaise contre vous, monsieur Manson. Vous pourriez presque dire que c'est ce que l'on qualifie d'« infraction de responsabilité présumée ». Vous avez écrit certains propos. Beaucoup de gens en ont été choqués. C'est pourquoi ce commentaire jette le discrédit sur votre sport. C'est aussi simple que cela, en réalité.

— Ces personnes se sont dites offensées. Ce n'est pas tout à fait la même chose que de l'être. Je me figure parfois qu'il existe un fil Twitter spécial qui n'existe que pour rameuter des gens qui ont tous une fourche à portée de main, prêts à prendre d'assaut le château de Frankenstein et à le raser par le feu. Il devrait exister une équation spéciale destinée à calculer la vitesse à laquelle les gens s'offensent de presque tout, en Grande-Bretagne. Comme ceux dont disposent les gérants de fonds spéculatifs pour calculer leurs conneries sur les instruments financiers à terme. Un ratio Clarkson. Ou une formule Rio Ferdinand. Ou le calcul Ashley Cole.

Miss Shields acquiesça patiemment.

— Il vaut mieux que vous déversiez tout ce que vous avez sur le cœur tant que vous êtes ici avec moi, et pas dans la pièce à côté, où vous vous bornerez à négocier le montant de l'amende.

— Vous avez raison, j'imagine.

— Bien, donc, les charges portées contre vous reposent sur les clauses relatives aux commentaires auprès des médias et sur les médias sociaux du Règlement E3(I) de la Fédération anglaise. Dans la mesure où vous avez émis un commentaire indécent, qui jette le discrédit sur le sport, et qui est insultant.

— J'ai supprimé ce tweet, rappelai-je. Et j'ai clôturé mon compte. Cela n'a aucune incidence ?

— Hélas, non. J'ai lu les observations écrites que vous avez fournies pour expliquer le contexte qui vous a amené à écrire ce tweet, mais je juge maintenant préférable de ne pas nous en servir. Au cas où cela risquerait d'aggraver l'infraction initiale.

J'acquiesçai.

— Vous avez probablement raison.

— Donc, reprit-elle. Que voulez-vous que je déclare ?

— Plaidez coupable. Invoquez certaines circonstances atténuantes. Vous connaissez ce genre de choses. Et acceptez l'amende. (Je haussai les épaules.) Il faut bien qu'ils lèvent de l'argent pour le football anglais, d'une manière ou d'une autre. Ce qui est sûr, c'est que personne ne va s'intéresser à un match amical contre la République d'Irlande. Les blazers mangés aux mites de la Fédération anglaise n'ont pas l'air de comprendre qu'à l'heure actuelle, dans le football, il n'existe plus rien de comparable à un match amical. Pas à plus de cent livres l'entrée. Le prix des billets en Angleterre n'a rien d'amical non plus. Et personne n'en a rien à foutre d'un match des moins de 23 ans entre l'Angleterre et la Chine. Ou d'un onze de handicapés contre les Aveugles russes.

Miss Shields se rembrunit.

— Vous croyez que je plaisante, hein ? fis-je.

— Oui, me lâcha-t-elle froidement.

— Eh bien, pas du tout.

Elle hocha la tête.

— Vous savez, je pense qu'il vaut sans doute mieux me laisser parler, moi, et moi seule.

— Je suis d'accord.

Ils nous convoquèrent dans une salle où l'on aurait pu découper l'atmosphère au ciseau. Cette audience devant quatre représentants se tint en réalité devant trois hommes et une femme. J'imagine que le chien n'avait pu se joindre à eux[1]. Le président était un homme mais

---

1. Allusion au roman comique de Jerome K. Jerome, *Trois hommes dans un bateau (sans parler du chien)*.

ce fut la femme qui prit la parole et elle semblait un peu désappointée de constater que j'avais décidé de plaider coupable. J'avais l'impression que le crayon qu'elle tenait dans son poing minuscule avait été taillé à seule fin de me transpercer la queue avec.

Miss Shields fit de son mieux mais en dépit de ses arguments éloquents arguant que la plupart des femmes normalement constituées ne se seraient pas senties offensées par le tweet que j'avais publié, la Fédération anglaise était quand même d'avis de m'infliger une amende de vingt-cinq mille livres. Ce qui représente une coquette somme, le même montant qu'ils avaient infligé à Mario Balotelli pour son post tristement célèbre sur Instagram au sujet de Super Mario et les juifs. Cela couvrira sans doute leurs frais de représentation, soit environ un mois de déjeuners et de dîners. Les audiences de la commission réglementaire de la Fédération anglaise sont pareils aux clichés des radars routiers : si vous roulez dans Londres, vous finirez forcément par écoper d'une amende et de trois points de permis en moins. C'est la même punition quand on évolue dans le football anglais. Le côté chiant, c'est le sermon que vous recevez, en particulier quand il était évident que le président considérait que toute l'affaire avait été gonflée par les médias. Mais naturellement, la Fédération anglaise est terrifiée par les médias et elle prêtera vraisemblablement plus d'attention aux tweets d'un idiot – et je m'inclus dans le lot – qu'au fait que nous sommes apparemment incapables de remporter le moindre match international contre une équipe qui compte, et au moment où cela compte. Marquer des buts et remporter des trophées fut longtemps le domaine de compétence de la Fédération anglaise. Il ne s'agit plus maintenant que de statuer à propos de petits griefs mesquins sur les réseaux sociaux, ou de punir des managers qui disent ce que tout le monde sait dans le milieu : que les arbitres commettent trop d'erreurs.

Ignorant la presse qui attendait sur le parking comme une meute de chiens fouilleurs d'ordures, je repris le volant et regagnai mon appartement de Chelsea, et me préparai une tasse de café Bonifieur puis contemplai ma sale bouille sur Sky Sports. Toujours une bonne source de rigolade. Une sportive connue invitée sur le plateau me traita de dinosaure et déclara qu'elle espérait que je n'entraîne plus de sitôt. Une attente qui me semblait devoir être comblée. J'eus le soulagement de voir qu'elle était interrompue nette par la nouvelle que le manager de London City, Stepan Kolchak, avait démissionné avec effet immédiat, avant le grand match contre Arsenal. Une minute plus tard, ma ligne fixe sonnait. Je n'allais tenir aucun compte de l'appel quand je remarquai que le numéro affiché correspondait à celui de Viktor Sokolnikov. Brièvement désarçonné par cet appel d'entre les morts, je décrochai le combiné et me trouvai en conversation avec la fille russo-américaine de Viktor, Yevguenia. Je l'avais rencontrée une fois auparavant. D'une intelligence cinglante, et d'une beauté fameuse, elle était étudiante à Harvard, où elle faisait un MBA. Ou c'était du moins ce que je pensais.

— Je suis vraiment désolé de ce que j'ai appris concernant votre père, dis-je. Malgré tous nos différends, je l'ai toujours apprécié.

— Merci, Scott.

— A-t-on des indications concernant l'assassin ?

— Non. Et il n'y en aura pas. Mais tout le monde sait qui a ordonné sa mort. Il a refusé de verser au Kremlin l'argent qu'ils exigeaient pour sa protection. Et donc ils l'ont tué. C'est ainsi que ça marche, désormais. Depuis Berezovsky. Depuis Khodorkovski. Vous payez ou vous finissez mort ou en prison. C'est une réalité à laquelle je vais devoir m'habituer moi-même, depuis que j'ai hérité de l'essentiel de la fortune de mon père. Sans parler de son équipe de football.

Elle s'exprimait plus en Américaine qu'en Russe.

— J'en conclus que la démission de Stepan Kolchak a un rapport avec vous.

— C'est exact. C'était un nul, évidemment. Il serait incapable de diriger une équipe de peintres et de décorateurs. Je lui ai demandé de démissionner. Pour lui ménager un peu de dignité. Mais j'avais bien plus envie de le virer.

— Il semble que vous alliez endosser un rôle actif dans le club, Yevguenia.

— Très actif. Je renonce à Harvard et je rentre ici de façon permanente. Pour gérer toutes les affaires de mon père. Y compris London City. Mon père vous a toujours apprécié, Scott. Il vous admirait beaucoup. Je crois qu'il vous aurait demandé de revenir entraîner le club à la fin de la saison. Bien sûr, d'ici là, il sera trop tard. Nous aurons été relégués et nous pouvons dire adieu à une centaine de millions de livres des chaînes de télévision.

— Je ne suis pas si sûr qu'il m'aurait prié de revenir. Et je ne suis pas si sûr que j'aurais eu envie de revenir à London City.

440

— Je ne suis pas mon père. Donc. M. Dinosaure. M. le Sale Sexiste. Qu'en dites-vous ? Je vous paierai ce qu'Arsenal paie Arsène Wenger : sept millions et demi de livres annuels, plus cinq millions de prime si vous nous maintenez en Premier League. Un contrat de trois ans. Et c'est pour vous l'occasion de donner tort à toutes ces femmes qui réclamaient votre tête aujourd'hui. Je pense qu'en réalité cela vous ferait du bien d'avoir une femme pour patron. Venez travailler pour moi, Scott. Venez travailler pour une femme. Seulement, je vous en prie, venez vite. Comme vous le savez, j'en suis sûre, nous avons un match très important contre Arsenal dimanche. Peut-être le match le plus important de notre saison. Alors, ne me faites pas attendre, d'accord ? En ce moment, les Anglais ont débarqué, et quand je n'obtiens pas ce que je veux, je deviens très irritable.

Composition réalisée par PCA

———————————————————

Achevé d'imprimer en France par
CPI BUSSIÈRE (18200 Saint-Amand-Montrond)
en décembre 2023
N° d'impression : 2075736
Dépôt légal 1ʳᵉ publication : novembre 2018
Édition 04 - décembre 2023
LIBRAIRIE GÉNÉRALE FRANÇAISE
21, rue du Montparnasse – 75298 Paris Cedex 06

74/1005/4